DES PONTS ENTRE LES HOMMES

フォト・ドキュメント

世界の統合と分断の「橋」

アレクサンドラ・ノヴォスロフ
Alexandra Novosseloff

児玉しおり 訳

原書房

パウル・クレーの
「Le Pont rouge（赤い橋）」（1928年）

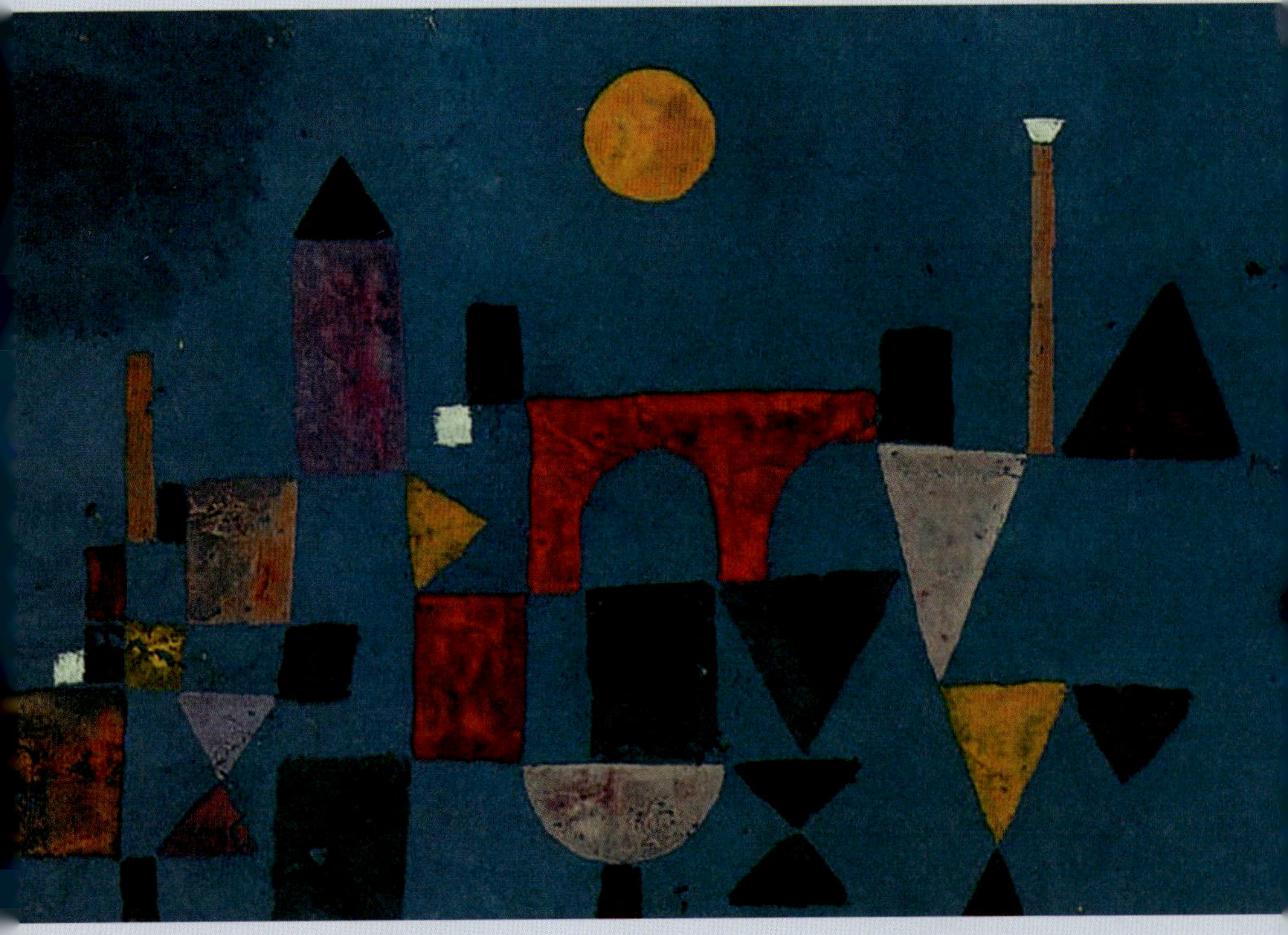

ベツレヘムの検問所300。

「Hope builds Bridges(希望は橋を造る)」

TOYOTA

目次

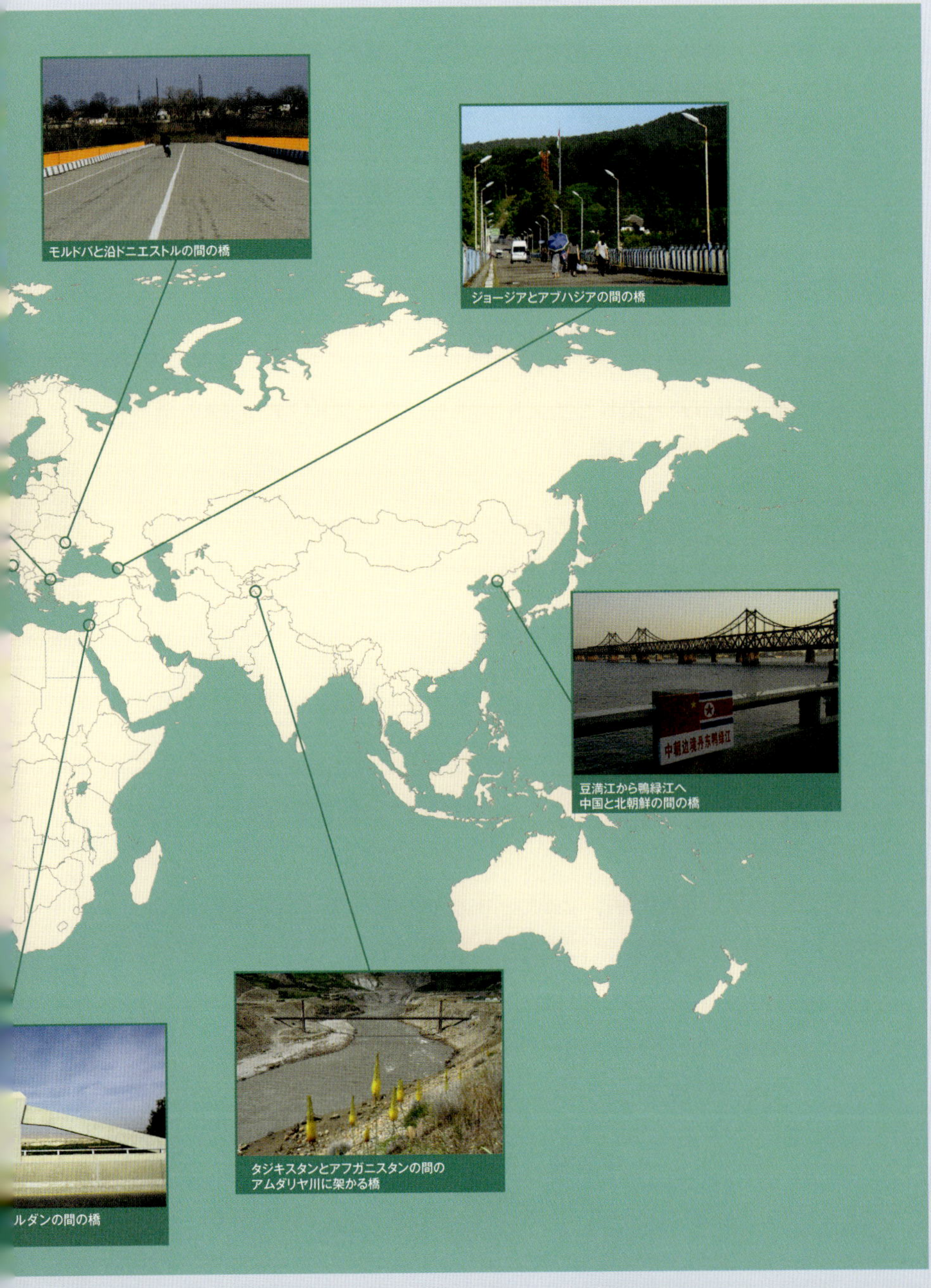
モルドバと沿ドニエストルの間の橋
ジョージアとアブハジアの間の橋
豆満江から鴨緑江へ
中国と北朝鮮の間の橋
タジキスタンとアフガニスタンの間の
アムダリヤ川に架かる橋
ルダンの間の橋

世界の9つの地域の橋

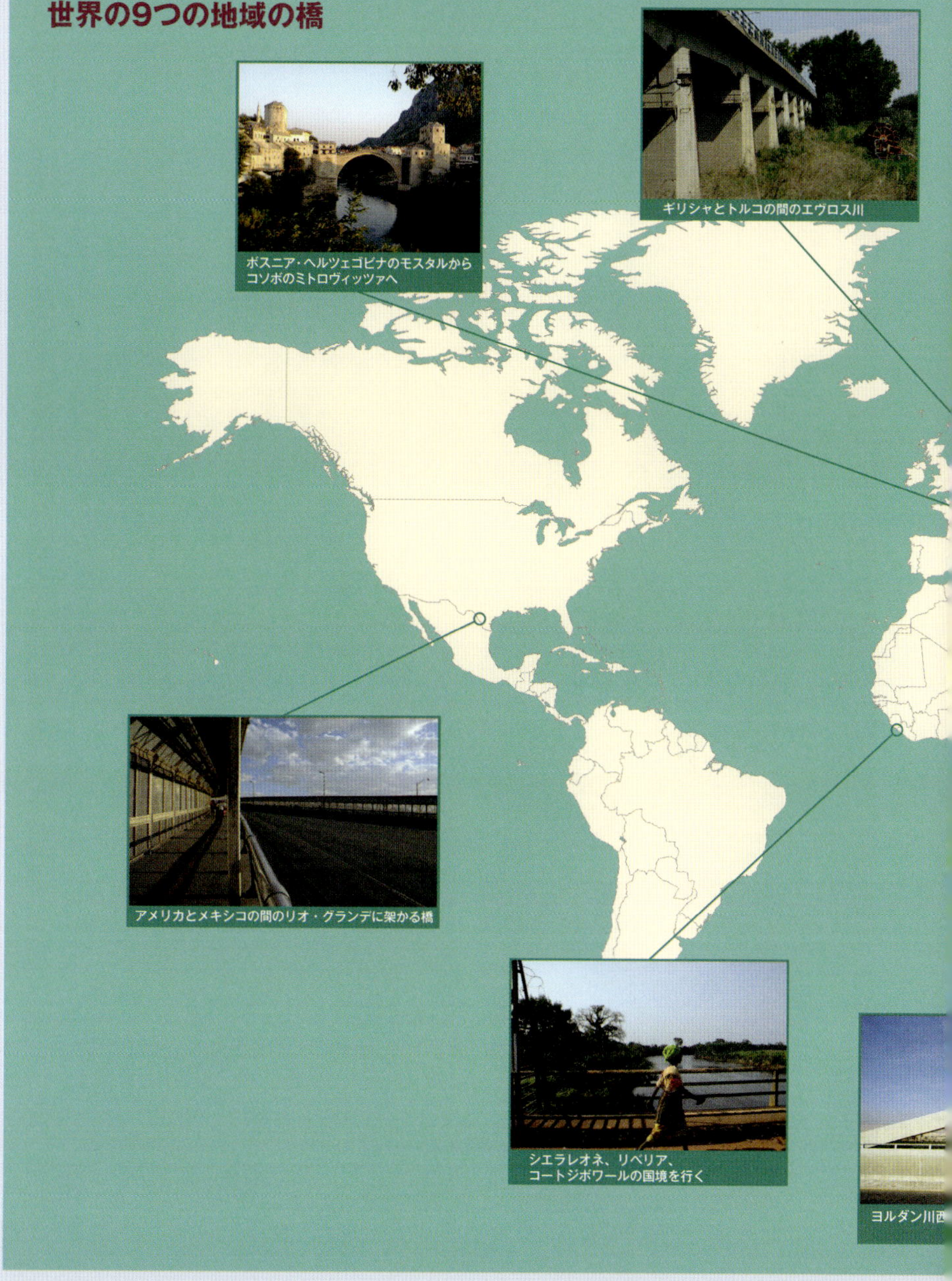

ボスニア・ヘルツェゴビナのモスタルから
コソボのミトロヴィッツァへ

ギリシャとトルコの間のエヴロス川

アメリカとメキシコの間のリオ・グランデに架かる橋

シエラレオネ、リベリア、
コートジボワールの国境を行く

ヨルダン川西

SAME GOD ON
BOTH SIDES
"We build too many Walls
and not enough Bridges" Isaac Newton
NO HAY MAL QUE DURE CIEN AÑOS...
NI MUROS QUE LA SOPORTE

序文

橋は温かみのある装置である

「橋は温かみのある装置である。二つの岸をつなぎ、対立関係をまたぐ。どんな形状の橋でも私は好きだ。映画『戦場にかける橋』を観て、英軍兵士のサボタージュが失敗すればいいと願った観客は私くらいのものだろう。ボスニア紛争中に私が初めて派遣されたのは、一九九三年のモスタルの橋の破壊からまもなくしてからだった。水面から最も高いところで一〇メートル以上もあるアーチ形の橋から、何世紀も前からの肝試しの風習にしたがって若者が川に飛び込む。私が親しくしている作家のプレドラグ・マトヴェイェーヴィチもその一人だ」と、政治・社会的にコミットするイタリア人作家エルリ・デ・ルカが書いている。[1]

アレクサンドラ・ノヴォスロフ氏の新著は旧ユーゴスラビアの橋で始まる。アイザック・ニュートンの「人間は壁を多く作りすぎ、橋は十分に作っていない」という言葉に触発されて、世界を分断する壁を取り上げた前著に続くものだ。人間の温かみを忘れて対立と暴力に溺れ、両岸に住む人々を結ぶシンボルである橋を破壊する人もいる。こうした極端な対立状態においては、ルネ・シャールの格言「城の精神は跳ね橋である」のほうが正しいだろう。

そうは言っても、破壊された橋は再建される。モスタルの橋は戦争の傷跡をいやそうとする欧州連合（EU）とユネスコの熱心な支援によって以前と同じ橋に再建された。しかし、川によってでなく、二つのコミュニティーの対立によって持続的に分断されたモスタルにおいて、第一義的な機能を取り戻すことには疑念が根強く残る。そうした歴史を体験していない観光客が多く橋を訪れる。そのことは仲介者であることの意味を橋から奪ってはいないだろうか？

国境や管理ラインをまたぐ八〇以上の橋のなかで、著者は九つの状況について解説する。アメリカとメキシコの間の境界領域であるリオ・グランデ（リオ・ブラボー）、厳しく管理された開放を体現する中国と北朝鮮の間の橋、「グレート・ゲーム」の古い国境であるアムダリヤ川の友好橋、深刻な危機状態からゆっくりと回復しつつある西アフリカ諸国のマノ川連合の橋、パレスティナ人にとって死活問題にかかわるヨルダン川のアレンビー橋、モルドバと沿ドニエストルの間のドニエストル川に架かる対立の橋（この橋はルール無視を表す）、ジョージアとアブハジアの間のエングリ川に架かる橋（ここでも、コントロールできないものへの飛躍がある）、トルコから来る移民が渡るには幅が広すぎるエヴロス川に架かる橋（しかも北のほうにはフェンスもある）、そしてボスニア・ヘルツェゴビナの橋、コソボ治安維持部隊のフランス軍が名前を付け直した、イバル川に架かるコソボ・ミトロヴィツァのオーステルリッツ橋、タンカルヴィル橋、カンブロンヌ橋の三つの橋（コソボのアルバニア人政権の言うことを聞かないセルビア人との境界線）だ。

世界を巡るこの旅は学ぶところが非常に多い。データや現地での観察やインタヴューが豊富に盛り込まれている。当たり障りのないコメントや平凡な資料の寄せ集めとはほど遠い。その手法は新しいものだ。『橋の芸術（L'art des ponts）』を書いた哲学者ミシェル・セール氏が自身の直感から着手したテーマについて語り尽くしてはいないことは明らかだろう。この真摯《しんし》な調査は、現地で直接集めた独自のデータ、そしてそれが優雅さと信念を持って提示されていることを別として、次の二点で大きな貢献を果たしている。

その第一の点は、テーマの性質そのものである。なぜなら、橋はさまざまなレベルや観点がぶつかる場所であり、線であるからだ。日常生活上、地元の人々にとって重要なこの場所は、戦争や分離の危機のために強制された分断の象徴にもなり得る。著者は地政学的（朝鮮半島、アフガニスタンとタジキスタンの国境）、戦略地政学的（イスラエル―パレスティナ―ヨルダン、沿ドニエストル、軍事化されたエヴロス川、ジョージア―アブハジア）、地域経済的（リオ・グランデ）、ポスト内戦（マノ川連合）、移民流入（エヴロス川、リオ・グランデ）といった様々な種類の分析を的確に組み合わせている。人文地理学と人類学的アプローチ（多数の人の証言、旅行記）は、より総括的な対立の分析のために排除されてはいない。さまざまなレベルと観点に識別できる各現状を扱うことによって、総括的な課題の理解を促す全体像を見せてくれる。それでいて、境界管理システム（自由な通行から、監視、分離の場合の「国境化」、閉鎖まで）が影響を及ぼす日常生活上の「死活問題」（この言葉は人々の証言によく出てくる）という人間的な部分を維持している。そこには難民、避難民、排除された人々の帰還へのノスタルジーが漂っている。また、多くの境界は放置され、設備の整っていない周辺地域であり、反乱や伝染病に最初に影響を受ける場所である。つまり、敗者の世界だ。

第二の貢献点は、自由通行という失われた平常性を橋が象徴する各地域の将来可能なシナリオに対する疑問の投げかけにある。最もよく言及される将来展望は、監視プロセスの緩和が含まれるとしても現状維持だ。規制された通行点はほとんどが失敗の象徴である。ただし、稀ではあるが、安全保障と平和の再建のためにまとまりを見せるマノ川連合のような例外はある。コートジボワール、リベリア、ギニア、シエラレオネによるマノ川連合は仲裁の能力を伴う警報システムのごとく機能する。それは物理的な「橋」に、象徴とつながりと温かみと連帯感という価値を付与するものだ。平和になった国際橋は、違いを受け入れるインターフェースであるから、共存の秩序を与える。冷戦の最中でさえ、西ベルリンとポツダムの間のグリーニッケ橋（長さ一二八メートル。一九四九年に「統一橋」と名付けられた）はスパイの交換のために三度ほど軍によって使用されただけだが、最も緊密で最も目立たない東西陣営の架け橋だった。この例が示すように、激しく対立する二者の間であっても、外交的やり取りのパイプは必要なのである。

二〇〇七年六月二八日に国際橋梁道路協会の講演で、ミシェル・セール氏はこのように述べた。「私は長く生きてきましたが、橋はコミュニケーションおよび関係の象徴を表す良いオブジェであると気づきました。橋は物体ではありますが、同時にコミュニケーションのシンボルあるいは顔です。それが拙著の存在理由でもあるのです。橋はあなたがたが高位聖職者としてでなく〝道を開く人〟として建設するすべを知っている物体ですが、同時に象徴でもあるのです。私は橋が象徴なのではなく、象徴が橋なのだと言いたいのです」。（フランス語の pontife はカトリック教会の高位聖職者を意味するが、その同義語である pontifex の元のラテン語の意味は「道を開く人」「（神と人間の間に）橋を架ける人である」）

しばしば恣意性《しい》（通行時間の変動と不安定さ、最も弱い人や敗者たちに強制されるコントロールという差別）に特徴づけられる脆弱《ぜいじゃく》で変化する論法を、アレクサンドラ・ノヴォスロフ氏は厳格さとコミットメントを持って扱っている――氏は判断を下すことを恐れないし、自分の考えを隠さない――が、それは人道的に受け入れられない地政学的状況が現状維持という外交的無関心に陥らないようにするためだ。氏が現地で調べる地理学は、非常に人道的である。「境界線、本当の境界線が多ければ多いほど、味わいの行き来もそれだけ多くなり、それはいいことだ。みんなが同化されれば、橋は不要になる」[2]と言った、仏領マルティニク島の作家エドゥアール・グリサンと同様に。

ミシェル・フシェ
地理学者、外交官、人文科学の家基金(FMSH)
世界研究コレージュ所属応用地政学研究者

ポツダムのグリーニッケ橋。冷戦当時は東西陣営のスパイ交換に使われた橋は今ではごく普通の橋だ

イントロダクション

調和が機能しなくなり、紛争が続くと、
一般的に、橋を破壊することが火急の目標の一つとなる。
しかし、平和と癒しがやってくると、
橋の建設や修復が、われわれの進歩の目安となる。
――アーガー・ハーン[3]

アイザック・ニュートンの言葉「人間は壁を多く作りすぎ、橋は十分に作っていない」が本書を執筆するにあたっての出発点だった。前著『世界を分断する「壁」[4]』の緒言に使ったこの言葉から、橋がコミュニティー間の絆を強めて平和や和解に直接に貢献するのか否か、どのように貢献するのかを知るために、掘り下げてみる価値があると思った次第だ。

橋は確かに第一義的には、そして一般の人々の考えでは、「沈滞や障害（川、交通路、谷など）を、その分離を越えて克服することができる建造物」である。西洋の言語での「橋」という言葉は「通り道、道」を意味するインド・ヨーロッパ祖語を語源とする。しがたって、基本的には「壁」と正反対の言葉である。それゆえ、橋は統合と開放のシンボルだとか、国境を越えた二つの国の絆とか、地域的協力の軸であるとか

（最近、エジプトとサウジアラビアの間に建設が開始された橋の例に見るように）よく言われる。したがって、橋と壁は真っ向から対立する建造物、プロジェクトであるだろう。しかし、現実はそんなに明確だろうか？　壁が人々を結合させるのはまれであるとしても、橋はより複雑で二面性、いや多面性がある。日本古代の想像の世界では、橋は境界線を表していたらしい。黒海（古代ギリシャ語ではEuxeinos Pontos「友好的な／歓迎する海」と呼ばれていた）の近くに紀元前七世紀から住んでいたギリシャ人にとって、橋はまずこの黒海を意味した。そこで言う橋は実際に連帯を意味したのだろうか、分断を意味したのだろうか？　本書で取り上げる紛争後の地域において、橋はわれわれが考えるような役割を果たしているのだろうか？

現在も機能している世界の九つの地域の壁を研究した後、私たちは紛争後あるいは危機的状況にある九つの地域にある、「境界線」を越える橋を取り上げることにした。国境または境界線として法的に認められたものもあれば、行政的な境界線だったり、将来国境になるかもしれない休戦ラインである境界線もある。私たちの目的は、危機ゾーンや和平プロセスが進行する地域にある橋の役割や、橋を利用する人々の日常生活への影響を理解することである。そうした橋は真に絆であるのか、すでに存在する分断を強めるものだろうか。本書で取り上げた橋の多くは国境の壁あるいは囲われた行政的境界線をまたぐものだ（アメリカ—メキシコ、中国—北朝鮮、ジョージア—アブハジア、パレスティナ—イスラエル、ギリシャ—トルコ）。これらの橋は分断を強化する要素として機能しているのか、一方の側で生きることを強いられた人々にとっての仲介者であるのだろうか。橋は紛争が起きれば真っ先に破壊されるのだから、その再建は人々の目には和解と危機脱出の要素と映るのだろうか。別の表現をすれば、橋は分断された人々を真に結びつけることができるのだろうか。本書は世界のあまり知られていない地域あるいは忘れられた地域に、グローバル化したこの世界の腫れ物のような場所に、凍結した紛争や対立から生じる分断の実態に、光を当てるきっかけにもなるだろう。

アイザック・ニュートンは一体何を言いたかったのだろう。人間の本能は壁の後ろで自分たちを守り、必ずしも他人にアクセスできない棲み家を造ることなのだろうか？　だが、人間は壁が嫌いで、常に壁を欺こうとするのではなかったか？　壁は人の動きを抑圧することはできないからだ。もし橋の建設が壁ほど自然でないとしたら、太古の昔から人間が常にしてきたように、橋は障害を乗り越えて、ある場所から別の場所へ、他者のもとへ行くという動きを表している。壁は自分の内に閉じこもること、橋は往来することにつながる。両方とも人間のポジティヴあるいはネガティヴな発明の結果であり、この二つは何世紀もの間、自分を守るためか、向こう側へ行くために隣り合わせになっていた。

本書に挙げたいくつかの例では、向こう側へ行く動きは壁によって鈍らされている。テキサスとメキシコの間の国境、ヨルダンとヨルダン川西岸地区の間のアレンビー橋の検問所、ギリシャとトルコの間のエヴロス川に架かる橋などにおいて、橋はさらなる管理の道具である。一方の他方への支配を強化するものだ。壁を建設した側、つまり良い側へ行くのに何時間も待たされる。橋も壁と同様に、人々を通過点に誘導することを可能にする。そうなると、橋も壁と同様に、欺くことができる。とりわけ、ますます大きなリスクを冒す移民の場合はそうだ。なぜなら、人々は必ずしも橋を渡る必要はないからだ。小舟や筏、浮き輪があれば十分だ。シエラレオネ、リベリア、コートジボワールの国境のように橋があまりないところでは、人々はそうせざるを得ない。

このように、分断が顕著な場合は、橋は通り道を非常に局部的に見せるだけだ。たとえば、ポツダムのグリーニッケ橋やベルリンのオーバーバウム橋は冷戦の全期間を通して分離を維持していた。グリーニッケ橋はスパイと囚人の交換に三度だけ使われた。橋はいわば中立ゾーンとなり、面倒な事前の合意なしに中立原則を適用することができた。ミトロヴィツァでは、アルバニア人がコソボ北部の検問所を制圧しようとした事件の後、セルビア人が二〇一一年七月のある日に土手を築いた。この「盛り土」は、セルビア人のアイデンティティーに触れないために「彼らが築いた壁」なのだ。怒りのあまり一夜にして築かれた一時的な壁は、隣人のアルバニア人との関係が緩和したために三年後にセルビア人によって撤去された。壁はより平和的な花の鉢に取って代わられたが、邪魔であることに変わりなく、往来はあまり回復しなかった。このオーステルリッツ橋が今でもセルビア人とアルバニア人の分断を表しているのに対し、わずか数百メートルしか離れていないカンブロンヌ橋は開放を保っている。ソウルの北にある、北朝鮮との境界線沿いの臨津閣《イムジンガク》の橋は南北統一の希望を保持させるが、北朝鮮への直接のアクセスは閉ざされている。線路は続いているが列車はそこで止まる。ドニエストル川に架かるグラ・ブクルイ橋は歩行者や自転車は通れたが、車両通行は二六年間、閉ざされていた。通行する人は少なく、ロシア人兵士がモルドバと沿ドニエストルの間の往来を静かに、しかし厳格に選別している。つまり、分断を維持するために少しずつ通行させるという計算されたやり方だ。交易や人の通行を抑えるためのビザが要求される橋もある。橋は貧しく遠い国から来る移民が通る場所でもあり、彼らを押し返すための検問所でもある。

紛争が凍結し、不安を抱える住民たちが分断されると、関係正常化の見通しは不透明であるため、橋は緊張を維持するために利用され、緊張緩和の役割を果たすことはできない。橋は堰になるのだ。だからといって、すべてが遮断されるわけではない。橋を関係の維持または再開のための手段と見る人たちもいる。橋の両側の人々の関係が昔からあるのに、そこに新たに境界線ができてしまった地域ではそうである。たとえば、ゴルノ・バダフシャン自治州（タジキスタン）のアムダリヤ川に架かる橋は、冷戦とアフガニスタン戦争で分断されたパミール人たちの交流再開のための手段である。ジョージアと分離独立したアブハジアの間のルキー橋は、戦争で二分されたミングレル人の絆を維持するものである。アメリカとメキシコの間の国境のリオ・グランデに架かる橋は、川の両側の町の住民間の友情が表明される場である。丹東《たんとう》の中朝友誼《ゆうぎ》橋は経済制裁下の北朝鮮には不可欠な交易ルートであり、中国と北朝鮮の間の図們江《ともんこう》（朝鮮名は豆《トゥ》満江《マンガン》）と鴨緑江《おうりょくこう》に架かる橋は、しばしば経済特区を伴う地域融合の道具だ。アレンビー橋はパレスティナ人が外部との関係を維持するためになくてはならないものだ。議論はあるものの、ロシアとクリミア半島の間のケルチ海峡に建設中の一九キロメートルの橋（建設費三〇億ユーロ）は、二〇一四年にロシアの属領にされたクリミア半島とロシアをつなぐのが目的だ。地質学的な問題から何年も放置されていたこの計画はむろん、経済制裁を乗り越えてロシアのクリミア半島併合を容易にするためであるが、この橋はほかの橋とは違って、本質的にウクライナ問題の解決不能を強めるのではないだろうか？　橋は人々を分断すると同時につなげる。橋は壁の

エル・パソ郡。新しいトルニージョ橋は国境フェンスの上に架かる　©Alexandra Novosseloff

補完物であると同時に、開放される道の補完物である。橋の機能は変化する。一方で、橋で行われる検問は両側のつながりが真に発展するのを妨げ、境界線地帯の両サイドの歴史的、経済的、政治的、社会的、家族的つながりを妨害する。しかし他方では、橋は壁の効力を低下させる。橋は通行路を維持する。壁の解毒剤のようなものだ。橋は希望のシンボル、他者を理解しようとするポジティヴな意味を保つ。だが、あらゆる建造物と同様に、当初の目的をそらすことも可能だ。同時に、住民の苦悩を和らげて開放を可能にする効果を発揮することもできる。紛争や危機の解決策の模索に時間的余裕を与えてくれる。しかし、時間が経てば経つほど、分断が明らかになって人々の日常生活に根を下ろす。このように橋は多くのパラドックスを含んでいる。

さらに、時期によっては、橋は壁ほどには重要視されない。橋は時の印でもある。「国家や帝国は、発展していると道路や橋を造るが、衰退や危機に陥ると壁やフェンスを造る」[5]。今日、アメリカ大陸やヨーロッパ大陸でそうなっていることは否めない。しかし、危機が遠のき、平和が築かれるようになれば、橋は人や物の往来を加速し、必要な地域経済統合の道具となり、両岸の持続的関係をさらに発展させ、時機が来れば対話を促進させてくれる。それが壁との大きな相違点だ。壁は長期的には失敗を運命づけられている一方で、橋は希望をもたらす。橋は常に建設される。人は常に「生」を好むものだからだ。

1

ボスニア・ヘルツェゴビナのモスタルから コソボのミトロヴィツァへ

旧ユーゴスラビア諸国の橋

ルノー・ドルリアック 著

橋とは何だろう? 壊すのが容易な築造物だ。
渡った後に爆破するのは人がよくやることだ。
距離を置くために。橋は断絶の可能性だ。

シャルナス・バルタス(リトアニアの映画監督)

町（国）	川	橋の名前	建設年	長さ
サラエボ（ボスニア・ヘルツェゴヴィナ）	ミリャツカ川	ラテン橋	1798-99 年	39 m
モスタル（ボスニア・ヘルツェゴヴィナ）	ラドボリャ川	「曲がった橋」（クリヴァ・チュプリア）	1558 年 2002 年再建	8.42 m
	ネレトヴァ川	スタリ・パッツァ	不明	168 m
		「古い橋」（スタリ・モスト）	1567 年 2004 年再建	30 m
		バンアー橋	1993 年	100 m
		ムサラ橋（旧チトー橋）	1882 年	104 m
		ルッキー橋	1913 年	72 m
		皇帝橋	1917 年 1996 年再建	180 m
ヴィシェグラード（ボスニア・ヘルツェゴヴィナ）	ドリナ川	ソコルル・メフメト・パシャ橋	1577 年	179.5 m
ミトロヴィツァ（コソボ）	イバル川	オーステルリッツ橋（または「新しい橋」、ミトロヴィツァ橋、イバール橋）	1975 年 2001 年再建	110 m
		カンブロンヌ橋	不明	90 m
		タンカルヴィル（歩道）橋	1999-2000 年冬	80 m
		スヴィドゥ橋	不明	不明

旧ユーゴスラビアの歴史は、その誕生から最期に至るまで、この国の数々の橋に否応なく刻印されている。一九一四年六月二八日、サラエボのミリャツカ川にかかるラテン橋のたもとでフランツ・フェルディナント・エスターライヒ＝エステ大公が暗殺されたことは、第一次世界大戦開始の口実に使われたほか、一九一九年のセルビア人・クロアチア人・スロベニア人王国（一九二九〜四一年の間は「ユーゴスラビア王国」と名乗った）の設立につながった。ところで、セルビア人は普通、この橋を「ガヴリロ・プリンツィプ橋」と呼ぶ。この名は二つの大戦の間に使われた名前だ。一九〇八年のオーストリア＝ハンガリー帝国によるボスニア・ヘルツェゴビナ併合に反対してフランツ・フェルディナント大公に致命的な銃弾を放ったセルビア人の名前だ。二〇一四年六月にサラエボ事件百周年を記念して行われた行事と、その正当性を巡る激しい論争は、過去の反目の現在（あるいは未来）を示している。

第二次世界大戦後の戦禍から生まれたチトー元帥（大統領）のユーゴスラビアは、二つの大戦の間に存在したユーゴスラビア王国（「第一のユーゴスラビア」とも呼ばれる）と同様、国を構成するすべての民族に共通のアイデンティティーを根付かせることができなかった。二〇世紀を通じて、「ユーゴスラビア」のアイデンティティーは、この地域に根付いたほかの民族アイデンティティー（アルバニア、クロアチア、マケドニア、セルビア、スロベニア）や宗教的アイデンティティー（キリスト教正教会、カトリック教会、ユダヤ教、イスラム教）に遠く及ばなかった。ベルリンの壁崩壊と東欧共産圏の解体の影響で、チトー体制のユーゴスラビアは瓦解し、一九九一年から九九年の間、世界中のメディアや「国際社会」の注目を断続的に浴び続けた。なかでもボスニア・ヘルツェゴビナ紛争（一九九二年春〜九五年秋）とコソボ紛争（九八年冬〜九九年夏）は最も注目された出来事だった。橋はモスタルでもミトロヴィツァでも、表面上は平和だが不信感がくすぶり続ける共存を象徴している。

「古い橋」――モスタルの危うい絆

モスタルの町では、どの道を歩いていても、町に染み通る明るい光に驚かされる。ボスニアのほかの地域のように、森が多くて暗い雰囲気とは対照的だ。サラエボからモスタルへ続く幹線道路を進むと、コニツでネレトヴァ川に出る。そうすると、ある瞬間に突然、地中海っぽいヘルツェゴビナに入ったことがわかる。ここでは石灰岩がほとんどで、地中海独特の灌木もまばら。ヴェレス山の急な斜面は不毛な感じがする。モスタルの南になると、アドリア海沿岸まで自然はより穏やかになるが、そこに至るまでは細長く伸びた町からの出口は少ないように感じ、一見温かみのあるよう

サラエボのラテン橋。ここで 1914 年 6 月 28 日にフランツ・フェルディナント大公がガヴリロ・プリンツィプによって暗殺された　©Alexandra Novosseloff

で実はそうでない盆地に閉じ込められたように感じるだろう。実際、ボスニア紛争の間、大きな厄災は山の向こうからやって来た。一九九三年一一月九日にクロアチア系ボスニア人の大砲によって町のシンボル的な橋にとどめの一撃が加えられたのは、モスタルを見下ろすハムの丘からだった。とどめの一撃……そう、古典的なオスマン建築のこの橋は紛争の初期からすでにひどく痛めつけられていたのだ。

　オスマン文化が最盛期を迎えた一六世紀後半以来、モスタルの有名な橋「スタリ・モスト（古い橋）」は破壊と再建を繰り返した。その一つしかないアーチ（一番高い部分はネレトヴァ川の川面から二七メートルの高さ）の優雅さ、一五六六年完成当時は世界でも最も重要な橋であり、当時の有名な建築家ミマール・スィナンによる稀有《けう》な技術の完成度を示している（実際の建設は彼の門下のミマール・ハイルッディンとされている）。この技術的偉業と衆人の認める文化的価値はモスタルの発展と名声に寄与した。一五世紀にこの地がオスマン帝国に征服されてから歴史に名を残し

サラエボの壮麗な図書館。1995 年のデイトン平和合意の後、再建されたサラエボのシンボルだ
©Alexandra Novosseloff

モスタルは 1992 ～ 95 年のボスニア・ヘルツェゴビナ紛争のトラウマを象徴する町
©Alexandra Novosseloff

たこの町は、戦略的位置に造られた橋のおかげで都市として発展し、商業も栄えた。モスタルという名前自体（ボスニア語とクロアチア語で「橋の番人」を意味する）が、町と橋の存在の内在的結びつきと、その重大な機能を如実に表している。この場合、アイデンティティーを体現するものを破壊しようとする執拗《しつよう》な試みをどう理解すればいいのだろうか？

　戦略的理由だけでは対立の真の動機を理解することはできない。たしかに、戦争状態においては、川の両側にあったボシュニャク人居住地区の間の交通を断つというクロアチア人とセルビア人の意図はあっただろう。ネレトヴァ川に架かるほかの六つの橋も同様に破壊されてはいる。しかし、それだけではない。旧ユーゴスラビア国際戦犯法廷[1]（ＩＣＴＹ）で二〇一三年五月二九日にクロアチア系ボスニア人の責任者六人に下された判決は、「スタリ・モスト橋は正当な軍事攻撃の標的ではあるが、その破壊はモスタル市のムスリム一般市民に甚大な損害をもたらした」とした。したがって、町を分断するという意図と、町の地理そのも

モスタルのスタリ・モスト橋。戦争の傷跡を克服するために2004年に再建された象徴的な橋
©Alexandra Novosseloff

のを切り刻むことを切り離すことはできない。橋の破壊は単なる軍事戦略というよりも、人々の心に深く刻み込まれた出来事だった。住民の文化遺産を攻撃することは、彼らの記憶とアイデンティティーを消去する効果的なやり方だ。[2] ある人々はこの状況に対して、ある町に意図的にもたらされた損害、町の象徴、アイデンティティーそのものの破壊を表現するのに「都市環境破壊」という言葉すら使った。

モスタルはムスリムのボシュニャク人が住む左岸と、カトリックのクロアチア人の住む右岸に分かれているとよく言われるが、それは間違いだ。たとえ、戦争の論理では民族浄化のプロセスが一定の成功を収めたとしてもである。たしかに、クロアチア人国家「ヘルツェグ＝ボスナ・クロアチア人共和国」[3] によって一九九三年春に右岸から大量に排除されたため（その前には、セルビア人によって左岸から排除された）、今では右岸にボシュニャク人は少ない。だが、左岸に築かれていたクロアチア人コミュニティーも強制移住を免れたわけではない。セルビア人住民のほうは、

モスタルのルッキー橋。戦争中に最初に破壊され、最後に再建された　©Alexandra Novosseloff

一九九二年四月六日にボスニア・ヘルツェゴビナ共和国の独立が国際社会から承認されたため、セルビア人に対する反発が起きて身の危険を感じた人はすでに九二年夏にはモスタルから離れていた。戦争当事者が追求するある領土の民族単一化は異なるコミュニティーが混在する点から自然なものとは言えない。ユーゴスラビアの解体以前は、厳密な民族的論理というよりも、社会的、経済的な理由から各民族は一時的にそれぞれの地に住んでいたのだ。たとえば、モスタルのユナイテッド・ワールド・カレッジのクロアチア系職員であるメリさんは、「右岸とか左岸という言葉は今では頻繁に使われているが、戦争前はまったく使われていなかった」と言う。だからといって、あらゆる地区であらゆる場合にも共存があったとは言えない。実際には、モスタルはむしろ元から町にいた住民と田舎から来た住民から構成されていたのである。

サラエボと同様、モスタルでも、町をぐるりと回っただけで、何の関係も持たず、たたずまいも違う地区同士が並列していることに気づくだろう。スタリ・モスト橋はネレトヴァ川の両岸にまたがる歴史的地区——小さな工芸品店や有力者の邸宅、宗教的建築物などがある絵葉書のような地区——を結ぶハイフンのように見える。橋を守るタラ塔とヘレビヤ塔と呼ばれる二つの要塞化された塔にはさまれたこの橋は、まさに比類ない歴史的建造物であり、橋から川に飛び込む人を見るために人々が集まる場所でもある。一九六八年から、あらゆる年代の人たちがこの高さ二七メートルのダイビングに挑んでいる。[4] 年月とともに、この飛び込みは観光客を呼び込む行事になった。公式な飛び込み大会も毎年七月の最後の週末に開催されており、このイベントに毎年何万人もの見物人がやってくる。この行事にも民族の分断がある。飛び込むのはほとんどがボシュニャク人で、クロアチア人はほぼいない。

以前はオスマン帝国の色合いが濃く残っていた橋のすぐ両側の地区は、今ではボシュニャク人地区である。建築様式ではオーストリア＝ハンガリー帝国時代や共産圏時代の名残りもいくつかある。まるで歴史的

モスタルのルッキー橋とその向こうに広がるクロアチア人地区。尖塔は聖ヨセフ大聖堂
©Alexandra Novosseloff

建造物に十分に場所を与えるには町が小さすぎるといった感じだ。したがって、コミュニティー間の目に見える形の溝（断絶）は川ではない。その溝は川から少なくとも一〇〇メートルは入った「国家革命大通り（今では「大通り」を意味する「ブレヴァール」通りと呼ばれる）」にほぼ沿ったあたりにある。スタリ・モスト橋から旧市街地の商店が並ぶ通りを進むと――左に曲がればネレトヴァ川の支流ラドボリャ川に架かるクリヴァ・チュプリア橋[5]（「曲がった橋」という意味）に続く石畳のかわいい通りがあるのだが――国家革命大通りに出る。クリヴァ・チュプリア橋はスタリ・モストのモデルになったともいわれている。国家革命大通りを越えるとオーストリア＝ハンガリー帝国のボスニア・ヘルツェゴビナ支配時代（一八七八～一九一八年）に建設された近代的な地区だ。古い石畳の通りは、ここでは舗石を敷いた大通り、日陰のある整備された明るい通りに取って代わられる。瀟洒《しょうしゃ》な建物や広々とした広場が点々とするロンド地区を過ぎると、社会主義国の「黄金時代」の集合住宅が並ぶ西はずれの通りに出る。

この地を襲った一九九二年春から九五年秋まで続いた内戦がコミュニティー間に決定的な断絶を引き起こし、戦闘は一九世紀の終わりの二五年間以降に建設された新しい町に住むボシュニャク人とクロアチア人の居住地に集中した。国家革命大通り沿いに見られる今なお残る戦争の傷跡から、この前線のすさまじさがうかがわれ、この大通りは今でも町を二分している。人々は必要に迫られて、ある時には味方同士になり、別の時には敵同士になり、個人に対して、家族に対して、家族の一部に対して恐ろしい暴力が横行した。どの陣営につくか、チトー元帥時代の無宗教のイデオロギーの元で民族混血家庭で育った人々にその選択は容易だっただろうか？　モスタルの町の人間というアイデンティティーとそうした文化を身に着けていた人たちはどうだったのだろう。一例としてラケタの兄弟たちのジレンマはそれをよく表している。セルビア系でありながら（彼らの父親はセルビア側の軍に加わった）、彼らはボシュニャク人・クロアチア人の側で戦った。

「私たちは何よりもモスタル人だった。だから生き延びないといけなかった」

この内戦の背景として、内戦初期にヘルツェゴビナ地方（現在のボスニア・ヘルツェゴビナの南部）の東部からモスタルにやって来たセルビア人やモンテネグロ人、その後にヘルツェゴビナ地方の西部から来たクロアチア人について少し説明する必要があるだろう。モスタルでの暗い紛争期の主な首謀者の中に地元出身の人はごくわずかだったということは注目に値する。まるで、田舎が既存の秩序を覆すために日陰から姿を現したかのようだ。事実、内戦の勃発とともに、新参者の数は増え続け、それに応じて元の住民の移動が続いた。今ではモスタルの右岸は、ボスニア地方（現在のボスニア・ヘルツェゴビナの北部）の中央部（キセリャク市とその周辺）やヘルツェゴビナ北部（コニツ市とその周辺）からクロアチア人が多数移住してきたため、両市の頭文字をとって「キコ」という別名

モスタルの墓地。この町で真にコミュニティーが共存する場所だ。1992～95年の戦争でモスタルでは約5000人の死者が出た　©Alexandra Novosseloff

があるくらいだ。それはボシュニャク人にも言えることで、現在のボシュニャク人住民はモスタルと無関係の人も多い。[6] セルビア人については、市の中心地に帰還した人は少なく、左岸の小高い土地に集中しており、セルビア共和国の領事館もそこにある。市の中心部から近いと言えば近いが、遠いと言えば遠く、町はずれ「市外」と言ってもいいかもしれない。サラエボとアドリア海を結ぶ高速道路M一七号線がこの地区を二つに分断し、外側の地区は広大なセルビア人墓地と建設中の壮大な正教会とともに中心部から孤立している感じだ。今日、各コミュニティーは混在せず、共存していない。ボスニア・ヘルツェゴビナ人である前にボシュニャク人か、クロアチア人かセルビア人であるのだ。

　一九九二年から九五年の間にモスタルでは五〇〇〇人の死者が出て、一万人がよそに移住し、四万人が避難民になったと推定されている。紛争で人口一二万五〇〇〇人のうち六分の

モスタル。和平合意から20年以上経っても「国家革命大通り」（ブレヴァール通り）沿いに戦争の傷跡は残る　©Alexandra Novosseloff

一に当たる二万人ほど住民数が減少した。[7] しかし、人口だけでなく、紛争中と紛争後の住民移動で民族間の均衡が失われた。ボシュニャク人が紛争前とほぼ同等の割合を占めるのに対し、クロアチア人は大幅に増加した。モスタルのセルビア共和国領事の言葉を借りると、「セルビア人は数千人しかいない」。戦争前は、ボシュニャク人が三四パーセント、クロアチア人が三三パーセント、セルビア人が一八パーセントで、残りはさまざまなマイノリティーだったが、二〇一三年の国勢調査では、モスタルの人口一〇万人のうち、五〇パーセント近くがクロアチア人、四四パーセントがボシュニャク人、四パーセントがセルビア人である。

再建すべき橋たち

モスタルの町の一つひとつの通りは歴史に彩られているが、町そのものは特に歴史的記憶を持たない町である。紛争は、その前から存在していた現象を増幅した。スタリ・モスト橋の破壊はその現象を不可逆的なものにした。橋が破壊された一一月九日という日は、ベルリンの壁崩壊の日（一九八九年）であるとともに「水晶の夜」（一九三八年、ドイツ各地で発生したユダヤ人迫害の暴動）の日でもある。つまり、全体主義の終焉と、近しい敵を想起させるものをすべて壊したいという意思を象徴する日である。ボスニア地方のクロアチア人にとっては、その日は現在でも意味のある日だ。彼らにとって、チトー元帥のユーゴスラビアは、クロアチア人を迫害し、二つの大戦の間にユーゴスラビア王国がすでに意図していたことを持続させるためにセルビア人が作った悪の装置ではなかったのか？　ユーゴスラビアは、クロアチア人とカトリックのアイデンティティーを消滅させようというオスマン帝国の隠れた意図と同じものを持っていたのではないか？　結局、スタリ・モスト橋の破壊はそうした複雑な疑問に対する大雑把な回答になっている。「国際社会」のイニシアティヴで再建されたことも同様だ。

再建の構想は紛争後すぐにあったが、具体的な再建計画は一九九九年になってから世界銀行が提唱した。破壊された橋の写真を繰り返し見せられるたびに感じられる、やや遠のいた紛争のショックを消すためというよりは、紛争後の状況下で寛容を推進しようという考え方に基づいていた。以前と全く同じ橋を再建することは、戦争があったということを拒否し（それが可能だとしてだが）、一九九五年一二月一四日に調印されたデイトン平和合意の基本方針に従うことでもある。紛争のショックを消すという目的はそれ自体がすでに野心的であるが、戦争の原因を否定または根絶し、コミュニティー主義に対抗する寛容主義を促すという第二の目的はもっと野心的だ。したがって、スタリ・モスト橋の再建は戦争の傷跡を乗り越える手段となる必要があった。

この重責は、すでに旧ユーゴスラビアのほかの橋を

モスタルのクロアチア人地区を見下ろすハムの丘の頂上に立つ十字架　©Alexandra Novosseloff

建設したことのあるフランス人建築家ジル・ペコーに託された。ペコーの仕様書では、最初の建設当時の技術と資材を踏襲して再建すること、とりわけ地元ムコシャの採石場から採れる「テネリヤ」と呼ばれる石（この石が橋と町に独特の色合いを与えている）を使うことが規定された。和解を促進するために各コミュニティーから人を集めた石工の学校が一時期設置されたほどだ。ここでも、紛争時の破壊意図の完全な否定から、開通式のセレモニーの日取りまで（二〇〇四年七月二三日は欧州連合のモスタル行政機関が設置されてから一〇周年）象徴的な意味が散りばめられていた。

モスタル――ひとつになれなかった町

一九九四年三月のワシントンにおけるボシュニャク人とクロアチア人との間の合意で提起され、デイトン合意で設置を決定されたモスタルの欧州行政機関は、この町と分断された住民の再統一と再同化の試みを続けることになった。ボスニア・ヘルツェゴビナにおける「国際社会」の上級代表（サラエボ駐留）の内政介入権「ボン・パワー」[8]によって二〇〇四年一月に強制されたスタリ・モスト橋の開通式が、この再統一を体現するものでなくてはならなかった。この再統一の決定は、一九九六年二月以来モスタル市が六つの行政地区（半分がボシュニャク人、残りがボスニアのクロアチア人）に分断されていた仮措置に終止符を打った。そして、市の中心部は統一された市の行政府が管理するようになった。この二〇〇四年の規定によって、はっきりとした地区分割がすべてなくなったわけではない。その六つの行政地区は選挙区（コミュニティーの分布と重なる）として残ったからだ。内戦によって大きく変化した民族の人口割合にもかかわらず、市議会議員の半々という民族クオーター制も残っている。しかも、市の公共サービスの合併も建前にしかすぎなかった。というのは、実際には二つに分かれたサービスが継続しているからだ。道路、郵便から消防、病院、電力会社、教育に至るまでボシュニャク人用とクロアチア人用は別々になっている。国立劇場とサッカークラブも二つずつある。

モスタルではそれぞれのコミュニティーは閉鎖的だ。自分のコミュニティーの見方を押し付け、相手のコミュニティーの見方には何でも反対するという姿勢が見られる。こうした不信感は、二〇〇八年以来、市議会議員を選出することもできない市の運営に悪影響を与えている。その責任は自分たちの勢力を維持するために自分たちのやり方を維持しようとしたり（ボシュニャク人）、相手に強制しようとしたり（クロアチア人）する政治家にある。とりわけ、ボスニア・ヘルツェゴビナにおいてボシュニャク人やセルビア人と比べて自分たちを不利とみなしているクロアチア

モスタル。ユナイテッド・ワールド・カレッジの荘厳な黄土色の校舎手前の並木道
©Alexandra Novosseloff

人には死活問題ととらえられており、彼らはモスタルを「第三の構成体」[9]であるべき国の「自分たちの」首都にしたいと考えているのだ。

他のコミュニティーとともに一つの国、一つの市民権、一つの将来の計画を分かち合わなければならないのに、そのような偏狭な方法で他者と関係することには非常に問題がある。モスタルでも、ボスニア・ヘルツェゴビナのどの町でも事情は同じで、マイノリティーのほとんどはその国を自分の国だとは見なしていない。近年やっと、クロアチアとセルビアはボスニア・ヘルツェゴビナを一つの国家として尊重するようになっているが（以前はそうではなかった）、ボスニアのクロアチア人やセルビア人たちは心の底では、自分たちを祖国の孤児と感じている。こうした妄想ともいえるジレンマを持たないボシュニャク人だけが仕方なく他の民族と連合するこの国に愛着を覚えていると言っていいだろう。したがって、ボスニア紛争の終結以来――より正確にいえば、平和が和解をもたらしてくれると人々が信じなくなって以来――コミュニティー間の溝は深まるばかりだ。ネレトヴァ川の両岸にはキリスト教会の鐘楼やミナレット（モスクに付随する塔）やアイデンティティーを主張するほかの施設の建設が絶えることがない。

教育制度も例外ではない。それぞれのコミュニティーが他のコミュニティーが教えるものと相容れない異なる歴史を頑固に教える教育システムは、次世代の人々に重大な影響を与えることを警告する人が多い。「戦後、できるだけ早くすべての子どもを学校に通わせたいという意図から生まれた〝同じ屋根の下に二つの学校がある〟システムは大きな誤りだった」。こうして「多くの学校には入口が二つあり、内部も完全に分かれており、完全に分離されている」[10]。しかし、「あなたの権利《ヴァーサ・プラヴァ》」のように、この現状に反対運動を起こす人もいる。この団体は「同じ屋根の下に二つの学校がある」システムに反対し、ボスニア・ヘルツェゴビナ連邦の最高裁の支持を得た。二〇一三年一一月、同最高裁は、「生徒の間に民族的分離を敷くことは差別を禁じる法に違反する」という判決を下した。この判決を根拠に、ヘルツェゴビナ＝ネレトヴァ県の教育相（県には独自の行政府、内閣がある）は、県下のいくつかの基礎自治体（チャプリナ、プロゾル＝ラマ、ストラッツ）にモスタルのユナイテッド・ワールド・カレッジを手本にして学校を統一するよう要請した。

皮肉なことに、そのユナイテッド・ワールド・カレッジは普通の地元の高校ではない。ユナイテッド・ワールド・カレッジ運動（旧紛争地域を中心に世界に約一〇ヵ所ある）に参加するバルカン半島唯一の学校である。ユナイテッド・ワールド・カレッジは冷戦時代にウェールズで生まれた国際学校の集合体で、相互理解、分かち合い、尊重を基本とした教育を施すという目標を掲げている。たとえば、モスタルのカレッジは開校当初から、あらゆるコミュニティーから職員や生徒を募集し、将来は寛

モスタルのクロアチア人地区。サッカークラブ「ズリニスキ」のサポーターが集まるパブ
©Alexandra Novosseloff

容と和解の精神を教育システム全体に浸透させようという希望のもとに意見の相違を極力なくしてコミュニティー間の境界線を乗り越えようとした。長年このカレッジの職員を務めてきたメリさんは、「教育課程を均一化しようという当初の目標は次第に崩れていき、この〃上からの〃改革の試みは下まで浸透していません」と言う。実際、民族混合はうわべだけで、生徒たちはともに学んでいるとは思っていない。共通科目は必修の情報処理とスポーツやジャーナリズムなどの選択科目がいくつかあるだけ。「別の課程に友だちもいるし、いっしょに勉強しないといけないと思っています。でも、私たちの間にはまるで想像上の壁があるみたいなんです」と、一七歳のクロアチア人マリーナさんは言う。[11] カレッジを修了すれば国際バカロレアの資格を得られ、アメリカの大学に進学できるが、多くの生徒はその後就職先を容易に見つけられるわけではない。モスタルに二つあるクロアチア系とボシュニャク系の公立大学にしても事情は同じで、未来の失業者を教育している点[12]だけは共通している。

モスタルでは能力ではなく、どの家族、どのコミュニティー、どの政党に属しているかがものを言うからだ。コネがないと大したことはできない。それはだれもが知っていることではあるが、二〇一三年三月二〇日に若者評議会が主催したデモで示されたように、別のやり方を望む若者にとってはこの現状は受け入れがたい。この日、モスタルの約二〇の学校の生徒三五〇人が、スタリ・モスト橋の上流にあるチトー橋（オーストリア皇帝フランツ・ヨーゼフ一世を称えて建設されたモスタルで二番目に古い橋。二〇〇二年以降はムサラ橋という元の名前に戻った）に集まった。生徒たちは二手に分かれ、右岸と左岸のそれぞれ象徴的な場所(ムサラ広場とスペイン広場)から行進を始め、各グループがモスタルの市旗を半分に切ったものを手に、「統一モスタル」という横断幕を掲げた。その言葉を実行に移すかのように、クロアチア人とセルビア人の二人の高校生が市旗を体に巻き付けて抱き合った。その姿が世界中に呼び起こした称賛はそれと同じくらい地元の苛立ちを引き起こした。

チトー橋は平和な共存時代のノスタルジー

デモ隊がチトー橋を到着場所に選んだのは偶然ではない。共産主義の元指導者の名前が呼び起こす感傷的なイデオロギーの重みは、この国の異なるコミュニティー間の兄弟愛と黄金時代を思い起こさせるものなのだ。ボスニア人社会のあらゆる構成体[13]（しばしば「ユーゴノスタルジー」という言葉に集約される）において、現在の停滞した状況は全体主義だった旧ユーゴスラビアを理想化する傾向がある。また、この橋が選ばれたのは、紛争当時の最前線に近い場所でもあるからだ。さらに、この橋のたもとに莫大なお金をかけて修復され、将来は市の統一音楽学校になる建物があることも偶然ではない。欧州連合（ＥＵ）は「人々の和解に貢献するための代表的なプロジェクトの一つ」として、二〇一三年以来、音楽学校設立計画を支援している。この橋を

モスタルのチトー橋は繁栄と兄弟愛に満ちた黄金時代の名残りだろうか？　©Alexandra Novosseloff

渡ると、無邪気な行為はありえず、すべてに意味があるという理屈で戦争の悲劇が繰り広げられた地区に入る。ここでは、和解に賛成する人と反対する人が建築と地名で延々と闘いを続けてきた。

この地区では、破壊されたままの建物だけでなく、通りの名前がボスニア紛争の前線の地図を示してくれる。クロアチア人地区の境界にはアンテ・スタルチェヴィッチ通りとミレ・ブダク通りという、ウスタシャ運動[14]の二人の中心人物の名前が付けられている。その反対側はモスタルの偉大なセルビア人詩人アレクサ・シャンティッチの名を付けた通りがある（今でも彼の墓はこの地区を見下ろしている）。この通りには、異なるコミュニティーの若者が集える唯一の文化センター「ＯＫＣアブラシェヴィッチ」がある。そこのメンバーの一人は、「橋の再建はシンボルとしては必要だったが、橋が完成したからといってモスタルが統一された町になったわけではない」と言う。

これらの通りや場所はすべて「国家革命大通り」（ブレヴァール通り）のほぼ延長線上にあり、それらはモス

モスタル。チトー橋から皇帝橋を望む　©Alexandra Novosseloff

モスタル旧市街の観光地の小さな通りにはボスニア・ヘルツェゴビナの国旗がはためく
©Alexandra Novosseloff

タルの町の象徴的中心地を成す——歴史的中心地ではない——スペイン広場（シュパンスキー広場）につながっている。モスタルのインターナショナル小学校が「町最高の高校」であるユナイテッド・ワールド・カレッジの荘厳な黄土色の校舎に隣接している。この地区を見下ろすハムの丘の頂上に巨大な十字架がそびえるのと呼応するように、フランシスコ会の聖ペテロ・聖パウロ修道院の巨大な鐘楼がクロアチア人カトリック教徒の決意を物語っているようだ。ボスニア紛争中にオープンしたクロアチア国立劇場や、クロアチア科学芸術アカデミーだった歴史的な建物も同じような主張をしているように感じられる。この元アカデミーの建物は紛争中に大きなダメージを受けており、その修復は「モスタル二〇〇四」という文化遺産の修復プロジェクトに組み込まれている。同プロジェクトは世界銀行が資金を出し、四つの主なコミュニティーすべてが恩恵を受けるように組まれており、ヴァクフ宮殿（ボシュニャク人のため）、正教会司祭住居（セルビア人のため）、シナゴーグ（ユダヤ人のため）なども含まれる。シナゴーグは「国民革命大通り」の反対側でフランシスコ会修道院の向かいに二〇〇八年に開設された小さなヘブライ文化センターの隣に建設される予定だ（まだ起工式が行われただけ）。この場所の選定はモスタルでは小規模になったユダヤ人コミュニティーの復権の意思の強さを表している。

　限られたスペースにこれだけのコミュニティーのシンボルがあることからも、かつてそこで繰り返された紛争や惨劇の激しさがうかがわれる。まるで、関係を再構築できるものすべてをこの地区に人工的に詰め込んだかのようだ。ほかの地区ではそういうことから解放されるためにだろうか？　実際、住民にはわかっている目に見えない境界を越えると、文化の混合は消え失せる。クロアチア人地区にはパルチザンの巨大なモニュメント[15]の存在を示すものは何もない。そのモニュメントは放置されて荒れ果て、背の高い雑草に埋もれ、世捨て人や郷愁にかられたごく少数の人しか訪れない。公共、民間を問わず建物のファサードにはボスニア・ヘルツェゴビナの国旗の代わりにクロアチアの旗がはためいている。この地区には、苦い思いで生きる国を象徴するものはあってはならないのだ。こうした緊迫した雰囲気のなか、ほとんどのモスタル住民は沈黙に閉じこもる。「人々ははっきりとものを言ったり、他のコミュニティーと衝突することを恐れている。町は分断されていても、みんな経済的にはつながっているのだから」[16]

この分断はモスタルのサッカークラブのサポーターでも同じだ。モスタルではクロアチア人クラブのズリニスキとボシュニャク人クラブのヴェレジュ[17]が一〇〇年前から反目し合っている。右岸にあるヴェレジュのスタジアムはボスニア紛争時代にボシュニャク人が強制収容所送りになる前に収監されていたという歴史的場所だったのだが、このスタジアムが接収されてからは、両者の対立が修復不可能になった。過激なサポーター間の挑発や衝突は頻繁だ。ズリニスキ側はこう言う。「大事なのは憎む相手を持つことだ。相手がムスリムだと自動的にそうなる」。その確信を高めるためか、ズリニスキのサポーターの本部はカテドラルから遠くないパブに置かれているが、クロアチア人地区では珍しくなったモスクの正面にある。まるでわざとしたように、新保守で極端な民族主義の右翼クロアチア政党の本部も右岸のムスリムたちの墓の向かいにあるのだ。その墓がある墓地はこの地区では珍しく、一九九二年の戦いの犠牲者をコミュニティーに関係なく埋葬している真の民族混合の場所だ。左岸には、それの対の墓地ともいうべき墓地がある。カラギョズ・ベイ・モスクのすぐそばにある一九九三〜九四年の戦争（クロアチア人とボシュニャク人が対立した戦争）の犠牲者が埋葬されている墓地だ。これら二つの墓地の間には、紛争中に遺体を押し流したネレトヴァ川が流れている。この川には、すべての橋が破壊された後に旧市街のボシュニャク人地区をつなぐために一九九三年に建設されたバンアー橋が架かっている。歩行者専用の小さくて目立たない橋だ。その橋のたもとにはサウジアラビア文化センターと裏側の中庭にユヌス・エムレ・トルコ文化センターがひっそりと建っている。

この二つの施設は目立たないながらも、ボスニア・ヘルツェゴビナからサンジャク地方（セルビアとモンテネグロの国境沿いにある両国にまたがる地方）を経てコソボに至る地域に厳格なイスラム教を普及させようと競っている。

ドリナ川──ヘルツェゴビナからコソボへ

モスタルに押し寄せる観光客や見せかけだけの喧噪《けんそう》からも、メジュゴリェ近くの巡礼の道からも遠く離れた、旧ユーゴスラビアの解体を象徴するもう一つの橋はコソボのミトロヴィツァにある。モスタルからそこに行くには、まずボスニア・ヘルツェゴビナ東部の背骨にあたるドリナ川の盆地に続く道路をたどり、そして川沿いに北上してサンジャク地方に入る。この地方は都市から離れた田園地帯だが、第一次世界大戦直前までオスマン帝国の支配下にあり、現在はスラヴ系キリスト教徒とムスリムがほぼ同数

ヴィシェグラードのドリナ川に架かる橋。この町はスレブレニツァに次いで最も民族浄化が激しかった

住んでいる。モスタルからここまでの道のりは景色の変化に富んでいる。地中海らしい風景が続いた後、壮大な森林地帯が広がり（とりわけスチェスカ国立公園はすばらしい）、サンジャク地方に入るとむき出しの高地となる。しかし、そこに至る前のストラッツからネヴェシニェ、ガツコ、フォーチャ、ゴラジュデを経てヴィシェグラードまでは景色に目を奪われる。だが、この地方はボスニア・ヘルツェゴビナでも紛争が最も激しかったところだ。

人口二万人のヴィシェグラードはスレブレニツァに次いで、最も民族浄化が激しかった町だ。ボスニア紛争前には三分の二を占めていたボシュニャク人は、セルビアに隣接するこの町にほんのわずかしか帰還しなかった。一九九二年の春と夏の間のわずかな期間に、三〇〇〇人のボシュニャク人（女性や子供も何百人か含まれる）が虐殺された。行方不明者はもっと多い。その町に架かるソコルル・メフメト・パシャ

ミトロヴィツァ北部の聖デメトリウス教会。NATO はまだコソボに 4000 人以上の兵を駐留させている
©Alexandra Novosseloff

橋[18]はオスマン帝国の大宰相ソコルル・メフメト・パシャがミマール・スィナンに命じて一六世紀末に建造させたものだ。大宰相は地中海に抜ける数少ない街道のうち、自分の出身地に偉大な建造物を残したかったのだろう。この有名な橋は数多くの処刑の舞台となった。オスマン帝国最盛期に造られた第一級の建築物が、二〇世紀になって最も恐ろしい光景に舞台を提供することになるとだれが予想しただろうか？　まるでバルカン半島では最上のものと最悪の悲劇とが否応なく混ざり合うのが運命だとでもいうように。とりわけコソボはそれを証明している。

ミトロヴィツァ——怒りの理由

コソボ共和国の第二の都市ミトロヴィツァ（人口八万三〇〇〇人）は極めて象徴的な非常に古い町であり、かつ旧ユーゴスラビアの解体と深い関係があるなど多くの点でモスタルと似通っている。モスタルがボスニア・ヘルツェゴビナのスラヴ系民族間の不寛容を体現するのに対し、ミトロヴィツァはセルビア人とアルバニア人の対立を代表する町だ。旧ユーゴスラビア解体前に存在していたこの問題は、コソボ＝メトヒヤ地方を彼らの国の発祥地とみなすセルビア人にとっては——それが正しいか否かはさておいて——非常に重大だ。実際、一九八九年六月二八日にセルビア大統領スロボダン・ミロシェヴィッチがコソボの戦い[19]の六〇〇周年を記念してこの地方で行った大規模な記念行事では、民族主義的イデオロギーへの回帰が声高に主張され、数ヵ月後に旧ユーゴスラビアの解体を引き起こした。しかし、その際に生じた民族主義的熱狂は、一九世紀以来、次第にスラヴ圏を脱して発展するアルバニア圏に同化しようとする地方に対して強い不満をかきたてた。

チトー時代のユーゴスラビアがこの地方の北部で一九五〇年代に行った領土調整と、九〇年代にクロアチアのクライナ地方から排除されたセルビア人避難民の定住は、セルビア人に非常に不利な住民の民族構成を修正する意図があった。こうした動きによってセルビア人とアルバニア人の間の民族抗争が予想されたが、コソボのほうは他の紛争に忙しかった「国際社会」を動かすのに手間取った。一九九一年一二月二二日に提出されたコソボの独立要請は欧州共同体（EC）のバダンテール委員会（旧ユーゴスラビア解体を法律的見地から裁定する任務）によって検討されなかった。すでにセルビア国内の自治州という資格を持っていたので独立の必須条件である共和国ではなかったという理由からだった。

結果的に、ミロシェヴィッチの全体主義政権は一九九〇年代の一〇年間、以前の政権が軽視していたアルバニア人の人口優勢を武力で解決

プリシュティナ。2008 年 2 月に生まれ、2018 年時点で 116 ヶ国に承認された新たな国、コソボのシンボル
©Alexandra Novosseloff

する時間があったわけだ。最初は消極的だった「国際社会」も、一九九八年から九九年にかけての冬にコソボからアルバニア人が大量に強制排除されたことでやっと介入せざるを得なくなった。国際社会は、人道的理由だけでなく政治的理由からも、九九年三月に北大西洋条約機構（ＮＡＴＯ）によって軍事介入した。当時ユーゴスラビア共和国を構成していた二国、セルビアとモンテネグロ（とりわけセルビア）への三ヶ月間の空爆の結果、ユーゴスラビア問題のコンタクト・グループ[20]で政治的合意が成立し、続いて国連で承認され、六月一〇日の国連安保理の決議１２４４で正式に認められた。介入の目的はコソボを独立させることではなく、セルビアの抑圧的政策をやめさせることであるため、この決議はセルビアによる正式なコソボ領有権を維持しながらも、その実行支配を排除している。こうして国際的民政・軍事保護が国際連合コソボ暫定行政ミッション（ＵＮＭＩＫ）とＮＡＴＯのコソボ治安維持部隊（ＫＦＯＲ）に委任された。この二つの機関が協力して、コソボの安全と法治国家の発展を通し

ミトロヴィツァ北部のアルバニア人地区　©Frank Neisse

てコソボ情勢の安定と和平化に尽力した。

しかしながら、二〇〇四年三月に新たな衝突が頻発し、コソボの最終的な資格を明らかにしない解決策には限界があることが明らかになった。一方で、コソボの住民は独立へのステップとして国連の後見を期待していた。しかし、国連での意見の一致が得られないため、コソボ暫定政府は二〇〇八年二月一七日に独立を一方的に宣言した。その後、国際司法裁判所が二〇一〇年七月二二日に独立宣言を承認し、二〇一八年時点で一一六ヶ国がコソボを承認しているものの[21]、反対派は現在も有効な国連安保理決議1244の条項に固執し続けている。逆に、独立賛成国は、独立コソボ政権を監督するというよりそれらを育成するための各機関を安保理決議よりも優先させている。EUの共通安全保障防衛政策の文民ミッション「EULEXコソボ[22]」は二〇〇八年二月以来、一〇年にわたって目的到達の努力を続けており、コソボのほうはミッションの権限全体を自分のものにしようとしている。国際社会の介入から二〇年近く経った今も、コソボは中途半端な状態にあり、和解は定着せず、その意欲は低下しているようだ。

イバル川——熱望される「自然の」境界線

ミトロヴィツァはこうした議論を呼んだ悲劇の産物である。その傷跡も残っている。この町の丘に建つ、この地方の鉱夫に捧げられた社会主義リアリスト的モニュメントから町が一望のもとに見下ろすことができる。以前は多くのコミュニティーが共存していたいくつもの地区をイバル川が流れている。コソボ、とくにミトロヴィツァでは長い間、二言語主義が守られていた。セルビア人が最もよくアルバニア語を話していたのは、この町だっただろう。旧ユーゴスラビア内でも異民族間の結婚の割合が非常に低かった（わずか一パーセント）が、多民族の共存が実現されていた。つまり、混ざらずに隣り合って住んでいたのだが、それは地下にまで及んでいた。コソボとミトロヴィツァの不幸な象徴とも言うべき有名なトレプチャというコンビナートの地下坑道では、民族ごとに班になって働いていた。ミトロヴィツァはこれといって事件のない庶民的な鉱山町だった。

　ある意味では記憶は完全には消えていない。ミトロヴィツァ北の「鉱夫の丘」は現在でも共存の地区だが、だれもそのことは語らない。語るほどのことはないのかもしれない。「社会主義とともにユーゴスラビアもコソボの鉱業も多民族性も消滅したからだ。イバル川は単なる川でなく、事実上、コソヴスカ・ミトロヴィツァ（セルビア名）とミトロヴィツァ（アルバニア名）との間の、そして、欧州で最も新しい国と、コソボの最後のセルビア人の砦との間の新たな境界線になった[23]」。モスタルほど破壊は激

ミトロヴィツァ。イバル川に架かる歩道橋の向こうは「三タワー」と呼ばれるアルバニア人地区
©Alexandra Novosseloff

しくないが、非常に象徴的な場所が破壊されている。イバル川に架かる主要な橋であるオーステルリッツ橋[24]の一九九九年の破壊は、紛争以降、加速する民族均質化のプロセスによるアルバニア人地区とセルビア人地区の断絶の意図を象徴している。

現在、アルバニア人はミトロヴィツァの南半分に住む六万七〇〇〇人のほとんどを占め、セルビア人はほぼ北半分だけに住む（一万六〇〇〇人のうち八割）。この断絶はこの町では重い意味を持っているが、コソボ全体ではセルビア人の三分の二はアルバニア人が大多数の地区内にある飛び地に集まっているか、孤立して住んでいる。しかし、イバル川とセルビア国境の間の地域にはほぼセルビア人だけが住んでおり（アルバニア人集落はほんの一握り）、コソボ政府の支配から逃れている。ある時期には、セルビア政府の監視すら及ばず、無法地帯と化していた。あらゆる手段を使って、

ミトロヴィツァ北側のアルバニア人地区と町の南側を結ぶ中心街の橋を避けて、人目につかないタンカルヴィル橋を渡る　©Alexandra Novosseloff

コソボのこの地域はセルビア人のものであり、隣のセルビアに属するべきだと主張された。この現実から、セルビア人はイバル川をコソボのセルビア人とアルバニア人との間の境界にするべきだと主張し、これまでも再三、隣のセルビアに併合されるべきだとか、大きな自治権を与えられるべきだと要求してきた。なかには、ボスニア・ヘルツェゴビナのスルプスカ共和国と同様に「スルプスカ共和国」つまりコソボ・セルビア共和国の樹立を主張する者もいる。[25]川を渡ると、同じ町にいるのにまるで別の国に来たかのように感じる。

実際に、正規でない行政機関を重視するセルビア系コソボ人と、残りのコソボとの間に共通するものはあまりない。交通網、通貨、食べ物も水も電気も、司法、教育、医療も同じではないのだ。首都プリシュティナからセルビア人が去ってからは、ミトロヴィツァの北部がこの地域におけるセルビア人の抵抗運動の拠点となり、「国際社会」が推奨する多民族国家コソボの幻想を維持させている。そこに大学が移転され、そこにある病院には地域全域から人々がやって来る。二〇〇七年に完成した壮大な聖デメトリウス教会は、コソボのアルバニア人地域にある有名なデチャニ、ペーチ、グラチャニツァなどの各セルビア正教会修道院に呼応しているかのようだ。

「国際社会」は最初から、「新たな分断の予兆となるのを恐れて」（国連のある現地職員の言葉）こうした動きを抑えようとしてきた。だが、コソボ北部はコソボから長年分離されているという公式には認められない現実の認識から、二〇〇〇年代初めからこの地域をセルビアに併合するという案はたびたび浮上した。しかし、経済壊滅状態のこの地域に住むセルビア人を維持できるだけの財源がセルビア側にはおそらくないだろう。ミトロヴィツァ市の一体性は、国連コソボ暫定行政ミッション（ＵＮＭＩＫ）が維持する体裁とセルビア人の非正規機関の部分的統合によって、なんとか長い間保たれてきた。コソボとセルビア両国が二〇一三年に歩み寄った際に、ミトロヴィツァ北部を一つの市として認めることができた。しかし、コソボのセルビア人市町村協会の設立は、アルバニア人国民の一部の強い反対にあった。「国際社会」の目的は根本的には変わっていない。セルビア人が大多数を占める地域に大きな自治権を与えざるを得なくても、コソボの統一と民族同化を図ることである。

この観点からいうと、何千人ものアルバニア人、アッシュカリー人、ボシュニャク人、クロアチア人、ゴーラ人、モンテネグロ人、ロマ人[26]などが住むミトロヴィツァ北部の状況は重要なカギとなってくる。セルビア人が主張するイバル川を境界とする分断は、同化よりも排除の論理を優先させることを認めるに等しい。モスタルのスタリ・モスト橋とは非常に異なる方式で二〇〇一年に再建されたオーステルリッツ橋もそうした懸念に応えるものだ。一九九九年に破壊されたごく普通のこの橋を、モダンで未来へのヴィジョンを体現する橋に再建しようと「国際社会」は考えた――その名も「新しい橋」だ。橋の中央には四つの言語（セルビア語、アルバニア語、フランス語、英語）で「この橋の再建は町の住民のためにフランスの資金とコソボ人の労力によって実現された」と書かれてある。大きなアーチ（西洋ではふたつのものを「つなぐ」意味がある）と明るく照らされたこの橋は、紛争後のこの地域ではまったく中立的なものだとは言えない。自由な往来と多民族性に対する障害をなくすという目的があるのは明らかだ。

カンブロンヌ橋からタンカルヴィル橋の間は保存された場所

多民族性はミトロヴィツァのイバル川北岸でも一部ではあるが持続している。「小ボスニア」、「三タワー」、「クロイ・イ・ヴィクタート（セルビア語ではブルジャニ）」といった地区、とりわけ「スヴィドゥ（アルバニア語ではシュアドール）」地区などの民族混合地区には何千人というアルバニア人が住んでいる。こうした「飛び地」以外では、アルバニア語は禁止され、セルビア語とキリル文字が支配的だ。しかし、威嚇や事件はまれである。しかも、往来は完全に自由であり、これらの地区と町の南側をつなぐ橋がいくつかある。その一つは、ミトロヴィツァ北部の中心街の通りを避け、人目につかない、西端にある一方通行のスヴィドゥ橋だ。一方、タンカルヴィル橋と呼ばれる歩行者専用の橋はフランス軍によってオーステルリッツ橋から遠くないところに建設され、三タワー地区のアルバニア人が通勤や商売や、あらゆるコミュニティーが利用できる遊び場（一九九九年に撤去された元ロマ人地区。この地区の再建計画はあったが、現在まで実現されていない）に行くために、イバル川の南側に徒歩で行けるようになっている。紛争後に集合住宅「三タワー」に戻ってきたアルバニア人は民族混合の限界を守るように棟別、あるいは階別に集まって住んでいるが、セルビア人は「三タワー」から離れたことはない。

少し東に行ったカンブロンヌ橋は激しい戦闘のなかでも常に機能していた。この橋は町の北部と南部の大型商業施設をつなぐために利用者が多く、アルバニア人地区のなかでも実際に最も多民族性の強い場所だ。同じスーパーでアルバニア人とセルビア人が買い物をする。「けんかをせずに同じ場所で買い物ができるようになったのは進歩だ。ここではアルバニア人とかセルビア人というのではなく、同じ消費者なのだ」と、アンドリックさんはおだやかに言う。[27] 橋が「小ボスニア」という混合地区に隣接していることから、民族が均質な地区同士だけに往来を限定しないという考えが受け入れやすいのだろう。この橋は、あらゆる可能性があり、あらゆる違反ができ、あらゆるコンプレックスから解放され、異なる文字や言語が共存できる場所だと一般にみなされている。カンブロンヌ橋のたもとにあるカフェ「ボスナ」の主人は、この混乱状態をまさに体現している。彼はボシュニャク人で、ひがな一日セルビア語のテレビ番組を見ながら、ラジオから流れるアルバニア語の歌を聴くという「それしか生き方を知らない」生活に満足している。一九九九年に追い払われたセルビア人たちはこの地に帰ってきた。ただし、独立したコソボの唯一居住可能な地、イバル川の北岸にだ。

オーステルリッツ橋とちがって、カンブロンヌ橋やタンカルヴィル橋、スヴィドゥ橋は感情的なものを呼び起こさない。人々は気軽に渡る。緊張状態が高まってオーステルリッツ橋が閉鎖される場合も、ほかの三つの橋はつねに往来が自由でスムーズだ。(橋を)目立たなくして、橋の醸し出す活力を尊重するなら、当事者同士が到底和解できない場所でも「橋」は可能なのだ。物事をはっきりさせようとしすぎると、人の目もスケジュールもないところでしかうまく進まないプロセスをかえって複雑にしてしまう。

オーステルリッツ橋——大規模な策略の舞台

オーステルリッツ橋だけが不満のはけ口の舞台として、この問題を凝縮する。この橋はミトロヴィツァの町で最も目立つ存在だ。衝突や威嚇行為が生じるのは

ミトロヴィツァの南北を結ぶカンブロンヌ橋は常に機能していた　©Alexandra Novosseloff

ここだ。すべてが挑発のネタになる。この場所の領土意識が強いことは、両岸の若者たちの猜疑心《さいぎしん》に満ちた態度――それはイバル川中央にある歩道橋[28]も含めて――や、橋の両側に翻る多数のセルビア、アルバニア、コソボの各国旗を見れば明らかだ。当然ながら、コソボでは弱い立場にあるセルビア人の自衛的姿勢が目立つ。

早くも一九九九年六月から、セルビア人は橋の北側にアルバニア人が侵入してこないよう、非公式な監視と警戒態勢（「橋の番人」）を整えた。この自衛民兵組織はかつてはセルビアからの資金供給を受け、地元の犯罪集団とも関係があったが、最近になって解体された。偶然か皮肉か、橋のたもとにあるカフェ「ドルチェ・ヴィータ」（「甘い生活」という意味」）が主要な監視所となっていた。スポーツの中継を見ながら蒸留酒をすするのんびりとした光景を中断させるものは、川の南岸からくる不審な動きだけだ。こういう監視好きな人たちが、喧嘩や「守るべきものをどんな代償を払っても守る」ため

ミトロヴィツァ。オーステルリッツ橋の下に設置された歩道橋　©Alexandra Novosseloff

に一五〇人やそこら集めるのにものの数分もかからない。衝突はまれだが、いったん起これば、二〇〇四年三月や一一年七月のように極めて激しいものになる可能性がある。「国際社会」が橋の両側で監視と警戒態勢を取りつつ最初から介入しなければ、さらに激しくなるだろう。衝突の激しさや緊張状態の程度に応じて、ＥＵＬＥＸコソボの治安維持隊あるいはコソボ治安維持部隊（ＫＦＯＲ）に任務が与えられる。両部隊の軍用車両二台がつねに橋の両側に配備されている。「コソボ全土をカバーしなければならないとしても、われわれの信頼性はここで試される。まるで他の地域はあまり重要でないかのようだが」と両部隊の責任者は言う。地理学者ベネディクト・トラトンジェック氏は、「この橋はメディアの注目を浴びている。相対する二つの地区にミトロヴィツァを分断する地理的シンボルになっているからだ[29]」と説明する。地政学者ヤン・ブラム氏も「この橋は町のなかにある領土紛争の劇場化の場だ[30]」とす

ミトロヴィツァのオーステルリッツ橋も旧ユーゴスラビア解体を象徴する橋　©Alexandra Novosseloff

る。「国際社会」は、いつもそうはできなかったが、この橋をつねに通行可能にしたいのだ。

したがって、この橋の通行には障害がつきまとう。通行チェックがあるわけではないが、障害物のせいで車が通れない。歩行者や自転車に乗る人、まれに観光客が渡るくらいだ。二〇一一年の七月のある日、橋の北側を占拠しようとしたアルバニア人に対抗して、セルビア人が夜間に盛り土を置いた。この盛り土は、セルビア人のアイデンティティーを侵害させないようにするための「やつらの壁」だ。セルビアとコソボの関係が少しずつ改善されつつあった二〇一四年七月のある夜には、この盛り土はセルビア人住民の手によって撤去された。その時、花の鉢を並べた皮肉な「平和の庭」が設置されるのをKFORは静観していたのだが、車が通行できないのは変わらなかった。こうした「善意」にだれが反対できるだろうか？　そうした善意も、セルビア人住民がこの地に住むことと彼らのアイデンティティーを保障されない限りは、消えることのない不信感を根底から覆すことはできないのだから。

二〇一六年八月、セルビア人とコソボ人はオーステルリッツ橋の通行を「正常化」し、「再活性化」するための合意にブリュッセルで署名した。[31] しかし、その実施日が決まったにもかかわらず、セルビア人はその数週間前に、通行を不可能にする高さ二メートルの壁を橋の北側に建てた。EUとアメリカの水面下の交渉の結果、二〇一七年二月四日に新たな合意が成り、セルビア人が壁を壊す代わりに、もっと軽い構造物を建てることになった。しかし、「国際社会」の圧力のもとで妥当な解決策を当事者が見つけようとしたにもかかわらず、不安は残った。現地のあるオブザーバーは、「ここでは、隣人と仲良くしないと生き残れないということを人々が理解していないようだ」と嘆く。

こうした不安は、イバル川の北岸に地歩を固め、統治権や支配権を確立し、さらには実際に入り込もうというアルバニア人の漠然とした意思がかきたてるものだ。紛争前からそこにいたアルバニア人のことではない。紛争のために一時的にそこを離れざるを得なかったり、警察の保護のもとにあったりしたアルバニア人たちは、大体において帰還を受け入れられた。セルビア人たちは、帰還アルバニア人たち、ミトロヴィツァ市民でないアルバニア人が新たに「植民」しようとするための隠れ蓑になるのではないかと危惧しているのだ。そうした植民者は田舎の生活が次第に困難になり、生活しやすい土地を求めて一九九九年から大量にミトロヴィツァに流れ込んできた。イバル川の南岸に移住してきた地方出身のアルバニア人の数はわからないが、イバル川の北側に移住してきたセルビア人の数はおよそ六〇〇〇～七〇〇〇人と判明している。そのため、近年の衝突は オーステルリッツ橋周辺から、イバル川北岸の「クロイ・イ・ヴィクタート」地区に移っている。一九九九年に破壊された住宅の再建計画に関して二つのコミュニティーが反目している地区である。セルビア人は、再建戸数が多すぎるのはアルバニア人の裏の思惑を国際社会が後押ししている証拠だと批判する。アルバニア系コソボ人のほうは、国の領土は確定しているのだから、移住

ミトロヴィツァのオーステルリッツ橋は衝突を回避するため、今でもコソボ治安維持部隊（KFOR）のカラビニエリ（イタリアの国家憲兵）に警備されている　©Alexandra Novosseloff

の自由は制限されるべきではないという言い分だ。アルバニア独立の立役者の一人であるイサ・ボレティニ[32]がその故郷、イバル川北岸にある村に二〇一五年六月一〇日に埋葬し直されて物議を醸したが、それはこうしたアルバニア系コソボ人の主張につながるものがある。

バルカン諸国――橋の向こうの記憶

オーステルリッツ橋は別として、ミトロヴィツァの町を秩序づけている非公式な真の境界線（目に見える場合もある）はイバル川ではないということは明らかだ。つい最近までミトロヴィツァ北部のいくつかの道を塞いでいた盛り土は、「小ボスニア」地区の境界を表し、その「飛び地」が例外的な地区であることを物語っていた。「クロイ・イ・ヴィクタート」地区のはずれの破壊されたままの家屋や住む人のない家々、そして忠誠心の印のようにはためくセルビアやアルバニアの国旗も同じ役割を担っている。しかし、それより目立たない、あるいは忘れられた境界もある。町の北部にある広大なムスリム墓地の荒れようを見ると、訪れる人がまれなのがわかる（北部で唯一のモスクだったエルブリット・モスクも再建されたことはない）。イバル川南岸のセルビア人墓地も荒れ果てたままだ。放火された礼拝堂、腐敗しつつある動物の死骸、掘り返されたり破壊された墓石……痛ましい光景だ。最近まで、特別な機会に何人かで固まって用心して行かないと、そこは危険な場所だった。中心地から外れた場所にあり、避難民だったアルバニア人が多く住む地区に接しているからだ。アルバニア人はその墓地に少しでも入る人がいると不満を訴える。「どっちにしても、彼らにとっては、ここではすべてが異質なんだ。彼らには家族も知り合いもいない。私たちだけがまだ、ここに残っていた人たちといっしょに住んでいる。その人たちとは隠し事もない」と、墓地のそばに生きるアッシュカリー人家族の家長は言う。

このセルビア人墓地で一九九九年から二〇〇四年の間に起きた見境いのない暴力行為は、自らの無知をわざと利用しているのでなければ、ほとんど苦笑せざるを得ない。というのは、一般に言われていることとは違って、この墓地で組織的に行われた墓荒らしはセルビア人の墓だけに起きたことではないからだ。アルバニア人家族のカトリック教徒の墓や、オスマン帝国軍がドナウ川に向かった一九一八年秋の戦いの際に亡くなった外国人の墓も含まれる。ここは以前はキリスト教徒および異なるコミュニティーの共同墓地だったのだが、この何十年かの間に民族的色彩が色濃くなった。これは、ここ一〇〇年のコソボの変遷をまさに反映してはいないだろうか？　以前は現在のように物事がはっきりしていなかったし、どちらかというと宗教面で反目し合っていた。以前はいろいろな可能性があったのが、今ではムスリムかカトリックでないアルバニア人は考えられないし、セルビア正教徒でないセルビア人もありえなくなっている。そのほかの民族については、社会的あるいは民族的圧力が大きいために、独自の姿勢を貫くのは難しく

サラエボ。新たな橋を建設することで、戦争を忘れることができるだろうか? ©Alexandra Novosseloff

なっている。

事実、人々は彼らの暗黒時代につねに引き合いに出されることにうんざりしている。新たな状況を受け入れるとともに、国の指導者はもちろん、各地区の異なるコミュニティーの間でも交流が図られるようになった。マジョリティーに属さないのは難しいことではあるが、一九九九年のNATOの介入で強制排除されたセルビア人がイバル川南岸でセルビア語で話すことはタブーではなくなった。有刺鉄線で囲まれ、コソボ警察に保護されている古い聖サヴァ教会もまだ残っており、ここを訪れる信者の数は増えている。さらに、地域内協力はスローガンのように叫ばれ、過去を水に流そうという意思が支配的なのは明らかだ。世代が代われば、正常化のプロセスがバルカン半島に広がることは否定できなくなるだろう。したがって、国際社会のプレゼンスは次第に不必要になり、完全に主権を持った責任ある各国の行政機関——今では後見人でなくパートナーを求めている——にバトンタッチされるだろう。少なくともそれが、EUへの同化プロセスを通してなされた賭けだ。欧州で最も貧しいコソボ[33]は別として、バルカン半島諸国はEUへの短期ビザの自由化措置を取っている。すでに加盟しているか（クロアチア、スロベニア）、加盟交渉が終了すれば加盟する予定の国（モンテネグロ）でなくとも、EUとの何らかの協定を締結している。

コソボとセルビアも例外ではない。コソボは二〇一五年一〇月二七日にEUとの間に安定化・連合協定を結んだし、これに続いてセルビアも二年間待った末やっとEUとの交渉が始まった。こうした前進は、二〇一一年春にEUが率先した仲裁が開始されたことと一三年四月に政治的合意を経てコソボとセルビアとの関係が正常化したことによる。こうした協定や交渉のなかで決定されたさまざまな条項によって、人々の日常生活に関わるさまざまな問題（警察、司法、エネルギー、通信、土地台帳、学業修了書など）に実務的な解決策をもたらすことを目指している。

ミトロヴィツァのオーステルリッツ橋。関係正常化から和解までの道のりはまだ長い　©Alexandra Novosseloff

しかし、関係正常化から和解への道は、それがいつの日か実現するとしても、まだまだ長い。とくに紛争を経験していない若い世代は、違うコミュニティーの隣人を知らないこともあって関心が薄い。被害者意識を持つのはたやすいが、自分たちの過ちを認めるのは難しいし、認めたとしても口先だけになりやすい。したがって、未来は決して明るくはない。しかも、バルカン半島には衝突の危険性をはらんでいるほかの橋もある。

旧ユーゴスラビアのマケドニアの首都スコピエの中央橋は、分断の凝縮を最もよく表す橋だろう。この分断は周知されるためにつねに新たな形を取り、そのたびに大きくなる。橋は近代化された市街地のオスマン帝国時代のバザールをつなぐものだが、今ではアルバニア人地区とスラヴ民族地区を敵対させる道具にもなっている。しかも、ニコラ・グルエフスキ首相（当時）率いるナショナリスト政権が決定した贅沢な都市計画「スコピエ２０１４」にはスラヴ系市民とアルバニア系市民の間の不一致を「当然な」ものとして強調する象徴的なものが数多く盛り込まれた。アルバニア人地区にあるこの橋のたもとにある聖キュリロスと聖メトディオスの二つのキリスト教の聖人（この地方のキリスト教化の始祖とされる）像は、この橋から先はスラヴとキリスト教のテリトリーだと知らせるためにあるかのようだ。建設や再建が次々と行われるなか、真の橋はまだこれから建設されるべきなのだろうか？　クロアチアのアドリア海沿岸ダルマチア地方のペレシャツ半島の橋——クロアチアの領土の継続性を体現する[34]——のように、真の橋の実現は空想でしかないのだろうか？　他者と共存するより自分たちだけで固まることがよくないことを悟るためには知恵が必要なのだ。今が大事であって、知恵は後からでもいいということなのだろうか。

2

ギリシャとトルコの間のエヴロス川

トラキア地方の国境の橋

カタリーナ・マンソン 著　ルノー・ドルリアック 訳

橋とは、
人間がつくった無数の建造物のなかで
人間の不安、恐れ、希望、恐怖、
そして夢の一部を託すものだ。

イスマイル・カダレ（アルバニアの作家）

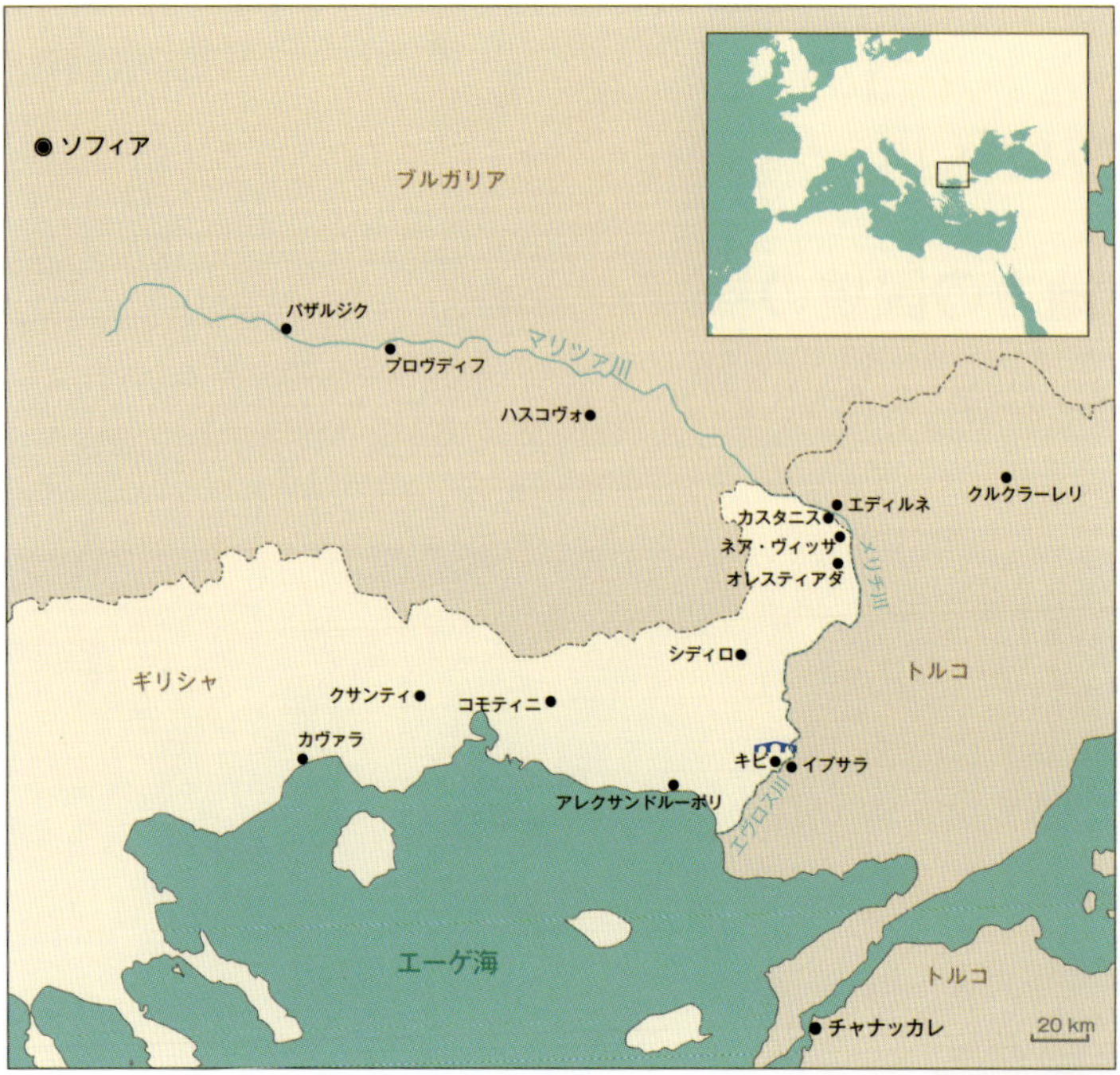
ソフィア
ブルガリア
パザルジク
プロヴディフ
マリツァ川
ハスコヴォ
エディルネ
クルクラーレリ
カスタニス
ネア・ヴィッサ
メリチ川
オレスティアダ
シディロ
トルコ
ギリシャ
クサンティ
コモティニ
カヴァラ
キピ
イプサラ
アレクサンドルーポリ
エヴロス川
エーゲ海
トルコ
チャナッカレ
20 km

歴史上、ギリシャは東洋と西洋の間の人的、地理的境界であるとともに、東西文明の橋渡しの役割を果たしてきた。ギリシャは戦争と平和、栄光と悲劇、適度と過度の地だった。紀元前七〇〇年頃から黒海に近いこの地方に住むギリシャ人にとって、橋とは、まず海（黒海）を意味し、後になって海を渡るための建造物を意味した。ギリシャのなかでもトラキア地方ほどギリシャ、ローマ、ペルシャ、ビザンティン、オスマンなど多数の帝国の文化の多様な影響を受けた地方はない[1]。トラキア地方のギリシャ人は、ブルガリア人、トルコ人、ルーマニア人からロシア人まで、さまざまな民族に取り囲まれていた。そして、オスマン帝国の没落にともなって分割され、一九一二〜一三年のバルカン戦争が引き起こされた。今日、トラキア地方は、北はバルカン山脈（スターラ山脈）、西と南はロドピ山脈とエーゲ海、東は黒海とマルマラ海が境界となっている。つまり、ギリシャの北東部(西トラキア地方)、ブルガリアの南東部(北トラキア地方)、トルコのヨーロッパ大陸部（東トラキア地方）から成る。

あらゆる時代を通じて、トラキア地方は戦争と往来の地だった。ギリシャのアレクサンドルーポリに住むある五〇代の実業家は、「この地方の歴史は一つの言葉に要約できる。〝戦争〟だ。戦争経験のないのは私の世代くらいだろう」と言う。この地方の住民は戦争好きで、自宅に武器を一つは持っていると言われるが、同時に大きな苦難を味わってきた人たちだ。一九世紀初頭のギリシャ独立戦争、一九二〇年代のギリシャ・トルコ戦争（希土戦争）後の住民交換[2]、第二次世界大戦、四六〜四九年のギリシャ内戦、そして経済に打撃を与えた多数の洪水という苦難も経験してきた。

二〇〇九～一二年には全く別の危機がこの地方を襲った。ヨーロッパへの移民流入の入口（東地中海ルート）になったのだ。しばらくの間は収まったものの、再び二〇一四～一六年にシリアからの難民がバルカンルート、つまり旧ユーゴスラビアのマケドニアとギリシャの国境のイドメニ国境監視地点に押し寄せた。現在、この複雑なトラキア地方のトルコとギリシャの国境には一二キロメートルのフェンスが建造され、ギリシャ語でエヴロス川、トルコ語ではメリチ川、ブルガリア語ではマリツァ川と呼ばれる国境の川に橋が架かっている。

エヴロス県はギリシャのなかでも特殊な県

静かな農業地帯がほとんどを占めるエヴロス県は歴史的なトラキア地方にすっぽりと収まり、アテネから一〇〇〇キロメートルも離れたところにある、ギリシャで最も非観光地的な地

エヴロス川に架かる長さ803mのキピ橋（「ガーデン橋」）は1950年代に建設された　©Katarina Mansson

域である。何キロにもわたるヒマワリやアーティチョーク、オリーブの木で黄色と緑に彩られた風景は素晴らしい。私たちの旅はエヴロス県の県都アレクサンドルーポリから始まった。ここは灯台、トルコからの観光客、「カフェ・ド・パリ」という名のカフェ、エヴロス川デルタ地帯自然保護地区、ヨーロッパの他の都市に行く希望を抱いてアテネに向かう列車を待つ難民たちで知られる。

トルコとの国境はアレクサンドルーポリから四〇キロの、エグナティア街道沿いのギリシャ側のキピ村とトルコ側のイプサラの間にある。この街道は古代ローマ時代にイタリアの外で建設された最初の街道で、バルカン半島とビュザンティオン（その後コンスタンチノープルと呼ばれた現在のイスタンブール）をつなぐ道だ。街道は現在のギリシャ国内では高速道路E九〇号線に当たる。東はトルコ―イラクの国境から、イオニア海沿岸のギリシャのイグメニ

キピ橋はエヴロス川に沿った国境で唯一の通過点　©Alexandra Novosseloff

ツァ、アドリア海沿岸のイタリアのブリンディジを通って西はポルトガルのリスボンまで続く、欧州の東西を結ぶ幹線道路である。不法移民の流入が始まったのは一九八〇年代以降だ。この幹線道路は過去一〇年間、移民のルートになっている。したがって、エヴロス県はトルコからギリシャ、そしてヨーロッパの都市に向かう多数の移民の入口になった（目的地ではない）。

長さ四三〇キロメートルのエヴロス川はバルカン半島のなかで最も長い川の一つだ。川の約半分がギリシャとトルコの間の自然の国境を成しており、国境線は川の真ん中にある。川の名はトラキア王カッサンドロスの息子の名にちなんで付けられた。王は、自分の息子が王の妻である継母に誘惑されたが退けたと言うのを信じなかったために、息子は川に身を投げて死んだ。それ以来、エヴロス川と呼ばれている。エヴロス川を境界とするギリシャとトルコの国境は比較的新しいものだ。一九二三年のローザンヌ条約でブルガリアが支配していた西トラキアがギリシャに譲渡され、ギリシャの東トラキアはトルコに割譲された。それ以来、エヴロス川は「鉄のカーテン」と呼ばれ、その周囲は軍事管理区域となり、現在もギリシャ兵三万〜六万人、トルコ兵八万人が警備にあたっている。

ギリシャ陸軍兵と軍備が最も集中しているのはギリシャのなかでもエヴロス県だ。大都市の便利さから遠く離れたトラキア地方の任務に就くギリシャ兵は最も不運とみなされる。敵対するトルコとの国境が近いという圧迫感と、そのための訓練や移動が頻繁にあるからだ。反対に、川向こうに配備されるトルコ兵は最も幸運だとされる。イスタンブールから数時間しか離れていない上に、南東地域のクルドゲリラとの闘いか、イラン、イラク、シリアとの国境警備というあまり人気がない任務が他の主な任地だからだ。[3]

ギリシャとトルコの間の戦争はそう昔のことではない。人々はその戦争を気軽に話題にしないし、その態

エヴロス県アレクサンドルーポリにある灯台　©Alexandra Novosseloff

度にも一種の恐れが混じる。国境へのアクセスも難しい。一九七四年にキプロス問題で両国が軍事衝突したことをはじめ、二〇世紀にギリシャが経験した数々の戦争のために、国境付近には多数の地雷が埋められている。「ギリシャ軍部によるキプロスのギリシャ併合を妨害するとしてトルコがキプロスを支配した後、ギリシャ軍事政権は対人・対戦車地雷を一万五〇〇〇個、この石ころだらけの土地に埋めた」[4]。二〇〇〇～〇八年の間にこの地雷原で移民六六人が死亡し、四四人が負傷した。対人地雷は二〇〇九～一〇年に撤去さ

（上）©Alexandra Novosseloff　（中）©Katarina Mansson
（下）国境橋の上はゆっくり歩いてはいられない　©Katarina Mansson

れ、残っている対戦車地雷は柵で囲まれてわかるようになっている。対人地雷が撤去されたことで、移民がエヴロス川ルートに戻ってきた。それでも、毎年、地雷を踏む人が何人か出る。ギリシャ当局は川から五〇〇メートル以内は軍事管理区域と規定しており、それに沿って多くの前哨部隊が配備されている。しかし、川にアクセスするのは、そもそも地形のせいで難しい。川岸は木がうっそうと生い茂った急斜面になっているか、とくに南部ではデルタ地帯の中の沼になっているからだ。だがこうした困難さもヨーロッパに入ろうとする移民を抑制するものではない。

エヴロス川の「ガーデン橋」――「エヴロス河岸はヨーロッパの境界」[5]

ギリシャ―トルコ間の国境を示す橋が一つある。キピ村とイプサラ村の間のこの通過点は、両国の陸の国境に二つしかない通過点の一つだ。「ガーデン橋」という愛称のあるこの橋は長さ八〇〇メートル。旧エグナティア街道沿いにあったローマ時代の橋の遺跡から南に約二キロメートル下ったところにある。橋の半分がギリシャ国旗の色に、あとの半分はトルコ国旗の色に塗り分けられている。橋の両側とも兵士が警備しているので、橋を見るには特別な許可が必要だ。橋の上にいてもいいのはきっかり五分以内だから、ギリシャ側の哨舎とトルコ側の哨舎の間を急いで歩かなければならない。橋の両端には国境を示す両国の大きな国旗がひるがえっている。「向こう側」の写真を撮るのは禁止されているが、それはギリシャの方針だろうか、トルコの政策なのだろうか？

この橋の上で、私たちは初めて欧州対外国境管理協力機関（ＦＲＯＮＴＥＸ）の代表者に会った。この通過点はシェンゲン圏の境界になるため、ＦＲＯＮＴＥＸの戦略的要地となっている。ＥＵは域内の国境管理

橋の真ん中のギリシャ兵の哨舎　©Alexandra Novosseloff

を廃し、域外の国境（陸の国境は八〇〇〇キロメートル、海の国境は四万三〇〇〇キロメートル）の警備を強化した。一八〇〇人の国境警備隊員を擁するFRONTEX（フランス語の〝外の国境〟を意味するFrontières extérieures の略称）は二〇〇四年に設立され、本部をワルシャワに置く。不法移民の監視、人身売買人の逮捕、移民ルートについての情報収集などを任務とするEUの機関である。[6] その任務遂行のために、EU加盟諸国の警察官が、ギリシャ―トルコ国境のさまざまな通過点でギリシャ警察とともに働いている。私たちがその時に取材したFRONTEXの職員や警察署の副署長によると、「毎週、約七〇人の移民の身元を確認している。数の多い順ではシリア、イラク、アフガニスタンからだ」。彼らによると、欧州のもっと北の裕福な国に行くのが目的だから、ギリシャで亡命申請をする人はほとんどいないそうだ。

多くの移民が正式なビザを取って欧州の裕福な国に飛行機で向かう一方で、経済的または地理的な理由から、キピの通過点を含むギリシャ―トルコ国境から欧

橋の周囲は軍事管理区域とみなされる　©Alexandra Novosseloff

州に入る人たちは弱い立場の絶望した人々だ。アフリカからすし詰めの船でスペイン、イタリア、マルタから欧州に入る移民もいる。トルコ—ギリシャルートで入る移民たちは自国の紛争を逃れて欧州の入口に押し寄せる。そのうちの多くは人身売買の犠牲者でもある。その数を国境警察は公式には月に一人か二人と推計するが、「実数はもっと多いだろう」とも言う。二〇一四年の数字では、ヨーロッパに不法に入国した人は二八万人（うち四万人がギリシャから入った）で、前年に比べて一三八パーセント増加した。それ以降、不法移民は増える一方だ。二〇一五年には一〇〇万人の難民や移民が海を渡って欧州に入ったが、そのうち八五万人はギリシャ経由だ。一六年には、欧州に入った難民・移民は三五万人に上り、うち一七万人がギリシャ経由だった。ここキピ付近のエヴロス川を越えてギリシャに入国した不法移民で「身元確認」された人は最寄りのフェレスの警察署に連行される。「逮捕された人」と言ったほうがより正確だろう。二〇一三年以降、ギリシャは国内に入った不法移民すべてを拘束するようになった。そこで、移民たちは

トルコへ向かう橋の入口のギリシャ側の税関　©Alexandra Novosseloff

自由の身になるか、「他所へ移送」になるか、国外退去になるかを言い渡される。二〇一六年時点で、ギリシャの約一二ヶ所の留置施設に一万四〇〇〇人の移民・難民（うち四〇〇〇人が難民申請者）が収容されている。

キピ村とイプサラ村の間の通過点はトルコ―ギリシャ間の陸上貿易の要所でもある。両国の外交関係は良好とは言えないが、貿易額は五〇億ドル以上に上る。トルコのトゥズメン国務大臣は二〇〇六年五月に「ギリシャとの貿易額が五〇億ドルを超えたら、二国間の政治上の食い違いは消滅するだろう」と発言した。二〇一四年にはこの額を超えたが、その後は減少した。トルコはギリシャの貿易相手としては三番目だ。いずれにしろ、商取引の往来が増え続けるので、両国政府は二〇〇七年に現在の橋から南に一〇メートル下ったところに第二の橋を建設することで合意し、一三年六月に「協力覚書」が交わされた。しかし、三年経った今も、机上の計画のままだ。もし、この計画がいつの日か実現されれば、長さ八〇〇メートルの新たな橋は現在の橋より幅が広くなり、双方向に二車線ずつと非常駐車帯が設置される予定だ。

エヴロス川に沿って――キピからオレスティアダに北上する

いくつかの国立公園や森やすばらしい風景に彩られたエヴロス県は、「移民危機」と呼ばれる現象にギリシャが直面した時期のうち二〇〇九～一二年に移民の大量流入を経験した。二〇一〇年には、欧州に向かう移民の九割がこの地方にやってきた。当時は、大勢の移民が最寄りの町でバスか列車に乗ってこの国境からできるだけ遠くに行こうとエヴロス川付近の道を彷徨《ほうこう》する姿がよく見られたという。二〇一四年夏に私たちが訪れたときは、エヴロス川周辺は沈静化しており、移民危機は他の場所に移っていた。オレスティアダ警察署長によると、ここでは二〇一三年に五〇〇人、一四年に一〇〇〇人の移民が身柄を拘束された。〇九～一二年の状況とは全く比較にならない。今では、このあたりの道を歩く移民を見かけることはまれだ。

　この地方から欧州に入ろうとする移民たちが「見えない人々」と呼ばれるのは言い得て妙だ。多くは川の向こう側に戻されるか、拘束される。ここにやって来る移民が次第に減少したのは、高さ三メートルのフェンスが設置されて国境警備のパトロールが強化され、移民阻止対策でトルコ当局と協力態勢ができたためである。二〇一四年以降、移民の流れはエーゲ海の島々に移動したため、移民のルートはバルカン半島の西に移った。こうして二〇一四年末には、セルビア―ハンガリー国境が欧州に向かう不法移民や

列車の通ることのない鉄道脇にある東マケドニア・トラキア地方の地図　©Alexandra Novosseloff

難民の三番目に多いルートになった。これを受けて、ハンガリー政府は一五年五月にフェンスを設置することを決めた。その後、ギリシャの町イドメニに近いギリシャ―マケドニア国境にも移民や難民は大量に流れたが、二〇一六年春頃からこの国境も次第に閉鎖されていき、国境警備が強化された。専門家たちは、こうした移民ルートの変遷を「連通管現象」と呼ぶ。ルートは障壁に適応して変遷していくのだ。

エヴロス県にやって来る移民の悲劇の隠れた傷跡の一つはシディロという村にある。刺繍で知られるスフリ町から二〇キロのところにある山あいの村だ。シディロはポマク人[7]（この地方のブルガリア語を話すムスリム）の村である。ここが小さなムスリム共同体であることは、村の中心にあるオスマン帝国時代のモ

シディロ村とモスク。ムフティ（イスラム教の律法師）がエーゲ海やエヴロス川で亡くなったムスリム移民を埋葬する　©Alexandra Novosseloff

スクでわかる。これもトラキア地方の歴史の遺産だ。エヴロス県を含む東マケドニア・トラキア地方には一〇万人のムスリムが住み、たとえばコモティニ市の人口の四〇パーセント、クサンティ市（ポマク人の文化の中心地）の人口の二三パーセントがムスリムである。シディロの村人が「外国人墓地」と呼ぶ墓地はモスクから五〇〇メートル離れた森の中の急な坂道を上ったところにある。柵の向こうには多数の盛り土が並んでいる。よりよい生活を求めて旅立ち、この地方で亡くなった無名の移民たちの墓だ。死者に敬意を表するために遺族が置いた墓石もごく一部ある。

アレクサンドルーポリの病院で身元がわからない移民の遺体はシディロに送られ、村のムフティ（イスラム教の律法師）によって一人ひとりにイスラム式の葬儀が施されて埋葬される。身元が特定できるのはエヴロス川で見つかった遺体のわずか一〇パーセントだ。移民たちはあまり荷物を持たないで旅をし、とくに自国に送り返されないよう身分証明書のたぐいは一切身に着けない。一九九四年から二〇〇〇年の間にギリシャ―トルコ国境で一〇〇〇人近い人が亡くなったが、二〇一〇年以降は三〇〇人強だ（川や海で亡くなった人の遺体は必ずしも見つかるとは限らないので、実数はそれより多いだろう）。シディロに送られる遺体にはすべてＩＤ番号が振られているが、墓には番号は記されていない。アレクサンドルーポリ病院の遺体安置所がつけたＩＤ番号を墓の見取り図に記入するムフティだけが知っている。シディロに埋葬された移民は三〇〇人以上に上る。

国境に近づけば近づくほど、住民に見放された土地という感じがする。人けのない軍の見張り小屋、行き止まりの道や廃駅が目につく。ギリシャ―トルコ間の通過点は昔、オリエント急行[8]の通り道だったピティオンにもあった。以前はイスタンブールとソフィアを結んでいた豪華列車（「バルカン急行」など）がこの駅を通っていたが、今では貨物列車がたまに通るくらいだ。二〇一二年以降は、この二都市をつなぐのは主にバスである。エヴロス川に架かる鉄道橋はアクセスできない。思いがけないことに、廃駅のすぐ手前に第一次世界大戦の終わり頃に当時はブルガリアだったこの地で全滅したフランス軍第四五歩兵大隊の古い記念碑があった。

ピティオンから北へ二五キロ行くと、エヴロス県北部の第二の町、オレスティアダ（人口四万人）に着く。この町とその周辺はすべて移民流入の悲劇に見舞われた。そこからさらに一五キロ北上したところにあるネア・ヴィッサを過ぎると、国境は北西にカーブするが、エヴロス川はトルコのエディルネ市に向かって北上する。ギリシャ・トルコ紛争に終止符を打ち、両国の国境を定めた一九二三年のローザンヌ条約で、トルコはエディルネの周辺地域を守るために、この地方のエヴロス川西岸部分「カラアーチ三角地帯」を獲得した。二〇〇九〜一二年の間、この三角地帯はアフガニスタン、イラク、パキスタン、シリアやアフリカからの移民・難民が最もよく使うヨーロッパへの「入口」となった。この期間、ネア・ヴィッサ村の住民は毎日、警察に拘束されて登録されるのを駅で待つ二〇〇〜三〇〇人の移民たちを目撃していた。〇八〜一一年の間にこの地域では年間四万〜六万人の越境者を記録した。ギリシャ当局はこの移民流入を「津波《tsunami》」と表現した。[9] 毎月一万人がエヴロス県からアテネに到着した。そのため、ギリシャ当局は陸の国境を閉鎖し、警備を強化したのである。

国境を強化する――ネア・ヴィッサ村付近に一二キロメートルのフェンス設置

二〇一一年一月、ギリシャ当局は、財政難やＥＵの反対にもかかわらず、一二・五キロメートルの有刺鉄線のフェンスの設置を決定した。カラアーチ三角地帯から入る「大量の移民」を食い止めようという必死の努力だ。当時のギリシャのクリストス・パポウツィス内相はこの決定について、「わが国はもうこれ以上耐えられない。ギリシャ社会のリミットを超えている」と弁明した。フェンス建設開始と同時に、エヴロス川に沿って一八〇〇人の警官が増員されて国境警備にあたった。二〇一〇年、ギリシャはフェンス建設への資金援助をEUに申請したが、壁やフェンスは不法移民を防止するための長期的解決策ではないとして却下された。それでも、フェンスは二〇一二年一二月に完成し、それから数ヶ月後、今度は隣国のブルガリアがギリシャのものより三倍長いフェンスを建設し始めた。移民たちが、やはりシェンゲン圏内であるブルガリア国境のほうにルートを変えたからだ（フェンスは二〇一六年夏に完成）。ギリシャのこうした措置は、「不法移民を押し戻し、拘束し、国外退去させる」ために二〇一二年夏から新政権が採った「アスピダ（盾）作戦」によるものだ。さらに、二〇一〇年以降、FRONTEXは欧州二六ヶ国から一七五人の国境警備員を配備（「ポセイドン作戦」）してギリシャ当局の国境

2011年にギリシャによって建設されたギリシャ－トルコ国境のフェンス　©Alexandra Novosseloff

警備を支援した。人員はすべてその時初めて出動した迅速展開国境警備チーム（RABIT）からだ。

　鉄柱の間に有刺鉄線をいくつか重ねた高さ三メートルのこのフェンスを見るには、軍事管理区域であるため特別な許可が必要だ。フェンス建造に財政難のギリシャ政府は三〇〇〜五〇〇万ユーロをかけた。ギリシャ・トルコ両側に赤外線カメラや監視塔などの監視システム（EUが負担）も備わっている。それらの維持費、年間約七〇〇万ユーロはギリシャの納税者が負担しているのだ。フェンスを見学する際は、軍がジャーナリスト、カメラマン、研究者らをいっしょにエスコートしてくれるが、五分もかけない。キピ村の橋と同じだ。フェンス沿いにパトロールする警備員に同行することもできない。当局が説明する理由はいたってシンプルだ。「エヴロス川沿いのギリシャ―トルコ国境は一般市民の入れないアクセス制限のある軍事管理区域だから」いかなる異議も受け付けられない。

　地元住民はフェンス建設に無関心ではなかった。二〇一二年初め、オレスティアダに住むパノスさんは

たくさんの移民が押し寄せたネア・ヴィッサ村の小さな駅　©Alexandra Novosseloff

「ストップ・エヴロス・ウォール」というブログ（http://stopevroswall.blogspot.com）を立ち上げた。パノスさんは仲間とともに、地元住民はフェンスの建設も、不法移民を犯罪者とみなすことも支持しないとギリシャと世界中に訴える。彼らはデモや一般市民への啓蒙活動を通して、一般のギリシャ人は隣国で起きていることに責任感を覚え、フェンスをきっぱりと拒絶していることを伝えようとしている。

　実際には、オレスティアダ市助役のエヴァンゲロスさんの言うように、「住民の感じ方はさまざまだ」。移民たちのもたらす迷惑やその数の多さ、よそ者がうろうろすることに不安を抱く人もいる。だが、パノスさんは「ここで移民がらみの事件が起きたことはない。住民はみんな、彼らを助けたいのだ」と言う。エヴァンゲロスさんは「この問題に関して人々は感情的になりやすい」と反論する。住民たちは人間がそんな悲惨な状況下にいることにショックを受けたのだと。恐れや不信感はあっても、多くの人々は移民・難民たちに水や食糧や衣服など必要なものを提供する。オレスティアダのスーパーの多くでは、買い物客が移民・難民用に買物の一部を寄付することができるようになっている。こうした同情心にエヴァンゲロスさんも無関心ではない。彼はネア・ヴィッサ村の駅で大雨のなか毛布にくるまる移民家族のことを思い出して思わず涙ぐんだ。当時は、さまざまな国からやってくる移民・難民たちの最初の到着地だったのである。

　とはいえ、国全体でもこの地方でもフェンス建設に賛成する人のほうが多かったことは、パノスさんも知っている。この地方のような田舎では、人々が移民問題でまず思うのは見知らぬ人、「他者」への恐れだということを彼は理解している。地元の人々は移民たちが旅を続けてくれることのほうを望む。大都市のように移民がそこの社会に同化することはここでは考えられない。しかも、ギリシャでは経済危機が進行していた。「ここで栄えるのは不法移民拘束のための収容所だけだ[10]」とエヴロス県の人々は言う。失業率を二七パーセントに押し上げた（エヴロス県を含む北部の一部では五〇パーセント）六年間にわたる不況のため、ギリシャは不法であれ合法であれ、移民に反対する外国人嫌悪の暴力事件が頻発した。人口一一〇〇万人に対して一〇〇万人の移民・難民。その増加は右派政党への支持に有利に働いた。

極右政党フリシ・アヴギ（「黄金の夜明け」）が二〇一二年六月の総選挙で七パーセントの得票率を獲得して初めて国会に議員を送った。ギリシャは長い間、他国に移民する国であり、現在の経済危機でもそのことは変わっていない。先のパノスさんは、ギリシャ人は自分たちも移民であることを理解できないのだろうか、と不満と悲しみを漏らす。オレスティアダの町自体もエディルネからのギリシャ移民によって建設されたのだとパノスさんは説明してくれた。彼の父親も一九六〇年代にドイツに移住した人だった。「私たちは難民と移民の多い地域にいる。自分たちが移民という状況に苦しんだはずなのに、今では人々はフェンスに賛成する。私たちは今の移民危機を真っ向から受け止めるべきだ」。しかし、現実には「将来展望の欠如、そしてギリシャが移民の国であることの否定、この二つがギリシャ型移民管理の主

シリア人一家難民　©Panos

な特徴である」[11]

この地方は今では以前ほど注視されていないが、それでも毎年一〇〇〇人から二〇〇〇人の移民が通過する。フェンスがあることで移民は減っただろうが、完全に食い止めることはできていない。しかも、フェンスには穴や裂け目があり、移民はそこを潜り抜けようとする。あるいは川に沿って危険な場所を渡ろうとする人もいる。渡る地点によって四〇〇〜一〇〇〇ユーロで（ヨーロッパの最終目的地まで連れていく場合はこの一〇倍の値段）渡しを請け負う渡し人や闇商人（多くはイスタンブールに住む）の手を借りるのだ。貧弱なゴムボートで川を渡る。泳げない人も多いらしい。冬は低体温症が死因の第一位で、夏は強い流れに流されて溺死する人が多い。移民は警察や軍のパトロールを避けようと夜に渡るのが普通だ。しかし、今では暗視装置や赤外線カメラを装備しているから、五キロメートル先の「侵入者」もすぐに発見されてしまう。

最近では、主にシリア人難民に関して、新たな現

アレクサンドルーポリにて。移民支援のメッセージ　©Alexandra Novosseloff

象が起きている。バルカン半島を経てヨーロッパに抜ける国境が閉鎖されてギリシャに閉じ込められ、同国の収容所での生活がつらいものだとわかった彼らはトルコに戻りたいと思うようになった。つまり、「自国に近いところに帰るということだ」と、あるオレスティアダ住民は言う。しかし、トルコは難民が自国に戻ってくることは受け入れない。「ギリシャ当局から合法的に六ヶ月滞在できるという許可証をもらっていても、完全に八方塞がりだと彼らは感じている」。そうなると、残るはエヴロス川を渡るか、フェンスを破って引き返すしかない。再び渡し人に頼むか……。「なんていう世の中だ！　自分の故郷に戻るのにまたお金を払わないといけないなんて！」。警察に見つかっても、ギリシャでの滞在許可証を持っているからすぐに釈放される。だから、「また次の日から、トルコに戻れるまで何度でもトライするんです[12]」

不法移民、亡命申請者、難民などはシリアからやってくる人が多いが、戦争や汚職、貧困を逃れてやってくる人たちは一一〇ヶ国におよぶ。国境をうまく越えると、彼らは大体、自分で最寄りの警察署に行くか、警察が来るのを待つ。そして、登録のためにフィラキオの収容施設に連れていかれる。

フィラキオ——拘束に直面する

フィラキオ初期収容センター——公式には「不法移民のための特別施設」——はオレスティアダから車で一時間半の人里離れた場所にある。ギリシャらしい静かな田園風景を見ながら車を走らせていると、あらかじめ道を知っていなければ見過ごしてしまう。突然蛇行する急な坂道を上ると、その向こうにまるで隠れるようにあるからだ。村の名前は現在の役割にぴったりだ。フィラキオとはギリシャ語で「留置所」を意味する（「フィラキ」は「刑務所」の意味）。ここでは、見えなかった移民たちが目に見えるようになる。高さ三メートルの有刺鉄線の二重のフェンスの向こうに。外庭の隅に集まっている移民たちが見える。監視は厳しそうだ。監視カメラや監視塔だけでなく、建物の前には警察の車両が何台も停まっている。移民たちは彼らがヨーロッパに対して思い描くイメージとは反対の収容生活を送っている。エヴロス県には、ティヘロ、フェレス、スフリ、フィラキオの四ヶ所の収容所があり、フィラキオが他よりずっと大きい。こうした移民収容所はギリシャ全土ではほかに約一〇ヶ所[13]、欧州全体では約四〇〇ヶ所あり、毎年、推計で六〇万人が収容されている。

　フィラキオの収容センターに近づくと、「外国人向け住居のメンテナンス、修理、刷新計画」について説明した巨大なパネルがある。同計画は欧州対外国境基金から七五パーセント、残りの二五パーセントはギリシャ政府が負担すると記されている。二〇〇七～一三年

フィラキオ村の入口　©Katarina Mansson

の期間に移民管理と移民への連帯に充てられたEU基金の半分は、EU対外国境管理のための活動、装備、設備インフラに充てられた——難民申請手続きへの支援、受け入れサービス、難民同化のための施設などにはわずか一七パーセントであるのに対して——という批判[14]が頭をかすめる。EU諸国は二〇〇〇年以降、不法入国者の強制送還に一一三億ユーロ、EU国境の保護のために一六億ユーロをつぎ込んでいる[15]。EUの支援があるとはいえ、不法移民防止のための資金の大部分を負担しているのはギリシャだ。EU国境の保護のための諸措置ならびに、政治亡命者や難民と経済移民を区別する法的義務を遂行するのにギリシャが負担するお金は年間で合計約六億ユーロに上る（EUは二億三〇〇〇万ユーロを負担[16]）。

シェンゲン協定によれば、公式の通過点以外の国境を越えることは軽犯罪であり、刑罰

フィラキオ初期収容センター　©Alexandra Novosseloff

は強制退去である。越境者は、身元や状況を調べられる間は拘置されて、裁判所に送られるか、難民として認められるか、三〇日以内に強制退去を命ぜられるかの判断を待つ。二〇一一年のEU法によると、移民は、重罪を犯していない限り、「初期収容センター」には最長二五日間しか留置できない。その後は、難民申請者向けの収容センターに移送されるか、弱い立場にある人のための各種サービスに回されるか、移送あるいは本国送還のための留置施設送りになる。フィラキオのセンターはエヴロス県唯一の初期収容センターであり、二〇一四～一五年に六〇〇人の移民・難民が収容された。

フィラキオ収容センターに到着する移民・難民には一連の手続きが待っている。まず、ベルトや紐類をすべて取り除いてから、指紋を取って、身元を明らかにする。大体は本当の身元を隠し、強制送還になりそうにない国籍を告げる。実際、ある移民が告白するように、「生き延びるためには、嘘をつかなくてはならないこともある」[17]。次に、健康診断を受け、彼らの権利を説明される。難民申請をする場合は、国連難民高等弁務官事務所（UNHCR）の職員と面会する。数日後には、市民保護担当省（ギリシャの内務省管轄下）とUNHCRの協力のもと、帰国希望者のための支援プログラムを管理する国際移住機関（IOM）の職員との面談がある。UNHCRが参加するのは、ギリシャにおいて難民申請ができ、その申請結果が出るまで同国内に滞在できるということを帰国希望者にきちんと伝えるためである。しかし、難民申請八〇万件に対し、ギリシャには審査官が二〇人しかいないのだ。

移民たちはこのセンターに平均で一五～二〇日間とどまる。しかし、ある人によると、「多くの人はこのセンターで困惑する。何が起きているのか、どうしてここにいるのかを理解していない。自分の意見を言う人はほとんどいない」。ギリシャでは、シリア、ソマリア、エリトリア、ミャンマーから来た人は国外退去される前に六ヶ月の滞在許可証を取得することができる。そして、六〇ユーロあれば、フィラキオからテッサロニキ経由でアテネまで専用バスで行くことができる。ある人はこう言う。「問題はほかの国々の移民だ。とくにアフガニスタン人やパキスタン人」。こうした国の移民は一八ヶ月あるいはそれ以上留置され、「動物のように扱われる」。彼らは移送準備センターを経て、留置センターになっている別の建物に移されるのだが、最初のセンターと最後のセンターの違いは驚くほどだという。

移民収容センターの悲惨な状況について、ギリシャ政府は非政府組織ばかりでなく、国連の人権擁護機関からも何度も批判されている。二〇一〇年、拷問について調査した国連特別報告者はフィラキオ収容センターの過密状態を指摘し、欧州評議会の拷問禁止委員会も二〇一三年に一八八人の定員に対して三七四人を収容しているという結論を下した。二〇一二年、ギリシャ政府が移民の収容期間を六ヶ月から一八ヶ月に延長すると発表すると、たちまち抗議の声が上がり、収容者たちはマットレスに火をつけたり、留置所の扉を封鎖するなどして反対した。二〇一四年には「国境なき医師団」が、留置環境の劣悪さや期間の長さ、医療支援の不足・不適切さからしばしば重大な健康問題が移民や難民申請者に

アレクサンドルーポリ駅は移民ルートの一つの段階　©Alexandra Novosseloff

生じていると報告した[18]。センターの職員数も、移民たちに妥当な生活環境を与えるには不十分だ。フィラキオは例外ではない。二〇一二年末にギリシャの一一ヶ所の収容センターを訪れた移民人権に関する特別報告者は、収容者の生活環境は不適切だと結論づけた。たとえば、彼らは一日のほとんどを何ら活動もせずに留置所に閉じ込められているという。

こうした留置制度には、ギリシャから欧州に入ろうという移民の意志をくじくギリシャ政府の意図があるのは明らかだ。ギリシャ警察庁長官は警官にこう訓示したという。「われわれは移民をみじめな環境に置かなくてはならない。そうしないと、ギリシャに来れば何でも好きなことができるという印象を持つだろうから[19]」。この長官は、移民たちがよりよい生活を手に入れるためには何でもする用意があるということを理解しているのだろうか？　移民にとっては、エヴロス川を越えれば、収容センターの有刺鉄線やフェンスは越えるべき第二の壁だ。国境の向こう側のトルコでも状況は決してよいとは言え

19 世紀築のメリチ橋（エディルネ）©Alexandra Novosseloff

メリチ橋は長さ 200 m、12 のアーチを持ち、
中央に大理石のキオスクがある
©Alexandra Novosseloff

ない。

エディルネからイスタンブールへ――橋の多い町々

ギリシャ―トルコ国境間の第二の通過点はカスタニス村（「ヘーゼルナッツ」の意味）にある。かつては小型タクシーで二つの軍監視所を通り、両国の税関を隔てる五〇〇メートルの間を問題なく行き来することができた。しかし、今ではギリシャからトルコ方面にのみ自家用車かレンタカーあるいは徒歩で行くことしかできない。

ネア・ヴィッサ村まで来ると、もうエディルネの町が見える。この町は二〇〇七年からアレクサンドルーポリの姉妹都市だが、ギリシャ人はこの町を建設した古代ローマのハドリアヌス帝にちなんだアドリアノーポリという呼称を今でも使っている。エディルネはカラアーチの国境監視所からわずか七キロメートルのところにあり、「トルコのヨーロッパ大陸部分」である東トラキア地方の文化的・歴史的中心地、三万五〇〇〇人の学生を擁する大学町でもある。町にはマリツァ川（メリチ川ともいう。ギリシャ語ではエヴロス川）とその支流のトゥンジャ川が流れているため橋が多い。最も有名なものは、長さ二〇〇メートル、一二のアーチを持ち、中央に大理石のキオスクのある石橋のメリチ橋だ。ヨーロッパを目指す多くの移民が飛行機で着くイスタンブールから車でわずか三時間のエディルネも、移民流入問題に直面した。

ここでも移民は目につかない。隠れているからだ。エディルネにも過密状態の移民移送センターがある。灰色の高い壁に隠れた元警察署だったところだ。ここでも移民関係の行政当局や施設に私たちがアクセスするのは難しい。私たちはエヴロス川に沿ったギリシャ―トルコ国境監視の強化以降にここに来る移民数が変化したかどうか知りたかった。ここで出会った人々によると、答えはノーだ。エディルネの移民移送センターに収容された人たちの多くは、エヴロス川を渡ろうとしてギリシャ当局から追い払われた人たちだ。このセンターには、ギリシャやブルガリアの国境から戻ってきた移民が毎月一〇〇〇人から二〇〇〇人収容される。平均収容期間は六ヶ月。その後はトルコ国内の別の収容所に移される。イスタンブールのクムカプの移送センターに送られる人もいる。

トルコも、移民流入増加に留置収容数を増やすことで対応するギリシャの例にならっているようだ。移民の人権について調査した国連の特別報告者は、エディルネの移送センターはEU基準を満たす模範的な収容施設だとした[20]。それでも、基本的人権の保障なしにEU内外において移民拘束の措置が増えていることは危惧されるべきだとしている。とり

エヴロス川の橋を出たところにあるトルコ側の税関事務所　©Alexandra Novosseloff

わけ、子どもの留置、領事サービス、翻訳・通訳サービスの欠如を問題視している。アムネスティ・インターナショナルは留置施設から難民申請をすることの困難さに警鐘を鳴らした。また、違法な退去措置を特定したり、登録したりするシステムがないことを専門家たちは危惧している。移民を最初に拘束する軍や警察がこうした問題に関する教育を受けていないことも懸念の一つだ。しかも、国境から戻された移民のフォローは優先課題とはされていない。移民・難民問題自体すら、トルコ政府の「一〇〇の優先課題に含まれていない」のだ。

トルコは、移民の出身国のいくつかと国境を接し、しかもシェンゲン圏と国境を接することからヨーロッパへの移民流入現象に深い関わりがあるのは事実だ。この問題はトルコの二つの難しい政治問題にも関係している。一つはギリシャとの関係が良好でないこと、

エディルネの移民収容センター　©Alexandra Novosseloff

もう一つはEU加盟に関するEUとの関係だ。そのEU加盟のほうは、二〇一六年七月のクーデター未遂事件以降、エルドアン政権が次第に強権政策をとるようになったことでますます難しくなっている。二〇〇二年にギリシャとトルコは、第三国出身者を手続き後にトルコに送還するという合意に署名した。しかし、二〇〇二～〇八年の間にギリシャが提出した三万八〇〇〇人分の書類のうち、トルコは二〇〇〇人分しか受け付けなかった。[21] トルコ側はそれらの移民が実際にトルコを通過した証明を求めたが、移民たちの多くが本当の国籍を隠していることもあって、それを証明するのはほぼ不可能なのだ。

二〇一三年一二月には、EU加盟国から戻ってきた不法移民をトルコはただちに受け入れるという新たな合意が交わされた。この合意を実現するために、トルコ首相府は一四年四月に国外退去処分を待つ不法移民のための新たな移送センターをいくつか設置した。[22] そして、二〇一四年から再び増加した移民流入に対し、トルコとEUは一六年三月に新たな合意を交わし、トルコからギリシャの島々に到着した新たな不法移民（難民申請をしない人ならびに申請を却下された人）はトルコに送還されることになった。その送還費用はEUが負担し（トルコにおける移民管理のために三〇億ユーロ供出するのとは別に）、その代わりEUはシェンゲン圏に入るトルコ人のビザ取得を免除することになった。

移民問題はトルコのEU加盟交渉に関して進行している協議の中心課題だ。トルコはこの問題を交渉のテコとして利用する。トルコ政府は、なぜEUを助けるためだけに、自分たちが移民を受け入れるという「重荷」を背負わないといけないのかという考えだ。こうした事情から、トルコ政府は二〇一三年四月に初めて、外国人と国際保護に関しての法律をEUの法律に準ずる法案を可決した。二〇万人の難民申請者と六〇万～一〇〇万人の移民・難民が現在、トルコに住んでいる。ギリシャと同様、トルコも大量移民流入をコントロールする手段も能力もないようだ。ギリシャと同様、トルコも九〇〇キロメートルにおよぶシリア

イスタンブールのタクスィム広場。2013 年「トルコの春」の舞台となった　©Alexandra Novosseloff

との国境の一部にフェンスを造ることを決めた。

シリア内戦のため二〇一八年一月になると、トルコに住むシリア難民は四〇〇万人近くに上った。その上、イラク、アフガニスタン、イラン、ソマリアからの難民も一四万人いる。[23] トルコは世界で最も多くの難民を受け入れている国だ。二三万人のシリア難民が暮らす二六のキャンプの設備や維持にトルコは七〇億ユーロ出費している。その他の難民（つまり全難民の九四パーセント）は田舎や都市部のキャンプ以外の場所で暮らす。難民や移民の急増はトルコ社会に緊張をもたらした。イスタンブールのある市民は、町の雰囲気が変わったと言う。以前にはなかった、難民、とくにアラブ人に対する外国人嫌悪感情が高まり、難民を多く抱える地域では反移民デモも起きたほどだ。

私たちの旅はイスタンブール（ギリシャ語では「都市へ」を意味する）で終わる。この町はすべての流れが合流する地である。東洋と西洋、アジアとヨーロッパの架け橋（一九七三年にボスポラス海峡に架けられた橋に象徴される）、二つの大陸の間にある世界で唯一の都市だ。イスタンブールはギリシャ・エヴロス県に入ろうとする多くの移民の旅の出発点であり、国境を越えられなかった人たちが「押し返される」場所でもある。アナトリア半島に住む人々にとって、アジアとヨーロッパの間に架かる橋を渡ることには重大な意味がある。「それはヨーロッパを征服することだ」と、ある市民団体の代表者であるムフタルさんは言う。それは、エルドアン大統領が進める世俗的でない方向への転換を受け付けない現代的なトルコのシンボルでもある。住民が自分たちのライフスタイル、彼らの「モヴィダ（動き）」と自分たちの町を擁護した二〇一三年の「トルコの春」のタクスィム広場の町だ。イスタンブールは抵抗と希望、多文化主義と寛容の町なのだ。二〇一六年八月、トルコはボスポラス海峡に架かる第三の橋の建設を終えた。その橋はオスマン帝国を中東に拡大した〝冷酷者〟セリム・ハーンにちなんでセリム一世橋と名付けられた。

将来の展望――「要塞的ヨーロッパ」を擁護すべきだろうか？

人の移住は歴史上つねにあったもので、今日も存在し続ける世界的な現象だ。国連の統計によると、二〇一七年末時点で出生国でない国で生活する二億五八〇〇万人（二〇〇〇年に比べて四九パーセント増）のうち、七六〇〇万人はヨーロッパに、七五〇〇万人はアジアに、五四〇〇万人は北アメリカ大陸に、二〇〇〇万人はアフリカに住む。二〇一五年時点で、発展途上国に生まれた移住者のうち、九〇二〇万人が別の発展途上国に住み、八五三〇万人が先進国に住む[24]。つまり、現在では発展途上国から発展途上国への移住のほうが、発展途上国から先進国への移住を上回っている。合法的な移民は世界の総人口の三・三パーセントを占める。世界のあらゆる国が移民現象と無縁ではない。

二〇一五年には、二〇一四年（三八〇万人）よりも一〇〇万人近くも多い四七〇万人がEU加盟国に移住した。うち一九〇万人はシェンゲン域内で移住し、二八〇万人はシェンゲン圏を出た。二〇一五年に一五四万三八〇〇人が入国したドイツがEUで最も多くの移民を受け入れた国で、それにイギリス（六三万一五〇〇人）、フランス（三六万三九〇〇人）、スペイン（三四万二一〇〇人）、イタリア（二八万一〇〇人）が続く。二〇一五年でEU圏内の全人口の四・一パーセントにあたる二〇七〇万人が「外国人」であるとみなされる[25]。メディアでは注目されているが、欧州への移住者のなかで不法移民はほんのわずかな割合にすぎない。EU域内に住む不法移民は五〇〇万人とされており、大多数の移民はビザを取得してEU域内に合法的に入国した教育を受けた人たちだ。

ヨーロッパの繁栄と安定はアジアや南米、アフリカに住む多くの人々にとっては魅力的に映る。地中海地域は世界でも最も人口移動が激しく、経済、政治が交差する場所である。しかも、ヨーロッパの周辺で起き

イスタンブールの橋の上から釣り糸をたらす人々。向かいはガラタ地区（カラキョイ地区）
©Alexandra Novosseloff

る数多くの危機や戦争が移民現象を助長し続けている。よりよいチャンスを求める人々、あるいは多くの場合は紛争や迫害を逃れる人々の波に対し、壁やフェンスはせいぜい移民ルートを変更させるだけで、移民の流れを食い止めることはできない。壁やフェンスは単に移民たちをより危険なルートに導き、不正行為や犯罪を助長する。監視システムも人権侵害も人間の動きを止めることはできない。国際移住機関は、二〇〇〇年以来、ヨーロッパに向かう途中で移民二万二〇〇〇人が死亡したと推計する。地中海を「死の地中海」と呼ぶ人もいるほどだ。経済のグローバル化と各国の移民規制政策の間のズレにより、移民政策はなにかと議論を呼ぶテーマになった。

シェンゲン圏の二六ヶ国は域内の国

ボスポラス海峡に架かるファーティフ・スルタン・メフメト橋。ヨーロッパとアジアを結ぶ3つの橋のうちの一つ
©Alexandra Novosseloff

境の監視を廃止すると同時に、シェンゲン圏とその外部の境界の監視を強化した。ＥＵはその境界を完全に廃止するべきなのだろうか？　そうすれば不正行為を働く者を弱体化することができるという人もいる。今日、欧州はまるで「主に密輸業者、人身売買業者、気象状況や航海条件によって」[26]移民流入を調整しているかのようだ。アムネスティ・インターナショナルが指摘するように、「ヨーロッパへの合法的で安全なルートがないために、人々は密輸業者、人身売買業者の手に落ち、航海に適さない船で海を渡って生命の危険を冒している」。渡航を思い止まらせるために移民たちの邪魔をするのが、移民を出す側と受ける側の両方の目的だ。しかし、それがＥＵのための政策になり得るのだろうか？「ヨー

自国を去る権利を含めた移動の自由はだれにもあるのだろうか？　©Alexandra Novosseloff

ロッパの要塞の番人」は負けるとわかっている戦を続けているのではないだろうか？　移民たちはよりよい生活を求めて、命さえかけるのだから。

ＥＵ市民は「世界のすべての貧窮」を受け入れることは望まないが、移民たちへの同情を感じている。そのため、移民政策は同情と規制の中間点（「精神分裂症的」と表現する人もいる）となり、効果的ではない。移民流入に関係するＥＵ加盟国間の協力の欠如、負担配分の不公平、移民を構成する国籍などの定義が欠如していると、多くの研究者は指摘する。二〇〇三年のダブリン規約では、難民が最初に入国した国がその難民申請を扱わねばならないと規定された。そのＥＵ規約によると、南欧の国々がほとんどの難民を受け入れなければならなくなる。ギリシャ（そして、それよりずっと深刻度は低いイタリアとスペインも）は、欧州の別の国に行くことを希望する移民・難民にとって緩衝地帯であり、彼らから「ユーロパス」と呼ばれている。彼らのなかには、ＥＵはギリシャの次の国だと言う人すらいる。[27] ギリシャやイタリアなどは、難民申請の扱いに対する人権擁護団体の批判に対し、この重大な問題を自分たちだけが押しつけられていると反論する。パノスさんはこう言う。「この問題はギリシャの問題じゃない。ＥＵは別の政策をとるべきだ。ギリシャで起きていることはブルガリアやフランスのカレーやイタリアのエーゲ海沿岸で起きていることと同じだ」

こうした不公平な事態を受けて、ＥＵは二〇一五年九月から、ＥＵの資金援助によってギリシャやイタリアなどで難民申請をした人たちを他の加盟国に「移送する」プログラムを新設した。これによって一六年初頭に約五〇〇人の難民申請者が移送されたが、南欧諸国が直面する大量の難民・移民流入現象の前には焼け石に水だ。つまり、ＥＵ加盟国は難民・移民への責任を公平に加盟国に振り分ける政策を策定することに明らかに失敗したのである。

国境閉鎖は長期的解決策としては望ましくないとして、移民問題の専門家たちは移民のための新たな合法的経路を作ることを解決策として提案した。移民の人権に関する国連特別報告者は、「もしヨーロッパが国境における人の苦しみを大幅に減らしたいなら、国境閉鎖に頼るのではなく、移動性と開かれた合法化に向かうべきである」と提唱している。しかし、EU加盟国の政府や元首は今のところ、移民増加は人口が高齢化するヨーロッパの経済成長に貢献すると国民に説明することに成功していない。過疎状態になっている地域では移民を活用することができるのに、政治家たちは外国人嫌悪感情が高まるのを放置している。

ギリシャやほかの欧州諸国の国境における移民問題が示すように、移住というものは人間にとって本質的なものととらえる必要があるだろう。長期間ギリシャに亡命していたアルバニア人作家ガズメンド・カプラニはこう言っている。「人間は移住する生き物であると同時に、エデンの園のようなところに最終

トルコはアジアかヨーロッパかを選ぶことができるのだろうか？　©Alexandra Novosseloff

的には安住したいと考えている。ある意味、移住は個人の実存主義的ジレンマを表現するものだ。たとえば、ボードレールは〝私は自分が実際にいるのでない場所にいたいようだ〟と言っている。移住とは、人類という種には根が生えていなくて足があるということを示す。われわれが世界を旅したいのも、つまり、世界はみんなのものであり、国境は本質的に慣習的なものだと感じているからだ[28]」。つまり、自国を離れる権利を含む移動の自由はみんなのもの。それを止めようとする壁は、それをかわそうという意思と衝突する。

3

ヨルダン川西岸地区とヨルダンの間の橋

ヨルダン川に架かるパレスティナの橋

お互いに理解できないという
神から与えられた呪詛を
克服したいという強い欲望から、
人々は地上における自分の使命は城壁や欄干の陰に
隠れるのではなくて、地平線に目を向けることだと思った。

フアン・マヌエル・デ・プラダ（スペインの作家、論説委員、文芸評論家）

アレンビー橋は 2001 年に日本の援助で再建された
©Alexandra Novosseloff

国際的な名前	イスラエル名	パレスティナ名	ヨルダン名	建設年	長さ
アレンビー橋	アレンビー橋	アル・カラマー橋	キング・フセイン橋（アルジスル・アルマリク・フセイン橋）	1918 年 2001 年修復	125 m
ヨルダン川橋	ベト・シェアン橋		シェイク・フセイン橋	1994 年 11 月	125 m
ダミア橋	アダム橋	ダミア橋	プリンス・ムハンマド橋	13 世紀	45 ～ 50 m
キング･アブドゥッラー１世橋			キング・アブドゥッラー１世橋	1950 年代	45 ～ 50 m

自らの土地に閉じ込められた民族の唯一の通行路である橋、先祖代々の紛争のど真ん中にある橋。それが一九六七年以来イスラエルに征服されたパレスティナの地とヨルダンの間の国境であるヨルダン川に架かるアレンビー橋だ。この橋は、オスマン帝国の没落から、イギリス委任統治領パレスティナ時代[1]（一九一七〜四八年）、トランスヨルダン王国そしてヨルダン・ハシミテ王国（一九四六〜六七年）への併合、その後イスラエルに占領されたヨルダン川西岸地区[2]にいたるまで、二〇世紀初頭以降のこの地域の歴史の証人である。ヨルダン・ハシミテ王国とヨルダン川西岸地区の間――「つまり、普通の生活と占領地の生活の間[3]」――をつなぐ唯一通行可能な橋である。パレスティナ人はテルアビブのベン・グリオン空港から自国に帰ることはできない（二〇〇〇年の第二次インティファーダ以来、禁止されている）ため、アレンビー橋が外の世界との唯一のつながりであり、外の世界の空気を吸える唯一の場所なのだ。彼らにとっては命綱だ。したがって、占領され、管理され、制限され、自分たちの時間も人生すら思い通りにならないパレスティナ人の状況を象徴する橋になった。ジャーナリストのベンジャマン・バルト氏はこう言う。「アレンビー橋はパレスティナ人が被るあらゆる災難――役所の手続き、汚職、安全の名のもとに行われる暴虐――が凝縮されている[4]」。この橋は彼らの救いであると同時に不幸である。

アレンビー橋は出口を見つけられない紛争のシンボルでもある。ガリラヤ湖（「ティベリアス湖」とも呼ばれる。イスラエル人は「キネレット湖」と呼ぶ）の南端から始まり、死海の北端で終わる戦略的要所であるヨルダン渓谷のちょうど中ほどに橋はある。この渓谷は軍事管理区域であると同時にイスラエルの軍事戦略に厚みを与える緩衝地帯であり、農業・商業地帯であり、国境地帯（イスラエルは一九六七年以降、ここを東の国境とみなす）であり、あらゆるものが往来する通過点でもある。さらに、発展が期待される交易の場であるとともに、最も重要な和平交渉の争点（エルサレムの地位問題とともに）である。聖書にも出てくる伝説的な川、ヨルダン川（アラビア語では「ナフル・アルウルドゥン川」）のアレンビー橋のあるあたりは沼地のような小川で、パピルスや灌木に覆われてほとんど流れが見えない。レバノンとシリアの国境にあるヘルモン山から死海まで流れるヨルダン川は全長三六〇キロメートル、うちヨルダン川西岸地区部分は九七キロで、その渓谷は世界で最も低い土地である（海面下四〇〇メートル近い）。この「国境」の両側ではイスラエルもヨルダンもキリストの洗礼にまつわる観光地を開発してきた。しかし、そうした平和の地でも、厳しい暑さのなかで兵士たちがにらみ合っている。

橋の歴史は占領の歴史

ヨルダン人はアレンビー橋を「キング・フセイン橋」と呼ぶ　©Alexandra Novosseloff

アレンビー橋はオスマン帝国時代の木製の橋（一八八五年築）があった場所に、一九一七年一二月に同帝国からエルサレムを奪ったイギリス人エドムンド・アレンビー将軍によって一八年に建設された。現在のコンクリートの橋になるまでに何度か架け直された。草むらの向こうに一九三〇～四〇年代にあった橋の残骸が見える。二つの世界大戦の間は、一九二一年にイギリス委任統治領となったトランスヨルダン王国と、同じくイギリス委任統治領だったパレスティナの間の「穴だらけの国境」、「社会的・経済的に統合された地域」をつないでいた。[5] 当時は多くの人にとっていい時代だった。「橋が近づくと歩みをゆるめて、橋を警備する兵士にあいさつをするだけでよかった。川の両側は同じ国だった。ナーブルスからアンマンに日帰りで行くことも簡単だった」と、ラテン・エルサレム総大司教座の九〇歳を超えるスリマン・サマンダール司祭は言う。[6]

アレンビー橋が最初に破壊されたのは、一九四六年にユダヤ人軍事組織「ハガナー」が、将来イスラエル領土となる地域と周辺諸国をつなぐ一一の橋を破壊した「橋の夜」作

聖書にも出てくるヨルダン川は紛争地帯を流れる　©Alexandra Novosseloff

戦の一環だった。二度目の破壊は「六日戦争」（一九六七年の第三次中東戦争）の時である。その後、金属製の仮橋が架けられたが、一九九三年のオスロ合意の後、日本政府の援助で完全に再建された。橋に取り付けられたプレートには、ヨルダンと日本の国民の友好の印に二〇〇一年三月に竣工したことが記されている。それ以来、イスラエル人はこの橋を「日本の橋」と呼ぶ。パレスティナ人は「アル・カラマー橋」[7]、ヨルダン人は「キング・フセイン橋」（アラビア語では「アルジスル・アルマリク・フセイン」）と呼ぶ。ヨルダン人は一九九九年に亡くなったフセイン一世に敬意を表するために二〇〇九年に橋の呼び名を変えたのだ。レバノンの有名な歌手ファイルーズの歌から「ジスル・アルアウダ橋」（「帰還の橋」）という愛称もある。[8]

　アレンビー橋から数キロ南には、アンマンとエルサレムを最短で結ぶ、一九五〇年代に建設されたキング・アブドゥッラー一世橋があった。第三

閉鎖されているダミア橋（アダム橋）　©Timothy Williams

次中東戦争の際にヨルダン軍の戦車が「国境」を越えるのを防ぐためにイスラエル軍によって一部が破壊された。それ以来、再建されていない。逆にアレンビー橋の少し北にはヨルダン渓谷で最も古い橋であるダミア橋がある（イスラエル人は「アダム橋」、ヨルダン人は「プリンス・ムハンマド橋」と呼ぶ）。この橋は十字軍との戦いの最中にマムルーク朝スルタンのバイバルスによって一二六六年に造られたとされる。ヨルダン人は長い間、この橋を自国とヨルダン川西岸地区を結ぶ真の通過点とみなしていた。とりわけ、ナーブルス県やジェニン県から来るパレスティナ人によって頻繁に利用されていたが、一九九一年に人の通行は禁止された。その後、二〇〇二年には物の運搬も禁止された。以来、この橋周辺は立入禁止地区となり、日中も夜間も兵士が警備している。

　一九六七年という年はヨルダン川西岸地区全体にとってと同様、アレンビー橋にとっても歴史的なターニングポイントである。第三次中東戦争（一九六七年六月五〜一〇日）が勃発する前、この地域では緊張状態が極限まで高まっていた。ヨルダン川の水利に関するシリアへのイスラエル軍の脅し、停戦条約に違反するイスラエル軍のエルサレム行進、エジプトによる国境からの国連平和維持軍の撤退要求、イスラエル・エイラート港へ入る船に対する紅海アカバ湾封鎖、エジプト・シリア軍事同盟へのヨルダンとイラクの参加などだ。六月五日未明、イスラエル空軍は予防的措置としてエジプト空軍基地を破壊した。そしてイスラエルはシナイ半島、ガザ地区、ヨルダン川西岸地区、そしてゴラン高原を制圧した。第三次中東戦争でのイスラエルの勝利は、ヨルダン川西岸地区およびエルサレムの旧市街地のイスラエル支配、三〇万人のパレスティナ人難民の始まりを招いた。六月五日はパレスティナ人にとっては、「ナクサの日（後退の日）[9]」である。それ以来、国連安全保障理事会はヨルダン川西岸地区からのイスラエル軍の撤退を求め続けている（一九六七年一一月二二日の決議２４２）。

一九六七年はアレンビー橋にとってはヨルダン川の両岸の自由な通行・交易の終わりを意味した。しかし、「数ヶ月にわたってこの境界線が完全に閉鎖された後、イスラエル側の占領当局（当時のモーシェ・ダヤン国防相）はヨルダン川西岸地区とヨルダン経由のアラブ世界とのある種の交通・交易を可能にする〝開かれた橋〟政策に転換した」[10]。それによって当時は二つの橋が機能していた。一つはヨルダン川西岸地区の南部に住むパレスティナ人が利用するアレンビー橋、もう一つは北部住民が利用できるダミア橋だ。しかし、一九八七年の第一次インティファーダ以来、二つの橋の利用は次第に制限されていった。

　西岸地区全体と同様に、アレン

（左上）オスマン帝国時代の木製の橋。この場所に1918年にアレンビー橋が建設された　©Library of Congress　（左下）1921年当時のアレンビー橋　©Library of Congress　（右）キング・アブドゥッラー一世橋は第三次中東戦争の際に破壊されたまま　©Alexandra Novosseloff

ビー橋も一九九三年のオスロ合意に伴うイスラエル占領地の地域区分の影響を受けた。ヨルダン渓谷はオスロ合意でC地域（イスラエル支配地域）とされ、イスラエルが治安・民政双方の権限を有する。それ以来、ヨルダン川西岸地区の面積の三割を占めるヨルダン渓谷の八六パーセントはイスラエル人入植地に割り当てられている。ヨルダン渓谷にはエリコ（アラビア語ではアリーハー）とその周辺を中心に六万人のパレスティナ人が住む。オスロ合意に続いて一九九四年にはイスラエルとヨルダンの間の平和条約がワディ・アラバで締結された。この条約によって、ヨルダン川に沿ったイスラエル・ヨルダン間の国境が決められ、二ヶ所の通過点が設定された。一つは北部のシェイク・フセイン橋（イスラエル側は近くの町の名にちなんでベト・シェアン橋と呼ぶ）、もう一つは南部の紅海沿岸のアカバとエイラートの間だ。数々のパレスティナ・イスラエル交渉でもイスラエルはつねにヨルダン渓谷については交渉を拒否した[11]ため同渓谷の地位は決まっていない。したがってアレンビー橋はイスラ

ヨルダン北部にはヨルダンとイスラエルを結ぶシェイク・フセイン橋がある　©Elina Jonsson

エルにとっては「通常の」国境通過点であるが、ヨルダン（および「国際社会」）にとっては単なる「通過点」（クロッシング・ポイント）にすぎない。

アンマンからアレンビー橋に向かう

私たちの旅はヨルダンの首都アンマン（人口四〇〇万人）から始まった。ここから観光客は世界でも最も美しく最も素晴らしい観光スポット（ワディラム砂漠、ペトラのナバテア王国の遺跡、ジャラシュの古代遺跡、紅海のサンゴ礁など）に向かう。ヨルダンには一九四八年以降、二〇〇万人以上のパレスティナ難民が住み、ヨルダン市民として暮らしている。パレスティナ難民とその子孫は全人口の七割近くを占める。ヨルダンはこの地域のアラブ諸国のうちイスラエルと和平条約を結んだ二つの国の一つであり（もう一つはエジプト）、中東の和平問題で欠くことのできない国となった。しかも、大方の予想に反して「アラブの春」に影響を受けなかった安定した国である。また、ヨルダンは一九五〇～六七年の間に併合していたヨルダン川西岸地区およびパレスティナとの関係があいまいな国だ。

アレンビー橋のヨルダン側。橋を渡るには、この青いバスに乗らなくてはならない　©Elina Jonsson

ヨルダン王国におけるパレスティナ難民の同化の困難さ、六七年の第三次中東戦争による三〇万人の追加難民の受け入れ、パレスティナ人の自立気運の高まりから、六四年にパレスティナ解放機構（PLO）が創立され、六八年からはヤセル・アラファトのファタハなどの武装抵抗組織に率いられたPLO指導下の「国のなかの国」ができた。[12] 自国のアイデンティティーを確立しようとしていたハシミテ王家は、イスラエル領土へのパレスティナ人組織の侵入攻撃を次第に受け入れ難くなっていった。こうした組織が起こす社会不安やハシミテ王国転覆を狙ったクーデター未遂事件が勃発すると、ハシミテ王家はパレスティナ人活動家を弾圧し（「黒い九月事件」）、自国から追放した。ヨルダンは七三年の「ヨム・キプール戦争」（第四次中東戦争）にも参加しなかった。七四年、PLOが唯一、パレスティナ人を代表する機関として認められたため、パレスティナ系ヨルダン人の帰属問題が生じた。そして、ヨルダンは一九八八年に西岸地区の領有を正式に放棄する「ヨ

ヨルダンの「橋の安全行政事務所」©Elina Jonsson

ルダン川西岸地区との行政的・法的関係の決別宣言」を行った。

アンマンからアレンビー橋までは三〇キロメートル。四五号線と六五号線を通っていく。乗合いタクシーで二〇ディナール（二五ユーロ）ほどかかる。目的地に近づくにつれて道路は狭く石ころだらけになり、最後のほうはバナナの木とヤシの木の畑の間を縫って行く。ヨルダンの橋梁担当官（正確には「橋の安全行政官」）によると、アレンビー橋を通行する人は年間二〇〇万人、双方向で毎日五〇〇〇人の通行という計算だ。利用者は毎年六パーセント増加している。通過する日と時間によっては、最後の数キロはアンマンからの道のりより時間がかかることもある。人々は検問所よりかなり手前で車を降り、そこからは重いスーツケースを引きずって歩いていく。「普通の日」（つまり、イスラエルの祝日でも休日でもなく、橋のある地区で事件のない日）は朝の八時から夜一二時まで通れる。ユダヤ教のシャバット（安息日）に当たる金曜日と土曜日は午後三時までが通過可能だ。

二〇〇六～〇七年から通行可能な時間が延長され、〇九年には夜一〇時までになった。エリコのある住民はその時のことを覚えていた。「私たちの生活で歴史に残る日でしたよ！　世界中の国境は一日二四時間いつでもあいているのかもしれないから、ばかみたいでしょうけど、（夜一〇時になったときは）私たちは自由だと感じました」[13]。「アレンビー橋の通行時間を管理するのは常にイスラエル人だ。彼らは、たとえばバスを一時間でも、二時間でも、三時間でも待たせることができるし、いつでも橋を封鎖することもできる」。ここで命令を下せるのはだれなのかを思い知らせたいのだろう[14]。しかし、ヨルダン川西岸地区で何か事件が起きてパレスティナ人が大量にヨルダンに押し寄せてくる可能性がある場合は、ヨルダン当局も通過条件を厳しくすることができる。いずれにしろ、いつ何時でも通行可能時間が変わる恐れがある「国境」は世界でもここだけだろう。この通行可能時間はイスラエル人のパレスティナ人に対する飴と鞭なのだ。受け入れるしかない専制だ。二〇一七年六月、イスラエル当局は、六月初めから九月初めの日曜日から木曜日に限り、橋を一日二四時間あけることに決めた。

アンマンから来る車や乗客はすべて、橋から四キロ手前の古くて小さなヨルダン側検問所に押し寄せる。この検問所が橋を通過する人の流れに適応していないことは明らかだ。ヨルダン当局もそれを認めており、検問所の建物を商業施設も加えて建て直したい意向だ。ここに初めて来た観光客は、目立つ免税店以外のほかにどこに行ったらいいのか迷うだろう。ここからすでに「国境」越えは始まり、費用がかなりかかる上に、通れるのか、通るのにどれだけ時間がかかるかをあらかじめ正確に知ることはできない。検問はすでにここから始まっている。ここから五キロメートルにわたってヨルダン、イスラエル、パレスティナの三つの行政機関による検問がある。どの機関も通行者のパスポートにスタンプを押さないし、ビザも発行しない。そうした手続きは別紙で行われる。ここは「普通の国境」ではないのだ。

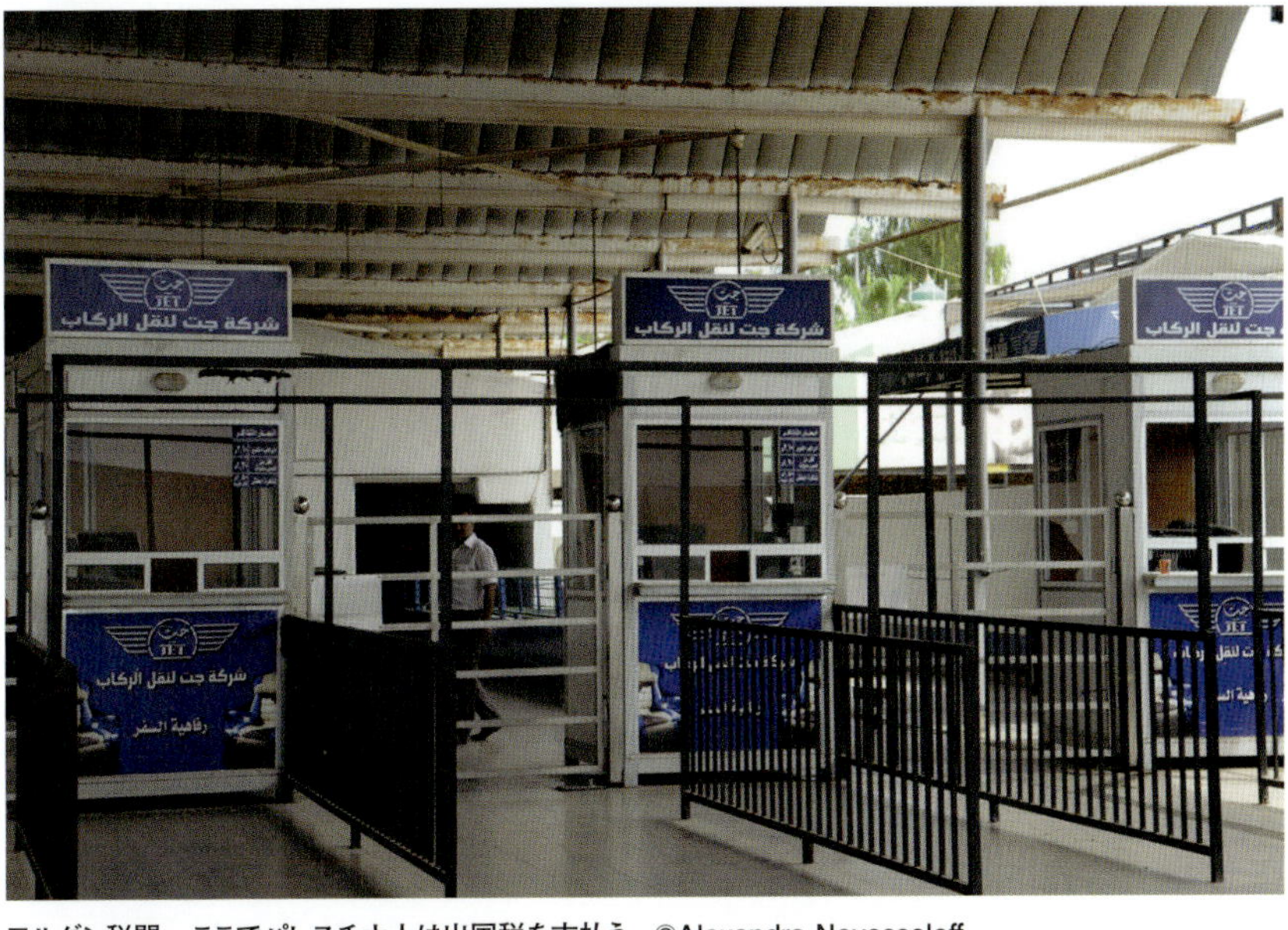

ヨルダン税関。ここでパレスチナ人は出国税を支払う　©Alexandra Novosseloff

ここの検問所のもう一つの特殊性は、通過する人によって扱いが異なることだ。単なる観光客か、アラブ人か、外交官（手続きは驚くほど迅速）か、ヨルダン川西岸地区のパレスティナ人か、金持ちかそうでないか、などによる。おおまかに言うと、検問通過のインフラは観光客用とアラブ人用の二つに大別される。イスラエルに行くビザを取得するヨルダン人がまれなように、アレンビー橋を渡ってヨルダンのペトラの観光に出かけるイスラエル人はまれだ。イスラエル人はほとんど両国の正式な国境を通る。つまり、北部のシェイク・フセイン橋の検問所または、南部のアカバとエイラートの間のワディ・アラバ検問所（イスラエルは「イツハク・ラビン検問所」とも呼ぶ）である。ヨルダン川西岸地区に入る権利のないイスラエル国民はアレンビー橋を通ることは禁じられている。

アレンビー橋の両側で「国境手続きは差別的である」。人々の身分によって異なるコースに進ませたり、恣意的な措置を取ったりするからだ。外国人は優遇される。パレスティナ人は観光客よりもずっと厳しく長い手続きに回される。パレスティナ人への検問は細かい段階に分かれており、治安面と利益面がばかばかしく腹立たしいやり方で混ざり合っている。しかも「検問の待ち時間は橋を渡ることの恐れに変わる。すべてが予測不可能だ。橋まで行っても何が起きるかわかりませんよ」ということだ。この橋は「渡る人の意思に反して、好むと好まざるとにかかわらず、圧力を与える障害物である[15]」。パレスティナ専門家のヴェロニック・ボンタン氏が言うように、「この強制された待ち時間は疎外的で侮辱的だとパレスティナ人は感じている」。「橋を渡る時間は侮辱の時間ととらえられる。〔中略〕パレスティナ人にとっては、占領者の権力に直面する瞬間であり、待ち時間の長さは彼ら自身の領有権の不在を自動的に思い出させるのだ[16]」

ここでパレスティナ人は三つの主なカテゴリーに分類される。まず、パレスティナのパスポート（パレスティナ自治政府が発行）を持つヨルダン川西岸地区のパレスティナ人でヨルダン国籍を持っていない人[17]（グリーンカード)、次にヨルダン国籍を持っている人(イエローカード)。このカードは「橋のカード」とも呼ばれ、一九八〇年代初めから発行されている。最後にガザ地区のパレスティナ人。彼らは独自の身分証明書を持っているが、ヨルダン川西岸地区に行くことは許可されていない(ごく一部の実業家は除く)。さらに、ガザに家族や親戚(遠い親戚でも)がいたり、ガザ地区の家族の出身だったりすると、問題視されたり、待ち時間が長くなったり、通行を拒否されたりする。その人がアメリカやヨーロッパのパスポートを持っていてもだ。この区別は、ヨルダン川西岸地区への出入り、あるいは西岸地区内での移動でパレスティナ人が被っている多数の禁止事項に端を発している。

このように、ヨルダン川西岸地区のパレスティナ人はイスラエルに入ることも、ガザから西岸地区に行くことも、東エルサレムに行くことも、ヨルダン渓谷に入ることも禁止されている。西岸地区から出るためには、あらかじめイスラエル当局から許可証(労働許可、通行許可など)をもらわなければならない。エルサレム在住のパレスティナ人は西岸地区のパレスティナの町(A地域)に行くことができるが、それにはイスラエル当局の恣意的な制限が付く。第二次インティファーダが始まったときは禁止されていた(イスラエルのアラブ系市民であるパレスティナ人も同様)。イスラエル市民権を持つパレスティナ人は日常的には西岸地区内を最も自由に移動できるが、移動が制限されることもある。あるパレスティナ人はユーモアをまじえてこう言う。「私はいつでも身分証明書を身に着けている。だから、ポケットに〝占領〟を入れて持ち歩いているわけだ」。つまり、禁止と分離と通行禁止の生活だ。

ヨルダンから西岸地区に向けて橋を渡る

アレンビー橋を渡るには六つのステップを経なければならない。第一のステップでは、エルサレムやベツレヘムに行く観光客は一〇ヨルダン・ディナール（一三ユーロ）支払う。それはヨルダン当局の税金で、荷物をスキャナーにかけた後に支払う。キリスト教の聖地である、この二つの町以外の西岸地区に行く場合はイスラエル当局の検問時間が長くなる。イスラエルはそれを禁止できないけれども、外国人が行くことを思いとどまらせたいのだ。パレスティナ人にはＶＩＰとして通るか否かの二つの選択肢がある。ＶＩＰとして通るのは当然、裕福な人に限られ、税金を別にして五〇ドル近く払わねばならない。逆方向の西岸地区からヨルダンに入るのはＢＭＣ（ビジネス・マン・カード）を持つ実業家かパレスティナ自治政府の高官だけに限られる。いずれにせよ、コースは観光客とは別で、ＶＩＰ以外は「アラブ人のバス」に乗らなくてはならない。以上のどのケースに当てはまるかによって進む場所、移動手段、検問、値段やか

橋まで４キロメートル続くノーマンズランドの第１の検問所　©Alexandra Novosseloff

かる時間が変わってくる。払う額とかかる時間は反比例する。支配する側は支配された人から時間を奪い、支配された人はもはや自分の時間を管理できない。つまり、自由が奪われる。

第一ステップの税金支払いが終わると、第二のステップは青いバスに乗って橋を渡ることだ。バスの乗車券は七ディナール（九ユーロ）、荷物は一つにつき一・五ディナール（二ユーロ）かかる。バスは満員にならないと出発しない。渡る人が多い日は大体三〇分は待たないといけないが、それ以上の忍耐が必要な場合もある。バスが発車すると、ヨルダン側の検問所とイスラエル側の検問所の間の四キロメートルのノーマンズランドのようなところ（人家のないセキュリティゾーン）に入る。このゾーンは川に近づけば近づくほど荒れ地の様相を呈し、一九四九年の停戦ラインに沿って立つ監視塔がいくつか遠くに見える。イスラエル政府はそのラインに強化フェンスを建設する意向を二〇一四年七月に示した。そのことからもイスラエルがヨルダン渓谷を返還する意思がないことは明らかだ。分離壁を計画した一人であるウズィ・ダヤン氏は周りの風景を指

ヨルダン・ハシミテ王国の国旗が掲げられた第２の検問所　©Alexandra Novosseloff

さしてこう説明したという。「ここはイスラエルで唯一国境を防衛できる地域だ。私たちが今いる場所とヨルダン・ハシミテ王国との間には九〜一五キロメートルある。それが最低限の戦略的深みだ」[18]

バスで出発した地点から二〇〇メートルのところに最初のヨルダン側検問所がある。これが第三のステップだ。ここでバスは停車し、検問所の係員が税金の領収書を回収する。そしてジグザグの通路を進むと第二の検問所があるが、バスは停車しない。その後、橋のすぐ手前にヨルダン側では最後の第三の検問所がある。したがって橋はイスラエルが支配する「領土」に位置することになる。ヨルダン人はそこに入れないため、「イスラエルの橋」と呼ぶ人もいる。イスラエル人はヨルダンと、彼らの支配する西岸地区——しかし、国際法的には彼らに属さない——の間の境界線にいる。イスラエルがパレスティナの地へのあらゆる通過点を管理していることがわかるだろう。

橋の「イスラエル側」に着くと、バスはセキュリティ・ステーションに停車し、乗客は全員ここで降りなければならない。そこでイスラエル兵士はパスポートをチェック

アレンビー橋の入口はすでに「イスラエル側」だ　©Alexandra Novosseloff

し、それから機関銃を肩に斜めにかけてバスに乗り込んでくる。異常がないかを確認するためだが、乗客を威嚇するためでもあるだろう。だれも抵抗しないし、そうする気もない。だれも言葉を発しない。暑苦しい車内は静まり返っている。二〇一四年春、この状況でパレスティナ系のヨルダン人判事がイスラエル兵と言い争った末、撃ち殺された。こうした事件からも、アムネスティ・インターナショナルの報告書[19]が批判するように、このゾーンでの緊迫した雰囲気のなか、ストレスのたまったイスラエル兵のなかには簡単に引き金を引く人がいることがわかる。

その後、バスは二番目の柵まで進む。通行者数、バスや日によって、「国境」の両側の状況や見張りに立つイスラエル兵の気分によって、バスは通行許可が出るまでさらに待たねばならない可能性がある。時にはバスが一〇台、二〇台と連なって待っていることもある。バスの冷房はいつも効くとは限らないので、バスの中で待つのはつらい。通行許可が下りると、バスはイスラエル側の「ターミナル（発着所）」に着く。これが第五のステップだ。「よい旅行を！」「キング・フセイン国境通過点にようこそ」「イスラエル国に着きました」などの看板が見える。パレスティナ人にとっては腹の底に怒りが湧いてくる言葉だ。「まるで拷問の橋だ」と、あるパレスティナ人は言った。

イスラエル側のターミナルに到着

オスロ合意にしたがい、アレンビー橋の通行手続きと検問は（ガザとエジプトの間の通過点ラファと同様に）、一九九四年五月のガザ・エリコ先行自治協定の付随書に規定されている。この協定によると、アレンビー橋の通行と検問はイスラエルとパレスティナが共同で行うことになっている。したがって、一九九四〜

二〇〇一年の間はパレスティナ警察（パレスティナ自治政府の創設に伴い、同じ協定によって新設された）が橋の両側の発着所に配備され、イスラエルが通行の安全の責任者だった。パレスティナ人警官が身分証明書などをチェックしてからイスラエル人警官に渡し、イスラエル人警官は「目に見えない方法で間接的に」（協定の文言）チェックする。実際には、パレスティナ人警官は窓口に座っており、その後ろのガラスの仕切りの向こう側にイスラエル人警官がいて、パレスティナ人警官から引き出し式で受け取った身分証明書などをチェックして同じ方法で戻すというやり方だ。[20] しかし、第二次インティファーダで、パレスティナの国境警備隊の象徴的な配備は撤廃された。

イスラエルは自国領土へのほかの入国地点を管理するのと同じようにアレンビー橋の「ターミナル」を管理し、それがヨルダンとの協力関係を向上させているとみなす。荷物のチェックを担当するのは民間警備会社で、パスポート検査と旅行者に質問をするのは国境警察とイスラエル総保安庁（シンベット）の職員だ。一九九四年からベン・グリオン空港やほかの入国地点を管理する公営企業（イスラエ

イスラエル側のターミナルに着く　©Alexandra Novosseloff

ル空港局）が管理するこのターミナル全体の保安を担当するのは警官や兵士である。このターミナルでは毎日二〇〇人が働いており、ターミナル整備に過去数年間で九〇〇〇万ユーロが投資された。

青いバスから降りてイスラエル側に着くと、空港にあるような金属探知機とスキャナーに荷物を通さないといけない。ここでも、建物の外に並んで順番を待つ行列は苦行のようなものだ。とくに夏は日陰でも気温が五〇度に達するからだ。私たちはそうではなかったが、パレスティナ人はパスポートに貼りつけられたステッカーの色によって荷物検査が厳しくなったりするのだ。ステッカーの色の選定の根拠はだれにもわからないし、何の法則もない。その恣意性がさらに緊張感と恐れをかきたてる。

荷物検査が終わると、パスポート検査のために冷房のきいた次の部屋に入る。一見、整然とした場所のようだ。「私たちは人々に最もシンプルで最良の（国境の）通過を提供しなければならない」と、イスラエル関税局は言う。この部屋の入口には三種類の列が表示されている。外国人パスポート、パレスティナ・パスポート、東エルサレム在住者（つまりエルサレムのパレスティナ人）のパスポートだ。だが、この分類はいつも有効だとは限らない。ここでは何が起きるかわからない。検査を受けるための数メートルが永遠に感じられることもある。

外国人パスポートの行列は比較的速く進む。イスラエルが怪しいとみなす国（イエメン、イラン、アフガニスタン、パキスタン、レバノン、シリアなど）やパレスティナ支援の活動家が多いとされる国（北欧）のスタンプがパスポートにある場合は例外で、その場合はわきで待たされ、イスラエル総保安庁の職員が追加の質問をしてから通すのだという。世界中でここほど、イスラエル当局がしてくる質問への答えを世界中のバックパッカーが念入りに準備する場所はない。さまざまな理由で長く待たされたというエピソードが旅行者やこの地域に勤務する人々の会話によく上る。人々はこういう状況を避けるための戦術をそれぞれ持っているが、それでも何が起きるかわからない。旅行会社すら「観光客を迎えるにはふさわしくない軍隊式のやり方[21]」やこうした不安定要素に不満を漏らしている。パレスティナ人の場合も、明らかな理由もなしに、名前が呼ばれて質問されるのを何時間も待つことがある。裕福な人だけはＶＩＰ専用の部屋に通される。そこには一九九四年のイスラエルとヨルダンの平和条約締結の際に、ビル・クリントン大統領の前でイツハク・ラビン首相とフセイン国王が握手している大きな写真が飾ってある。オスロ合意の写真は飾られていない。ただ忘れられているだけなのか、パレスティナ自治政府の不在を強調しているのか、もうだれもオスロ合意を信じていないということなのだろうか？

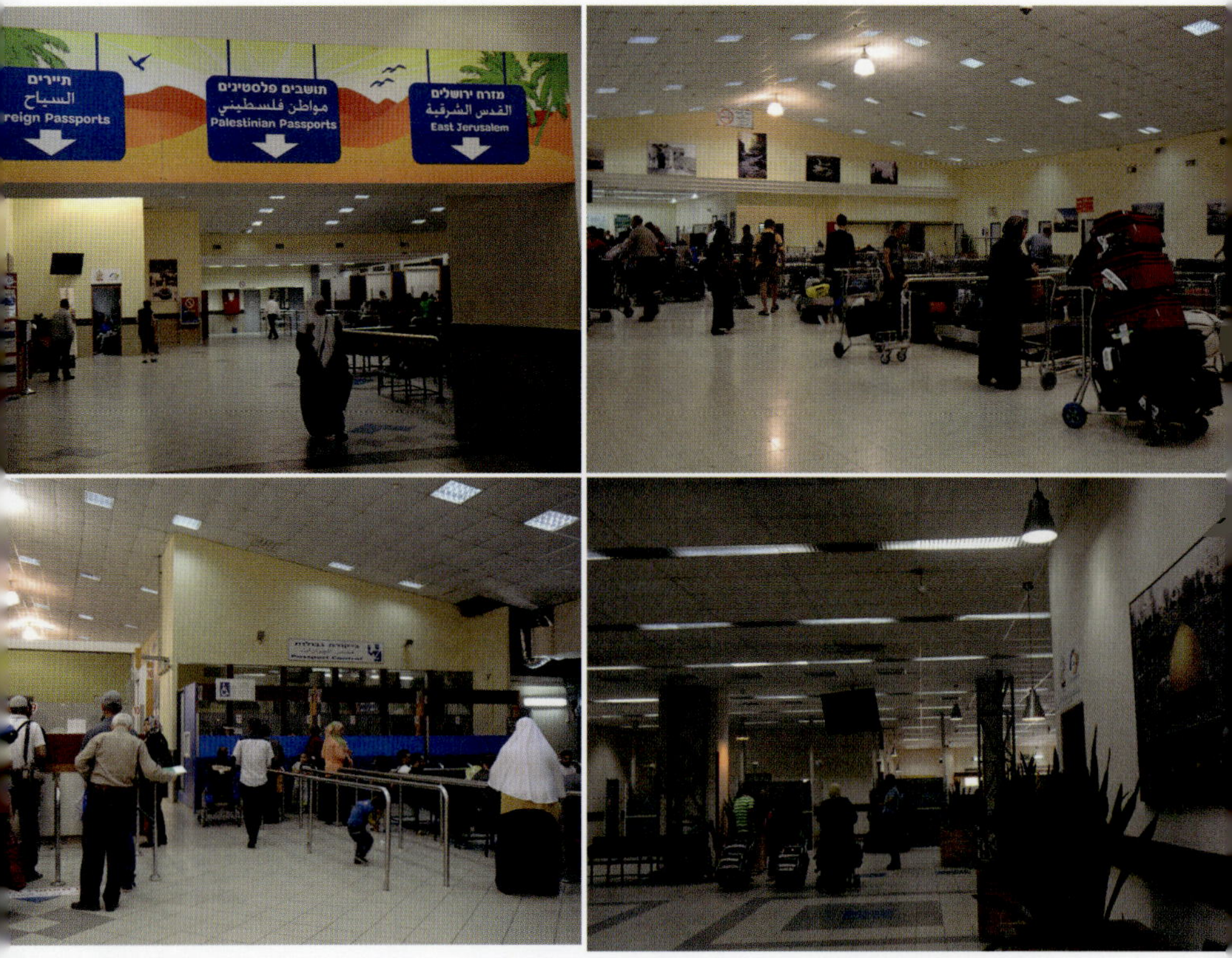

イスラエル側のターミナルの内部。待ち時間が長くなる場合もある　©Alexandra Novosseloff

警察の手続きが終わると、荷物を返してもらえる。そうすれば、目的地に応じて、やっと橋の通過の最終段階に進める。どこに行くかを実際にチェックする人はいない。エルサレムに行く人は黄色いミニバスに乗る。エルサレムまで三〇分で着き、料金は四二シェケル（一〇ユーロ）だ。ヨルダン川西岸地区のパレスティナ人の町に行くなら、まず「シャヒーン」（バスを運行するパレスティナの会社名）と呼ばれる赤いバスに乗って五キロ先のエリコまで行き（一三シェケル＝三ユーロ）、パレスティナ警察の検問を受ける。そこからは黄色いミニバスに乗って目的地に行く。私たちはパレスティナ自治政府の拠点であるラマラに向かった（五〇シェケル＝一一ユーロ）。

パレスティナの高官が認めるように、「（橋を渡るために）五キロ行くのに世界で最も高くつく旅」である。とくにパレスティナ人にとっては西岸地区から出る旅は高くつく。給与平均が月三〇〇〜四〇〇ユーロのパレスティナ人家族にとってはかなりの額だ。西岸地区から出て戻ってくる場合、出るための税金が外国人なら一七六シェケル（四〇ユーロ）、パレスティナ人なら一五五シェケル（三五ユーロ）かかる。ナーブルスのある住民は、大げさにこう言う。「アンマンに着くまでに車を一〇〇万回乗り換えないといけない……かかる費用はまるでアメリカ行きの航空券並みだ！」[22] パレスティナ人がアンマン空港で飛行機に乗り遅れないよう一〇〇パーセント確実にするのが不可能だからなおさら高くつく。ここでは距離が何キロかよりも、橋を通過するのに何時間かかるかを人々は問題にするのだ。橋を渡るのに六時間から一二時間、あるいはもっとかかることもある。ほんのわずかな距離だ。こういう状況だから、国外に避難したパレスティナ人は故郷のパレスティナ人と付き合いを維持することが次第に難しくなる。これも西岸のパレスティナ人と外部との関係を分断する方法だが、より陰険なやり方だ。

エリコから、「国でない国」の首都ラマラへ

ヨルダン川西岸地区の町に行くためにはエリコの「境界線」を必ず通らねばならない。エリコはヨルダン渓谷のオアシスであり、世界有数の古い町、マイナス二四〇メートルと世界で最も標高の低い町である。アンマンとエルサレムのちょうど真ん中にあるエリコはA地域（パレスティナの完全な支配下）にある。人口二万五〇〇〇人のこの町はC地域（イスラエル支配地域）のど真ん中にあるパレスティナの飛び地のようなものだ。ヨルダン渓谷からすべてのパレスティナ人を追い出そうとするイスラエルの政策[23]に対して、その存在自体で抵抗しようとしている。しかしながら、町は西岸の他の地域から孤立している。イスラエルが町にアクセスするすべての道路をコントロールしているからだ。

一九八〇年代終わり、「国際社会」はエリコ市と共同出資で、一〇年前に建てられた待機ゾーンの改修を行った。当時、エリコ中心地とアレンビー橋の間にタ

「シャヒーン」と呼ばれる赤いバスに乗って、パレスチナ人はイスラエル税関からヨルダン税関へ行く
©Elina Jonsson

クシーやバスの行列が一・五キロメートルにもわたっていた問題を解消するためだ。橋までタクシーで直接乗りつけることはできないので、人々はここからバスに分乗してイスラエルのターミナルまで行かねばならない。パレスティナ人にとっては「国境検問所」をエリコに移動してきたのに等しい。第二次インティファーダ後の二〇〇一年、橋のそばの国境検問所から排除されたパレスティナ当局の職員はこのバスターミナル内にある集合待機ゾーン（休憩所を意味する「イスティラハ」と呼ばれる）に後退せざるを得なくなった。ここにはパレスティナ自治政府の通行に関する中央行政機関と治安や情報関係の機関も入っている。長い時間がかかるアレンビー橋通行の際に正当に扱われることを求めるキャンペーン（「カラマ運動」）を行う市民の圧力から、パレスティナ政府は待機の苦痛を軽減するための整備を少しずつ実施した。出発ロビーには冷房が入り、無料Wi-Fiが使える大きな待合室（一〇〇〇人まで収容）ができ、近くに医療センターも設置された。西岸のパレスティナ住民はすべてここ

イスティラハの内部　©Elina Jonsson & ©Alexandra Novosseloff

を通らなければならない。ただし東エルサレムの住民は、橋に続く入口である「142ゲート」を通って直接イスラエルのターミナルに行くことができる。

この場所を通る人々の多くは複雑な感情を抱く。ここは、戦略的な監視地点以外で「パレスティナ人住民の要望への対応をイスラエルがパレスティナ自治政府に部分的に委任する管理システム[24]」がある場所であり、同時に、占領下にありながら国家になりたい幽霊のような政府への統治権の授与を体現する。ここでパレスティナ人が支払う税金はパレスティナ自治政府が徴収するものの、半分はイスラエル政府に取られる。これを統治権と呼べるだろうか！　失われた半分はイスラエルの支配を強めるのに役立つ。しかも違法である。フリーダム・フォーラム・パレスティナの会長はこう嘆く。「こうした税金はすべて違法だ。西岸地区からの出国税はパリ合意から生じたものだから違法だ。パリ合意は一九九九年以降は法的効力を持たないオスロ合意の付帯事項だからだ。ヨルダンが徴収する一〇ディナールの税金も違法だ。したがって、われわれがアンマンへ行くために支払うあらゆる費用は、それを得るのがイスラエルでも、パレスティナ自治政府でも、ヨルダンでもすべて違法なのだ[25]」

エリコのバスターミナルに着くと、観光客たちはまずパスポート検査を受けた後に荷物を回収して、目的地まで行く黄色い乗合タクシーに乗る。タクシーは満員にならないと出発しない。ここでも、人の往来が多い時期は長く待たされることがある。ここからラマラに行くには、イスラエル人専用の道路よりも狭くて石

パレスチナが支配するA地域にはイスラエル人は入れない　©Alexandra Novosseloff

ころがごろごろしている道路を通る。ヨルダン渓谷の九一・五パーセントはイスラエルの実効支配だから、西岸地区のパレスティナ人はまったくといっていいほどヨルダン峡谷に入れない。

やっとラマラに着いた。「国家という実体のない官僚組織、領土のない上部構造、ますます洗練された機関を持ちながらそれを利用する能力のない国」[26]の首都だ。独立の幻想を維持したままの首都である。この「疑似国家」は二〇一二年一一月に国連の「オブザーバー国家」となり、その国旗が二〇一五年九月に初めてニューヨークの国連本部の前に掲げられた。しかし、パレスティナは完全にイスラエルの支配下にあり、国際的援助によって生き延び（国家予算の八割は世界中からの寄付で賄われている）、援助に依存し（人道支援が今も続く[27]）、通貨も持たず、ごく限られたローカルな決定権しか持たない国だ。細部を見なければ快適な町だ

エリコから出て、イスラエルが支配するＣ地域に入る　©Alexandra Novosseloff

が「ラマラはあぶく玉だ」と言う人は多い。「金融と政治の中心地であるラマラはいつの間にか金持ちのゲットーになった。疑似国家の首都だ」。「直接支配はされていないが、真に自由でもないグレーゾーン。包囲されているが、生き生きとした町」と、パレスティナ人都市計画家ナセル・アブ・ラーム氏は言う[28]。イスラエルによる占領、そしてもうだれも信じていないイスラエル・パレスティナ合意によって生み出されたあらゆる矛盾をはらむ町なのだ。

大事な部分が欠けた交易の橋

苦労してアレンビー橋を渡るのは人間だけではない。商品も同じだ。未来のパレスティナ国家の穀倉地帯になり得るヨルダン渓谷において、イスラエルによる経済的支配が感じられる。アレンビー橋は物流のためではなく、人の往来のために建設されたのだが、輸出入商品の輸送の要所になっている。しかし、橋は貨物輸送には適しておらず、そのための設備も欠けている。わずかにパレスティナの輸入の一一パーセント、輸出の三パーセントだけがこの橋を渡る（二〇一五年）。イスラエルは長い間、この橋を老朽化するままにして商品の流れを抑え、支配を維持してきたのだ。パレスティナ人たちの商業はイスラエルの規則や手続きに従わなければならず、それらはヘブライ語でしか書かれていないために、パレスティナ商人にはすべてが理解できるわけではない。規則も頻繁に変わる。商品は検問所でパレスティナのトラックからイスラエルのトラックに積み替えなければならない。手続きは時間も費用もかかり、その間に商品が損害を被ることもしばしばだ。その上、交易禁止リストなど多数の制限があるほか、西岸地区においてすら、パレスティナの商品よりはイスラエルの商品が常に優遇される。すべての会社設立や商標、果樹の植樹もイスラエルの認可を得なければならない。[29] こういう状況で公平な競争は可能なのだろうか？　ラマラの実業家サアドさんは、パレスティナの実業家や起業家は「普通に商売や投資ができたら夢のようだ」と言う。規制が一定しない状況では計画を立てること自体が不可能なのである。

貨物通過手続きを迅速化するためのスキャナーなど貨物検査の近代的設備もこの橋にはない。イスラエル側の人々のなかには、この状況はばかげていると漏らす人もいる。良好な条件下で商業を行うことは人心を鎮める。とはいえ、状況は変わりつつある。たとえば、オランダ政府が寄付するスキャナーが二〇一八年一月に導入された。アメリカはヨルダン当局にトラック搭載用スキャナーを提供したし、イスラエル政府はコンテナ扱いのために八〇億ドル投資した。こうした措置は輸送費や待ち時間を減らし、商品の輸送を容易にするだろう。「国際社会」はアレンビー橋を通過する交易は年一五パーセントずつ増加するとみている。

アレンビー橋は交易にも使われるが、そのための設備は整っていない　©Alexandra Novosseloff

あるパレスティナ人実業家が言うように、一般的には「イスラエルはパレスティナ人にとってのフェアトレードの扉も窓もすべて閉ざしてしまった」。この障壁を克服するため、人間の通行と同じように、エリコに「ドライ・ポート」を設置しようと計画する人もいる。つまり、エリコで商品をスキャナーにかけて橋の通行をスムーズにするのだ。検査を橋の少し手前に持ってくるだけではある。また、パレスティナ人実業家のなかには、パレスティナの商品をイスラエルのハイファ港やアシュドッド港から輸出できるようにするべきだという人もいる。これほど市場の限られた経済は輸出——港も空港もないので輸出できないが——なくして成長は見込めない。このように、パレスティナの内外で人とモノの移動が制限されていることは、パレスティナ経済の公共部門（一六万人を雇用）への異常な集中を招いている。これも別の形の依存だ。世界銀行によると、イスラエルによるパレスティナ人の活動の制限は二〇一三年でパレスティナ経済に三四億ドルの損害を与えている。二〇一六年九月の国連貿易開発会議（ＵＮＣＴＡＤ）の報告書は、イスラエルのＣ地域支配によりパレスティナ経済はその国民総生産（ＧＮＰ）の三五パーセントに相当する損害を被っていると分析している[30]。

こうした交易とともに、水の供給も緊張状態を作り出す要因だ。パレスティナ人は、人口は二倍に増えたのに、今でも一九九〇年と同じ量の水（水資源全体の八パーセントに当たる）を使用している。一九六七年以降はヨルダン川の水にアクセスできなくなった。「橋を渡るときに、ヨルダン川は横目でちらりと見るだけ」と、パレスティナ自治政府の水を担当する大臣はユーモアを交えて言う。パレスティナ人はヨルダン渓谷の地下水および二八の井戸にもアクセスできない。使える井戸の修理や新たな井戸を掘る費用もない。一方のイスラエルはその二八の井戸から毎年三二〇〇万立法メートルの水を使用し、主に入植地に供給している。パレスティナ人は下水処理もできないし、新たな井戸も掘れない。新たな井戸を掘る許可を取得する手続きは果てしなく煩雑だからだ。先の大臣は、自分は「ヴァーチャルな水の大臣」だと皮肉る。実際、水不足は西岸地区全体で深刻さを増しており、将来の紛争の火種になりそうだ。ヨルダン川の水量は一九四〇年代に比べると九八パーセントも減少しており、死海の水位は年に一メートル下がっている。土地の支配の紛争は水の支配の紛争にもなっているのだ。

別の点でも支配の実態を隠ぺいする意図的な政策が行われている。西岸の他の地区と同様に、ヨルダン渓谷でも入植地は増えており、イスラエル政府は入植に年間六億五〇〇〇万ドルを投資している。二〇一六年には入植地の数は三九で入植者は一万一〇〇〇人だった。入植者が奪った土地とイスラエル政府が自国領土と宣言している土地、そして軍用地と自然保護地区を除けば、パレスティナ人には土地はあまり残らない。しかも、イスラエルはパレスティナ人の強制排除と家の破壊政策をとっている。二〇〇九年以降、イスラエルの行政機関はパレスティナ人の家屋二〇〇～三〇〇軒およびかなりの数の農地の破壊を命じた。さらにベドウィン族を迫害して砂漠に追いやっている。

多くのイスラエル人入植者はヨルダン渓谷に農場

この紛争地で使われる言語　©Alexandra Novosseloff

を作り、その産物をヨーロッパだけでなく、目立たないやり方で隣国にも輸出している。ヨルダン渓谷の入植地の産物をヨルダンに輸出し、そこで産地ラベルを変える。したがって、ヨルダン渓谷はイスラエル製品が中東諸国に輸出される拠点になっており、アレンビー橋は商品を輸出するための媒介の役割を果たしているのである。実際に、イスラエル人入植地からの輸出はパレスティナ人のそれより一五倍も多い[31]。このような経済封鎖はパレスティナ経済をさいなみ、将来、和平交渉がある場合にイスラエルが優位な立場に立つためだと分析する向きもある。つまり、経済発展がパレスティナ和平のカギであると多くの人が分析しているにもかかわらず、パレスティナ国家の正常な機能という根本からして最初から明確に否定されているのだ。しかもパレスティナ国家が世界各地に離散した多くの難民を受け入れなければならないとしたら、都市部の開発や農業と観光のプロジェクトを推進するためにはヨルダン渓谷しか土地が残されていない。「ヨルダン渓谷がなければ、パレスティナは完全に包囲された寄生国家にしかなりえない[32]」

橋を渡ることは「行き止まり」の象徴である

パレスティナ人はみな、土地や活動、人々への管理や規制は強化されるばかりだと言う。安全の名のもとに作られた、この極端に複雑なシステムは何を意味するのだろうか？　不満や恨みを作り出す「安全」は本当に効果的なのだろうか？　アレンビー橋を渡ることはパレスティナ人にとっては、占領下の生活、絶え間ない管理下の生活を意味する。こうした生活は、あらゆる措置やあらゆる過剰反応に使われる口実、何の意味もない一つの言葉「安全」という呪文によって抑圧された生活だ。もちろん、この言葉の裏には別のものがある。ヴェロニック・ボンタン氏はこう分析する。「アレンビー橋でパレスティナ人に強制される待機は、国境の安全確保のためとか、軍事紛争の論理だけでは説明できない。それはむしろ植民地的な一時的命令であり、パレスティナ住民を統治する方法である」[33]。優遇される人、あるいはお金や手段を持っているがゆえにこの状況に甘んじる人とそうでない人、許可証を持つ人とそうでない人、いいパスポートや通行証を持つ人とそうでない人を差別する方法である。同じ民族の間で人々を選別し、ランク付けをすることによって互いに怨恨を持たせるようにし、人々を支配下に置き続けるために故意に分断する方法である。「よりうまく支配するために分裂させる」ことは、ここでも世界の他の場所でも有効な格言だ。アレンビー橋はその道具なのである。

　こうした制限や障壁は、オスロ合意でヨルダン川西岸地区を三つの地域に分けたことに端を発し、入植地の増加と相まって、パレスティナの領土の「小郡分割」や「バンツースタン化」（バンツースタンは南アフリカのアパルトヘイト時代に黒人に割り当てられた指定居住地）につながっていった。オスロ合意はパレスティナの領土と人民を分割し、分解した。こうした体系的な細分化は土地を後戻りできない状況に導いた。次々とできる入植地は西岸地区全体を細分化する入植の網の目を容赦なく紡いでいった。つまり、決して口にはされないが、この地の生活が乗り越え

ヨルダン川西岸地区からアレンビー橋のイスラエル・ターミナルへ行く入口　©Elina Jonsson

ることができない、実質的なアパルトヘイトなのだ。[34]イスラエルの作家ロニト・マタロン氏も同意見だ。「われわれは現在、アパルトヘイト制度のもとに暮らしている。イスラエルがユダヤ人専用の道路を建設しているのを、ほかにどう呼ぶことができるだろうか」[35]。こうした状況は隣人のパレスティナ国家の建設を実現不可能にしている。こうした分裂、分断、隔離、分離の占領政策は和平に反するものであり、日常的にそれを強制される人々による定期的な暴力を引き出すのである。

「橋はパレスティナ人にプレッシャーを与えるためにイスラエルが使う道具の一つなのです」と、ラマラに拠点を置く非政府組織の代表者サラムさんは言う。それは占領下の生活のあらゆる束縛を象徴する「政治的橋」である。ここでは、あらゆる人やものが移動したり、何かを始めたり、行動したりするのに許可証が要る。パレスティナ人の移動を管理するためにイスラエル当局が発行する許可証は一〇一種類を下らない。その人の必要性や職業、状況、居住地などによってさまざまだ。[36]「多種多様な許可証の制度は、私たちの生活

ラマラのカランディア検問所。分離壁はいたるところにある　©Alexandra Novosseloff

のカギなんです」と、パレスティナ人ジャーナリストのサミールさん。「ただ単にパレスティナ人だからとていうだけで、多くのことが禁止される」と、ラマラのある研究者は言う。「私たちは共同責任で罰せられています。たった三〇キロメートルしか離れていない海にも行けない。パレスティナ人であるために罰せられているのです」。こうした状況は過激思想を育てる。

アレンビー橋はいわば行き止まりを象徴するものではないのだろうか？　もっと言えば、二五年も前に始まった「和平交渉」――今ではそれが葬られたとだれもが知っている――の完全な失敗のシンボルなのだろうか？　国連の中東和平プロセス特別調整官ニコライ・ムラデノフ氏はこう説明する。「和平交渉の妥当性や二国家解決策の可能性を信じるのが次第に難しくなっている。それぞれが反対の方向に進んでいる。イスラエル人とパレスティナ人が共同で実現しうることについてはあまり話さなくなり、別々にすることのほうをよく話すようになった。希望が失われて怒りが増幅すると、過激的傾向が強まる。ここでは、それが暴力につながる。（中略）時が経つにつれて、二国家解決策の実現性は低くなっている」[37]。そろそろ「和平プロセスを神聖化するのをやめ」、きっぱりと放棄し、現地の現状を直視するべき時期なのではないだろうか？　先のロニト・マタロン氏も、「実際、二国家解決策が不可能になってしまった可能性は大いにある。和平プロセスは単なるスローガンになってしまった」と指摘する。それなら、なぜ幻想を維持するのだろうか？　パレスティナ問題は今日では、「現状維持の幻想に隠れた崖っぷち」に立っているのではないだろうか？　なぜなら、二つの国家が隣り合って平和に安全に成り立つことはまったく現状に反しているからだ。イスラエルの入植政策は、「国際社会」の目の前で二国家解決という考え方を空洞にした。国際社会はそれを回避するための勇気を欠いていたのだろう。

ヨルダン川西岸地区全域におよぶ入植地建設による植民地化の継続はこの地を不可逆的に細分化した。入

神殿の丘を眺めるイスラエル兵　©Alexandra Novosseloff

植地に住むイスラエル人は、西岸地区で六万五〇〇〇人から四〇万人に、東エルサレムで八万人から二〇万人に増加した。つまり、入植地全体の人口は五〇万人を超えている。一九六七〜二〇一八年の間に、イスラエルは合計一三二ヶ所の入植地を建設し、それに加えて、将来の入植地になるべき前哨地点「アウトポスト」が西岸地区全体に約一〇〇ヶ所散在している。イスラエル人作家デイヴィッド・グロスマン氏が「入植地の地図は平和の地図に反している」と言うように、入植政策はパレスティナ国家建設を未然に抹殺したと言ってもいいだろう。入植者のなかでも最も過激な人たちは、ヘブロンやエルサレム旧市街地のパレスティナ人地区のど真ん中に家を構える。彼らは武器を持っており、パレスティナ人に対して犯罪を働いてもイスラエル軍に守られている。ユダヤ教過激派はじわじわと勢力を拡大しており、入植者たちが罰せられないことや彼らの人種差別的傾向（パレスティナ人に対してばかりではない）が、イスラエル建国当時の社会主義的な考え方の軌道を変えようとしている。民主主義とユダヤ人としてのアイデンティティーとの間の矛盾がつねに存在していたのではあるが……。そこからパレスティナ人の暴力が芽生えてくる。今日、彼らには意見を述べたり、自ら発展したりするためのリーダーをあてにすることができない。彼らの暴力は、迫害するほうもされるほうも封じ込める不当な占領と管理システムから生まれたものであり、二〇年以上前から少しずつ不可能になる国、ヴァーチャルになる国を待つことに我慢できなくなった若者の将来展望の欠如から生まれたものである。

二つの民族から成るイスラエル国家がパレスティナ人にとっての唯一の展望か？

二国家解決策が不可能で、イスラエルとパレスティナの両政府、両民族が交渉を続ける意思と意欲がある

ベツレヘムの分離壁。壁はパレスチナ人とイスラエル人の間の恨みを維持する　©Alexandra Novosseloff

としたら、ほかにどんな解決策があるのだろうか？　パレスティナ人の大多数はもう今日、二国家解決を望んでいない。その解決策の交渉を信じている人は二九パーセントしかいない。一般のパレスティナ人の多くは、パレスティナ自治政府が自ら解散し、すでにすべてを支配しながらも占領者としての責任を果たしていない占領当局に権限を委ねるべきだとみなしている。これは唯一の国、イスラエルの国籍を持つ人にとってはすでに現実である単一国家の建設につながる。実際、単一国家であるかどうかの議論の段階は過ぎていると考える識者もいる。「占領地のパレスティナ人は突然に強制された籠のなかで生きているし、イスラエル人のほうは意図的に自らに課したあぶく玉の中で生きている」[38]。今後の課題は、パレスティナ人とイスラエル人の間の権利と平等の問題だ。

　しかしながら、単一国家はそのように誕生するものだろうか？　それには、イスラエルがナクバ（大厄災の日）の責任を認めて、すべてのパレスティナ人の権利を尊重することを約束しない限りは実現しないだろう。次第に右傾化するイスラエル社会がそれを受け入れることは可能だろうか？　イスラエル人が自分たちがやり過ぎたこと、占領政策がパレス

イスラエル側の橋の入口　©Alexandra Novosseloff

ティナ人の生活を破壊したのと同じように自らの生活も破壊したことを認めるのに、あとどれぐらいの死者やテロや投石が必要なのだろうか？　外圧も経済制裁もなしで、それは可能だろうか？　パレスティナの解放運動のほうは、革命的解放運動から市民の権利を守る運動に移行できるだろうか？「国際社会」は三〇年前に南アフリカで行ったようにパレスティナのアパルトヘイトとも闘えるだろうか？　イスラエル元首相のエフード・オルメルト氏は、パレスティナ人が南アフリカの黒人のやり方を規範にして闘争の方向転換を行う、つまり、独立ではなく、「one man one vote（一人一票）」の原則による市民権を求める闘争を始めれば、イスラエルは「終わりだ」と二〇〇七年一一月に予言している[39]。今日、識者の多くは経済的圧力だけがイスラエルの態度を軟化させて交渉の席につかせることができるだろうと見ている。

しかし、なによりもまず、イスラエル軍は東エルサレムも含めてパレスティナの占領地から撤退しなくてはならない。それはユートピアでしかあり得ないだろうか？　入植政策がこれを許すだろうか？　双方の側の危惧に応えるものだろうか？　結局、双方が課された譲歩をするため、過激派の誘惑に乗らないためにも、人々の心の準備ができていなければならない。パレスティナ国家の建設という虚構はいつまで持つだろうか？　もう十分な血が流されたのではないか？　残念ながら、多くの識者はそうではないと答える。新たな和平プロセスの糸口は、国民に必要な譲歩をさせるようにする勇気と意欲のある政権からしか起こりえない。それらの政権は勇気ある公平な「国際社会」に支援されなければならない。ロニト・マタロン氏は、「一〇〇年後に単一国家になるためには、二つの国が共存する段階を経なければならない」と主張する。パレスティナ人、イスラエル人双方にとって、いつの日かともに生きるために、まずお互いに認め合うという以外の道はあるのだろうか？

4

モルドバと
沿ドニエストル（トランスニストリア）の間の橋

現状維持の橋

世界中の橋は尽きることのない「共同体」である。橋の世界というものが存在する。
つなぐ橋、分離する橋、行列に誘う華々しい橋、
渡るという最低限の必要から生まれたひ弱な仮橋、
単に機能性だけを持つ町の橋、帝国主義あるいはブルジョアのおしゃれな飾りの橋、
そして、貧しくはあるが同時に巧みで、古くさくて趣のある橋。

アンドレイ・プレシュ（ルーマニアの哲学者、美術史家、作家、政治家）

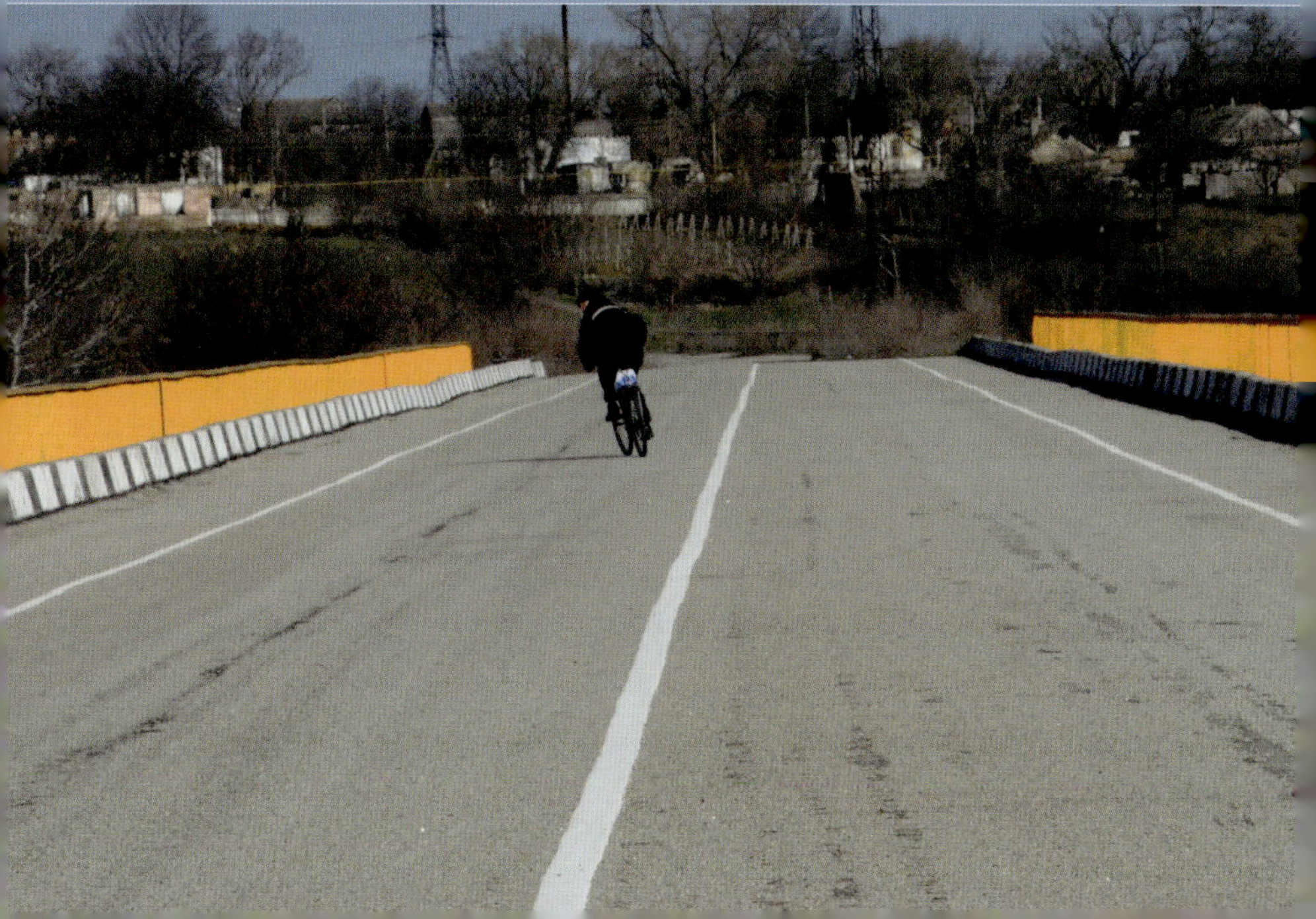

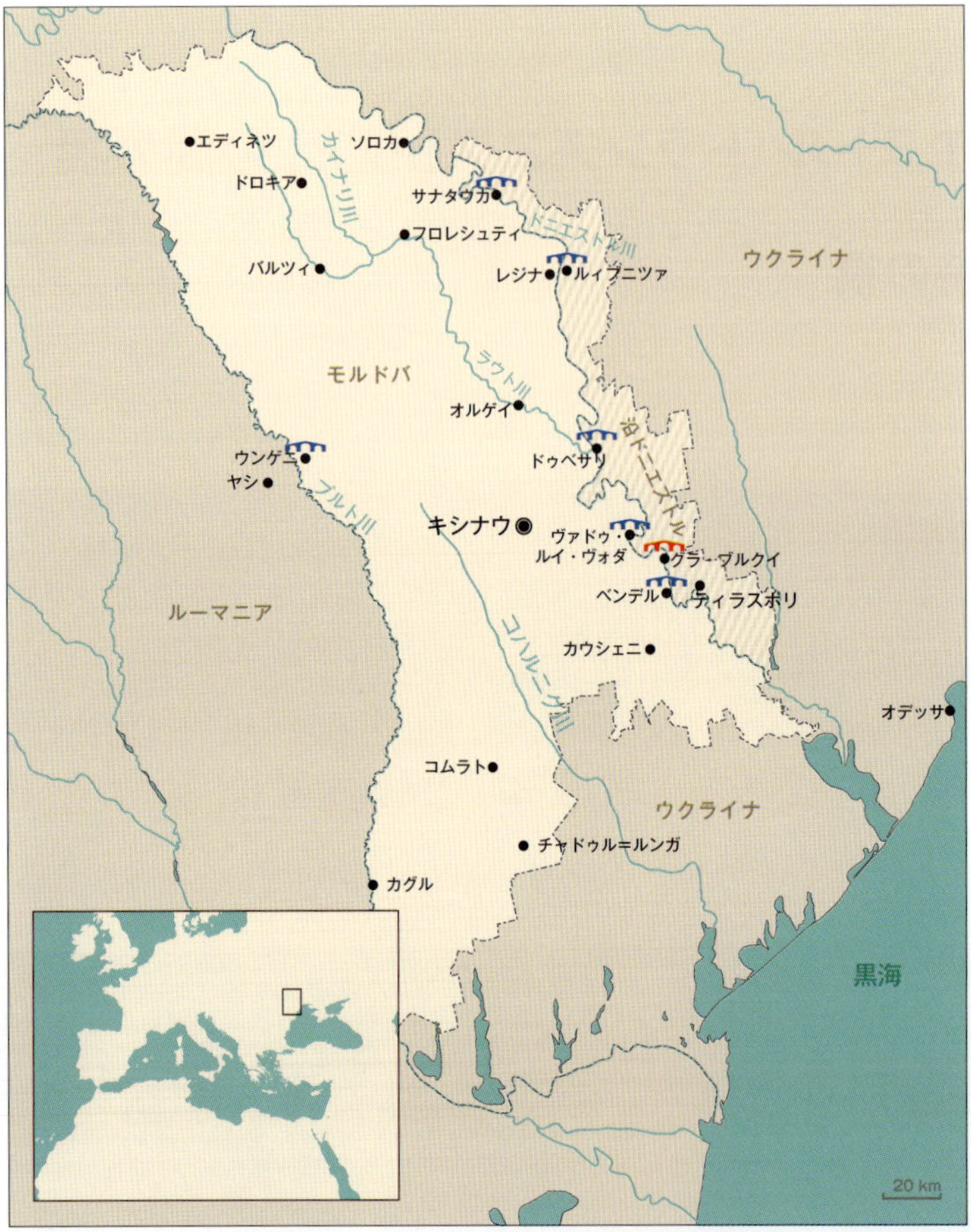

橋の両側の町名 モルドバ／沿ドニエストル	建設年	長さ
ベンデル／ティギナ　—　パルカニ	不明 *	300 m
グラ・ブクルイ　—　ブチオク	1992 年から閉鎖 2001 年再建 2017 年 11 月 18 日に再開	670 m
ヴァドゥ・ルイ・ヴォダ　—　プルタ	不明	420 m
ウスティア　—　ドゥベサリ	不明	425 m
レジナ　—　ルィブニツァ	不明	986 m
サナタウカ　—　カメンカ（フロレシュティ地方）	不明	600 m

※これらの橋に関する年代的データは何も公表されていない。こうした情報はソ連時代に秘密にされていた。

アイデンティティーを模索している小さな国と、一九九〇年代のソビエト連邦解体時に小国から分離した疑似国家がヨーロッパの端にある。黒海とドナウ川とカルパティア山脈に囲まれたこの地域は「二〇〇年の間に国境が一〇回も変わった地理学者泣かせの地域だ。だが、川の流れだけは変わらない」[1]。長さ一三五二キロメートルのドニエストル川が「沿ドニエストル（トランスニストリア）」と残りのモルドバの間の境界を成している。川はこの地域の言語によってさまざまな名前を持つ。ロシア語では「ドニェーストル」、ウクライナ語では「ドニーステル」、ルーマニア語とモルドバ語では「ニストル」と呼ばれるこの川は、東岸の土地である「沿ドニエストル」（トランスニストリアはドニエストル川の「向こう側」という意味）とその首都ティラスポリ（ドニエストル川の古代ギリシャ語名「ディラス」から）の名前の起源である。この川の水源はカルパティア山脈のウクライナ領内の森で、オデッサの南の黒海に広い河口となって注いでいる。ドニエストル川は長い間、スラヴ世界とルーマニア・西欧世界の境界線とみなされてきた。

ドニエストル川流域はベッサラビアと呼ばれ、一〇〇年の間に五回も名前が変わった。モルダビア公国内の東モルダビア、ベッサラビア、モルダビア・ソビエト社会主義共和国、ソビエト社会主義共和国・モルドバ、そして最後にモルドバ共和国になった。ベッサラビアという名前はモルダビアの歴史的領土を表す名であると同時に、ルーマニア人が現在のモルドバを指して言う名前である。モルドバの歴史は波乱に満ちている。「一八一二年にロシア帝国に併合され［ブカレスト条約により］」[2]、二つの世界大戦の間にはベッサラビアとして大ルーマニアの領土となり、一九四四年には再びロシア（ソ連）の勢力圏に入ってソ連の一五の構成共和国の一つとなった」[3]。一九二四年にボルシェヴィキはウクライナ・ソビエト共和国内にロシア人とウクライナ人から成るモルダビア・ソビエト社会主義自治共和国[4]をつくったが、その領土は現在の沿ドニエストル共和国よりやや広い範囲だった。だが、スターリンはこの自治共和国と、モルドバ人がほとんどのベッサラビアを統合してモルダビア・ソビエト社会主義共和国とし、「歴史的記憶の異なる二つの民族を一つの領土に共存させるようにした」[5]

　このように、モルドバは文化が交差し、複雑な歴史と難しいアイデンティティーを抱える国になった。ルーマニアへの親近感、オスマン帝国とロシア帝国、そしてソ連の支配への抵抗の痕跡が残り、それが一つの「トレードマーク」になっているが、旅行者にはいぶかしく思える。ソ連崩壊時には短い戦争はあったものの、同じ民族が住むドニエストル川の両岸の間にまったく敵対意識はなかった。最近の国勢調査（二〇〇四年）によると、モルドバの総人口のうち、三三〇万人がモルドバ人（七六・二パーセント）、

ウンゲニからティラスポリに向かう途中のモルドバの風景　©Alexandra Novosseloff

四五万人がウクライナ人（一〇パーセント）、三四万人がロシア人（八パーセント）、一〇万人がガガウズ人（四・四パーセント）、その他のマイノリティーが一〇万人（ポーランド人、ロマ人、ブルガリア人、ユダヤ人、タタール人など）。沿ドニエストル共和国では人口の三一・九パーセントがモルドバ人、三〇・三三パーセントがロシア人、二八・八パーセントがウクライナ人だ。

ウンゲニ橋からグラ・ブクルイ橋へ
——川から川へ

プルト川（あるいはプルート川）に沿った、モルドバとルーマニアの国境にあるウンゲニには一八七六～七七年にギュスターヴ・エッフェルが建設した鉄の橋（「横になったエッフェル塔」という愛称がある）があり、モルドバの独立に大きく貢献した。[6] 一九九〇年五月六日、モルドバ（当時はまだソ連だった）を訪問しようとしたルーマニア人たちがパスポートもビザも

ティラスポリの南には例外的に船でドニエストル川を渡ることのできる場所がある　©Alexandra Novosseloff

なしに、初めてこの橋を渡った。その時、彼らは川に花を投げ入れた。およそ一二〇万人がこの「花の橋」に参加し、「プルト川のモルドバ側では音楽や伝統料理やワインとともに祭りの雰囲気のなかでルーマニア人たちを待っていた。ルーマニア人たちはお返しにルーマニア語の本や辞書や教科書をモルドバ人に贈った。しかも、ほとんどの参加者は手に花を携えていた」[7]。この成功に続いて、一年後の九一年六月一六日に二回目の「花の橋」が催された。この日はモルドバ人のほうがパスポートを持たずにルーマニアとの国境を越えた。鉄のカーテンが大きく裂けた日だ。そして同年八月二七日、モルドバ共和国はルーマニアと同じ色の国旗を掲げて独立を宣言した。

今日、ウンゲニの「花の橋」は草木に囲まれてひっそりとしており、警備されていて一般の人は入れない。この国境はEUの外の国境、シェンゲン圏の境界である。列車の運行が少ないために暇そうな国境警備員は、向こう側（ルーマニア）から見られないようにという条件で、私たちが鉄橋に近づくのを許してくれた。ここでは、というよりこの国ではロシア語が話せると何かと便宜を図ってもらえるのだ。

ウンゲニからモルドバのもう一つの重要な川に行くには三時間かかる。見渡す限り畑が広がる、ポプラの並木に縁どられたでこぼこ道を進んでいると、モルドバがヨーロッパのなかでも特に田園の多い国であること、そして自分たちがモルドバから分離独立する地方である沿ドニエストルに向かっているのがわかる。沿ドニエストルは長さ二〇〇キロメートルの細長い地方（人口五五万人）であるが、いくつかの名前がある。南ポジーリャ、モルドバ・トランスニストリア共和国、トランスニストリア・モルドバ共和国（これが欧州評議会で使用される名前）、ドニエストル共和国、ロシア語名の沿ドニエストル・モルドバ共和国（Pridnestrovskaia Moldavskaia Respublica プリドニエスローヴィエ。その頭文字PMRが通りの角に目につく）だ。モルドバ政府にとっては、沿ドニエストルは「ドニエストル川左岸の行政区画」を構成しており、法的にはモルドバ内の自治権を持ったロシア語圏地方でしかない。一般的にロシア語圏の国々とロシア語を話す人々は「ドニエストル川の向こう」を意味するルーマニア語の「トランスニストリア」という呼称に反対しており、ロシア語のプリドニエスローヴィエ（「ドニエストル川のそば」を意味する）を使っている。

どの道路地図にもモルドバと沿ドニエストルの正確な境界線は書かれていない。しかし、ティラスポリに続く五八一号線がカーブする地点で通行止めにあい、カモフラージュされた哨舎からロシア兵が一人出てきた。「ここを通ることはできますか？」と尋ねると、「できない。もう二二年前からそうなっている」とそっけない答えが返ってきた。おそらく、私たちの非常識な質問にあきれているのだろう。数十メートルほど後戻りして、セキュリティゾーンである畑の中のほこりっぽい道を進んで沿ドニエストルの検問所に向かわねばならないということだった。

モルドバとルーマニアの国境にあるウンゲニの「花の橋」はギュスターヴ・エッフェルが設計した
©Alexandra Novosseloff

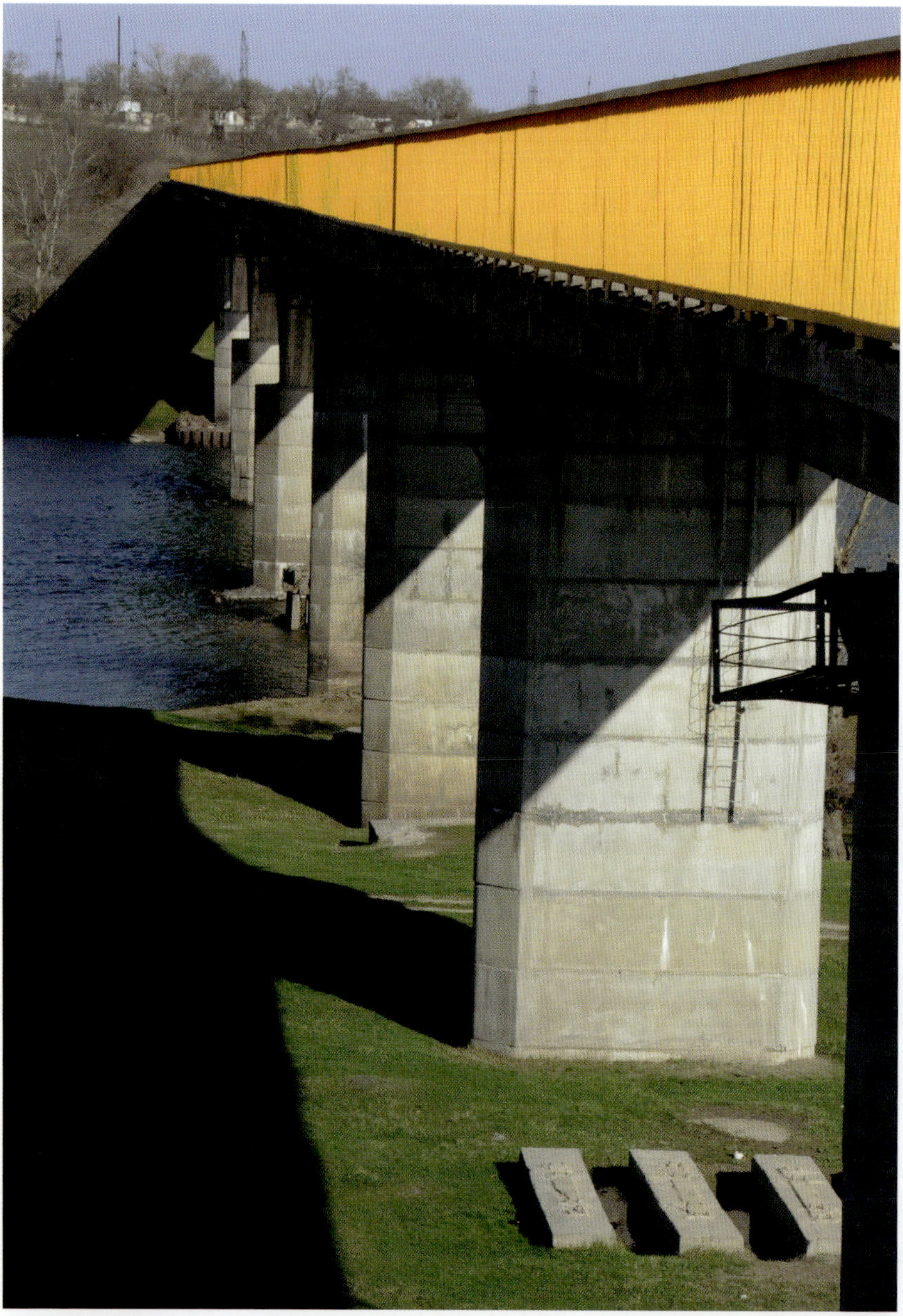

グラ・ブクルイの橋。モルドバと沿ドニエストルの間の現状維持のシンボルとして閉鎖されていた（当時）
©Alexandra Novosseloff

道路は橋の数メートル前で封鎖されている。公式にはモルドバの領土だが、橋は歩行者と自転車しか通れない。ロシア人たちが厳格な態度で、しかし職業的な落ち着いた態度で入口を警備している。一九八九年にモルダビアがルーマニア系であるモルドバ人としてのアイデンティティーを主張し始めたことがきっかけとなって勃発した「トランスニストリア戦争」以来、グラ・ブクルイの橋は紛争の両当事者を制する現状維持のシンボルになった。この橋は一九九二年五月に破壊され、その後、ＥＵ基金の資金で欧州安全保障協力機構（ＯＳＣＥ）によって二〇〇一年に再建されたが、一七年一一月一八日までは閉鎖されていた。ＯＳＣＥ主導の交渉によって、一〇トン未満の車両の通行が可能になったのだ。

トランスニストリア戦争は二年間続いたとされるが、実際に戦闘があったのは一九九二年の三月から一二月までで、死者約一〇〇〇人、負傷者約二〇〇〇人、避難民を二〇〇〇人出した。紛争の芽はソ連のペレストロイカ時代の一九八九年にキリル文字（ロシア

ベンデル。いつもの日曜日　©Alexandra Novosseloff

語）の代わりにラテン文字（モルドバ語／ルーマニア語）が使われるようになり、モルドバ語がモルダビアの公用語となり、ルーマニア語の一種として認められたことだった。九一年、モルドバの首都の名前はロシア語のキシニョフからルーマニア語のキシナウに戻った。ロシア語を話すマイノリティーは自分たちが帰属したことのない無関係のルーマニアとモルドバが合併するのではないかと恐れた。沿ドニエストルはすでに独立を宣言しており（九〇年九月二日）、住民投票の結果、ロシアかウクライナに帰属することを求めていた。沿ドニエストル・ソビエト議会は「モルダビア・ニストリア共和国（沿ドニエストル共和国）」を宣言し、同共和国の主権を宣言する政令を採決した。今日、ロシアは沿ドニエストル共和国を承認しておらず、国際的に認められていないアブハジア共和国、ナゴルノ・カラバフ共和国と南オセチア共和国[8]のみが承認している。したがって、沿ドニエストルはカリーニングラード州のような事実上のロシアの飛び地のようになっているのである。実際、沿ドニエストルはロシアのオーブラスチ（州）になりたいのだ。

モルドバが武力によって沿ドニエストルを制圧しようとした一九九二年三月から紛争がエスカレートした。「レベジ将軍に率いられたロシア陸軍第一四軍がティラスポリに駐屯していたので、同軍は当然基地を守ろうとするから無謀な作戦だった[9]」。主な戦場はベンデル（ティギナ）と沿ドニエストルの首都ティラスポリだった。この戦争で最も激しい戦いはベンデルの橋で起こった。ロシア軍の介入で当然、モルドバの攻撃は失敗に終わった。「当時、レベジ将軍はドニエストル川の反対側から沿ドニエストルに砲弾が落ちるのが見えたと言った。次の日の朝食はティラスポリでとり、昼食はキシナウでとり、夕食はブカレストでとったのだろう」と、一九九二年の戦争に従軍した人は思い出を語る[10]。こうして、ロシア軍はドニエストル川にかかるすべての橋に検問所を設け、どちらの側からも武装した人が通るのを妨げた。

一九九二年の七月に休戦協定が結ばれ、ドニエストル川の両岸に長さ二二五キロメートル、幅一二～二〇キロメートルの非武装地帯が設置され、独立国家共同体（ＣＩＳ）（ソ連崩壊時、ソ連を構成していた一五ヶ国のうちバルト三国を除く一二ヶ国が結成したゆるやかな国家連合体）の主導の下でロシア、モルドバ、沿ドニエストルの三者から成る平和維持部隊が配備された。その後は小競り合いすら起きていない。状況は凍結された。軍事面でも政治面でも現状維持、そして「非承認国」は事実上独立した。国の安定と汚職追放を切望するモルドバと、ある種の主権とロシアに愛着心を抱く沿ドニエストルの間には戦争も平和もない状況なのだ。

ベンデルの橋から沿ドニエストルに入る

一九九二年七月のロシア―モルドバ間の合意に基づいて設置された非武装地帯を通り、ティギナの検問所から沿ドニエストルに入る。ティギナはベンデル（トルコ語で「橋」を意味する）のモルドバ語呼称で、ロシア語ではベンデルィと呼ばれる。非武装地帯はロシア（四〇二人）、沿ドニエストル（四九二人）、モルドバ（三五五人）の三者から成る平和維持部隊によって

ベンデルの橋の入口ではロシア兵が警備する　©Alexandra Novosseloff

警備され（これに一九九八年からはウクライナ兵およそ一〇人がオブザーバーとして参加）、共同管理委員会の監督のもと、一五ヶ所の常駐検問所に配備されている。ベンデル市はこの非武装地帯に含まれ、特殊な地位にある。川の西岸にありながら沿ドニエストルの管轄下にある唯一の町だ。

ティギナの検問所の通過は比較的平穏な雰囲気のうちに行われる。プレハブの建物の中に入って「税関職員」にパスポートを渡し（外交権のない国に入るのだからスタンプは押されない）、用紙に氏名と泊まるホテルの名を記す。そして、税関職員が用紙に必要な事項を記入して渡してくれ、問題なく沿ドニエストルに滞在できる。そうでない場合は、二四時間以内に警察署に出向いて滞在を申告しなければならない。先の用紙は沿ドニエストルを出るときに回収される。

通過はスムーズで何の質問もない。観光ガイ

15 世紀の要塞からベンデル（ティギナ）の橋を望む　©Alexandra Novosseloff

ドブックに書いてあることとは違って、沿ドニエストルに行くのは危険ではないし、治安の悪さも感じられない。人々は愛想がよく、主要都市の大通りは静かだ。道路や通りはモルドバより状態がよい。ソ連を象徴するものがいまだに残る不思議な国だ。そうしたものは他のほとんどの国々では破壊されているのだが……。ベンデルはソ連という過去の名残りが強い町で、今でも戦略的な場所である。ロシアがモルドバと沿ドニエストルを引き離したのは、このドニエストル川に架かるベンデルの橋の上だ。そのためか、ロシアの検問所が橋の入口にある。しかし、ここにいるロシア兵たちは、どこからか来る敵の攻撃に備えているというよりも、車の通行を監視していると言ったほうがいい。沿ドニエストル全域には約二〇〇〇人のロシア兵が駐留する（正式には在モルドバ・ロシア軍作戦集団と呼ばれる）。検問所から数メートル離れたところには戦没者に捧げられた記念碑として戦車が置かれており、周りの薄いピンクの建物の壁にはまだ銃弾の跡が残っている。

ティラスポリにて。鎌と槌は 25 年前に独立した沿ドニエストルのシンボル　©Alexandra Novosseloff

この四車線の道路橋と並行して、キシナウとオデッサをつなぐ鉄道が通る「エッフェル式」の鉄橋が架かっている。ベンデルは昔から通商の町であり、商港だった。一五世紀にはクリミア半島まで延びる交易路上のモルダビア側の税関町だった。オスマン帝国のスリマン一世がこの地に造った要塞の一部が残っており、現在でも軍事基地として使われている。この町は沿ドニエストル「政府」がドニエストル川西岸に持つ拠点でもある。二〇一三年のある時期にはここに国会を置こうとしたほどだ。橋を渡るとまもなくティラスポリに着く。

ソ連の栄光の博物館のような国の首都、ティラスポリ

沿ドニエストルという「ミニ共和国」はさまざまに表現される。「共産主義の博物館」、「スターリンの最後の植民地」、旧ソ連帝国の「ゾンビ共和国」などだ。沿ドニエストルはソビエト連邦の崩壊を認めない、受け入れることとらしない唯一の「国」だ。並木道沿いの古い建築物の前に掲げられたレーニンへの賛美など、過ぎ去った世界の遺物

ソビエト館は「首都」ティラスポリの最も大きい通りにある　©Alexandra Novosseloff

に驚かされる。実際、ティラスポリ（人口一五万人）に着いてみると、何が待ち受けているのか、どうやって人々に近づいたらいいのかわからない。別世界に来たようでありながら、普通の生活を平穏に送っている世界なのだ。

しかし、たわいもない雑談以外となると人々は容易に話したがらず、「当局」やそれに近い人へのインタヴューはことごとく拒否された。だれも「政治」のことはしゃべりたがらない。すぐに顔色が青ざめる。この承認されていない国で本当に起きていることは、だれも話したくないようだ。二〇一一年の民主化の動きにもかかわらず、この国の政治体制は専制政治に似通っている。二〇年続いたイーゴリ・スミルノフ大統領の後、二〇一一年にエフゲニー・シェフチュクが政権に就き、一六年にワジム・クラス

「共産主義の博物館」である沿ドニエストルはソ連崩壊を認めない唯一の「国」　©Alexandra Novosseloff

ノセリスキーが大統領になった。たしかに、この「国」には多数の問題がある。行政や当局におけるマフィアや諜報部の存在、いたるところにあるロシアの存在、国際的に承認されていない国であるがゆえの政府の権限の制限、ソ連時代の影響で政治的議論が少なく、市民社会の発展が遅れていることなどだ。そのためか、この国をよりよく知ろうとしても拒否されているような奇妙な印象を受ける。

沿ドニエストルはソ連の伝統を引き継ぎ、沿ドニエストル存続の真の保証人であるロシアとの関係を維持し、モルドバから分離する意思を根拠として正当性を築いてきた。そのエリートたちは、ロシア政界とつながりがあるエリートによって構成されている。「沿ドニエストル共和国」は「多くが工場経営者、沿ドニエストルの大規模コンビナートの幹部、地方自治体の幹部、沿ドニエストル自治運動に早くからかかわってきた政党の幹部などだ。ロシア人が人口の割に大きな権力を握っており、ウクライナ人はほぼ人口に見合う地位を占めている。エリートのかなりの部分は沿ドニエストルの出身ではなく、ソ連時代かその後にやって来た人々だ」[11]。イーゴリ・スミルノフもその例で、一九八七年にある工場の経営者として沿ドニエストルにやってきて九一～二〇一一年の間、大統領を務めた。自分の意思で移民してきたか、あるいは熟練工、エンジニア、教師、経営者、軍人としてソ連政府から派遣されてきた人々はこの地で権力を手にした。このことも沿ドニエストルの特殊性だ。

この地方を専門とする地政学者フロラン・パルマンティエ氏は、この国は「ソ連継承戦争」を経て事実上の独立を手にした後に国家としての体裁を整えた共和国だとする[12]。この分離独立主義の共和国は、独自の憲法、国旗（ソ連の国旗のように鎌と槌をあしらった国旗は世界でも最後）、通貨（沿ドニエストル・ルーブルまたはスヴォリキ）、国歌（「われわれは沿ドニエストルを称えて歌う」）、大統領、国会、政府、軍隊、警察、パスポート、郵便サービス、中央銀行（為替レートを決める）といった国家としてのすべての属性を有

ティラスポリの「国会」前にあるレーニン像　©Alexandra Novosseloff

している。沿ドニエストルのアイデンティティーは、そのアイデンティティーを持つ人よりも、持たない人（ウクライナ人やモルドバ人）によって定義されるけれども、権力の座にあるエリートたちは国を建設するための基本要素に裏打ちされている。それはリーダーたちに共通する政治的意思、経済的潜在力、多民族性（公用語はロシア語、モルドバ語、ウクライナ語の三つ）、スラヴ系東方正教会への傾倒、ソ連の遺産の維持、ロシア軍の駐留や多額のロシアの経済援助（減少傾向にあるが、それなしでは沿ドニエストルは存続できない）である。

ロシアに対する親近感は「露土戦争で一七九二年にアレクサンドル・スヴォーロフ元帥がこの地域を征服した」（ヤッシーの講和）ことにさかのぼる。[13] 国のリーダーや国民にとっては、共産主義や社会主義はロシアと「特別な」関係を保つことを意味する。彼らにとって、ロシアは保証人であるばかりでなく、過去の栄光のシンボルなのだ。「われわれの国は、モルダビア・ソビエト社会主義共和国の根幹だった。どうして今はモルドバとウクライナの間の陸の孤島のようになったのだろう？[14]」といった郷愁が感じられる。世界のほとんどはソ連を独裁主義と同意語とみなしているが、旧ソ連のいくつかの国は「民族間の紛争を抑圧し、基本的な権利を保障し、一定の生活水準を維持する援助を行ったソ連を懐かしく思い出す[15]」

ティラスポリの街の通りは広くて平坦で、灰色や薄い黄色の色あせた大きな集合住宅が並んでいる。ラーダというソ連時代の古い自動車が真新しいトロリーバスの間を縫うように走る。バスには「われわれはロシアとともにある！」という直截的なメッセージが書かれている。公的機関の建物は大理石でできており、巨大で威圧感がある。そこには必ずウラジミール・イリイチ・レーニンの像が守護者のように立っている。最も大きくて威厳のある像は議事堂と政府機関が入っている建物の前にあるものだ。この建物は写真撮影が禁じられているので、もし撮ろうとしたら、警備員が飛んできて、そのまま通り過ぎるよう慇懃《いんぎん》に頼むだろう。町で最も広いこの通り「一〇月二五日通り（二五オクトンブリエ通り）」の向かいには、この国の最も重要な建物群（大学、劇場、ソビエト館、沿ドニエストル共和国銀行、文化センター、子どもと若者の創造館）や、小さな正教会、戦車、一九九〇～九二年の戦争の戦没者記念碑（炎が絶えることがない）などがある。もう少し先には、ティラスポリの町を築いたアレクサンドル・スヴォーロフ元帥の騎馬像が立つ。

ドゥベサリの橋からルィブニツァの橋へ——沿ドニエストルの工業地帯へ

ティラスポリから北上し、ソ連時代のモルダビアの工業地帯に向かう。ウクライナとの国境に沿って北に向かうと、この国土の幅の狭さをあらためて認識させられる。モルドバ側に近づいても境界線は何も見えない。フェ

沿ドニエストルはソ連を構成していた共和国の過去の遺物　©Alexandra Novosseloff

ンスも警備兵もおらず、川があるだけだ。新たな町に入るたびに、町の名を記したソ連風の標識板が立ててある。モルドバと沿ドニエストルの境界線は蛇行するドニエストル川に沿って曲がりくねっているが、そこに架かる橋はすべて(グラ・ブクルイ、ベンデル、ヴァドゥ・ルイ・ヴォダ、ドゥベサリ、ルィブニツァ、フロレシュティ)川の西岸、つまりモルドバの領地に属する。橋はすべて非武装地帯内にあり、非常に戦略的な場所だ。例外的に、ティラスポリの南のように渡し船や、それよりもっと南のスロボジアの近くのようにフェリーで川を渡ることもできる。

ドゥベサリ(ロシア語ではドゥボッサールィ)の橋もトランスニストリア戦争で激戦地だった。一九五〇年代に水力発電所の建設でドゥベサリの町は発展し、現在では人口は二万五〇〇〇人。レーニン像はここでは市役所の前にある。うら寂しい孤立した町のように見える。あまり活気がない。ここにやってきたあるジャーナリストは「ドゥベサリは死ぬほど退屈な町だ」と漏らした。多くの若者はロシアかウクライナか

ドゥベサリの橋はトランスニストリア戦争では激戦地だったが、今では平和だ　©Alexandra Novosseloff

沿ドニエストル北部のルィブニツァの橋　©Alexandra Novosseloff

モルドバに出ていく。警察官になるか「国境警備兵」になるぐらいしか未来はなく、遊ぶところもないからだ。「映画館も劇場も全部閉まったし、音楽図書館も図書館もない。地元のサッカークラブ〝エネルジェティック〟も全国リーグでワンシーズンだけ終えた後、二〇〇七年に活動を停止してしまった。だから、ドニエストル川沿いに散歩するか、バーの代わりのプライベートな酒蔵で酔っぱらうしかすることがないんだ[16]」

もっと北へ行くと、川沿いにルィブニツァ市（人口四万八〇〇〇人）がある。モルドバ側のレジナという町と向かい合っている。ルィブニツァとは「魚市場」を意味するが、この工場の町にはそぐわない名前だ。ドゥベサリと同様ルィブニツァでもあまりすることはなさそうだ。コンクリートの建物が地平線のごとく続く。ここでは検問所が橋の入口にある。ここからそう遠くないコバスナという町には二万トンにも上る兵器や弾薬がいまだに駅の近くに貯蔵されているといわれる（ロシアは二〇〇〇〜〇一年に二万トンを引き揚げた）。武器の闇取引、環境問題の起こる可能性、ヨーロッパの通常兵器制限[17]の弱点となり得るデリケートなゾーンだ。

沿ドニエストルの主な経済資源は、中央アジアから輸入した綿の原糸を扱うティラスポリの繊維工場、ルィブニツァにある金属関係工場とセメントコンビナート、ティラスポリの蒸留酒「ＫＶＩＮＴ」（有名な沿ドニエストルのコニャック）工場、ドゥベサリの近くのドニエフストロフスクにある熱電発電所だ。そのほかは農業部門となる。これらの工場のほかには、多角的事業を発展させ、ガソリンスタンドやスーパー（西欧の商品が何でもある）、アルコール、タバコ、携帯電話などの分野で独占的地位を占めるシェリフ・グループがある。同グループは「未承認国」の多くの政治家や右記の工場のいくつかと深い関係を持っている巨大複合企業だ。一九九〇年代初めに、ヴィクトル・グシャン（ウクライナ国籍を持つ沿ドニエスト

ルィブニツァの橋。モルドバのレジナに行くには橋の手前で検問がある　©Alexandra Novosseloff

ル市民）、イリヤ・カズマルィ（ロシア国籍を持つ沿ドニエストル市民で、モルドバ南部のガガウズ自治区出身）の二人の元ソ連諜報部員によって設立された。それ以来、シェリフの青・白・赤のシンボルカラーが沿ドニエストル全土で目につく。さらに首都ティラスポリを拠点とするプロサッカークラブ「FCシェリフ」とそのホームスタジアム（建設費二億ドル、一万三〇〇〇人収容）のオーナーでもある。FCシェリフは二〇一五年にもモルドバの国内リーグで優勝し（モルドバのチームとして承認されている）、二〇一三～一四年のシーズンにはUEFA（欧州サッカー連盟）チャンピオンズリーグの予選にも参加した。シェリフ経営陣はこれほどの成果を他の分野でも実現したいことだろう。

一九九〇年時点で、沿ドニエストルは当時のソビエト社会主義共和国・モルドバの人口の一七パーセントを占め、国内総生産の三分の一以上、エネルギーの九割を供給していた。だが、現在は国家予算の七割をロシアに頼り、工業も減速している。専門家によると、

ルィブニツァの町。コンクリートの建物が地平線のごとく続く　©Alexandra Novosseloff

の地方と同様に他国へ移民する人が多い。この二〇年間に沿ドニエストルの人口は半分に減った。同様に、モルドバでも四〇〇万人の人口のうち一〇〇万人が国を去った（その一部は季節労働者として出国しているのではあるが）。彼らの家族への送金によって、モルドバの地方の人々はまだ生き長らえているのだ。[19]「沿ドニエストル共和国」は二重国籍を許可しており、ほとんどの住民は沿ドニエストルのパスポート（他の国から承認されていないので、ほとんど使えない）と、モルドバ、ウクライナ、ロシアといった国際的に承認された国のパスポートを持っている。なかには、沿ドニエストル、ロシア、モルドバ、ルーマニアの四つのパスポートを持っている人もいる。ルーマニアのパスポートを持っていれば、シェンゲン圏に入ることができる（二〇一四年からは、モルドバ市民が圏内に入るのにビザは不要になった）。ルーマニアは、ルーマニア系であることを証明できればすべてのモルドバ人に一定の条件の下でルーマニアのパスポートを発行している。それがあればEUのどの国でも働くことができる魔法のパスポートなのだ。ロシア系の人々は、モルドバには仕事があまりないので、モスクワに行くことのほうを好む。それぞれに母なる国があるということだ。

その上、沿ドニエストル(と川に近いモルドバ)は四〇億ドルという膨大なガス代金の借金を抱えており、ロシアはそれを巧みにモルドバに請求する。毎年、沿ドニエストルは住民の年金を支払うためにロシアから二七〇〇万ドル援助されている。沿ドニエストルの経済はロシアからの援助なくしては立ち行かないし、ロシアもそれを知っている。しかし、沿ドニエストルの輸出先は今ではロシアよりもむしろモルドバ経由でEU向けのほうが多い。沿ドニエストルは自国産品の販路として、旧ソ連諸国と、関係は複雑ではあるが将来性のあるEUとの間で揺れ動いている。二〇一六年、沿ドニエストルは、EUがモルドバと二〇一四年に交わしたのと同じ完全な自由貿易協定に加わった。もはやロシアだけでは十分に支えきれない自国経済を維持するために、EUに接近する方針を沿ドニエストルは維持できるのだろうか？　しかも、沿ドニエストルはウクライナ危機の影響（ロシアの活動の幅を狭めるEUの経済制裁、ウクライナの「国境」監視強化によって、うまみのある密輸が難しくなった）とモルドバの銀行危機の影響をまともに受けた。沿ドニエストルの経済は悪化したが、住民はどうすることもできない。危機からの出口のカギはよそにある。

沿ドニエストルの将来のシナリオは？

トランスニストリア戦争が勃発してすぐに、仲裁の動きが始まった。[20]　一九九二年七月の停戦協定には欧州安全保障協力機構（OSCE）の仲介のもとで当事者が交渉することが盛り込まれた。また、OSCEの常任理事会は九三年二月にモルドバにミッションを派遣することを決めた。その目的は、「モルドバに領土を統合させるという枠組みにおいて、沿ドニエストルの地位を決定する方法」を模索する交渉努力を支援すること、この地域に持続的な安定をもたらすための他の重要案件を実行することだ。重要案件とは、「外国の軍隊」つまり、沿ドニエストルに駐留するロシア軍第一四軍の秩序だった迅速な完全撤退（モルドバとロシアは二〇〇四年一〇月に休戦協定の批准――いまだに批准されていない――から三年以内にロシア軍を撤退させることで合意した）や、人権、マイノリティー尊重、民主化、言論の自由についてモルドバに助言することである。それ以来、OSCEはキシナウとティラスポリに駐在している。

一九九二年から二〇〇六年の間、紛争当事国、OSCEおよび保証国（ロシアとウクライナ）の間で公式な交渉が何度か行われた。その後、非公式な協議に代わり、二〇一一年にはアメリカとEUをオブザーバーとして加えた公式の交渉が再開された。社会・経済問題、移動の自由の問題、政治・治安問題の三つの課題で交渉が行われている。最初の数年間は進歩がなかったが、その後、実用的な問題を中心に交渉が進展した。二〇一七年一一月二五日の合意では、沿ドニエストルにおけるルーマニア語による学校の運営、沿ドニエストルの学業修了書をモルドバでも有効とすること、通信事業と通信ライセンスの有効性、沿ドニエストルの支配地域へのモルドバ農民のアクセスという四つの議定書がティギナ（ベンデル）で締結された。また、グラ・ブクルイの橋が再開されたのも、OSCEのミッションのおかげで二〇一六年から可能になった交渉によるものである。[21] 沿ドニエストルの地位といった総括的な問題を脇に置くことで可能になったこうした具体的な交渉の進展に、この凍結した紛争は「解決からも紛争再燃からも遠のいた[22]」という専門家もいる。

　モルドバと沿ドニエストルの間には対立はなく、双方の住民の間に憎悪や復讐の感情はない。沿ドニエストルの住民は農産品をキシナウの市場で売るために頻繁にモルドバに行く。ロシア人は沿ドニエストルよりもキシナウにたくさん住んでいる。キシナウの大学に進学する沿ドニエストルの若者はかなりいる。しかし、

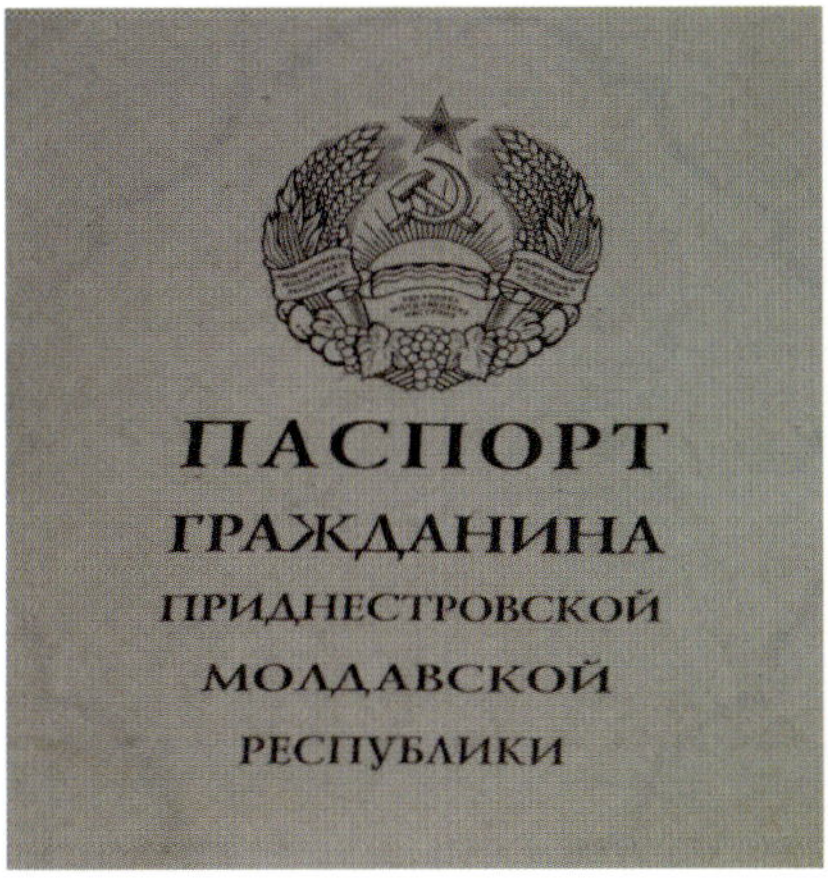

（左）プリドニエスローヴィエ（沿ドニエストル・モルドバ共和国のロシア語名）のパスポート　©Alexandra Novosseloff　（右）沿ドニエストルに滞在するための許可証　©Alexandra Novosseloff

ほとんどのモルドバ人は沿ドニエストルに行ったことがない。そこは歴史的なベッサラビア地方ではないため、モルドバ人にとっては何の感傷もないのだ。二〇一四年四月に実施された世論調査によると、沿ドニエストル問題の解決が優先課題とする人はモルドバ人の二パーセント（二〇一七年の調査では一・三パーセント）にすぎず、この問題が国の主要課題の一つだとする人は一六パーセントだった。とはいえ、沿ドニエストルのロシアへの編入に反対する人は七〇パーセントに上る。[23]この傾向はソ連時代の統一されたモルドバを知らない若い世代ではさらに強い。一八～二九歳を対象に実施された世論調査では、沿ドニエストルの統合が優先課題だとする人は二〇〇七年では四・六パーセントだったのが、二〇一七年ではわずか一パーセントにすぎなかった。そうは言っても、沿ドニエストルはモルドバの一部であるべきだと考える人がほとんどであるのは確かだ。ただし、人々は暴力によらない平和的な統合を望んでいる。[24]

この無関心さがこの地域の安定の理由なのだろう。同時に、モルドバが交渉であまり譲歩しない理由でもある。沿ドニエストル問題を解決するべきだというモルドバ有権者の圧力も政府にはかからない。キシナウの公立政治学院のオアズ・ナントイ氏は、「問題解決を妨げる主な障害はモルドバ政府の意欲の欠如、汚職、不正取引だ」と言う。ある調査によると、「沿ドニエストルとモルドバの若い世代は川の向こう側の人たちとの接触がまったく、あるいはほとんどなく育ち、川の反対側に行ったこともない人が多い。そこがソ連時代に共通の経験を持つその上の世代とは違うところである。沿ドニエストルの若い世代は、モルドバの他地域は別の国で、文化も違うと思い始めている」[25]。発展・社会イニシアティヴ研究所のヴェアチェスラフ・ベルベカ氏が言うように「二〇年も分離されていた二つの領土が統合されるのは容易ではない」のだろう。

沿ドニエストル問題の解決策のシナリオとしてはどんなものが可能だろうか。第一のシナリオはモルドバとの統一だ。ある試算によると、統一には四〇億ドルかかるという。もちろん、このシナリオはモルドバの

沿ドニエストル住民も物を売りに来るキシナウの市場　©Alexandra Novosseloff

希望（かつ「国際社会」の姿勢）であり、ガガウズ自治区（テュルク諸語に属するガガウズ語を話すキリスト教正教会教徒ガガウズ人が住むモルドバの地方）をモデルにした大幅な自治を沿ドニエストルに与えるというものだ。ガガウズのモデルを追求すれば、モルドバの連邦国家化につながる可能性があり、それはロシアには都合がいいし（ロシアは今日のウクライナに同じことを要求しようとするだろう）、実際に二〇〇三年に「コザック・メモランダム」（モルドバを連邦化し、沿ドニエストルとガガウズに大幅な自治を与える案）で実現しようとしたが、最終的にモルドバに拒絶された。いずれにせよ、沿ドニエストルとモルドバの統一は、ＥＵ加盟を希望するモルドバにとって、親ロシア有権者の思惑を考えると大きな挑戦なのだ。しかも、「モルドバ社会は権力分配のほとんどの形に逆らう傾向がある[26]」。民主的政治参加協会のイーゴリ・ボタン会長は「統一は高くつくし、モルドバの政治の均衡を変えるだろう」と分析する。そもそもモルドバと沿ドニエストルの二つの社会に統一の意思はあるのだろうか？　統一のシナリオには三つの重要な条件が伴う。まず、沿ドニエストル住民にとっては、ロシア語がモルドバ内で保護されること。第二に、西欧諸国にとっては、ロシアの軍隊や兵器が沿ドニエストルから撤退すること。最後に、ロシアにとっては、モルドバが中立的立場を維持することだ。「セルゲイ・ラブロフ露外相は『この凍結した紛争の合意には、主権国家であるモルドバの領土一体性を尊重した上で沿ドニエストルの特別な地位が想定される』ことを再確認した。さらに同外相はモルドバが政治的・軍事的に中立でなければならないと付け加えた[27]」。つまり、モルドバがＥＵと交わした連合協定はロシアにとっては紛争解決の障害だというのだ。

第二のシナリオは沿ドニエストルの完全な独立だろう。当然ながら、モルドバにとっては越えられない一線だ。実際には、沿ドニエストルの経済は外部への依存度が高いために、このシナリオを支持する人は少ない。しかも、もし「国際社会」が沿ドニエストルの完全な分離と独立を承認すれば、パンドラの箱を開けることになる。同じような状況の国々の独立要求が高まるからだ。沿ドニエストルのエフゲニー・シェフチュク前「大統領」は、モルドバとの「スロバキアとチェコの例のような、戦争も暴力もない礼儀正しい離婚[28]」を呼びかけた。ただし、第三のシナリオであるロシアへの編入を視野に入れた「礼儀正しい離婚」である。

この第三のシナリオは沿ドニエストル住民が当初から希望していた選択肢だ。沿ドニエストルは旧ソ連内で分離独立を求める地域のなかで唯一、ロシアに完全に編入されることを望む地方である。しかし、その要求への回答はいまだになく（ここの住民にとっては大きな不満だ）、クリミア半島のロシア編入の二日後、沿ドニエストル議会がロシア編入を求める決議をした。しかし、ジャーナリストのダニロ・エリア氏が言うように、「沿ドニエストルはクリミアではない。象徴的な価値も低ければ、併合に伴う地理的（つまり地政学的）利益もずっと少ない。しかも、沿ドニエストルがどこにあるのかを知っているロシア国民は少ない。とりわけ、沿ドニエストルを併合することは、カリーニングラード州と同じで

ベンデル中心街の並木道　©Alexandra Novosseloff

資源も市場もない新たな飛び地を作ってしまうことになる」[29]。それでも、カリーニングラードのほうは戦略的にはより重要な地位を持つ（バルト海におけるロシアの軍事基地として）のだが……。

このように、ロシアは沿ドニエストルを別の扱い方にすること、たとえ戦略的場所であったとしても新たに領土を併合する意図はないことを示した。実際、ロシアには財政的な負担を必要とする新たな飛び地が必要だろうか？　沿ドニエストルはその地域の不安定要因としてロシアに有益だろうか？　実際、「いくつかの『凍結した紛争』に対するロシアの態度は最初からあいまいである。和平と調停の仲立ちをしつつも、戦略的な影響力を維持し、西欧の影響力を阻止するために紛争の未解決を利用している」[30]。ロシアにとって「この紛争は沿ドニエストル自体には関係なく、モルドバの国内外の政治に影響を与えることこそが重要なのだ」[31]と、スタニスワフ・セクリエル氏は分析する。このことは、他の大国と同様に、ロシアが周辺諸国に関する政策を重要とみなし、ロシアの利益と国境に忠実な「友好」国を維持したいと考えていることを示している。

矛盾をはらんだ勢力に振り回される緩衝地帯

沿ドニエストルのケースは、ほかの凍結した紛争地と比べて例外ではない。戦略地政学の観点からは、いまだに現状維持が最良の解決策とされているようだ。だれにも属さないと同時にみんなに属する緩衝地帯、西欧世界とスラヴ世界の間の橋。そこではだれも憎み合っていないのに共に生きようとはしない、定められた国とは違う国に属していると感じる。地政学的ダイナミズム、民族自決の要望、エリートたちの頑固な政治、歴史の重みから、世界は複雑になる一方だ。とはいえ、この状況はそれほど不変なものだろうか？

ある元外交官はこう言う。「沿ドニエストル紛争は、モルドバと沿ドニエストルの間の単なる紛争であったことはない」[32]。この認識は二〇一三〜一四年のクリミア危機で実証されている。この危機はクリミア半島のロシア編入（二〇一四年三月）をもたらし、この地域を揺るがし、状況を変化させた。モルドバと沿ドニエストルの多くの住民は、同じような理由（汚職の広がり、EUとの協力協定締結）で同じようなこと（併合、反対運動、経済危機）が起きるのではないかと危惧した。おそらく大国の間では地図が書き換えられようとしているだろう。そこではモルドバや沿ドニエストルや黒海周辺国の将来が左右されようとしている。「それは当事者たちの競争ではない。だれがモルドバを外から操るか、ロシアかEUか、という競争だ」と、オアズ・ナントイ氏は解説する。こうして、「沿ドニエストルは地政学的背景の変化の犠牲になった」（イゴール・ボタン氏の言）のである。

まず、沿ドニエストルは、ウクライナ危機とクリミア併合に伴う経済制裁の影響をまともに受けた。ウクライナのオデッサと交易する商品が通過する沿ドニエストル―ウク

沿ドニエストルの「首都」ティラスポリの中央広場には、この町の創設者アレクサンドル・スヴォーロフ元帥の騎馬像が立つ　©Alexandra Novosseloff

ライナ間の「国境」の監視が厳しくなり、ロシア・ルーブル、ルーマニア・レウ、ウクライナ・フリヴニャの下落で輸出が難しくなった。さらに、介入によって沿ドニエストル・ルーブルを高く保ったことで輸出競争力が弱まり、住民がより安いウクライナやモルドバの商品を買うようになり、自国の商業が損害を被った。その結果、財政支出を二〇パーセント削減するために沿ドニエストルの国家予算（すでに赤字が膨大だ）をさらに締め付け、年金受給者への二〇〇ルーブルの「ロシア・ボーナス」を撤廃するなど削減政策が検討された。しかも、これは初めてのことだが、ガス暖房が有料となり、年金生活者の公共交通機関無料措置も廃止された。ウクライナとモルドバによる禁輸措置に対し、ロシアは沿ドニエストルが経済的に破綻しないよう、二億ドルの緊急援助（うち一億五〇〇〇万ドルは沿ドニエストル企業の保証付き融資の形）などの措置をとった。しかし、ロシア自身もＥＵからの禁輸措置を被り、沿ドニエストルへの財政援助を減額せざるを得なくなった。沿ドニエストルの国内総生産（ＧＤＰ）は二〇一五年に二〇パーセント、一六年には五〜六パーセント減少した。

ウクライナ危機は政治危機をも引き起こし、モルドバは親ＥＵ派と親ロシア派に分裂した。大体において沿ドニエストル（一九四〇年まではウクライナの一部だった。人口の三分の一はウクライナ人）に親近感を抱いていたウクライナだが、ウクライナ危機以降はその地を危険なもの、国の利益に反するものとみなすようになった。「ウクライナの『好ましい中立性』は批判的、敵対的な姿勢に取って代わられ[33]」、「国境」の一部に溝を掘り始めた。ウクライナは沿ドニエストルに駐留するロシア軍がロシアからウクライナを経由して物資を補給する合意の破棄を通告した。その上、ウクライナ当局は沿ドニエストル製品の通過に対してより厳格な措置をとるようになった。つまり、ロシア向けの沿ドニエストル産品はすべてウクライナを経由し、モルドバ当局の発行する書類が添付されなければならなくなったのだ。いずれにしろ、二〇一四年の沿ドニエストルの対ロシア輸出は前年より四分の一ほど減少した。さらに二〇一七年七月には、沿ドニエストルとウクライナの間の「国境」にモルドバ当局の監視が設置された。それまでの二五年間には存在しなかったものだ。

モルドバにおいて、ウクライナ危機は東西の対立関係を再燃させた。二〇一五年春に一〇億ドル（この国のGDPの一五パーセントに当たる）がモルドバの三つの主要銀行から消えてなくなったことが発覚するなど、国に蔓延する汚職の実態が白日の下にさらされたことが、それに拍車をかけた。九ヶ月後には、多数のモルドバ市民（給与平均は月二〇〇ユーロ）が首都のデモで「寡頭政治打倒！　悪党を打倒！」とスローガンを叫んだ。マフィアを権力の座から追い出すための「清掃革命」だ。イゴール・ボタン氏によると、「モルドバの将来の大きな課題は汚職追放だ。それでウクライナは破滅した。モルドバもそうなる可能性がある」。多くのモルドバ市民にとって、汚職罪を犯した親EU連立政権を許した、もっと言えば支持したEUは信頼を失った。EUは支援する相手をチェックするすべを知らなかったのだ。

このようにしてモルドバ市民はEUの「恩恵」に関心を失っていった。国がインフラを近代化する資金がないことは心の底ではだれでも知っている。モルドバ共産党は親EU派の政党を追い抜こうとしている。モルドバではロシアは恐れられていない。その反対だ。二〇〇九〜一〇年にはEU加盟に賛成するモルドバ市民が七五パーセントだったのに対し、現在では三五パーセント程度である。反対に、プーチン大統領が提案するユーラシア経済連合の加盟に惹かれる人のほうが増えている。イゴール・ボタン氏は「モルドバはロシアの敵にはなりたくないのだ」と言う。現実には、モルドバと沿ドニエストルの市民は、大国たちがこの地域で繰り広げている覇権ゲームは自分たちとはまったく関係のないところで起きていると感じている。ベンデルの非政府組織のアレクサンドル・ゴンチャル会長はこう嘆く。「われわれは大国のための訓練基地のようなものだ」。彼らは半ばあきらめ、遠く離れたところで決められることを待つだけだ。多くの市民は、なぜ、どちらかの陣営を選ばねばならないのだろうかと自問する。選ぶことは気が進まない。いずれにしろ、大国のゲームはまだしばらく沿ドニエストルをわなにはまった状態のままにするだろう。

5

ジョージア（グルジア）とアブハジアの間の橋

凍結した紛争に架かる橋

カタリーナ・マンソン 著　ルノー・ドルリアック 訳

橋を渡りながら風景を眺めるとき、同時に両岸を見ると
より素晴らしく、より美しいと感じる。
両岸をつなぐ橋になれたらいいと思う。
どちらの側にも属さずに
両岸にむかって呼びかけると、最も美しい風景が立ち現れる。

オルハン・パムク（トルコの作家）

橋の名前	公式の通過点	建設年	長さ
フルチャ橋	フルチャ橋　―　ナバケヴィ	1975 年	5 m
オルサンティア橋	オルサンティア　―　オトバイア	1982 年	110 m
シャムゴナ橋	シャムゴナ　―　タギロニ	1993 年	1000 m
ルキー橋	エングリ川に架かる橋	1944 ～ 1948 年	870 m

ジョージア（グルジア。グルジア語ではサカルトヴェロ）のサメグレロ（ミングレリア）地方とアブハジア（アブハズ語では「魂の国」を意味するアプスニイ）の間では冷戦が二五年以上続いており、それが近い将来に終わる気配はない。今では、一九九二〜九三年にジョージアとアブハジアの間に起きた紛争を覚えている人は少ないだろう。ジョージアからの分離独立を目指す、もう一つのオセチアとの紛争も同様だ。しかし、ジョージア内の二七万人の避難民にとっては二つの紛争は今も厳然と存続しており、対立感情は根強い。ジョージア政府と事実上のアブハジア政府はまったく逆の方向を向いている。エングリ川に架かるいくつかの橋は川の両岸に住むミングレル人をつなぐ唯一の架け橋なのである。

エングリ川はジョージアとアブハジアを隔てる自然の境界線になっている。この川は一七二キロメートルにおよぶ分離境界線に沿って流れる。グルジア人とＥＵ監視団[1]は「行政区分境界線」と呼び、この地域に駐留する国連職員や国際社会の人々は「監視ライン」と呼び、アブハズ人とロシアは「国境」と呼ぶ。この境界線の半分ほどにほぼ沿ったエングリ川はカフカス山脈に水源を取り、黒海に注ぐ。ジョージア、あるいは「国際社会」が「トビリシが統治する領地」と呼ぶジョージアは川の南東側に広がり、アブハジアは北西に広がる。ジョージア政府はアブハジアをジョージア内の自治共和国とみなし、アブハジア政府は自らを独立国とみなす。ロシアと他のわずかの国々[2]からのみ承認されている、事実上独立した地域（あるいは「未承認国家」「国家に近いもの」「偽国家」とも呼ばれる）であり、南オセチア、沿ドニエストルやナゴルノ・カラバフのように旧ソ連の多数の未承認国家の一つである。多くの避難民（国連では国内避難民「ＩＤＰ」と呼ばれる）は、彼らにとって郷愁を誘う「パラダイス」であるアブハジアに近い最大の都市ズグジジに住む。

私たちの旅はジョージアのアジャリア自治共和国のバトゥミから始まる。黒海に臨むこの港湾都市には、緑豊かな亜熱帯のような風景の広がるサメグレロ＝ゼモ・スヴァネティ州に最も近い国際空港がある。レモンなどの柑橘類の木やユーカリが植わっており、オレンジの花の香りが漂う。セイヨウハシバミ（ヘーゼルナッツの木）の果樹園が風景に点在する。牛や豚、鶏が狭くて曲がりくねった道にしばしば入ってくる。この一〇年間にジョージアはめざましい経済発展を遂げたが、国全体では収入の低い田園地帯が多い。失業率は高く、貧富の差も大きい。とりわけ農業における生産性の低さと雇用の少なさによる貧困が蔓延している。

ジョージア西部ののどかなサメグレロ地方は、バトゥミの超近代的な高層建築やカジノとは別世界に思える。ジョージア政府はアブハジアに統一の利点を示すために、この地方に投資を増やしてはいるが、この地方の社会的・経済的状況はかなり悪く、とりわけアブハジアから避難してきた人々の暮らしは厳しい。この地方は、首都トビリシやその近くのゴリなどの地域（避難民八万人）に次いで二番目に国内避難民の多いところだ。このことはサメグレロ＝ゼモ・スヴァネティ州の州都ズグジジの人口構成に反映されている。ズグジジの数キロメートル先にはエングリ川に架かる橋があり、この町の人口の半分以上は一九九二年以来の紛争のために川の反対側から避難してきた人々だ。彼らは経済的困窮を乗り越えて団結し、アブハジアに対してもポジティヴな態度を維持している。世界の他の紛争地や紛争後の地域の例にもれず、避難民たちは上のほうの政治的決定の人質であり、決定に対して発言権も影響力もほとんど持たないのだ。

凍結した紛争の原因

一八六四年にロシア帝国に併合されたアブハジアは、ロシア革命後の一九二一年にアブハジア社会主義ソビエト共和国となった。この地域がジョージアの一部になったのは、一九三一年にスターリン（グルジア人だった）がグルジア・ソビエト社会主義共和国に属する自治共和国とすることに決めたからだ。アブハズ人は「グルジア化」に対して何度も抵抗したが、ソ連の中央政府によって弾圧された。

一九八〇年代末に始まったソ連崩壊に伴って、数々の共和国が独立に向かってつき進んだ。共和国内の少数派が抵抗すれば、モスクワの中央政府から支援が得られた。ジョージアは九一年四月に独立を宣言。初代大統領ズヴィアド・ガムサフルディアは少数派のアブハズ人と権限を分担する方式を取ったが、九二年一月の軍事クーデターで追放された。エドゥアルド・シェワルナゼが最高権

ジョージア西部のズグジジに向かう並木道は往来が盛んだ　©Alexandra Novosseloff

力者になり、政府はグルジア民族主義者が大多数となった。同年二月、ジョージアの軍事評議会によって一九二一年制定のグルジア憲法が復活し、アブハズ人はこれをアブハジアの自治権の廃止ととらえた。九二年七月、ジョージア最高評議会のアブハジア分派が事実上の独立を宣言した（グルジア人議員はボイコットした）。これを受けて、同年八月、ジョージア政府は治安維持のために三〇〇〇人の兵士をアブハジアに送ったが、これらの兵士はスフミへの進軍の途中で多くの殺人、略奪などを犯した。この時、アブハジアを助けてジョージア兵と戦うために北カフカス地方からたくさんの民兵がやってきた。

九三年九月二七日にはアブハジア側がスフミを奪還したが、この地方に残っていたグルジア人に対して残虐な行為を働いた。この日はグルジア人にとって、「スフミ陥落」と「アブハジア喪失」の日になった。この紛争で八〇〇〇人の死者と一万八〇〇〇人の負傷者が出た（この数字には今でも議論がある）。グルジア人だけでなく、ロシア人、アルメニア人、ギリシャ人、アブハズ人の穏健派やその他の少数民族ら計二五万～三〇万人が避難民となり、二万軒のグルジア人の家が破壊された。

この九二～九三年の紛争後も何度か軍事衝突が

紛争で8000人の死者と25万～30万人の避難民が出た
©Alexandra Novosseloff

起こり、新たに避難民が出た。九八年五月にはグルジア人民兵がガル地区のアブハジア軍を襲撃した。同軍はグルジア兵を撃退し、同時に九二年の紛争後にアブハジアに帰還していたグルジア人四万人を排除した。旧ソ連から独立した諸国の連合「独立国家共同体（ＣＩＳ）」が九六年からアブハジアに禁輸措置を取っているにもかかわらず、アブハジアは九九年に再び独立を宣言した。禁輸措置は二〇〇〇年から次第に緩和され、〇八年にはロシアによって正式に撤回された。同年八月の南オセチア戦争の間にアブハジア軍は、一九九二年以前にアブハジア内で唯一ジョージアが支配していた地域であるコドリ渓谷を制圧した。これで二〇〇〇人のグルジア人が避難を余儀なくされた。

二〇〇八年はジョージアとアブハジアの事実上の首都であるスフミの政権ならびにその最も近い支援国ロシアとの関係が変わった年である。ジョージアのミヘイル・サアカシュヴィリ大統領がツヒンヴァリ（南オセチアの「首都」）への攻撃を命じて勃発した南オセチア戦争はこの地域の状況を一変させた。サアカシュヴィリ大統領はロシアの反応を過小評価していた（ロシアはジョージアに戦車を送り、空爆した）。ちょうど当時、コソボの独立を国際社会が承認したことから、ロシアも八月二五日にアブハジアと南オセチアの独立を承認した。ロシアのこの措置をジョージアは「占領地」の併合とみなし、ロシアとの外交関係を絶った。こうして〇八年以降、ロシアとアブハジアの関係は強化された。ロシアはアブハジアにおける軍事プレゼンスを段階的に強化し、現在では三五〇〇人の兵士と一五〇〇人のロシア連邦保安庁（ＦＳＢ。ソ連時代のＫＧＢを引き継いだ組織）職員の計五〇〇〇人を派遣、加えて「国境警備隊」も駐留させている[3]。家族をアブハジアに残しているジョージア住民は無力感を抱いている。

エングリ川の橋を渡ってアブハジアへ行く

サメグレロ（ミングレリア）地方はエングリ川の両岸にまたがる歴史的地方である。その中心地であるズグジジ（サメグレロ＝ゼモ・スヴァネティ州の州都でもある）は「分離独立派」のアブハジアの入口に位置する。ミングレル人はグルジア人の支族であり、ミングレル語（メグレル語）を話す。ミングレル語はグルジア語の方言であるとか、グルジア語の古い形であるという人もおり、グルジア文字が使われる。だが、グルジア人には通じない。ズグジジは人口四万三〇〇〇人ほどの静かな町で、避難民を支援する人道支援組織の事務所のほとんどがここにある。この町には実質的にジョージアが操る「亡命アブハジア自治政府」もある。

ズグジジはアブハジアへの主要な入口である。ロシアからプソウ川を渡って行く方法もあるにはあるが……。ジョージアはアブハジアを自国の領土とみなしているため、だれでもジョージアからアブハジアに入ることができるが、ロシアからアブハジアに入ることは認めていない。二〇〇八年一〇月にジョージア議会で採決された「占領地」に関する法律によると、アブハジアへの唯一の通過経路はエングリ川沿いであり、そのほかの国境からのアブハジア入りは違法と規定している（罰金数千ドルと四年の禁固刑に処される）。「アブハジア共和国」への入国を望む外国人はオンラインでビザを申請でき、そのビザは数週間後に招待状の形で電子メールで送られてくる。橋が生命線だったり、家族との絆、商売や治療のための架け橋だったりする地元民にとっては、橋を渡る手続きや必要な書類を取得する手続きは容易なものではない。

エングリ川に架かる橋（橋の手前にある村の名前から「ルキー橋」とも呼ばれる）は、ズグジジから「スフミ道」を通って五キロメートルのところにある。橋を渡るにはいくつかのステップが必要だ。最初のス

サメグレロ＝ゼモ・スヴァネティ州の州都ズグジジへの入口。アブハジアはすぐ近く
©Alexandra Novosseloff

テップは、オレンジがかったピンク色の警備所にいるジョージア警察のチェックである。ここは橋からズグジジに行く人を乗せるタクシーや「マルシュルートカ」(小型乗合バス)と呼ばれるミニバス、そしてアブハジアに出入りする人を乗せる荷車の集まる場所である。ここで警官は通行人の身分証明書をチェックし、名前を大きなノートに記す。ジョージアにとってアブハジアに行くことは国内の地域に行くことだから、外国人の通過を拒否することはできない。「管理ライン」はジョージアにとっては公式な国境ではないため、この小さな警備所は通過者を手書きで記録するだけで、公式な登録は残さない。地元の人たちは、これを「顔パス」システムと呼ぶ。実際、ここを通る人の多くは常連で、警官たちがよく見知っている人たちだ。

　この手続きが終わると、橋の通過が始まる。橋の向こう側に行くのは一〇〇〇歩だといわれる。それより少し多いことも少ないこともある。いずれにせよ、橋の手前のジョージア特別警察隊(迷彩服を着た、軍に属する警察)による第二のチェックポイントを通らなければなら

エングリ川に架かるルキー橋に続く道　©Katarina Mansson

ない。二〇一二年まではミヘイル・サアカシュヴィリ元大統領の大きなポスターがここに掲げられていた。アブハジアのほうは彼らのセルゲイ・バガプシュ元大統領（二〇一一年に急死）のポスターを橋のアブハジア側に掲げて対抗していた。今はどちらのポスターも撤去されている。緊張緩和と信頼関係構築のための措置だろうか？　あるいは両大統領の人気低下のせいなのだろうか？　ここにはニューヨークの国連本部前にあるオブジェ「銃口が結ばれた銃」のレプリカがある。平和共存という住民の願いの象徴だろうか？　双方の警備態勢がつねに引き金に指をかけているような現状から考えると皮肉である。

チェックポイントの後ろに控えているジョージア特別警察隊の隊員は何も質問してこない。小さな声であいさつしながら、人が通過するのを見ているだけだ。障害物が置いてあってジグザグにしか進めない部分を通って数百メートル行くと、一九四四〜四八年にドイツ人捕虜によって建設された長さ八七〇メートルの橋に着く。橋から数キロ離れたところには、橋の建設中に亡くなった一三人の捕虜の墓地がある（一九九〇年代に造られた）。

「ドイツ人の橋」とも呼ばれるこの場所は、のどかな田舎の風景が広がる二つの領土の間のノーマンズランドのようなものだ。橋の路面にはところどころ穴があいており、橋の向こう側の道路の状態を推測さ

(左)1948 年にドイツ人捕虜によって建設されたルキー橋　©Alexandra Novosseloff　(右)「銃口が結ばれた銃」のオブジェ。この地方の住民の願いを反映しているのだろうか？　©Katarina Mansson

せる。二〇一三年五月まではこの橋がジョージアとアブハジアの間の唯一の公式な通過点だった。南オセチア戦争をきっかけとした〇八年の対立に伴い、「管理ライン」全体が一年以上にわたって閉鎖され、その間、ラインの反対側にいる家族や親戚、友人などを持つ何千人という人たちの移動の自由が制限された。その後の四年間は、このルキー橋だけがガル地区の住民と両側の避難民の「命綱」だった。とくに多くのガル住民にとっては、このラインを行き来できることが非常に重要だったのである。

橋を渡る人は少なくない。時間によってあらゆる年齢層の人々が両側からやって来る。多くの人々は大きな袋に入れた商品を運んでいる(アブハジアの規則では五〇キログラムまで)。一日に何人渡るかを正確に知る人はいない。二〇一三年四月に行われたEUの調査によると一三〇〇人と推計され、欧州安全保障協力機構(OSCE)の調査では一日平均一〇〇〇人とされている。うち五一パーセントは三一歳から五五歳までの男女で、九〇パーセントは避難民である。そのほとんどはアブハジアに親族がいる人たちだ。橋を渡る人の数は季節や生活環境、両側の治安政策、他の橋の開閉状況などによって変化する。渡る理由は、主に家族や親族に会うためや、市場に行くため(とくにズグジジのバザールは安いという評判)だが、ほかの理由もある。治療のため、あるいは避難民やガル地区の人々向けのジョージア政府による月々の手当(二八ラリ=一一ユーロ)を取りに行くためだ。この橋は人々の交差路であり、交換の場である。実際、アブハジアで売られる食品の多くはジョージアから入ってきており、橋を使えることが生活に不可欠であることは双方がわかっている。橋の両側に住むグルジア人は地理と政治によって不幸にして身動きが取れなくなってしまっている。橋は彼らの命綱だ。

橋を渡る人のほとんどは徒歩だ。車のたぐいの多くは小型の二輪の荷車で老人や体の丈夫でない人を乗せて一ラリ(ユーロの五〇セント)で往復する。国際的な人道支援組織で働く人々は白い四輪駆動車で、アブ

1日平均 1000 人以上がこの橋を渡る　©Alexandra Novosseloff

ハジアナンバーの白いミニバスはエングリ川のダムで働く主にアブハズ人を乗せて渡る。エングリ川の水力発電所は世界で二番目に大きいアーチダムである。ダムはジョージア側にあり、発電所はアブハジア側にある。両者の合意により、生産電力の六割はジョージアで、四割はアブハジアと周辺部のロシアで消費される。両者の間に明確に維持されている数少ない交流の一つである。

橋を渡ることは未知の土地に行くことでもある。どちらの側から来たかによって慣れ親しんだり、疎まれたりされる土地だ。多くのグルジア人にとってはアクセスできない土地（紛争前は観光収入の半分はアブハジアが上げていた）であり、ガル地区とその周辺に住むグルジア人にとってはつらい日常生活の場である。ガルとその周辺はかつてはソ連のエリートが好んで住んだ土地で、過去の紛争からゆっくりと立ち直りつつある。以前はアブハジアに近づくほど橋の路面の状態が悪くなったものだが、二〇一六年夏に国連開発計画（ＵＮＤＰ）からの資

橋のすぐ手前にある軍の監視所　©Alexandra Novosseloff

金で橋の欄干が塗り直され、橋の路面が改修されてきれいになり、渡りやすくなった。アブハジアの治安警備隊あるいは兵士が橋の反対側で通行人を待っている。

アブハジアに入る

アブハジア当局にパスポートを見せた後、金網のフェンスに囲まれた細い通路を抜けて、ロシア当局のチェックを受ける。ロシア人が「国境」と呼ぶチェックポイントだ。二〇一二年までは順番が逆で、まずロシアのチェックがあって、それからアブハジアだった。ロシア当局の存在について、「この橋ではロシアがアブハズ人とグルジア人の間にいる。これは非常にネガティヴだ」と、ジョージアとアブハジアの統合を主張するグルジア人活動家、ムルマンさんは言う。二〇〇九年にロシアとアブハジアが結んだ協定以降、ロシアは人の住んでいなかった行政区分線を少しずつ境界線のように整え、有刺鉄線と溝を設置して「国境」の体裁をとるようにした。[4] すべての通過点に紅白の通信塔を設置して、この「国境線」の監視強化も加わった。「国境」全部にロシアの「目と耳」が行き届いていること

アブハジアへの入口　©Alexandra Novosseloff

に人々は恐れを抱いている。しかも、その「国境」に沿って、ロシアの国境警備隊とその家族が住む真新しい基地も建設されている。そうした監視システムは二〇一〇年から強化された。

このチェックポイントで、人々は老いも若きも、炎天でも大雨でも、重い袋の有無にかかわらず、一人ずつ並んで待つ。電話ボックスのような小さな建物の、スモークガラスの窓口前に一人ずつ進む。向こう側には体格のいいロシア人がいるが、姿は見えない。小さな手渡し口から、外国人ならパスポートと招待状を渡し、地元民ならパスポートと「プロープスク」（ロシア語で「通行証」の意味）を差し出す。この手続きは事務的に行われ、周りの警備隊員もリラックスしているようだ。正当な書類であれば、質問もされないし、拒否されることはない。姿は見えないが、ロシア人たちはうまく運営している。しかし、領土境界線に完全な責任を有さないのに、その国をコントロールできるのだろうか、という問いが頭をかすめる。

外国人の場合、「国立銀行」の特別窓口で滞在期間に応じた金額を支払ったのち、スフミにある「外務省」の特別部門から二四時間以内にビザを取得しなければならない。一方、ガル地区に住むグルジア系住民の大人でジョージアに行く人については、「国境警備

アブハジアのパスポート（左）あるいはソ連のパスポート（右）で橋を渡ることができる
©Alexandra Novosseloff

隊」は特別な証明書を求める。アブハジアの身分証明書か、パスポートか、「第九番書類」（在住者カードの役割をする）かだ。こうした証明書は有効期限内で「よい状態」でなくてはならない。興味深いことに、一九九二年以前にガル地区に住んでいたことが記されたソ連パスポートも有効だ。国際組織のオブザーバーが言うように、「もう存在しない国のパスポートを使えるのは世界でここだけだろう」。こうした身分証明書のほかに、プロープスクも求められる。この特別通行証は一回の往復にのみ有効で、一ヶ月以内に使用しなければならない。[5] したがって、正規の証明書を有していることは、アブハジアの法律から言えば、国境を「合法に」越えることのできるカギなのだ。プロープスクの取得には時間もお金もかかる。ガル地区の南部に住む人はガルの町まで行って、およそ一〇〇ルーブル（二ユーロ）払ってそれを取得する。その値段はつねに変動している。

スモークガラスの窓口からパスポートや書類を返

スフミの黒海沿岸の「赤い（共産主義の）リヴィエラ」に沿った遊歩道　©Alexandra Novosseloff

してもらうと、ぼろぼろの「マルシュルートカ」（小型乗合バス）に乗せられて、まずガルに、それから「スフム」（スフミのロシア語）[6]に連れていかれる。スフミに来ると、時が止まっているかのような場所、二〇年前に終わった戦争から目覚めたばかりの場所に来たと感じられるだろう。たとえ雑草におおわれていたとしても、一九九二～九三年の戦争の傷跡は今も残っており、いまだに消化されていない過去を鮮明に思い起こさせる。すべては隣人同士のむごい戦争とともに、「赤い（共産主義の）コートダジュール」あるいは「黒海の真珠」の名で知られていた過去の栄光を物語っている。

アブハジア――過去の栄光と不確かな未来の未承認国家

スフミ（アブハズ語では水を意味する「アクワ」）は、将来に向けて前進したいけれど、やや威圧的でわずらわしい「保証人」（ロシア）と、いまだに復讐を叫ぶ追われた「愛人」（ジョージア）との間に板挟みになったままの領土の首都である。アブハジアにとって二〇〇八年は、コソボの独立をきっかけにロシアが自分たちの独立を承認し、より大きな信頼を寄せてくれるのではないかという期待を抱く転換期になった。

ジョージアよりも亜熱帯気候であるスフミは、さまざまなものが混じった不思議な町だ。一九九二～九三年の戦争で破壊されたソ連時代の議事堂の廃墟といった壊れた建物、修復された一九～二〇世紀の豪華な邸宅、ソ連風の古いビル群、真っ青で静かな海を臨むたくさんの庭園、その背景にある雪を頂いたカフカス山脈……。世界各地の海沿いの都市の多くと同様に、スフミでも人々はヤシの木とユーカリの木陰を海岸沿いに散策し、コーヒーを飲んだり、アイスクリームを食べたり、トランプやチェスやドミノ（この地では特に盛ん）に興じたり、土産物や水着を買ったりする。この地の「プロムナード・デザングレ（イギリス人の遊歩道)」(フランス・ニースの海岸遊歩道の名前)は修復されて過去の栄光を取り戻した。遊歩道のなかほどにあるリッツホテルはレフ・トロツキーが一九二〇年代初めに滞在したことで有名だが、今では全面的に改修されている。この町の風景は牧歌的だ。黒海の澄んだ水に面したベンチに座って何時間でも過ごすことができる。

アブハジアに短期間滞在した印象は、「アブハジア化」の途上にある未承認国家というものだ。アブハズ人は人口の半分強しかいないのに、そのアイデンティティーを再確認したい未承認国家だ。二〇一一年の国勢調査によると、アブハジアの人口は二四万七〇五人で、うちアブハズ人は一二万二〇六九人(五〇・七一パーセント)、グルジア人またはミングレル人が四万六三六七人[7](一九・二六パーセント)、アルメニア人が四万一八六四人(一七・三九パーセント)、ロシア人がおよそ二万二〇〇〇人である。そのほかはトルコ人、ギリシャ人、エスト

スフミ。トルコに住むアブハズ人避難民「ムハージル」に捧げるモニュメントが黒海を臨む〔ムハージルとはムスリムの移住者〕 ©Alexandra Novosseloff

ニア人などの少数民族だ。アブハジア現政府は七〇万人と推計されるアブハジアから避難した人々[8]の帰還を奨励する気になりつつある。二〇一三年初めにアブハズ系シリア人五〇〇人が帰還したことはメディアで騒がれた[9]。

しかし、アブハジアは川向こうに住むグルジア人が大量に帰還することは拒否している。二〇万人ものグルジア人が戻ってくれば、アブハジアは再びグルジア人が多数派になり、アブハズ人の国ではなくなると恐れているのだ。しかし、グルジア人の帰還権を拒否することは、たとえ彼らがスターリン時代の避難民の子孫であっても、民族浄化の考え方のもとに国家を建設することになる。「民族国家」は真に民主主義を保障するものであり得るだろうか。現実にはその反対になるのではないだろうか？　この国では市民権は論議のある問題だ。二〇〇九年七月、アブハジア議会は〇五年以前からガル地区に住むグルジア人に市民権を与えた。アブハジア憲法はロシアとアブハジ

スフミの元国会議事堂は1993年の戦禍の証人になった
©Alexandra Novosseloff

アの二重国籍を認めたが、グルジア人がアブハジアのパスポートを得るにはジョージア国籍を放棄することを書面で提出しなければならない。アブハズ人が消滅していくのではないかという危機感は大きいのだ。

アブハジアは独立を勝ち取り、世界に向かって門戸を開き、「保証人」への依存度を少なくしたいと思っている未承認国家である。「アブハジアでは長兄の影がいたるところにある。孤立したアブハジアは隣の大国を通してしか息ができず、その国に対して警戒心と感謝の両方を抱いている」[10]。国旗[11]を制定し、独自のナンバープレート、一二の省がある政府を持つ未承認国家だ。アブハジア政府はほとんどが地元民の高官から成る（国防省高官と治安関係機関の高官だけはロシア人）。し

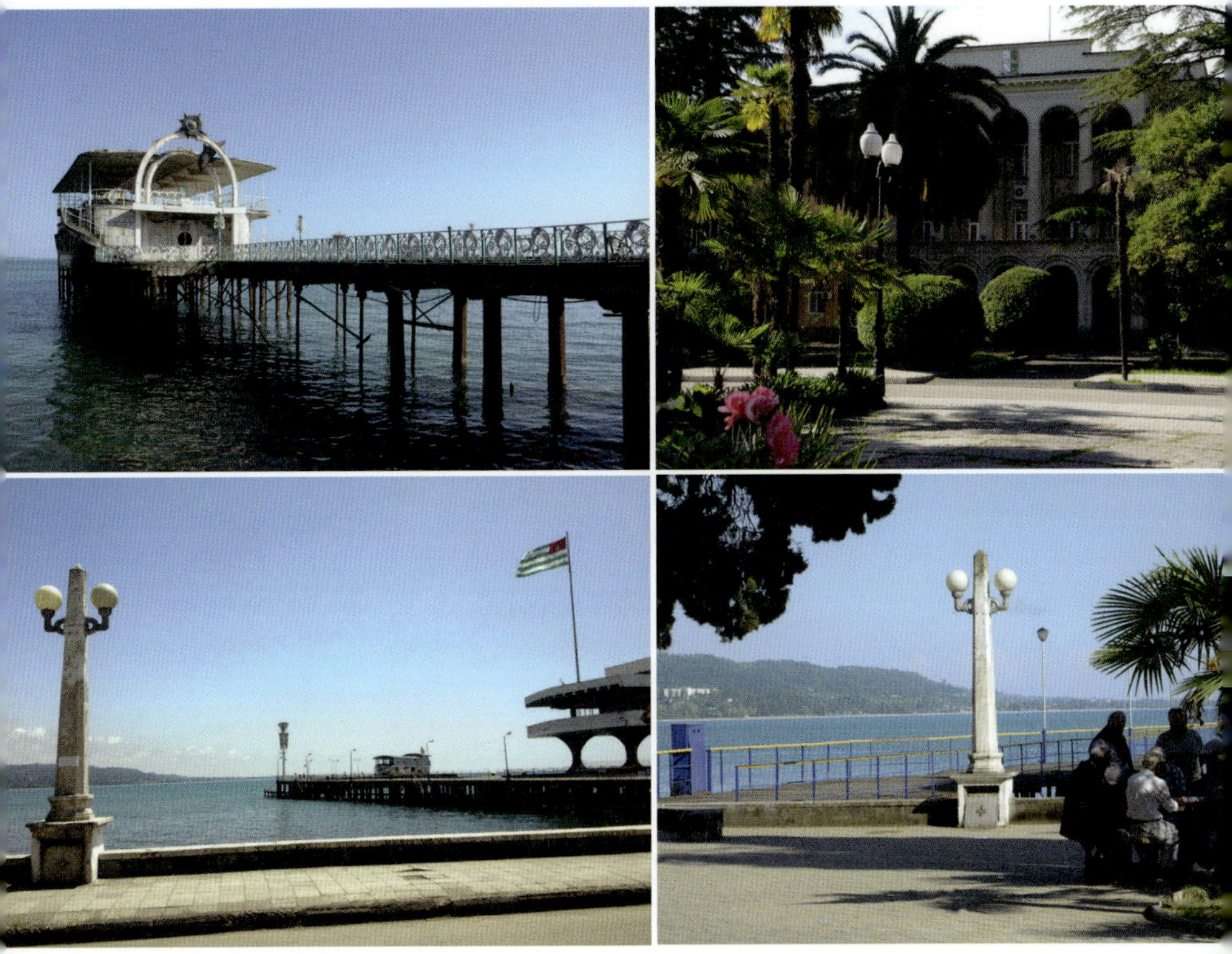

スフミの風景。桟橋、国会、港、ドミノに興ずる人たち　©Alexandra Novosseloff

かし、国家予算の六割をロシアから支給されている（これは人口の八割に当たるロシア国籍を有する住民の年金をカバーする）ため、完全な独立性を守るのは難しい。二〇一〇年以降はロシア・ルーブルが通貨である。電話回線もロシアに接続されており、アブハジアに電話するにはロシアの国番号である「七」を最初に付けなければならない。最も一般的な言語はロシア語だ。難しい言語として有名なアブハズ語は（子音が六〇、母音が四つ。ギネスブックが世界で最も難しい言語のひとつと認定）、なかなか定着しない。しかしながら、二〇〇七年以降はアブハズ語が重視されるようになり、唯一の公用語となった。

投資のほとんどはロシアからで、一説には二〇一二年で六〇〇〇万ユーロ以上と推計される。ロシアは二〇〇九～一三年に空港の改修、海軍基地の整備、幹線道路整備など軍事関係を中心にインフラ整備に四億六五〇〇万ドルを投資した。[12] 問題は、「ロシアは修理のためのお金はくれるけれども、開発のためのお金はくれないことだ」と、スフミのあるジャーナリストは言う。毎年、一〇〇万人ほどのロシア人観光客がガグラやピチュンダの浜辺に押し寄せる。貿易のほとんどはロシア相手だ。「それはアブハジア住民にとっては、いいことでも悪いことでもある。ロシアは保護者で

スフミの鉄道駅は廃駅になり、今はバスターミナル　©Alexandra Novosseloff

あり、篤志家であり、パトロンだ。しかし、息の詰まる重圧でもあり、アブハジアの独立性を奨励するよりも自らの優位を守るほうに重きを置いている」[13]。アブハジアはロシアの一地方になっていると言う人もいる。そこで、ある疑問がわいてくる。ロシア連邦に吸収されることは、独立性を維持しジョージアからの攻撃の懸念をなくすために払う代償としては高すぎるのだろうか？　そうかもしれない。だが、地元非政府組織のアブハズ人会長のリアナさんはこう言う。「ロシアへの依存を減らすためのチャンスはだれもくれない。私たちはロシアの援助をありがたく思っています。ロシア文化はわれわれの文化にとても近いのです。文明はヨーロッパからロシアを経由して入って来たのです。でも、ロシアに吸収されたくはないのです」。彼女は「私たちは自分たちのアイデンティティーを確立し、国を発展させなければならない。ロシアの学校に行く以外のチャンスもほしいのです」と付け加えた。

これがアブハジアに対する印象だ。アブハジア住民は再び外の空気を吸って、普通の生活を送りたいのだ。リアナさんによると、「ロシアが二〇〇八年に守ってくれるまで、私たちは長い年月、新たな戦争を恐れて生きてきました」。つまり、ロシアはアブハジアにとって唯一の守護者であるということだ。それ以来、アブハジアがジョージアに接近してもほとんどメリットはない。時間も問題を解決しない。アブハジアとジョージア（南オセチアもだが）が最後に統一されていたのはソ連時代にさかのぼるのである。

ガル地区はジョージアとの絆が残っているところ

ジョージアに戻るには、ガル地区とその中心都市ガル（グルジア語では「ガリ」）を通らなければならない。ガルはスフミと同様に再建途上にあるが、ガルのほうが生彩に欠け、荒廃した感じがする。ガル地区は紛争後にグルジア人の帰還が許された唯一の地区だ。現在およそ四万八〇〇〇人のグルジア人がそこに住む。彼らは当然ながらジョージアのグルジア人とつながりがある。エングリ川が両岸に住むグルジア人を隔ててはいるが、橋は両者をつなぐ。地元団体の代表であるガルに住むグルジア人マイアさんはこう言う。「私たちの往来の自由は橋にかかっています。橋が私たちを結びつけ、橋のおかげで往来ややり取りができるのです。二〇〇八年のように橋が閉鎖されるたびに、私たちの生活は大きな影響を受けます」

ガルの人々はアブハジアのほかの地域とはまったく別の世界に生きているかのようだ。アブハジア政府はグルジア人を同化させるための政策をほとんどとっていない。地方レベルの公務員にもグルジア人はほとんどいない。法を順守させるための機関の高官はすべてアブハズ人だ。二〇一二年、たった一人のグルジア人がアブハジア議会の議員に選ばれた。一人でガル地区の全住民を代表しているのだ。住民の代表者が少ないために、二つのコミュニティーの間の信頼感が欠けて

ガル地区のロシア軍兵舎。緑の屋根が目印　©Alexandra Novosseloff

いる。ガル地区の住民は板挟みになっていると思っているが、おとなしくして、自分たちや自分たちの問題が関心を集めないほうを好む。彼らは過去の戦争や禁輸、犯罪や法治国家の不在に疲弊している。自分たちの持っているものを再建し、「外の世界のことは無視」しようとしているのだ。普通の生活を望み、それを自分たちの子どもにも与えたい。ガル地区の人々は「医療にアクセスでき、子どもに教育を受けさせることができるなら、アブハジアが独立すべきか否かということには関心を抱かない」と、マイアさんは言う。アブハジアのグルジア人と結婚しているロシア人タチアナさんの言う「この人工的な紛争」に人々はうんざりしている。

ガル地区は軍事管理区域とみなされているので、ロシア人兵士がほかの地区より目立つ。アブハズ人のあるフリーランス記者はスフミで私たちにこう語った。「レストランやバーとかいたるところで国連の職員たちを見かけるでしょうね。ロシア人兵士は道にはいませんよ」。確かにロシア軍は占領軍として見られたく

ガル地区のうち捨てられた家　©Alexandra Novosseloff

ないのだろう。しかし、ガルではロシア軍の兵舎が新たに建てられており、市場でも街中でもロシア兵を見かける。彼らはここで家族といっしょに暮らしている。ロシアが活動延長に拒否権を使ったため二〇〇九年六月に引き揚げた国連グルジア監視団[14]（ＵＮＯＭＩＧ）の元本部は、今はロシア連邦保安庁（ＦＳＢ）になっている。ジョージアに戻る前に、私たちがいた地元団体のところにＦＳＢの職員が一人訪ねてきた。私たちが撮ってはいけない写真を撮っていないかを調べにきたのだ。だが、思い違いをするべきではなかった。その職員は「アブハジアでは観光客は大歓迎だ」と言った。

エングリ川を渡る他の場所――非公式で不法な通過点

エングリ川の橋「ルキー橋」は「管理ライン」に沿う六つの公式な通過点の一つであり、現在四つある橋の一つである。通行可能な無傷の橋は稀だが、その一つでもある。そのほかの通過点は二〇一三年に再開されたが状態は劣悪だ（その後「国境管理を向上させるための」アブハジアの法律によって二〇一六年夏に再び閉鎖された）[15]。このように政策が頻繁に変わると、川の両側に住む人々の生活は安定しない。

ジョージア警察はこれらの通過点の約一キロメートル手前に検問所を構えている。二〇〇八年にロシアとＥＵ議長国との間で締結された休戦協定では、ジョージアの兵士は「行政ライン」の近くにいてはならないことになっている。許可されるのは警察だけだ。前述の特別警察部隊と同様に、検問所に駐在している人は警察とされているが、見かけはまるっきり兵隊だ。通過する人はあらかじめ身分証明書に警察からのビザを付帯しなければならない。通過点を通る外国人はほとんどおらず、外国人といえばＥＵの監視ミッションの人がほとんどで、しかも彼らはアブハジア内の監視は許可されていないため、川の向こう側に渡ることはない。当然ながら、地元の人々の多くは川を渡るときに警察を避ける方法を見つける。ロシアによる管理ラインのチェックが厳しくなったこと、加えてそれに伴うガル地区の治安の改善もあり、何の準備もなく渡る人は減った。それは、ジョージア政府がガル地区の民兵組織への支援をやめたことも関係している。

ルキー橋の次によく使われるのは徒歩のみで渡れるフルチャ橋だ。ジョージアのフルチャ村とアブハジアのナバケヴィ村をつなぐ。ここでは川向こうのロシア・アブハジア通過点との距離が近いので、ロシア国境警備隊の白と緑の大きな基地がよく見える。私たちがこの場所を訪れたとき、フルチャ橋のほうに向かう年老いた母親と娘の二人に出会った。二人は本当はルキー橋を渡るつもりだったのだが、ここなら「プロープスク」（通行証）を提示しなくてもよかったらしい。習慣に則って喪服を着ているこの二人はジョージア側に着くと非常に疲れているように見受けられた。彼女たちは娘であり、姉である若い女性の写真を首に下げている。娘の死で健康を害した母親はズグジジの病院に行くために橋を渡ってきたのだ。

ミングレリア人は親族に会いに行ったり、市場に行ったり、治療をするためにルキー橋を渡る
©Katarina Mansson

この二人のように治療目的で川を渡る人々はかなりいる。ガル地区の医療サービスは貧しく、同地区南部に住む人々にとってズグジジ病院のほうがガル市より近いのだ。スフミにも病院はあるが、緊急入院する人々にとっては遠すぎる。医療上、急を要する場合、エングリ川に沿った地域では普通、行政手続きを免除されるが、通過手続きによる遅れが原因の医療事故の例が報告されている。グルジア語による教育はガル地区にある学校の半分でしか行われていないので、川向こうの学校に通う児童も通過手続きを免除されている。

アブハジアのタギロニ村とジョージアのシャムゴナ村を結ぶシャムゴナ橋は、「管理ライン」沿いのなかでも最も見ごたえのある通過点だろう。この橋は、一九九二年以前にはソ連の北カフカス鉄道と、黒海沿岸を走るグルジア鉄道をつなぐ鉄道の橋だった。紛争時代に破壊され、ひん曲がった鉄の残骸しか残っていないのが目を引く。ジョージア側では、この橋が修復されれば、アブハジア政府承認に匹敵するとさえみなされていた。両側で途切れた鉄道が不安定な木製の板の橋でつながれ、

ズグジジの病院へ行くためにフルチャ橋を渡る２人の女性　©Katarina Mansson

二〇一三年六月にこの橋の通行が公式に再開された。ジョージアのタクシーの運転手たちなら橋の再建に少しはお金を出しただろうに、と当時は言われたものだ。渡る人が多くなれば、お客も増えるからだ。

状況は複雑だ。エングリ川両岸の住民にとっては通過点が増えることは非常に重要なことだ。しかし同時に、通過点が増えると、ロシア当局から要求される書類の検査や監視の強化によって両側の住民の公式な分離が強まる。いずれにせよ、インフラ（道路や橋）の改善は人やモノの移動や交流・交易にはなくてはならないものだ。ガル地区南部の道路はひどい状態だ。行政的境界線から一・五キロの地点にあるピルヴェリ・オトバイア村からガルに向かう二八キロの道は天気のいい日でも二時間近くかかる。天気が悪くて道路がぬかるんでいる時は、ほとんど使えない状態だ。長さ一七二キロメートルの管理ライン

鉄道橋だったシャムゴナ橋は「管理ライン」沿いの橋のなかで最も見ごたえがある
©Alexandra Novosseloff

シャムゴナ橋は 2013 年 6 月に再開されたが、幅の狭い板をつないだだけなので不安定だ
©Katarina Mansson

にある通過点の数が少ないことから、多くの人々は、ロシア国境警備隊との軋轢に地元住民をさらしながらも公式でないルートを渡ろうとする。

こうして非公式な（アブハジアのロシア人は「非合法な」と言う）通過システムができた。必要な書類を持たないグルジア人（アブハジアに住む人、あるいはジョージアに住む人も）は境界線の近くに住むグルジア側の家族や知人から、いつ、どこで川を渡るのが安全か、ロシア人警備隊がいない時などを知らせてくる（普通は携帯電話に）。「この警報システム」を組織するためにお金を払う人もいるという。安全という連絡が来ると、人々は自分の荷物や買い物や売り物などを持って川を渡り（裸足で渡る人もいる）、ジョージア側の連絡者に合流する。自宅の菜園でとれた物をズグジジの

オルサンティアとオトバイアの間の通過点であるオルサンティア橋は閉鎖されている
©Alexandra Novosseloff

市場で売って、工業製品を買って帰る人が多い。難しくてリスキーなビジネスだ。しかし、「役所の手続きや関税やチェックポイントの長い待ち時間を回避できる」[16]「管理ライン」の「国境化」はアブハジアのパスポートを持たない人（次第に取得が困難になっている）の孤立感を強め、ジョージア側に住む家族と行き来ができなくなるのではという恐れを抱かせる。国際社会の事情通によると、アブハジアに住むグルジア人の二割から五割は身分証明書の類を何も持っていないという。村人たちが通過できるところを造ろうとすると、荷車を引く村人が不法に通れないようにロシア人が盛り土をするところもあるそうだ。正規の書類や「プロープスク」を持たずに通過する人、公式な通過点を通らない人は罰金（給与の一〇ヶ月分に相当することもある）か刑務所行き、あるいは両方を科される可能性がある。

この地方では人々は国境という概念に慣れていない。彼らは地方内を行き来して暮らす。「管理ライン」の強化は人々に困難を強いるし、通過手続きの明確化が求められる。以前は国境警備隊を買収する人もいたそうだが、今ではそれはできなくなった。

ジョージアに避難した人々の現状

国連を含む国際機関は避難民の帰還権は政治問題や平和協定に依存しないという姿勢を取り続けている。人道問題が「関係する紛争の解決策とは独立して扱われるべきである」[17]のと同様に、帰還権は人権である。しかしながら、ジョージアとアブハジアの間の紛争によって避難した人々は、故郷に帰るか、避難した地に同化するか、別の場所に住むかという選択を自由にできていないと一般的にはみなされている。公式にはジョージア政府は二つの目標を掲げている。一つは帰還を可能にする条件を整えること、もう一つは避難民が社会的に同化できるように彼らの社会的・経済的環境を向上させることだ。しかし、実際には大したことはされておらず、避難民は自分たちではどうにもならない政治状況の人質になっているのだ。

ジョージアに避難した人々の多くは以前の生活や、アブハジアにいる家族や親戚、家や所有物を取り戻したいと願っている。ただし、二〇一一年の調査によると、ジョージアがアブハジア支配を取り戻したら、という条件付きだ[18]。つまり、多くの人にとって、帰還は幻想のような権利であり、長期化する紛争によって政治的にゆがめられた権利でしかない。避難民はジョージア全土に住んでいるが、とくに首都トビリシとサメグレロ＝ゼモ・スヴァネティ州、イメレティ州に集中しており、地元に溶け込んで現在と未来を築こうとしている。とくに若い世代はそうだ。避難した土地に生まれ、アブハジアへの帰還にそれほど関心を持たない若い世代がアブハジアとの関係をほとんど持たないことに上の世代は不安を持つ。世代間の溝があると言う人は多い。人道支援組織で働く地元の職員インガさんはこう言う。「避難民と地元住民を見分けるのは次第に難しくなっています。唯一の違いは、地元民は土地や家の所有者だということです」。このように、避難から二〇年経った今では、アブハジアから避難してきた人たちは、一つの考え方や共通の目標を共有するということからはほど遠い、不均質なコミュニティーなのである。

こうした状況から、団結して権利の行使を求める運動は難しくなっている。「ここに来たばかりのころははっきりとした考えにみんなが結束していました。でも、今では共同センターに住んでいる人もいるし、民間のアパートに住んでいる人もいます。もうだれも要求を持っていない。それぞれが自分の利益を追求しています」と、「サメグレロ＝ゼモ・スヴァネティのアブハジア政府（亡命政府）」の代表者の一人は嘆く。避難民は一定の質の教育、福祉や医療サービス面で相変わらず恵まれておらず、とくに住居と雇用を得ることは困難だ。したがって、避難民手当は安定した雇用の給与に次いで二番目に重要な収入源である。

ジョージアに避難した人々のおよそ四割は、元は学校、工場、サナトリウム、幼稚園などだった公共施設を政府が住居に改造した「共同センター」に住んでいる。残りの六割は「民間の住宅」に住む。ズグジジの住宅に住む避難民ナティアさんが言うように、人々の生活環境は「ひどいものから、まずまずのものまで」大きな差がある。共同センターで暮らす避難民はジョージア政府の手厚い保護と支援の恩恵を受けているとみなされているが、私たちがズグジジにあるセンターの一つを見学したところ、避難民の生活環境がある程度の水準に達するにはまだまだ道のりは長いと感じられた。一二家族、四五人がその荒廃した灰色の薄暗い建物に住み、窓ガラスはなかったり壊れたりしており、天井からは水が染み出て、壁紙にはカビが生えて剝がれている箇所も多い。衛生状態については言うまでもない。建物には浴室がないので、住民は中庭を通って共同のトイレと、一つしかない浴室まがいのもの（ドアもない）まで行かなければな

避難民が住むズグジジの不衛生な住宅　©Alexandra Novosseloff

らない。浴室は古ぼけた浴槽が一つと粗末な洗面所が一つあるきりだ。住民たちは鶏小屋の横で、センターの隣にある病院を訪れる人相手に細々と商売をしている。

この住居の最も古い住人の一人は、自分の家は焼かれて何年も遠く離れているにもかかわらず、帰還の強い希望を話してくれた。一五年もの避難生活の末でもその希望が変わらないのは理解できる。国際人道組織の代表者が説明するように、この住居が「中レベル」だと理解することのほうが難しい。セントラル・ヒーティングもなく、全階にカビの臭いがひどい。白血病に罹った六歳の子どもですら、まだここに住んでいる。オンブズマンの事務所が報告したこの子のケースは二〇一二年にジョージア政府にまで報告されているのだが、私たちが訪問した時点ではまだ何も返事はないということだった。

よりよい生活環境や行政サービスへのアクセス、機会均等を要求する能力は、情報や知識へのアクセスによって決まる。避難民たちは自分たちの権利や利用できるサービスをあまり知らない。地方自治体は彼らにもっと情報を与え、自分たちの未来を築けるようにしなければ

ポティ市の避難民の集合住宅　©Alexandra Novosseloff

ならないだろう。情報提供は主に市民団体や非政府組織によってもたらされており、地方自治体は資質や能力が欠けているとみなされている。身分証明書の発行、所有証明書、共同センターの現状評価、住居変更プロセスの監視といった仕事は非政府組織や国外の寄付者によって支援されたり、資金援助されたりしてきた。そういうやり方は長期的に可能なのだろうか？

ミングレル人難民の息子である三〇代の男性イラクリさんは、世界的金融危機で減少する可能性のある国外からの寄付金のあとを引き継ぐ政府の支援がないことを嘆く。

それでも、状況は変わりつつあり、法律も見直されようとしている。老朽化した共同センターから出たいと希望する家族には住居移転の手続きも行われるようになった。避難民の多くは自分で商売を始めたりして生活を変えようとしている。希望や野心はそれぞれに異なっても共通するのは、将来への不安だ。

避難民の生活水準は「ひどい」ものから妥当なものまで様々だ　©Alexandra Novosseloff

将来への見込みは？　現状維持か現実を認めるか？

「管理ライン」周辺の地域の状況や両側に住む人々の関係については、真実は一つではない。エングリ川の両岸に暮らす人々の行く末は、不確定さと流動的要素、突然変わる規則にがんじがらめにされている。彼らは自分たちにはわからない隠れた紛争の捕虜になっているのだ。政治面の行き詰まりが続く限り、避難民や管理ラインの向こう側に依存している人々の不安定さも続くだろう。こうして矛盾した状況が生まれつつある。橋や通過点が増えて交流や交易が盛んになると、それに伴って通過するものの管理や身分証明書の確認、規則が厳しくなる。それは事実上、アブハジアがジョージアの外で国を築くことになり、過去に戻れなくなるということだ。「ジョージアの人たちと話すからといって、私たちがジョージアといっしょになりたいということではないわ。彼らはもう幻想は抱かない方がいい」というリアナさんの言葉のように。

良くも悪くも、この地域全体はとりわけ隣の大国、ロシア連邦にとって戦略的な地域だ。私たちが話した人の多くも、紛争はジョージアとロシアの真摯な対話、つまり譲歩によってしか解決できないのは明らかだという考えだ。二〇一二年九月に成立したジョージア新政権は、いろいろな約束をしたにもかかわらずアブハジアと南オセチアをジョージアに統合することに失敗したサアカシュヴィリ（サーカシヴィリ）前大統領よりも柔軟でよりよい立場にある。以来、ロシアはアメリカとともに、国連、ＥＵ、欧州安全保障協力機構（ＯＳＣＥ）の三者が主催する「国際ジュネーブ会議」に参加している。現在のところ、紛争当事者が地域安定と安全保障、人道問題（とくに難民や避難民の帰還問題）について協議するフォーラムはまだ一回しか持たれていないのではあるが……。この会議では、ルキー橋の改修や、グルジア人がフルチャ橋の近くで「国境警備隊」に殺された後にガル地区で起きた衝突への対応や予防措置といった問題を話し合い、信頼関係の回復を支援しようとしている。なかなか前進しなくてもどかしいけれども、対話を維持して紛争がエスカレートするのを避ける方策ではある。とはいえ、長年の硬直した状態のために、双方でそれぞれ広められた「他方」への歪曲した否定的な見方は強まっている。双方の政治指導者たちは互いに強硬な姿勢は取らなくなったのだが……。

地元では、市民団体の代表者たちは管理ラインを越えたプロジェクトが少ないと嘆いている。それは長引いた紛争の解決の可能性に悲観的な見方が多いせいだろう。大国の政策に依存する現在の閉塞状態の解決については、地元や国際社会の代表者たちで楽観主義的な人はほとんどいない。アブハジアに近親者のいる三〇代そこそこのあるグルジア人は「出口はまったく見えない」と言う。「状況の変化がわかりくい」と言う人もいれば、紛争当事者たちはまだ歩み寄る用意ができてい

ジョージアは分離主義の地方をいつか取り戻せるのだろうか?　©Alexandra Novosseloff

ないという人もいる。ジョージアの「難民・住居・支配地区内避難民省」の出先機関の人は、共通の歴史と文化、そしてジョージア側のサメグレロ＝ゼモ・スヴァネティ州の人々とアブハジア側のガル地区の人々の長い共存の歴史に言及しつつ、「悲劇」だと表現する。もし当事者双方が姿勢を変えないなら、この状況は長引くだろう。この地域の専門家は、「どちらの側も現実を再構築して相手に〝理性を取り戻す〟よう働きかけている。ジョージアのほうは、ＥＵに接近する新たなジョージアは魅力的だからアブハジアは必ずジョージアに戻りたいはずだと考える。だが、アブハジアのほうは、自国が真の独立国として機能しているから、ジョージアはそれを認めざるを得ないだろうと考える[19]」。双方はこうした幻想をまだ長いこと持ち続けるのだろう。

現状維持が優勢であると言っていいだろう。二人のアメリカ人研究者はこう解説する。「アメリカもヨーロッパもジョージアの領土統一を支援してきた。しかし、アブハジアにしばらく滞在してみると、そのアプローチは失敗に終わることがわかった。アブハジアと南オセチアを孤立させ続けることで、ジョージアと世界の他の国々は、ロシアが何ら罰せられずに事実上この二地域を併合することを暗黙のうちに許してしまうことになる。同時に、緊張状態を継続させ、政治的亀裂を表す境界線に軍事衝突の可能性を残す。（中略）ロシアはジョージアがアブハジアを統治することは許

エングリ川に架かるルキー橋はミングレリア人にとってだけでなく、ジョージア全体にとってアブハジアとの必要不可欠な絆だ　©Alexandra Novosseloff

さないだろうし、世界の他の国々もアブハジアの独立を認める可能性は低い。短期・中期的視点からは、アブハジアの将来はこの二つの陣営の間のどこか——それがどこかはわからないが——に落ち着くことになるだろう」[20]。こうした見方から、カフカス地方のオブザーバーのなかには、アブハジアに対するＥＵの「承認なきコミットメント」を主張する人もいる。

　この凍結した紛争の解決を待ちつつ、現状を考えると、柔軟性がキーワードだろう。当事者双方の要望はとうてい到達できない非現実的なものだ。アブハジアはジョージアが独立を認めることに執着し、ジョージアの目標はアブハジアを再統合することだからだ。ジョージアとロシアの関係が改善されて重大な前進が実現すれば、ジョージアとアブハジアの関係もよくなるだろう。ジョージア政府の高官たちが、アブハジアの住民に外国の大学進学などのビザを発給するための法的・行政的障害を取り除くといった人道問題で柔軟な態度を見せればいいだろう。アブハズ人が普通に外国に行けるような「中立的書類」を設けるなどのいくつかのイニシアティヴがあったが、どれも実現には至っていない。

ルキー橋はグルジア人とアブハズ人の間の信頼回復のための手段になり得るだろうか?
©Alexandra Novosseloff

シャムゴナ橋は 1992 年以前にはソ連の北カフカス鉄道と、黒海沿岸を走るグルジア鉄道をつなぐ鉄道橋だった　©Alexandra Novosseloff

アブハジアのほうは、ガル地区に住むグルジア人が母国語で教育が受けられるよう障害を取り除く、地元の行政機関へのグルジア人の登用を増やすといったことで応えればいい。ある国際的NGOが言うように、「〝行政的境界線〟を越えて家族や親族の訪問や商業や教育の交流が容易になるような独自の方法を探れば、双方とも得をする」[21]。アブハジアは避難民の帰還を受け入れるべきだろうし、ジョージアは避難民の状況を政治の道具に使うのをやめて、彼らの同化や他の地への移住を保証するべきだろう。難民のためのデンマーク評議会（NGO）の二〇一一年の報告書でも、ミングレル人は「ジョージアからもアブハジアからも政治的に利用されているのだから、彼らこそ最も失ったものが大きい人たちだ。彼らは心の底ではどちらの政府のことも気に留めていない」[22]と記述されている。紛争当事者たちは「すべての人々が恩恵を受けられる安定した状況を作り出すような、和解への長い道を推進する状況を作り出すことに集中することができるだろう」[23]。先のグルジア人活動家、ムルマンさんが「両方とも相手に対する態度を変えなければならない。相手を敵だと思うのをやめなければならない」と言うように。そして、双方が自分の殻に閉じこもって、恨みを募らせ、自分たちの主張に固執し続けるのを避けなければならないだろう。

とりあえず、今のところは「橋がこの地方のシンボルで、私たちがアブハジアとの関係を維持するのを助けてくれる」。二〇一六年九月二七日、ジョージアのギオルギ・クヴィリカシヴィリ首相（当時）は、国土統一のために亡くなった将校と兵士の記念碑を訪れたとき、ジョージアとアブハジアの間の「橋の修復」を呼びかけた。「われわれはグルジア人とオセット人の間の、そしてグルジア人とアブハズ人の間の橋を少しずつ再建することを考えなければならない。そして、その再建は平和によってのみなされる。われわれの国は平和を必要としているのだから」

6

タジキスタンとアフガニスタンの間のアムダリヤ川に架かる橋

中央アジアの友好の橋

つまり橋とは、
関係を容易にする手段である。
関係そのものではない。

シャルナス・バルタス(リトアニアの映画監督)

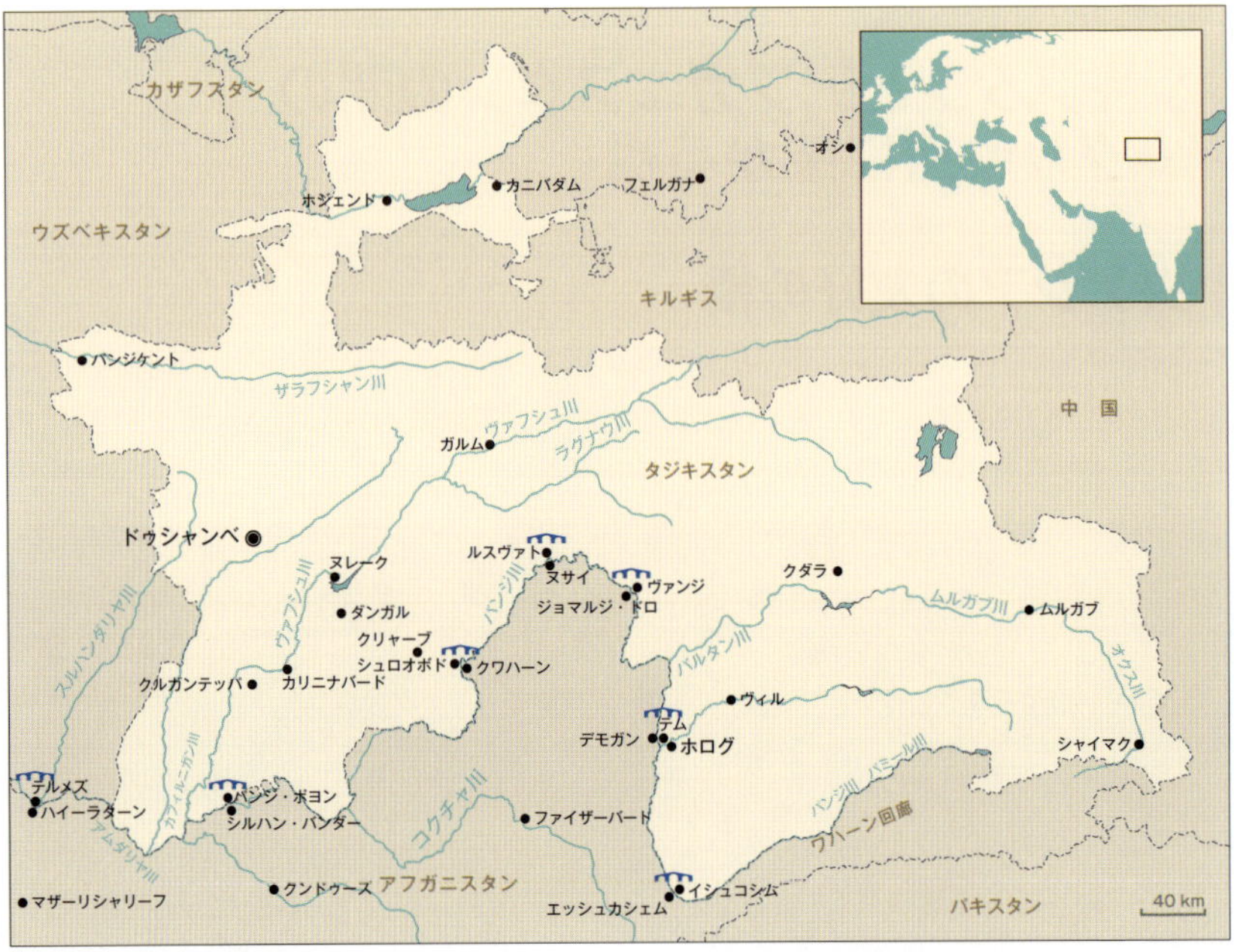

タジキスタン側の町		アフガニスタン側の町	建設年	長さ
ハトロン州	パンジ・ポヨン（ニーズニィ・パンジ）	シルハン・バンダー	2007 年	672 m
	シュロオボド	クワハーン	2011 年	162 m
ゴルノ・バダフシャン自治州	ルスヴァト（ダルヴァズ地区）	ヌサイ	2004 年	135 m
	ヴァンジ	ジョマルジ・ドロ	2011 年	216 m
	ホログに近いテム（シュグノン地区）	デモガン	2002 年	135 m
	イシュコシム（イシュコシム地区）	エッシュカシェム	2006 年	99 m

タジキスタンとアフガニスタンの間のアムダリヤ川に架かる橋

「世界の真ん中」にいくつかの友好の橋がある。いくつかの文明が交差する「世界の屋根」、あまり知られていない魅惑的な世界の辺境にある。中央アジアはあらゆる偉大な探検家が旅をし、ヨーロッパが啓蒙時代に入るよりずっと前に最盛期を迎えていた、最も有名な交易路であるシルクロードが通っている。チンギス・ハーンやティムールといった偉大な征服者が熱望し、完全には征服できなかった地である。この地域には、中央アジアで最も重要な、ほとんど伝説的とも言える川、アムダリヤ川が流れている。この川は古代ギリシャ人にはオクソスと呼ばれていたが、アレクサンドロス大王率いるマケドニア王国軍がダレイオス三世のアケメネス朝ペルシャ軍を打ち破った後、大王の馬がここでのどの渇きをいやしたと言われる。当時、この川は北方にあるシム・ダリヤ川とともに、南の「文明世界」と川より北の未知の世界を分ける自然の境界線だった。

アムダリヤ川はゴルノ・バダフシャン自治州（タジキスタン）の山地を水源とし、ヒンドゥークシュ山脈、そしてカラクム砂漠、ゴロドナヤ・ステップを流れて、ほんの数十年前は三角州となってアラル海に注いでいたが、かつての三角州は塩分の多い砂の中に干上がっている。そこではアムダリヤ川は幻でしかない。もっと上流では、キルギスのアライ渓谷を水源とする北東方面からのヴァフシュ川と、パミール高原を水源とする東からのパンジ川（ピャンジ川とも言う）という二つの大河が合流してアムダリヤ川になる。「パンジ」とはタジク語で「五」を意味する。五つの川が合流してパンジ川になっているからだ。したがって、水量の豊富なパンジ川はアムダリヤ川の上流とみなされている。一八九五年に中央アジアの覇権を争う「グレート・ゲーム」をしていたロシア帝国と大英帝国の間で交わされたパミール協定による「大分割」により、パンジ川は後にタジキスタンとアフガニスタンの間の一二〇六キロメートルの国境になったのである。

中央アジアは、それ以前に何世紀にもわたる歴史があるが、一九九一年のソ連崩壊によって初めて現代史に姿を現した。一九二四年まではロシアにとっては「トルキスタン」、つまり「テュルク人の土地」であり、その地域のほとんどの人々はテュルク諸語を話し、多数の王国（一八世紀以降ではブハラ・ハーン国、ヒヴァ・ハーン国、コーカンド・ハーン国など）によって統治されていた。ヨーロッパ人はヴォルガ川以東の中央アジアを「タルタリー」と呼んだ。その後、ソ連はトルキスタン自治ソビエト社会主義共和国をいくつかの共和国に分割した。「一九世紀末にロシアに支配される前にトルキスタンが一つの統一国家であったこと

ゴルノ・バダフシャン自治州。タジキスタンとアフガニスタンの間のパミール高原の壮麗な山々が遠くに見える
©Alexandra Novosseloff

タジキスタンとアフガニスタンの間のアムダリヤ川に架かる橋

がないのと同様に、ソ連後の現在の五つの共和国も一九九一年以前に国境のはっきりした国家であったことはない。一九二〇～三〇年代にスターリンが引いた国境線を継承しているが、その国境線は歴史のなかで定着したものではなかった」[1]。中央アジアは政治よりもむしろ地理的要素によるものだ。

一九九一年、中央アジアの五つの社会主義共和国の独立に驚いたのは、独立を望んでいなかった当事者たちだった。「独立欲求が被植民者よりも植民者のほうに強かった」[2]世界でもまれな例だ。ソ連下の旧トルキスタン諸国では独立を要求するいかなる政治的運動もなかった。したがって、中央アジアのカザフスタン、キルギス（キルギスタン）、ウズベキスタン、タジキスタン、トルクメニスタンの五ヶ国の歴史はそこから始まった。この五つの国は「ソ連の領土制度の消滅とそれに伴う出来事により、独立国として誕生した」[3]。そして、「周辺でなく中央から変化すること、ロシアがこの逆説的な〝ソ連からの脱退〟を自ら手ほどきするとは当時だれも考えていなかった」[4]。こうして、五

ダルヴァズ地区からホログへ、パンジ川に沿って行く　©Alexandra Novosseloff

つの新たな国は自らの歴史とアイデンティティーと未来を構築しなければならなかった。

中央アジアで孤立した貧しい国、タジキスタン

これらのスタン（ペルシャ語で「国」を意味する）のうちでも、タジキスタン（「タジク人の国」）は山岳地帯が多く（国土の九割）、最も貧しい国である。隣国のように経済発展の源となる原油や天然ガスといった資源もない。耕作可能な土地は国土の七パーセントしかない。人口八〇〇万人の二割は一日一・一ユーロ以下で暮らしている。したがって、就労人口三八〇万人のうち一四〇万人はロシアなどの外国で季節的あるいは恒常的な出稼ぎをしている。出稼ぎ労働者の家族への送金は国内総生産の半分に達する。タジキスタンは世界で最も出稼ぎ労働者に依存している国だ。もう一つの特徴は、人口のロシア人の割合が一パーセント以下と、旧ソ連諸国のなかで最もロシア人が少ない国であることだ。隣国諸国との関係はむしろ複雑だ。アフガニスタンとは安全保障の問題があり、キルギスとは北部の飛び地や少数民族問題で対立があ

ドゥシャンベの世界一高い国旗掲揚台
©Alexandra Novosseloff

り、ウズベキスタンとは同国がタジキスタン内の土地の領有権を主張し、ガスの配給を制限するなどして仲が悪い。しかも、タジキスタンは、中国の野心、イスラム過激主義、アフガニスタンの不安定な情勢、ロシアの強権化といったいくつかの「震源地」を持つ「地震多発地域」である。タジキスタンはこうしたさまざまな衝撃波が集まる中心地にある国で、それに長い間抵抗できる力はない。しかし、首都ドゥシャンベの実業家であるオゾドコンさんが考えるように、アフガニスタンやイランとの交易の可能性を発展させ、この地域の物流の中心地になるなら、「この国そのものが橋になる」こともできるかもしれない。

中央アジアの専門家は、タジキスタンは五ヶ国のなかで最も脆弱で人工的な国だという。最初はウズベク・ソビエト社会主義共和国に含まれており、ペルシャ語系のタジク語を話すタジキスタンは一九二九年になって独立した。その際、ウズベキスタンに吸収されたサマルカンドやブハラといった文化・経済の中心地と分離されてしまった。したがって、多くの住民に

ドゥシャンベ。1994 年以来、「タジク人の国」を牛耳るラフモン大統領の肖像　©Alexandra Novosseloff

とって国境線は人工的なものだ。キルギスとの国境線は現在でも確定されていないほか、ウズベキスタンとの国境は対立の種であるし、中国との国境は二〇一一年に移動してタジキスタンは中国に一一〇〇平方キロメートルの土地を譲渡した。さらにアフガニスタンとの国境はパンジ川の流れがしばしば変わるために国境が動く。しかもタジキスタンは、中央アジアの五ヶ国のなかで独立後に唯一、内戦を経験した国だ。その記憶は二五年経った今でも生々しい。

一九九二年五月から九七年六月まで続いたタジキスタンの内戦は権力抗争だった。一方は新共産主義・保守派、他方はゲリラ活動を展開した民主主義、民族主義、分離主義者、イスラム主義の連合「タジク党統一野党」の二者の間で内戦が起きた。ロシアは中立の立場を維持していたが、九七年一二月の停戦協定調印には影響力を最大限に駆使した。内戦で六万～一〇万人が死亡し、二五万人が国外に避難し、国内でも一〇〇万人以上の避難民を出した。エマモリ・ラフモノフ大統領（二〇〇七年にロシア風のラフモノフから「タジク風」のラフモンに改名）の権力を強化しただけだから、意味のない内戦だった。彼は一九九四年に大統領に選出され、一九九七年の和平協定には権力分散が規定されていたのにもかかわらず、九九年と二〇〇六、一三年にも再選された。

それ以来、「タジク人は再び内戦が始まって混乱に陥るのを恐れて、つねに同じ大統領に投票するようになった。国の状況がほぼ安定し、平和が続いている限りは、国民は汚職、縁故主義、破綻しそうな経済に耐える[5]」。泥棒政治を営むダンガラ出身の独裁大統領は次第に強力な権限を持つようになり、あらゆる反対勢力を排除した。こうしてラフモン大統領はイスラム系政党（今では「テロリスト」とされている）を弱体化させ、ついには禁止した。最近では、自分を「国の指導者」に任命させ、いかなる訴追の対象にもならず、自分の意のままに閣僚を解任できるようになった。こうしてタジキスタンは「中央集権主義の強権ナショナリズムと権力獲得を目指すその他の勢力に分離されたノーマンズランド[6]」に成り下がった。そして、若者に将来の展望を与えることができないため、多数の若者が国内や国外（シリア、イラク）の過激派グループに加わっている。[7]紛争の芽はなくなってはいないのだ。政府の支配力が及ぶのは国土の三〇パーセントでしかない。

首都ドゥシャンベからパンジ・ポヨン橋へ

タジキスタンの首都ドゥシャンベは、タジク・ソビエト社会主義共和国ができる前は「月曜バザール」（ドゥシャンベはタジク語で月曜日のこと）が立つので知られた村だった。その後はスターリナバードと呼ばれ、スターリン批判が起きた一九六一年に元の名前に戻った。ドゥシャンベ（人口七五万人）は中央アジアで最も美しい首都だといわれる。木陰のある大通りやパステルカラーの平屋建ての家々、公園などが特徴的な非常に中央アジアらしい都市である。世界一の高さを誇る国旗が立てられているのでも有名だ。旗は縦三〇メートルと横六〇メートルで三〇〇キログラムの重さがあり、それが高さ

タジキスタンの首都ドゥシャンベに入る門　©Elina Jonsson

一七五メートルのポールに掲げられている。タジキスタンの国旗の赤は国の統一、白は綿、緑は自然を表す。地方の町を思わせるイメージで、実際、空港から外に出ると田園の匂いがする。

ドゥシャンベは国の内部に向かう旅の出発点である。パンジ川に架かる最初の友好橋はそこから一七七キロメートル南にある。パンジ＝アムダリヤ川に架かる橋のうち、ほかの五つの橋はゴルノ・バダフシャン自治州にある。それらはウズベキスタンのテルメズとアフガニスタンのハイーラターンの間に建設された橋と同様にすべて「友好橋」と呼ばれるが、現実を反映した呼び名ではなく、隣国同士の関係がよくなるようにという願いからそう呼ばれていると言ったほうがいい。政治、経済、安全保障の面からも中央アジアの国々の関係は進展しているとは言えない。「この地域を特徴づけるのは、協力と同化よりはむしろ競争と孤立化」[8]である。中央アジアの五ヶ国は、それらの国同士よりもロシアとの経済関係が深い。その南に位置するアフガニスタンの治安状況も中央アジア諸国の悲観的な経済状況の助けにはならない。

これらの橋のなかで最も知られているのは、一九七九年にソ連がアフガニスタン侵攻のために建設したテルメズとハイーラターンの間の橋だ。もともとは浮き橋だったのが、八〇年に長さ八一六メートルの常設橋になった。そして一九九七年、ウズベキスタン共和国政府はタリバンがアフガニスタン・カブールを制圧すると、この橋を閉鎖し、両国間の国境には地雷が埋められ、電気柵で保護された。二〇〇一年一二月にアフガニスタンへのアメリカの援助物資輸送のために橋は再開された。地図上ではパンジ・ポヨンからテルメズまでは三時間だが、実際にはタジキスタンからテルメズに行くのは国境通過点の多くが閉鎖されているために非常に厄介だ（とくに外国人には）。しかも、ウズベキスタンは世界でも最も閉鎖的な国の一つで、好奇心のある観光客を歓迎しない。軍事管理区域とされているテルメズの橋の近くに行きたいという私たちの許可申請は却下された。私たちの旅行中、タジキスタンとアフガニスタンの間の国境はすべて閉鎖されていた。タリバン勢力がパンジ・ポヨン橋から七〇キロメートルのクンドゥーズまで進攻してきたためだ。ちなみにパンジ・ポヨン橋はタジク語で、ロシア語ではニーズニィ・パンジと呼び、両方とも「下のパンジ」を意味する。タジキスタンはアフガニスタンの治安不安が自国に広がるのをつねに恐れている。

荒涼とした風景に溶け込んで目立たないパンジ・ポヨン橋は、アメリカ陸軍工兵司令部の資金（EU、ノルウェー、日本も出資）でイタリア企業によって建設された。それ以前は、フェリーや渡し船が何隻か川の両岸を行き来しているだけで、輸送量も限られ、運航も毎日ではなかった。だから橋が必要だった。二〇〇七年八月に開通した橋は建設費三七〇〇万ドル、地震と急な流れに耐える構造だ。将来的には、中国のカシュガル地区からタジキスタン、そしてアフガニスタンのヘラートを通ってイランまで行く長距離トラック一日一〇〇〇台の往来に貢献すると期待されている。この素晴らしい旅をするトラック運転手を一瞬うらやましく思うが、この旅が「恐怖手当給与」を支給されるような条件であることを考慮に入れなければならない。タジキスタン側の検問所には最新型のスキャナーが設置されている。リオ・グランデに沿ったアメリカ—メ

国境フェンスの向こうにパンジ川下流に架かるパンジ・ポヨン橋が見える　©Alexandra Novosseloff

川の近くのタジキスタン国境標識柱　©Alexandra Novosseloff

キシコ国境のアメリカ入国側に設置されたスキャナーの見本になったのだそうだ。しかし、ここではそうした機器を作動させる人員が不足している。

二〇〇六年まではロシア軍が国境を警備していた。それ以降は次第にタジク人に取って代わられ、今ではタジキスタンの兵士と一万六〇〇〇人の国境警備員が警備している。とはいえ、ロシアとタジキスタンの合意により、二〇〇人のロシア人顧問が国境の脆弱さの問題について助言し、ロシア兵七〇〇〇人が駐留する軍事基地を国内に設置することになった。ロシア国外では最も大規模な第二〇一狙撃師団である。基地貸借契約は二〇四二年まで延長され、今後ロシア駐留軍は二〇二〇年までに九〇〇〇人に達する可能性がある。国境監視については、アメリカを含むいくつかの国、ＥＵや欧州安全保障協力機構（ＯＳＣＥ）などの国際機関が、安全保障関連の設備や人員訓練の改善のためにタジキスタンを援助している。

アフガニスタン側では、ＥＵが国境管理能力の強化と国境を接する二国間協力を促進するために北部アフガニスタン国境管理（ＢＯＭＮＡＦ）というプロジェクトを二〇〇七年に立ち上げた。同プロジェクトにより、一〇ヶ所ほどの国境検問所が設置され、アフガン国境警備警察を訓練して装備させた。タジキスタン側でもＥＵの同様のプロジェクトが実行されている。それはタジキスタンのＯＳＣＥ事務所によって二〇〇三年にスタートした中央アジア国境管理計画（ＢＯＭＣＡ）で、麻薬やテロリスト、医薬品製造のための化学薬品の密輸といった違法な動きを察知して押収できるよう、アフガニスタン、タジキスタン、キルギスの国境警備当局を訓練することが目的である。[9] また、ＯＳＣＥは二〇〇九年に国境管理に携わる士官のための学校を設立し、これら三国の国境警備隊の幹部に業務の向上、協力関係強化、情報交換の改善について訓練している。こうしたＥＵのプロジェクトの責任者であるウィリアム・ローレンス氏はこの相互補完的な二つのプロジェクトの考え方をこう要約してくれた。「国境警察や税関が業務を遂行するための適切なインフラな

（上）閉鎖されているイシュコシム橋を警備するタジキスタン国境警備隊　©Alexandra Novosseloff
（下）ダルヴァズ地区を川に沿ってパトロールするタジキスタン国境警備隊　©Alexandra Novosseloff

しには、アフガニスタンとタジキスタンの間の橋は真の意味で機能しないし、地元コミュニティーの発展を助けるという本来の目的に到達することはできない」。

こうした努力や世界でも最良の訓練にもかかわらず、国境警備員の給与の低さをどうすることもできず、国境の両側での汚職をなくすことはできない。タジキスタンの国境警備員は一ヶ月五〇ドルという、アフガン側の警備員の半分の給与しかもらっていない。それに、アフガニスタンからの麻薬密輸は国境の地形のせいばかりでなく、タジキスタン側の安全保障機関の汚職によって増加している。[10] 麻薬密輸はタジキスタンの国内総生産の二割から三割を占めるほどだ。しかも、「こうした国境の脆弱さは、中央アジアの他国で活動しようとするイスラム過激組織が通過するための出入り口にタジキスタンがなるリスクを引き上げている」[11]。拡散効果（スピルオーバー効果）が危惧され、それがしばしばこの国境に沿った国々の弾圧政策の口実になっている。つまり、タジキスタン政府と同様にこの地域の大国たちは拡散効果を非常に恐れているのだ。

多くの専門家によると、現時点では、中央アジア全体のなかでタジキスタン―アフガニスタン国境が最も脆弱であると言われている。その国境はインド・パキスタン世界との境界線でもある。たしかにタジク人はタジキスタンよりも、むしろアフガニスタンのほうに多いのだが、両国の関係は微妙である。それは両国の国民が非常に異なっているからだ。中央アジアの旧ソ連諸国の住民とアフガニスタンの住民との溝はソ連支配によって深まった。とりわけ教育と国家機構の違いにおいて顕著だ。この地域を専門とする研究者は「タジキスタン市民はアフガン市民を民族的共通性から〝お隣さん〟とか〝タジク人仲間〟などと呼んで好意的に見ているが、アフガン市民のほうはそうではない。双方はお互いを宗教的感情、教育、文化をはじめとする面で価値観が異なるとみなしており、こうした感覚は年月が経つにつれて変化している」[12]。現在のアフガニスタンは多くのタジキスタン市民にとってはネガティヴな要素のほうが強い。しかし、そういう認識はゴルノ・バダフシャン自治州に入ると少し違ってくる。

ゴルノ・バダフシャン自治州へ向かう

ゴルノ・バダフシャン自治州への旅はドゥシャンベのバスターミナルから始まる。もちろん、私たちは約一〇〇ドルかかる飛行機や、アーガー・ハーン財団のヘリコプターを利用することもできたのだが、それだと天候に左右されやすい。ドゥシャンベと同自治州州都のホログの間の飛行はレーダーなしで飛行しなければいけないので、パイロットは山の上空の視界の状態に頼らざるを得ない。しかも、無風かわずかの風でないと離陸許可が出ない。ソ連時代には、この路線はアエロフロートのパイロットが危険手当を支給される唯一の路線だった。クリャーブ経由で六一〇キロメートルの距離に一八時間かかるとしても、ホログまで行くには陸路を行くほうが確実だろうということになった。ちなみに、ゴルノ・バダフシャン自治州は地元ではロシア語と英語を混ぜた略称である「GBAO (Gorno-Badakhshan Autonomous Oblast)」と呼ばれることが多い。

この旅を始める前にゴルノ・バダフシャン自治州に入るためのビザを取得しておかねばならない。タジキスタンへの入国ビザと同時に取得してもいいし、入国してから同自治州で活動している組織の助けで取得することもできる。バスターミナルは「グリーン・バザール」と呼ばれる中央市場の近くにある。そこから、私たちは四輪駆動車に運転手と乗客六人で詰め込まれて、片道五〇ユーロの旅が始まった。もちろん、運転手は車が満員にならないと出発しない。だれが客でだれが運転手かと私たちに問いかけながら、車を出たり入ったりする人が引きも切らない。結局、車が発車するのに二時間かかったが、旅は「八時間くらい」と言われた。

タジキスタン大統領の生地であるダンガル（大統領はそこを新たな首都にしたいらしい）を通過し、第三の都市クリャーブを過ぎると、道路は山の中に入っていく。シュロオボド手前の最初の峠でゴルノ・バダフシャン自治州（ＧＢＡＯ）に入る許可証をチェックする検問所を通るのだが、運転手がみんなやってくれた。そこから何キロか行ってパンジ川に沿った舗装道路（トルコとイランが敷設）に入ると、アーガー・ハーン財団が建設した五つの友好橋のうち最新のシュロオボド橋が見えてくる。ＧＢＡＯへ向かう道の最初の橋だ。二〇一一年一〇月に開通したこの橋は、周辺に住む四万七〇〇〇人の住民をつなぎ、この地域の経済発展に貢献する目的で建設された。同年一一月にドイツ開発銀行が創立した財団のパキスタン、アフガニスタン、タジキスタンの間の地域融合プログラム（ＰＡＴＲＩＰ）が国境を超えた交易を推進している。しかし、そうした種類の往来はまだ橋上には見かけない。

曲がりくねる道路は、北からサギルダシュト峠を

ゴルノ・バダフシャン自治州に入って最初の橋であるシュロオボド橋は 2011 年に建設された
©Alexandra Novosseloff

通って合流する道路（一〇月から五月の間は危険なので使えない）と交差する地点まで、ところどころに崩れた岩石が散らばっている。ルスヴァト村の近くに二〇〇四年に建設された二番目の橋であるダルヴァズの橋に近いカレイカム村から南下する道だ。二〇〇二年、タジキスタン政府とアーガー・ハーン財団との間で五つの橋を造ることが合意された。五つの橋はまず、地域発展とアフガニスタンの脱孤立化が目的だが、橋がうまく機能するかどうかは国境沿いの治安次第だ。したがって、リスクがある場合は橋はすぐに閉鎖されうる。実際、ここ数年はそういう状態で、橋は毎日通行できるとは限らない。

この道は冬季、そして雪解けで滝のように水が流れたり、土砂崩れが起きたりする春には安全とは言えない。さまざまな種類の事故が多数発生する。深い谷に車が落ち込んでいるのを目にすることも珍しくない。こうした事故を逃れるのは奇跡に近いとか、良い星のもとに生まれたのだと言われる。向こう側のアフガニスタンはわずか一〇〇メートルほど先だが、川の急な流れがその距離を感じさせる。アフガニスタン側はこちら側よりもっと貧しいように見える。舗装されていない道は坂がきつく、人々は原付バイクやラバで移動している。荒壁の家々が集まった村は山の斜面にあり、まるで時間が止まっているかのようだ。村から村へ歩く女性や段々畑で働く女性は薄いブルーのブルカを身に着けている。このパシュトゥン人の伝統衣装は焦げ茶色の周りの風景から浮き上がって見える。

峡谷が続く雄大な風景のなか、タジキスタン側では中国の長距離トラックと多数すれちがう。これらのトラックは、タジキスタンとアフガニスタンを連絡し、周辺諸国の安定に貢献しようとする中国政府の意向の表れだ。中央アジアへの中国の輸出はソ連崩壊以降、飛躍的に拡大した。中国は最大の対タジキスタン投資国であるし、アフガニスタンへの投資も増加している。そして道路、レンガ・セメント工場を建設し、電線を敷設している。この地域の農業や金鉱にも中国が進出している。ワハーン回廊（アフガニスタン北東部の

ルスヴァト村の近くに 2004 年に建設されたダルヴァズ橋の入口　©Alexandra Novosseloff

東西に細長く延びた地帯）はアクセスが困難なため、中国はアフガニスタンやそこより遠い国々に消費財を輸送するのにパミールハイウェイを利用する。こうして、中国は「新疆ウイグル自治区とパキスタンの港グワーダルを結ぶカラコルム・ハイウェイとの連絡を向上させるために中央アジアに交通網を張り巡らせようとしている」[13]。もちろん、中国の戦略はこれらの国境地域を繁栄させ、貿易を開放に導き、「中国の近代化を継続し、覇権を強化するために必要な自分たちの平和な裏庭」を中央アジアに整備することにある。中国と中央アジアの研究者ティエリー・ケルネール氏はこう言う。「中国の対中央アジア政策の中心は最初から地域安定化だった。中国は中央アジアに隣接する、テュルク系民族のイスラム教徒が多い新疆ウイグル自治区におけるウイグル族の分離独立運動を恐れているからなおさらだ」[14]。新疆ウイグル自治区（ならびにタジク人の居住する地区）の安定を確保することは、この地域に対する中国政策の主な目標の一つであり、「新たなシルクロード」政策の柱である。

三つ目の友好橋はヴァンジにあり、二〇一一年に竣工した。その際、タジキスタンの大統領は「パンジ川に架かる二つの国をつなぐ橋のなかで最高のもの」と讃えた。建設費二六〇万ドルのこの橋は、タジキスタンとアフガニスタンの国境に架かる吊り橋のなかでは最長

パンジ川に架かるダルヴァズ橋の全景
©Alexandra Novosseloff

中国のトラックはパミール高原から北京まで行く
©Alexandra Novosseloff

2011 年に竣工したヴァンジ橋。タジキスタンの大統領は「パンジ川に架かる二つの国をつなぐ橋のなかで最高のもの」と称賛した　©Elina Jonsson

で、年間三〇〇〇の人または車両の通行許容能力がある。ドイツの資金援助で国境間市場と関税事務所の建物も建設された。ここではまだ両国が、この新たな市場の需要と供給に対応するために互いのニーズを探ろうとしている段階だ。ここでも通行はまだ少ない。ここからゴルノ・バダフシャン自治州の「中枢」である州都ホログまでは車で四時間かかる。そこでは美しいポプラの木々に迎えられた。

ゴルノ・バダフシャン自治州の州都ホログ

パミール高原を擁する五つの国（中国、パキスタン、キルギス、アフガニスタン、タジキスタン）にいると、パミールという言葉は冒険旅行を連想させ、人々を夢見させる。だが、「パミールという言葉の意味を正確に知っている人はいない。パミールという言葉は中国人旅行家が七世紀に記述し、その後一三世紀にマルコ・ポーロの旅行記に現れる。最も詩的な説は、古代ペルシャ語の"pan-i mehr"つまり、太陽の足

パンジ川の向こう側のブルカを身につけたアフガン女性　©Alexandra Novosseloff

元の国という表現から来たというものだ」[15]。また、パミール高原はアジア中央部の諸山脈である北のカラコルム山脈、南東のヒマラヤ山脈、南西のヒンドゥークシュ山脈が接する地点でもあり、ロシアが一八九五年に拡大政策を止めた場所である。ここでロシアは、「鼻」と呼ばれたワハーン回廊をアフガニスタンに付け加えることでライバルの大英帝国と合意し、「大熊」ロシアと「ライオン」英国がやや距離を取ることができた。内戦以来、タジキスタン政府はアフガニスタンのバダフシャン州に隣接するゴルノ・バダフシャン自治州（ロシア語で「山岳のバダフシャン」を意味する）の統治を取り戻せていない。中央政府は自治を尊重するという暗黙の了解がある。

パミール人の「王国」ともいえるゴルノ・バダフシャン自治州（人口三万人）の州都ホログは、「小アフガニスタン」である。ここでは、民間開発ネットワークでは世界最大規模のアーガー・ハーンの組織、アーガー・ハーン開発ネットワーク（AKDN）あるいはアーガー・ハーン財団[16]（AKF）一色だ。人々はタジ

ホログ市内の橋。ホログはパミール人「王国」とも言えるゴルノ・バダフシャン自治州の州都
©Alexandra Novosseloff

ク人とは違うと感じ、むしろ従妹のようなアフガン人に親しみを感じている。同自治州とアフガニスタンの間の植民地主義の名残りの国境は、わずか一世紀余りしか存在していないが、それでも長い間、比較的よく閉じられていた。パミール人は約二〇万人いる（世界中のイスマーイール派ムスリム一五〇〇万人の一部）とされており、タジキスタンの人口の三パーセントを占める（ゴルノ・バダフシャン自治州はタジキスタンの国土の四割だが人口は少ない）。尊敬を集める精神的指導者はカリーム・アル・フサイニー、別名カリーム・アーガー・ハーン四世。スーフィズムに似た、イスラム教シーア派の少数派であるイスマーイール派のイマーム（指導者）である。[17] 預言者ムハンマドの子孫の一人であるアーガー・ハーンは世界中で地道な慈善事業を行っているが、バダフシャン地方はその精神的中心地であり、人々の生活環境と教育制度（性別、民族、宗教による差別を排した平等、寛容、世俗主義を基本とした教育）を改善し、この貧しい地域の経済発展に貢献するための活動の中心地でもある。古い言い伝えによると、メソポタミアから迫害を逃れてきたイスマーイール派の人々をパミール高原が守ったのだそうだ。今日、一九九二年以来タジキスタンに本拠地を置いたアーガー・ハーンの組織は同国内で三五〇〇人を雇用している。アーガー・ハーン

テム橋は 2002 年に建設された最初の「友好の橋」 ©Alexandra Novosseloff

開発ネットワーク（ＡＫＤＮ）の諸活動の主な目的は商業分野の自立した企業を振興することである。

この地域では、タジキスタンの他の地域と同様にソ連崩壊以降、生活環境は悪化した。それ以前は、「ホログは暮らしやすい町だった。麻薬取引などなく、教育制度も整っていた」と、大学の教育者ディロヴァーさんは懐かしそうに言う。ソ連崩壊以来、インフラの状態は悪化し、福祉政策や食糧援助も衰退した。そこに内戦が追い打ちをかけた。しかも、首都から遠く離れ、分離独立主義を漠然と疑われるこの地域は、中央政府の支援をあてにできない。したがって、アーガー・ハーンの活動は新たな息吹をもたらした。車やバイクや自転車でパミール高原を移動する人たちの活動のおかげで住民に外の世界に触れる機会を与えたのだ。ジャーナリストのウマロフさんはこう言う。「アーガー・ハーンの組織と、タジキスタンで活動するほかの国際的非政府組織の違いは二つある。ビジネスと慈善活動の組み合わせ、そしてＡＫＤＮの基本である宗教的まとまりという基盤だ[18]」。山岳地帯の過酷な生活はあらゆる面でアーガー・ハーンのネットワークの支援を必要としている。文化センターの運営、病院、中央アジア大学の分校（本部はキルギスのビシュケクにあり、アフガニスタンにもいくつか分校がある）、水力発電所（パミール・エネルゴ）の再建とメンテナンスおよびアフガニスタンへの電力供給、マイクロクレジットへのアクセス、過疎地の経済発展と観光振興などだ。

そこにパンジ川両岸の発展と脱孤立化のための友好橋の建設も加わる。「それはアクセス性、経済発展、インフラのための前提条件だ」とＡＫＤＮのプログラムの責任者の一人であるキシュワさんは言う。最初の友好橋は二〇〇二年にホログへの入口であるテムに建設された。「真の人道橋」である。タジキスタン側はアフガン側に教師を派遣し、アフガン人はタジキスタンに病気や怪我の治療にやってきた。そして、アフガン側では橋にアクセスするための道路を建設した。国境間市場もでき、スポーツやアート活動が企画された。こうして、「橋の両側の人々の相手に対する認識が変わり始めた」と、キシュワさんは語る。アフガン側に残る治安の不安、住民の貧困、国境を通過するための身分証明書を持たない人々の孤立にもかかわらず、解決策を見つけなければならない。この国境は一九九一年まで完全に閉ざされていたため、その後は考え方を変えて、双方の住民が再び出会い、関係を築かねばならなかった。今日、ゴルノ・バダフシャン自治州の発展は国境を超えた協力関係の発展にかかっているとだれもが理解している。

タジキスタン最南の橋、イシュコシムの橋

国境市場の設置は、政府間組織の活動や国連開発計画（UNDP）が最も力を入れる協力関係構築の目玉である。そこでは一種の役割分担が行われる。アーガー・ハーンのネットワークはタジキスタン政府といくつかの開発銀行の支援で橋の建設に携わり、EU、欧州安全保障協力機構（OSCE）、UNDPやその他の組織（ドイツ国際協力公社GIZなど）は市場や税関が入る建物を橋のそばに建てた。アフガン側で

イシュコシム橋が開くのを待つタジキスタンの女性　©Elina Jonsson

は、北部アフガニスタン国境管理（BOMNAF）が国境検問所の建物の建設に資金を出した。こうした市場の最大のものはタジキスタンの最南端のイシュコシムにある。ホログから一〇〇キロメートル離れた、ヒンドゥークシュ山脈の先鋒が見える雄大な山岳地帯である。ところが、この市場は二年前から閉鎖されている。アフガニスタンに駐留していたNATO軍が段階的に引き揚げたことと、国境から山向こうの四五～五〇キロ離れたところで起きていることのために、タジキスタン―アフガニスタン国境全体の治安状況が悪化したからだ。これによりバダフシャン地方全体の安定が揺らぐのを危惧する人もいる。

平常時は、国境市場は毎週土曜日の朝九時から午後三時まであいている。市場を開くのに必要なバラックが建てられているタジキスタン側で市場は開催される。したがって、アフガンの商品は国境を数メートル越えるという規定された範囲内にとどまる。アフガン人が規定ゾーンから外に出ないように、タジキスタンの国境警備隊が監視する。アフガン人はタジキスタン

一時的に閉鎖されているダルヴァズ地区の国境市場　©Alexandra Novosseloff

側に入るのに簡単な許可をもらうだけでよく、ビザは求められない。国境市場は無関税ゾーンであり、商人たちは一定の金額（一〇〇〇ドル）と量（五〇キログラム）の商品を売買できる。それ以上になると関税がかかる。タバコ、アルコール類、宝石や、もちろん麻薬の売買は禁じられている（麻薬は別のルートから入る）。

アフガン人は大概、ジャガイモ、横流しの人道支援物資、イランやパキスタンの製品や絨毯を売りに来る。タジキスタン側のパミール人は菓子類、パン、果物、テキスタイルや中国製品（ビニールサンダル、ライター、手鏡などの小物）を売る。旧ソ連の中央アジア諸国を経由して欧州やとりわけロシアに入るアフガン商品の多くは、こうしてゴルノ・バダフシャン自治州を通る。内戦状態にあるアフガンにあって、この国境市場は安心して自国商品を陳列して売ることができる稀な場所である。丸二日かけて、この市場にやってくる人もいるほどだ。市場ができてからというもの、交易量は増え続け、周辺の住民の生活環境が改善されただけでなく、タジキスタンとアフガニスタンの関係

ホログのアフガン市場　©Alexandra Novosseloff

イシュコシム橋の全景。遠くに見えるのはパミール高原の山々　©Alexandra Novosseloff

（上）国境が開くのを待つイシュコシムの市場　©Alexandra Novosseloff
（下）アフガニスタン側の治安情勢のため、一時的に閉鎖されたイシュコシム橋　©Alexandra Novosseloff

も良好になったといわれる。まさにゴルノ・バダフシャン自治州でよく使われる「良い隣人は親戚よりも近しい関係[19]」という格言の通りだ。

一方、国境市場は川の向こう側との社交の場にもなった。遠い親戚との再会や、商売のパートナーシップも実現した。単なる商取引の場ができただけではなく、それぞれの政治的・経済的中心地から遠く離れた人々にとっては、食料の確保、福祉サービスや人道支援へのアクセスが容易になったのだ。橋が一つ、市場が一つできただけで、ロバやバイクでつながった周辺の二〇ほどの村が食べていくことができる。多くの人は、国境開放の時間が延長され、市場が土曜日以外にも開き、拡大されることを望んでいる。二一の新たな国境市場の開設が計画されているそうだが、「可能性を広げるために」さらなる投資が必要だろう。また、「そうした市場に至る道路を舗装すれば、商人や商品の移動が容易になる。商品貯蔵のためのインフラを増やすことも大事だろう[20]」

しかしながら、実際には国境市場は一週間とか、数

ダルヴァズ橋の上でタジキスタン側の国境警備隊員にあいさつにやって来たアフガニスタンの国境警備隊員
©Alexandra Novosseloff

週間、ひどいときは何ヶ月も閉鎖されることがしばしばだ。規定によると、国家安全保障委員会は、安全保障、衛生（コレラなどの伝染病の感染拡大を避けるため）、自然災害リスク（雪崩など）の問題がある場合や祭日には市場を閉鎖することができる。国境が閉鎖されて市場が開かれないと、当然ながら国境周辺の経済に影響が出る。

タジキスタン側の検問所のすぐ手前にある市場スペースに行くには、タジキスタン政府の援助で二〇〇六年に建設された二つの平坦な橋を渡らなければならない。この二つの橋は友好橋のなかでも最も短い橋だ。アフガニスタンのエッシュカシェムのパミール人が、タジキスタンのイシュコシムのパミール人と商売をするために橋を渡ってくる。両方とも同じ地方で同じ民族だ。イシュコシムには住民は二〇〇〇人しかいない。市役所、文化センター、診療所やいくつかの役所があるきりだ。小さな市庁舎の前にはレーニンの胸像がまだ残っている。「この二つの町は川が隔てていただけでなく、丸一世紀の間隔離されていた。今

一時的に閉鎖されているダルヴァズ橋　©Alexandra Novosseloff

タジキスタンとアフガニスタンの間のアムダリヤ川に架かる橋

では橋のおかげで川の反対側に行けるし、週に一回は共同の市が立つ。それ以外は、かつては一つの町だった人々が交流するすべはない」[21]と、エリカ・ファットランド氏は解説する。国境は人工的であると同時に、現実のものだ。イシュコシムは夜になると、アフガニスタン製の麻薬の密輸の入口になる。このあたりのパンジ川は川幅が狭く、砂地の河原が広い。麻薬密輸人は、夏には荷物を載せたラバで渡り、冬には小舟を使うか、金網を張って荷を向こう岸にすべらせる。彼らは捕まる心配はしていない[22]。アフガニスタンからの麻薬流入はとくにロシアの心配の種だ。ロシアには「五〇〇万人近い麻薬常習者がおり、その半分以上はアフガニスタンからロシア－中央アジア間の〝透明な〟国境を経由して入って来るヘロインの常習者である」[23]

両国国境全体に根強く残る治安面の不安は、合法的な商業の発展を妨げ、密輸を温存させる。年間大量のタバコ、ヘロイン、アヘンが川を渡る。ヘロインは年間九五トンがこの川を越えてロシアやヨーロッパへ流れ、アフガニスタン産の全アヘンの三分の一がゴルノ・バダフシャン自治州を通過する。川の両側の村全部が、穴だらけの国境沿いの不法取引で生活の糧を得ているという。これに国境警備隊の恒常的な汚職が結びつき、危険な状況だ。タジキスタンをアジアの「弱点」とみなす人が多いのはそのためだ。

中央アジアは変わりつつある交差点

中央アジアは実際には一つの地域ではなく、それぞれが独自のやり方を保つ国々の集まりだろう。中央アジアは世界でも統合の度合いが最も低い「地域」である。地域内の二国間関係は冷ややかだ。それでも、他の国々からは、共通の過去を持ったある種の統合を成す一つの地域とみなされている。中央アジアの五つの国は様々な未知の出来事に直面する転換期にある。ウズベキスタンの独裁的大統領イスラム・カリモフの二〇一六年九月の急死による政権交代の問題、アフガニスタンからのNATO軍撤退とタリバン勢力拡大や「イスラム国（IS）」定着による情勢不安、ウクライナ危機を原因とする経済制裁で困難に陥ったロシア経済に依存する中央アジア諸国の経済悪化、ますます進出の度合いを増す中国、二〇年以上続く強権政治に不満を抱くイスラム過激派の台頭などだ。こうした情勢変化は、西洋と東洋の間、新旧の大国の間でアイデンティティーを引き裂かれ、不安定なイランやアフガニスタンといった隣国に脅かされてきた中央アジア諸国を変えようとしている。

「中世から二〇世紀まで」何世紀にもわたってロシアやソ連の支配を受けてきたために苦悩してきた地域でもある。「この一大変化は、文明の観点から社会を揺るがすものだった。内海一つが消滅し（アラル海）、遊牧民は遊牧をあきらめて集団農場で定住生活を余儀なくされ、一〇〇万人以上の人々が餓死した。何百というモスクが閉鎖され、女性はイスラムのスカーフから解放され、一夫多妻制も少なくとも制度としては廃止された。アラビア文字はキリル文字に取って代わられたが、その代わりに女子も含めてだれもが字を読めるようになった。また、道路、図書館、オペラ座、大学、病院やサナトリウムが建設された」[24]。こうした大変化は考える時間も与えない。しかも、ソ連からの離脱は地域のほとんどの国にとって利益とはならなかった。中央アジア諸国は経済と民主主義の発展の欠如に苦しみ、ロシアなどの保護国に依存し、管理が行き届かなくて不足する自然資源についても他国に依存する状態に陥った。蔓延する汚職も持続可能な開発の先行きに暗い影を投げかけている。

「この地域が中央アジアと呼ばれるのは、ヨーロッパからの距離を基準にして、中近東よりも遠く、極東よりは近いからだ」[25]。いくつかの文明世界が交差する地域であり、その地域の安定は隣国やパートナー諸国にとって非常に重要な問題である。したがって、そうした隣国やパートナー国は中央アジア諸国の協力体制を確立し、地域統合が進むよう努力している。中央アジアの専門家であるセバスティアン・ペルーズ氏やマルレーヌ・ラリュエル氏はこう解説する。「中央アジア諸国は独立時には今ほど分裂していなかった。しかし、トルクメニスタンの孤立主義、ウズベキスタンとカザフスタンの覇権争い、水やエネルギー面でのウズベキスタン対タジキスタン／キルギスの対立といった様々な理由で、地域統合の試みは失敗した。今日、ユーラシア経済共同体（カザフスタン、キルギス、タジキスタンが参加）といったロシアのイニシアティヴで設立された組織だけが、上海協力機構の枠内で中国が支援するプロジェクトと連携して最小限の地域内協力を維持しているが、ウズベキスタンとトルクメニスタンはほとんど常に排除されている」

「一九九〇年代初めには、イランとトルコが中央アジア地域に大きな影響力を及ぼすだろうと見られていたが、両国はそれに失敗した。結局、八〇年代まではまったく不在だった中国が二一世紀になって中央アジアで最も重要な大国になった」[26]とティエリー・ケルネー

ドゥシャンベの通り。伝統と近代化のはざまで　©Alexandra Novosseloff

ル氏が指摘しているように、中国はまず経済面、そして政治面でも同地域の新たな立役者になった。中国は中央アジアを、エネルギー供給源の多様化、安価な商品をさばける市場、自国内の反政府的なムスリム・マイノリティーが多い新疆ウイグル自治区を含む周辺地域の安定を左右する地域とみなしている。こうして、「新疆ウイグル自治区のとりわけインフラを開発することは、中国の中央アジアへのアクセスを可能にするばかりでなく、中央アジアが経済的に発展すれば、新疆ウイグル自治区の経済発展に貢献し、同自治区の治安安定化につながる[27]」。中国はテロリズム、分離独立主義、過激主義という、自国が三悪とみなすものを一掃して「健全な中央アジアの秩序」を確立することを望んでおり、それは上海協力機構でロシアが唱える方針でもある。中国はまた、中国と欧州、中東、アフリカの経済パートナーを結びつけるのに必要なインフラを中国が発展させることができるような、「みんなに有益な包括的でバランスのとれた地域経済協力の枠組み」となるこの地域の経済協力の発展を望んでいる[28]（そこから「新シルクロード構想」も持ち上がった）。問題は、「一五世紀以来の海上輸送発展により陸路はその魅力を失ったことだ。二〇〇九年のアジア―ヨーロッパ間の交易の九九パーセントは海上輸送である[29]」

こうして中国は、中央アジア諸国の歴史的パートナーであり、かつ存在感の強いロシアに対して中央アジアでの影響力を強めたが、ロシアは持ちこたえている。ソ連時代の遺産の残存には目をみはるものがある。「ソ連は建物や人々に深く刻印を残している。何百キロも離れた場所でも似通っているように見える。〔中略〕どこの地でもソ連時代への郷愁がある。〔中略〕これまでに、ソ連政府ほど中央アジアの諸民族の日常生活にこれほど深くて広範な影響を残した外国政府はない[30]」。こうした影響は何十年経っても容易に消えるものではないだろう。ロシアのプレゼンスはその延長線上にあり、ロシアの動機は複雑な構図を持っている。一方で、郷愁もある一定の役割を演じている。エリカ・ファットランド氏が言うように、「（ソ連）帝国は(しばしば)自らを惜しむものだ」

中央アジアにおいて、ロシアはヨーロッパの端の一員として、長期的見地からの利益や他の勢力の介入に敏感である。「ロシアは中央アジアを自国の安全保障領域の延長とみなしている。中央アジア諸国も引き続きロシアを最も信頼できる安全保障上のパートナーとみている。他の大国が中央アジアに対する意図を明確に表明しないと、ロシアはすぐに身構える」。また、ロシアは「中央アジアのエネルギー資源への影響力を維持したいために、中国の経済的・戦略的影響力を一定の範囲にとどめることを望んでいる。中央アジアのエネルギーの行き先に関して影響力を維持しておけば、多様化の難しい欧州市場でロシアが行使するエ

ドゥシャンベの中心街にあるイスマーイール・サーマーニーの像。タジキスタンの国父とされ、通貨「ソモニ」の名の起源となった　©Alexandra Novosseloff

ネルギー面の影響力を維持することができるからだ[31]」。そのあたりが中央アジア諸国の自主性の限界であるが、アメリカ、EU、韓国、日本、そしてもちろん中国による働きかけや投資を受け入れることによって、時には重荷になるロシアの影響力と釣り合いをとろうとしている[32]。しかし、中国は中央アジア諸国に危惧を呼び起こすこともある。それは、「黒髪の中国人がやって来ると、赤毛のロシア人すら兄弟のように思える[33]」という一九世紀の格言が示す通りだ。根本的な役割の境界があいまいな、この遠く離れた地域では、何も定まったものはない。今後、歴史が決めていくだろう。

中央アジアは、経済的にも政治的にも移行期にあるのは確かだろう。パリの東洋言語文明学院のカトリーヌ・ブジョル教授はこう解説する。「中央アジア諸国は、複雑な社会構造を持ち、政治的圧力への抵抗と適応、外部モデルへのアカルチュレーション（文化変容）、驚くほど長期間に継続してポジティヴに変化することが可能な国々だととらえるべきだ。少なくともそうであると期待したい[34]」

7

豆満江から鴨緑江へ

中国と北朝鮮の間の橋

粘り強く努力し、緊張の高まりにあっても強く
どちらの側につくこともなく、二つの岸にしっかりと足をつける
橋は議論を寄せつけずに立っている
何ものも橋の注意をそらすことはできない
動く橋でも、金網のついた橋でも、吊られて傾いた橋でも
どちらの側につくこともなく、二つの岸にしっかりと足をつける
粘り強く努力し、緊張の高まりにあっても強く

シェイマス・ヒーニー（アイルランド詩人）

中国側の町	北朝鮮側の町	橋の名前	建設年	長さ
図們市（吉林省）	南陽労働者区（咸鏡北道）	図們国境大橋＋図們国境鉄道大橋	1941 年	515 m
		図們新橋	2016-2017 年	
琿春市（吉林省）	恩徳郡（咸鏡北道）	図們江大橋または圏河－元汀国境橋	1938 年 2010 年改修	535 m
集安市（吉林省）	満浦市（慈江道）	集安鴨緑江国境鉄道大橋＋新国境橋	1937-1939 年 2012-2013 年	589 m 322 m
臨江市／白山市（吉林省）	中江郡（慈江道）	臨江鴨緑江大橋	1938 年	
長白／長白朝鮮族自治県（吉林省）	恵山市（両江道）	長恵国際大橋	1936 年 1985 年改修	148 m
丹東市（遼寧省）	新義州市（新義州特別行政区）	中朝友誼橋（旧鴨緑江大橋）	1943 年	941 m
		「断橋」（鴨緑江断橋）	1909-1911 年	944 m（建設当時）
		新鴨緑江大橋	2013 年	3 km

満州のなかでも歴史に彩られた戦略的な地域が中国北東部のはずれにある。中国、北朝鮮、ロシアの三国にまたがる地域だ。一九三一～四五年の大日本帝国による中国支配の前哨地だった満州は、中華人民共和国が建国された一九四九年以降の行政区分には当てはまらない。この地域にはもう一つの特殊性がある。一九世紀末から多くの朝鮮人が住んでいることだ。彼らは二〇世紀の歴史に刻まれた朝鮮戦争の証人でもある。同胞同士が争ったこの戦争は冷戦のなかでも最も多く犠牲者を出した。[1] 中国と北朝鮮の間の国境に沿った橋は今でもその傷跡を残しており、その記憶はいまだ生々しい。

この戦争は「東西対立という、自分のものではない歴史」[2] に朝鮮半島を巻き込み、北緯三八度線で始まって終わった。その国境線は、日本軍の武装解除に関して、アメリカ（南）とソ連（北）の分担を決めるために、二人の若いアメリカ人大佐が四五年八月のある夜にロンドンで線引きしたものだ。そして四八年、新たに独立した朝鮮民主主義人民共和国（九月九日に樹立宣言）と大韓民国（八月一五日に樹立宣言）との間の国境となった。朝鮮戦争中、二年間、停戦と戦闘再開を繰り返した後、一九五一年夏からほぼ凍結した前線が三八度線とほとんど重なっているのは偶然である。戦争は五三年七月二十七日に板門店《パンムンジョム》で休戦協定が結ばれて終結した（和平協定ではなく休戦協定であるため、戦争は「公式には」続いていることになる）。その際、三八度線に沿って設置された非武装地帯が一四世紀以来分断されていなかった朝鮮半島を分割した。「それ以来、朝鮮半島の人々は二種類の帰属を余儀なくされている。一つは今日ではヴァーチャルな統一朝鮮、もう一つは自分の属する半分の朝鮮だ[3]」

中国と北朝鮮の国境は二つの川に沿っている。その一つ、豆満《トゥマン》江《ガン》（モンゴル語で「万」を意味する「トゥメン」を語源とする満州語。ロシア語の「タマンナヤ」は「もやのかかった」という意味。中国名は図們江《ともんこう》）は白頭山（長白山《ちょうはくさん》）を水源とし、五二一キロメートル流れて日本海のロシアと北朝鮮国境に注ぐ。長白山脈が四五キロメートルにわたって陸の国境を成した（そこには二八個の境界石が置かれている）後、鴨緑江《ヤールージャン》（朝鮮語ではアムノック川[4]）が七九五キロメートルの国境線となり、黄海に注ぐ。ヤールーは中国語で「鴨」を意味するが、その中国語は音声的に「二つの国の間の境界」を意味する満州語に近い。

一三五一キロメートルにおよぶこの国境は比較的新しいものだ。一九四九年に中国と北朝鮮は豆満江と鴨緑江を国境とすることに合意したが、川中にたくさんの島がある二つの川のどこを正確な国境線にするかを決めなかった。その後、二つの川の中にある四五一の島のうち、一八七は中国に、二六四は北朝鮮に属するとされた。朝鮮半島の専門家ダニエル・ゴマ・ピニーリャ氏によると、「各島の住民の国籍によって決められたが、無人島の場合は決められないために、その場合は共同責任のような形をとっている」[5]。一九六二年には両国間の国境協定が秘密裏に結ばれた

圏河ー元汀の間の豆満江に架かる国境橋（図們江大橋）©Elina Jonsson

が、国境に関する係争に終止符が打たれたわけではない。なぜなら、セバスティアン・コラン氏が指摘するように、「この協定は韓国を考慮していないために」「中国と朝鮮半島の間の境界はいろいろな意味で未解決なのだ」[6]。それに、韓国のナショナリストのなかには、長白山や延辺《えんぺん》朝鮮族自治州（大日本帝国との間に一九〇九～一〇年に交わした間島《かんとう》協約によって取得した）の中国への帰属に異議を唱える人もいる。したがって中国はこの地域の民族主義台頭の可能性に関する出来事を注視している。いずれにせよ、この国境は中国と朝鮮という二つの文化の境界線でもある。

二つの川によって区切られたこの国境には、古い橋（日本植民地時代のもの）と新しい橋が架かり、途方もない発展と光あふれる世界と、世界一閉ざされた国の暗く生気のない世界をつないでいる。観光、交易、さまざまな交流の場であり、二つの国の複雑な関係のバロメーターでもあるのだ。

延辺自治州は中国における朝鮮民族の中心地

北京発の飛行機で、中国の朝鮮民族の経済的・文化的中心地である吉林《きつりん》省延辺朝鮮族自治州の政府所在地、延吉《えんきつ》市（人口八〇万人）に到着した。同自治州の自治権は、朝鮮人コミュニティーが「日本に対してだけでなく、中国国民党への抵抗」[7]に対して果たした役割に感謝するために一九五二年に付与された。朝鮮民族系住民の割合は三〇～四〇パーセントだ。一九五〇年代末には六〇パーセントだったが、分離独立のリスクを回避するために中国政府がとった民族移住振興策により減少した。彼らは朝鮮族、中国朝鮮族などと呼ばれる。朝鮮族は一八七〇～八〇年代に耕作に従事するためにこの地域にやってきて定住した。この地域を「第三の朝鮮」と呼ぶ人もいる。「私たちは中国に住んでいても、漢民族とは違うと感じます。〝金持ち〟と

〝貧乏人〟の二つの朝鮮の祖国の朝鮮民族とも違うように感じるんです。われわれは単に朝鮮系の中国人です[8]」とある中国朝鮮族は言った。街中の標識は中国語と朝鮮語の両方で書かれてあり、テレビや新聞は朝鮮語で、朝鮮料理店はいたるところにある。

中国在住の朝鮮人は二二〇万人。そのうち半分は吉林省に住む。延吉市とソウルは直行便でつながっている（北朝鮮上空を飛ばずに！）。一九九二年の中国と韓国の国交樹立以来、両国の交易は非常に盛んだ。朝鮮系中国人は韓国最大の移民で、二〇一六年時点で約七〇万人。家事労働、建設現場、飲食店の店員など下級職に就く人が多いが、それでも中国よりは給料がいい[9]。ここの人たちはそれを「朝鮮族の風」と呼ぶ。移民選抜方式を採る韓国によって選ばれた人たちなのだ。いずれにせよ、延辺朝鮮族自治州を都市化し経済発展させているのは朝鮮系中国人である。

延吉市から車で三時間行くと、ロシアと中国と北朝鮮の国境沿いにある防川という村の近くにある、この地域で最も知られた観光地がある。三つの国境が張り

延吉市の交差点。交通整理をする警官はロボットのよう　©Alexandra Novosseloff

図們国境大橋。北朝鮮に限りなく近づく　©Alexandra Novosseloff

出しているところだ。幅一〇キロメートルから場所によってはわずか数百メートルにも狭まる中国の細長い領土がロシアと北朝鮮の領土にはさまれている所だ。ここは「豆満江三角地帯」と呼ばれ、「ここで雄鶏が鳴くと、三つの国が目を覚ます」と言われる。片側には中国とロシアの間の国境フェンスが見え、もう片方には中国と北朝鮮の国境を成す豆満江の砂地の岸がある。この細長い中国領土の先端には、この境界の広大な景色を眺められる展望台がある。東の方には「朝鮮・ロシア友情橋」（ハサンと豆満江洞の間）という鉄橋が、一九キロメートルの国境を共有するロシアと北朝鮮の間の豆満江をまたいでいる。二〇一五年以来、ロシアと北朝鮮は車と人が通れる浮き橋を造ろうと計画したが、まだ実現されていない。北西にはハサン湖が見え、そのはるか向こうには青い日本海とピョートル大帝湾まで見渡せる。ここでは中国は海にアクセスできない。一八六〇年にロシアに相当な領土を割譲した北京条約を結んだためだ。その後一八六八年に琿春《こんしゅん》議定書でやや緩和され、ロシア当局に届け出れば中国人が河口まで行けるようになった。さ

3 つの国境が交差するところ。遠くに北朝鮮とロシアを結ぶ鉄道橋が見える　©Alexandra Novosseloff

いはての袋小路にいるという感じのする場所だ。

豆満江（図們江）に沿った道路沿いに橋で有名な図們市がある。この橋は中国と北朝鮮をつなぐ重要なものだ。市の中心部には観光地でもある図們大橋が、市外には図們江鉄道橋がある。この鉄道橋は金一族が中国に行くときに使う特別強化列車が通る。朝鮮戦争の際、この図們市（人口一三万六〇〇〇人）は中国人義勇兵が朝鮮に向かうルートの一つだった。このあたりは冬には川が凍結するので北朝鮮人が脱北してくる場所でもある。北朝鮮が「手を伸ばせば届きそうな」ほど間近に見られる。橋の入口の中国側の建物の屋上で、反対側の生活のわずかな断片を観察するために何時間でも過ごせそうだ。この橋に入るための入場券があるのだが、その収益は北朝鮮政府の懐に入るのだと、ここの人々は言う。

この橋の向こう岸には大きな建物がある。その壁には「偉大なる指導者」と「親愛なる指導者」のポートレートが掲げてある。中国に商売をしに行けるほどの信頼を北朝鮮政権が寄せている「お偉方」の胸にあるのと同じものだ。時差が一時間ある橋の向こう側の南陽という人気《ひとけ》のない村をじっと見つめる。通りに見え隠れする人を観察していると、まるでB級映画の場面を見ているような気がする。あの貧しさのなか、どうやって生きているのだろうか？　信条も法もない政権から吐き出されるプロパガンダしか信じないでどうして生きていけるのだろうか？　どうやってつましく生活し、橋の反対側のことをうらやまずにいられるのだろうか？　こちら中国側では人々はこの「見世物」をいぶかしく思っているようだ。彼らはまるで路上の芝居を見るかのように、望遠鏡をのぞき、反対側の様子を探り、写真を撮っていく。神秘的な国に少しでも近づきたいなら、橋の上を国境線まで行くこともできる。この橋から遠くないところに新たな橋を建設する計画が二〇一六年末に持ち上がった。その目的は国境沿いのほかの橋と同様に、二国間の貿易を促進するためだ。

延辺朝鮮族自治州は脱北者にとってはリスクのある避難場所

こうした観光地としての表面的な軽さとは別に、ここには脱北者の日々のドラマがある。祖国で忍耐の限界を超え、より穏やかな未来があるよその土地に行こうとあらゆる犠牲を払って国境を越えた人たちだ。脱北者数は北朝鮮の食糧事情によって変わる。ピークは五〇万~八〇万人の死者が出たと言われる一九九四~九八年の大飢饉のときだ。[11] 一九九〇年代終わりには中国への脱北者は二〇万人程度だった。当時、脱北者は温かく迎えられた。「米やトウモロコシをあげたものだ。だが、それは昔のこと。今は、彼らは国境の向こう側にいたほうがいい」[12]と、ある住民は語った。

韓国やほかの国々が脱北者を政治亡命とみなすのに対し、今の中国は北朝鮮人を不

橋の上の国境線は未知の世界に続く　©Alexandra Novosseloff

法な経済移民とみなしている。毎年、何千人という人がお金がかかるにもかかわらず、リスクを冒して国境を越えようとする。越境手引きの値段は状況によって三〇〇〇〜八〇〇〇ドルだが、一万五〇〇〇ドルに達することもある。北朝鮮からの難民にはいくつかのタイプがある。越境する前から地下組織（韓国で支配的なカトリック系のものが多い）の支援を受ける難民、越境した後に支援を受ける難民、だれの支援も受けずに越境する経済移民だ。中国に不法に滞在する難民は五万〜一〇万人（うち延辺朝鮮族自治州に約一万人）といわれ、住民の中に混じって目立たないように暮らしている。脱北者のすべてが政治的な「転向者」ではない。実際にはその数はきわめて少数だ。難民のほとんどは経済移民である。家族に少しでもお金を送られるような仕事を探す人たちだ。脱北者から北朝鮮への送金は年間一〇〇〇万ドルといわれる。ばかにならない金額だ。脱北者のほぼ四分の三は女性と推計される。多くは恵山《ヘサン》市のような国境沿いの貧しい町か、日本海沿岸の清津《チョンジン》市などからやって来る。中国を通って遠くタイやラオス、ベトナムまで行って韓国大使館に亡命申請をして韓国まで行く人もいる。一九五三年以来、韓国に亡命した北朝鮮人は三万人いる。

一九六一年の中国の大飢饉や六六年の文化大革命の際には何千人という中国人（とりわけ朝鮮民族系）が当時は中国より豊かだった北朝鮮に援助を求めて避難したことを思うとつくづく歴史の皮肉を感じる。一九六〇年代にはジャーナリストにとってアジアの二大経済大国は日本と北朝鮮だった。当時、国境を越えて北朝鮮へ行った中国人は三〇万人と推計される。中国と国境を接した咸鏡北道《ハムギョンブク》は北朝鮮でも最も貧しい地方とされるが、「朝鮮のシベリア」と呼ばれるのは気候のためばかりでなく、歴史的に流刑地だったからだ。近年、正確には金正日政権の終了以来、国境を越えて朝鮮系中国人に混じって暮らすのは次第に難しくなっている。

それは第一に、中国が国境にある有刺鉄線のフェンス（二〇〇六年から設置された）を強化したためだ。

木製の支柱を地中一メートルに埋めたコンクリートの柱に取り換え、電気柵になったところもある。凍結した川沿いにはモーションセンサーが設置され、森には暗視カメラが隠されている。国境警備員も一万人増員された。その上、「黄色い安全ベストを着けた老人たちが報酬をもらって、懐中電灯を片手に畑をパトロールしている。腹のへった難民を見つけると警察に知らせるんだ」[13]。北朝鮮のほうでも、豆満江沿いで越境手引き人がよく使う場所に地雷を埋めたり、監視塔を増やしたり、手引き人や越境者から賄賂を受け取る国境監視員への刑罰を重くするなどしている。不法脱北者撲滅は金正恩の政策の優先課題である。「彼は、ここ一〇年来急増している脱北者の流れを食い止めるために、あらゆる出口を閉じようとしている。北朝鮮の人々は韓国のほうが生活が楽だと知っているからだ」と、脱北を支援する韓国のキム・ソンウン牧師は言う[14]。中国国内で脱北者を助けた人への処罰も強化された。密告しなければ高額な罰金刑になるし、助ければ禁固刑になる。

二〇一七年に脱北に成功した人は一一二三人だけだった（二〇一一年は三〇〇〇人、一三年は一五〇〇人）。捕まった人は強制労働収容所か再教育施設送りになる[15]。越境しようとした人は北朝鮮では七年の禁固刑が科される。したがって、中国当局に逮捕されて北朝鮮に送還されるという恐怖から身を隠さざるを得ず、多くの人は悲惨な状況から抜け出すことができない。女性は嫁を探す中国人の農家に売られたり、売春に身を落としたりと、さらに弱い立場にある。北朝鮮人女性から生まれた子どもは中国では戸籍がなく、学校にも行けないし、政府からの援助を受けることもできない。北朝鮮人女性を買った中国人がその子どもを養子にするケースもあるにはあるが……。

昼間は平和で静かに見える国境地帯は、夜になると命がけのイタチごっこの場に変貌する。国境警備員は越境者に発砲することができるからだ[16]。しかし、この同じ国境が、あらゆる種類の不正取引には穴だらけに

観光地としての表面的な軽さと隣り合わせに、脱北者の目に見えない日常のドラマがある
©Alexandra Novosseloff

なる。夜になると、二つの国の国旗を掲げた小舟の一群が鴨緑江を渡る。中国側からはテレビ、ソーラーパネル、発電機、韓国映画など、北朝鮮からは朝鮮人参、海産物、ハチミツ、薬草、中国人や日本人の好きなキノコ、偽札、アンフェタミンなどだ。[17] 以前は「北朝鮮からは難民と麻薬が、中国からはプロパガンダから逃れられる短波ラジオ、夢を見させてくれるＤＶＤプレーヤーだった[18]」。中国と北朝鮮の国境は完全に閉ざされたことはなく、家族や経済の交流は常にあった。昔は国境沿いの農家の人々が料理に使う台所用品や食材を貸し借りするためにしょっちゅう渡っていたのだ。ジャーナリストのフィリップ・ポンス氏はこう解説する。「地理や歴史的観点から見ると、この地域は国境というより、それ以上の境界線だった。住民たちは何百年も前からこの境界線がないかのように生活してきた。朝鮮人たちは商売や漁のために豆満江や鴨緑江を舟で移動し、貧困、農民一揆、自然災害、日本軍の占領などから逃げるために川を越えていたのだ[19]」

図們市を過ぎると、国境の川は長白（白頭）山に向

長白山は中国、北朝鮮両国にとって象徴的で戦略的な地域

かって蛇行する。長白山は長白山脈の最高峰で二七四四メートル。この休火山の頂上の湖が豆満江と鴨緑江の水源だ。この「天池《ティエンチ》」と呼ばれるカルデラ湖の三分の二が北朝鮮に、残り三分の一が中国に属している。この地域は中国、北朝鮮両国にとって戦略的地域だ。満州族の発祥の地、北朝鮮革命の発生地、一九三〇年代の「日帝」に対する金日成が率いたゲリラ活動が最も盛んだった地といわれている。朝鮮半島あるいは朝鮮民族主義の伝説によると、紀元前二三三〇年頃、三〇〇〇人の部下、つまり最初の朝鮮民族三〇〇〇人を引き連れて天から降りた檀君《だんくん》が起こした最初の朝鮮王朝である檀君朝鮮の発祥の地とされている。[20]長白山沿いの国境、約四〇キロメートルはとりわけ越境や密輸に好都合である。

丹東《たんとう》市に向かう途中にある二つの国境の工業町は向かいの北朝鮮の町と橋でつながっている。長白と恵山、集安《しゅうあん》と満浦《マンポ》である。北朝鮮・中国関係研究の情報サイト「シノNKドットコム」の編集長アダム・カスカート氏は「一般的に中国は国境地帯に交易を発展させ、管理され安定した地帯にしようとしている」[21]と分析する。そうすれば問題があったときに中国軍がアクセスしやすくもなる。私たちは遼寧《りょうねい》省に入った(「遼」は遠い、「寧」は穏やかという意味だから「遼寧」は「遠く穏やかな土地」と解釈できる)。中国でもかなり初期に工業化された地域である。省都は八〇〇万人の人口を持つ瀋陽《はんよう》市で、清の皇帝の瀋陽故宮で知られる。また、丹東市の博物館は別として、朝鮮戦争で戦った中国人義勇兵の唯一の記念碑がある。ここから丹東に行くには特急列車で二時間半かかる。

丹東は三つの顔を持つ都市

丹東は遼寧省にある地級市で人口は二五〇万人近くに上る。一九六五年までは安東市と呼ばれていた。北朝鮮との国境沿いでは最も重要な都市だろう。北朝鮮にとっては外の世界への主要な入口だ。歴史的にも、観光地としても、交易地としても重要な町だ。

　歴史的に重要なのは、丹東市とその周辺が「中国人民義勇兵」一七〇万人が参加した朝鮮戦争（一九五〇～五三年）の痕跡を残しているからだ。それをテーマとした三階建ての博物館が市中心部の丘に建っている。正式な名称は「抗米援朝記念館」といい、中国の朝鮮戦争への見方を如実に示している。終戦の年を記念する高さ五三メートルの塔は、中国人義勇兵の司令官だった朝鮮戦争の英雄、彭徳懐《ほうとくかい》に捧げられている（ただし、金日成は北朝鮮軍も彼の指揮下に置かれたことを侮辱と感じた）。記念館に入るには一〇一四段の階段を上らなければならないが、その数は戦争の日数を示している。記念館は「攻撃を受けた朝鮮人を救うために駆けつけた中国の社会主義的連帯の名において行われた〝正義の戦争〟の歴史を語るもの」[22]と、フィリップ・ポンス氏は解説する。

　三つの橋の残骸も「被った攻撃」を思い出させるためにある。この「被った攻撃」という言い方は、朝鮮戦争への中国の参戦は朝鮮を助けるというよりも、マッカーサー将軍の満州入

丹東市は歴史、観光、経済の中心地　©Alexandra Novosseloff

りを阻止する目的だったことを表している。歴史的に中国王朝の属国であった朝鮮は、むしろ中国に兵士を供給するほうだった。したがって、毛沢東がしきりに繰り返した友情のスローガンは、良好であったためしのない中朝関係の建前にすぎなかった。韓国を攻撃するのにスターリンのお墨付きをもらい、中国に既成事実を突きつけた金日成を中国は非難した。この過去の証人である第一の橋は中朝友誼橋のそばにある「壊れた橋（鴨緑江断橋）」（過去を忘れないために再建されたことはない）だ。「断橋」の入口には、さらに過去を忘れないための彫刻がある。「赤石に掘られた凶暴な目つきをした歩兵、勇敢さで知られる共産主義闘士、その上に卑怯なアメリカ空軍が

丹東市の中朝友誼橋を通るトラックの多さから、中朝貿易が継続していることがわかる
©Alexandra Novosseloff

空から炎を降らせている。この完璧な演出効果を見れば、中国の教科書で歴史を学んだら、どんな歴史になるのかわかるような気がする」[23]。丹東市を出たところには「義勇兵の橋」とその残骸に捧げられた記念碑があるので、その前で立ち止まってもいい。ほとんど川面に隠れて見えない橋脚がいくつか残っている。ここから三〇キロメートル離れたところには爆撃を受けて半分壊れた橋が観光スポットになっており、北朝鮮側を望める場所である。

丹東が重要な観光地でもあることは、鴨緑江の川岸と町の主要な観光スポットである二つの橋に近づくと、すぐにわかる。二つの大きな鉄の橋は二〇世紀前半に日本人によって建設され、今でも鴨緑江にどっしりと構えている。丹東は平壌と瀋陽、そして北京を結ぶライン上にある。その戦略的な位置のため、日本はソウル、平壌、丹東、瀋陽をつなぐ鉄道を敷設した。二番目の橋は、当時の日本の植民地だった都市を結ぶ鉄道輸送が増加したために建設された。

そして、二つの橋は朝鮮戦争中に「義勇兵」が渡るのを阻止するためにアメリカの爆撃機に攻撃された（しかし爆撃は中国側に及ばないように留意された）。古いほうの橋は一九五一年に断ち切られ、新しいほうの橋は損害を被ったが、再建された。「断橋」は、一九八八年に中国の「観光都市」に指定された丹東市の観光の目玉

朝鮮戦争はこの地域全体にとって大きな歴史的事件だった　©Alexandra Novosseloff

になった。向かいの新義州市も二〇一三年から中国人以外の外国人観光客も受け入れている。丹東には北朝鮮滞在を提案する旅行会社がおよそ一〇〇軒ある。

この二つの橋を楽しむにはいくつかの方法がある。モダンなデザインの街灯が美しい遊歩道を散歩するか、五〇元払って「断橋」の上を歩くか、遊覧船に乗って北朝鮮側の岸にできるだけ近づく――つまり実質的に中朝国境を越える――こともできる。いずれにせよ、観光の目玉は望遠鏡で神秘的な隣国を観察することだ。川沿いの遊歩道を歩くのが賑やかで最も快適な方法だろう。中国人観光客は川向こうの〝社会主義の化石〟を背景に伝統的な朝鮮民族衣装を着て写真におさまったり、土産物やがらくたを買ったりする。たとえば北朝鮮の「偉大なる指導者」の肖像のピンバッジなどだ（最初の二人の指導者のもの。「最高指導者」「二一世紀の太陽」と呼ばれる金正恩のピンバッジはまだなかった）。観光客や丹東市民は家族や新婚カップルや恋人同士で散歩にやって来たり、干潮のときは釣りをしたり、グループで太極拳をしたりする。リラックスした雰囲気だ。夜も散歩する人は多い。イルミネーションに浮き上がる橋の眺めは美しい。

遊覧船に乗ると、中国人観光客が双眼鏡を目にあて、カメラやス

朝鮮戦争を思い出させる橋たち　©Alexandra Novosseloff

マートフォンで写真を撮るのを見ると、彼らがどれほど北朝鮮に興味を抱いているかわかる。多くの中国人は、三〇年前の中国に似ている無害な国ととらえている。だが、政治的弾圧がひどいこの国で、北朝鮮の経済状況の実情について中国人がどういう情報を持っているのだろうかとふと思う。川の両岸のコントラストは衝撃的ですらある。一九七〇年代には丹東市と新義州市は似通っていた。しかし、今日では、片方は金ぴかで、他方は野暮ったい、片方は発展と活力があり、他方は貧しく単調だ。開放された資本主義と、老いさらばえた向こう側。それは国境全体について言える。あるブロガーは「西側は、鴨緑江沿いに整備された遊歩道に沿ってホテルの高層ビルや優雅な住宅ビルが並ぶ。東側は、工場の煙突が二、三本、放置されたような建物、貧しい食卓を少しでもよくしようとする漁師がいく人がいるほかは何もない[24]」と言う。北朝鮮側の川岸を歩いている兵士たちは忙しそうであるが、反対側から自分たちを見ている人たちを目の端にとらえているのだろう。まるで操り人形がある地点から別の地点に機械的に歩いているかのようだ。自分たちが注目されていると思っているのだろうか？　遠くには人民公園の大観覧車も見える。それは女性だけによって建設されたそうだが、年に一度、子どもの日にしか作動しない。その日は北朝鮮の優秀な生徒だけが観覧車に乗れるのだ。

　丹東市の周辺のもう一つの観光地は、町から一五キロメートル離れたところにある、万里の長城の東端にあたる虎山長城《こざんちょうじょう》だ。北朝鮮との国境から一キロも離れていない。万里の長城のこの部分は明朝時代の一四六九年に建てられた。一九九〇年代終わりになって修復され、現在は一二〇〇メートルに達する。さえぎるものなく北朝鮮を見渡せる場所だ。修復された壁に登る階段を上がって下りると、山腹に沿った急な小道に出る。岩肌から滑り落ちないようにするには鉄製の手すりをずっとつかんでいなければならない。わずか三〇〇～四〇〇メートル下では北朝鮮の農民たちがもくもくと働いている。中国人観光客たちが何か言お

丹東の「断橋」（右）と中朝友誼橋（左）©Alexandra Novosseloff

うと呼びかけたが、農民たちはまったく反応しない。興味津々の中国人と無表情の北朝鮮人の対比が目立つ。その向こうでは兵士が見張り台の周りを行ったり来たりしている。農民が黙っているのはそのためだろう。

ところで、丹東市と新義州市を結ぶ中朝友誼橋は、両市を中朝貿易の中心地にした。この橋は北朝鮮の経済のバロメーターだ。中朝貿易の七〇パーセントがこの橋を通る。複数の推計によると、中国は北朝鮮で流通する消費財の八〇～九〇パーセント、食料の半分近くを供給する。丹東市にとって、北朝鮮との交易は収入の三分の一を占め、市内の四〇〇から六〇〇の企業が北朝鮮との貿易を行っている。この橋を毎日三〇〇台から五〇〇台のトラックが通る。両方向に通行できるが、列車用の線路と車両用の一車線しかないため片側交互通行だ。二〇トン以上のトラックは通行できない。平壌から北京に行く列車や、北朝鮮へ運ばれる人道支援物資

丹東市の川に沿った遊歩道　©Alexandra Novosseloff

もこの橋を通る。一九九〇年代以降、北朝鮮はおよそ三〇億ドル相当の人道支援物資を受け取っており、そのうち国連関係のものはわずかに一〇パーセントだ。国連児童基金によると、北朝鮮人の七割は食料が不足しており、子どもの五人に一人は栄養不良である。[25] 加えて、丹東市と新義州市は燃料輸送のために一九七〇年代半ばに建設されたパイプラインでつながっている。

丹東市内のホテルやレストランでは北朝鮮のビジネスマンが中国人と商談をしているのをよく見かける。北朝鮮人のほうは大きすぎる黒い背広を着て、上着の左側の折り返し（心臓に一番近いところ！）に「二人の偉大なる指導者」のバッジを付けているのですぐにわかる。彼らはお互いを見張るためか、いつも二人組だ。丹東は中国の都市で最も多くの北朝鮮人を受け入れている（常時住んでいるのは約二万五〇〇〇人）。中国企業に雇われたおよそ二万人（中国人の給与の七五パーセント）および三〇〇〇～四〇〇〇人の商人だ。それに加えて、市内の二五の北朝鮮レストランで働く女性もいる。そうしたレストラン・キャバレーは中心街にあり、朝鮮系の中国人が経営しているが、少しうらぶれた雰囲気で客が少ない。そのうちの一軒に入れば、雰囲気はつかめるだろう。歌手、踊り子、ウェイトレスの役目を順番にこなす女性たちはほとんど英語をしゃべらないが、私たちが何者でどこから来たのかに興味を持って

万里の長城の東端にあたる虎山長城から北朝鮮との国境まではわずか数百メートル
©Alexandra Novosseloff

いるようだ。しかし、それをたずねるのは躊躇しているという感じだ。

中国で一五〇〜二〇〇ユーロの月給を稼ぐ北朝鮮人たちは優遇されていると祖国ではみなされる。北朝鮮での平均月給は五〇ユーロくらいだからだ。しかも、二年間息をつける時間を当局から与えられるわけだが、中国に働きに来られる必須条件は北朝鮮に家族がいることだ（逃亡を防ぐため）。彼らの多くは平壌で教育を受けたエリート家庭の出身で、中国で祖国を「代表する」ことに誇りを抱いている。北朝鮮政権への忠誠心は出稼ぎ労働者を選ぶ基準の一つだ。ウェイトレスのなかには、料理や踊り、楽器演奏を学び、平壌商業大学を卒業している人もいる。この制度は北朝鮮にとっては収入を得る手段となり（就労者が実際に手にするのは給与の三五パーセントより少ない）、中国にとっては安い労働力を得られる手段だ。北朝鮮は北京、ヤンゴン、ダッカ、ウラジオストック、プノンペン、ドバイなどの外国に一三〇のレストランを持っており、年間一〇〇〇万ドルの収入を国にもたらす[26]。北朝鮮人が資本主義社会の中国に滞在することは北朝鮮の政権や国民を少

丹東市。船上の中国人観光客は北朝鮮をじっと観察する　©Alexandra Novosseloff

しずつ変化させるのではないかと期待する人もいる。それは現実だろうか、幻想だろうか？　金正恩の最高指導者就任以来、出稼ぎ労働者の行動は次第に監視が厳しくなっているという。ウェイトレスだけがたまに散歩に出かけたり、市場で少し買物をしたりできるが、それも必ず一人か二人、同僚が同行する。

　中国と北朝鮮の貿易が増加したために、丹東市の南八キロメートルのところに新たな橋が建設された。二〇〇七年に元中国外務次官の武大偉《ぶだいい》の進言を受けて、〇九年に当時の温家宝首相が北朝鮮と架橋の契約を交わした。計画の内容は二〇一〇年に決まり、同年末に工事が始まった。この「新鴨緑江大橋」は白く壮麗な長さ三キロメートルの橋で四車線（一日二五〇〇台の車両通行能力）、建設費は三億ドルだ。この橋の建設とともに、向こう一〇年で四〇万人を迎える丹東新区（新市区とも呼ばれる）の開発も進められた。中朝貿易の三分の二がこの橋を通して行われ、黄金坪という中州に開城工業地区[27]のような「経済特区」が設けられるはずだった。橋は二〇一四年七月に完成したが、北朝鮮は自国の道路網と

北朝鮮の女性が働くレストラン・キャバレーは数多い　©Alexandra Novosseloff

橋をつなぐ道路を建設しなかった。したがって、同年一〇月三〇日に予定されていた開通式は行われず、できたばかりの新開発地区は瀕死状態で、商売が動くのを待ち望んでいる。こうした「災難」も建前とは違う難しい中朝関係を表している。

中国と北朝鮮の間の利害関係は明らか

「中国と北朝鮮は同じ山と同じ川を分け合っている」と言われる。両国は一九六一年七月に締結された友好協力相互援助条約で結ばれている。しかしながら、「中朝関係には、中国側が北朝鮮人に抱く、ある意味恩着せがましい態度と絡み合った失望や苦い思いが隠れている。両方が公言する〝変わらぬ友情〟の裏に、過去のいろいろなことが相互不信を生み出している[28]」。これが両国関係の背景だ。

「親愛なる指導者」金正日が隣の大国と経済関係の深化に着手したのは二〇〇九年終わりだった。それは、経済特区の開発（二〇一三年までに約二〇ヶ所設置）、観光

壮麗な新鴨緑江大橋は完成しているが、使用されていない　©Alexandra Novosseloff

振興（主に中国人観光客[29]）、鉱山部門の開放（とくに石炭）、中国製品や中国資本へのアクセスなどを通じて行われた。北朝鮮の商人は衣服、靴、テレビ、食品などを輸入する。こうした交易は、中国にとって国境地帯を安定化させる手段であり（同時に自国の東北地方の発展を促進する）、国境地帯の犯罪や脱北者を助長する北朝鮮の物資不足を軽減させる手段でもある。中国の対北朝鮮投資も安価な調達方法とみなされている。その七割は第一次産品だ。

　こうした交易が北朝鮮政権を経済制度の改革に導く（でないと経済破綻する）だろうという見方も中国政府にはある[30]。だが、中国が北朝鮮にとってかけがえのないパートナーとなったとしても、その逆は真ではない。中国にとって北朝鮮との貿易額は一七〇億ドルに過ぎず、年間二五〇〇億ドルに上る対韓国貿易を大きく下回る。したがって、中朝パートナーシップは経済面よりは政治的、戦略的なものであり、国境で行われる貿易が中朝関係のバロメーターになっているのだ。この観点から言えば、国境

丹東市。「断橋」の前でチマチョゴリを着てポーズをとる女性　©Alexandra Novosseloff

の橋はこうした貿易を容易にする架け橋であると同時に、貿易を制限する障害でもある。

両国の関係は現在のところ、次の二点に集約される。一つは、中国側にとって、朝鮮半島全体や北東アジアまでも不安定にするであろう北朝鮮政権崩壊を回避すること、もう一つは北朝鮮側にとっては中国への属国化を避けて「金王朝」の存続を確保することだ。両国は実際にはあまりお互いを評価していないが、それでも何とか関係を続けているという隣人同士なのだ。中朝関係は一応「暖かい関係」にあるが、相互不信が根強く残り、とくに中国側は懸念を抱いている。二〇〇九〜一二年の間に両国は高官の会談を四〇回以上持ったが、二〇一三〜一四年はわずか二回だけだった。北朝鮮の最高指導者が中国の国家主席と会談するのには二〇一八年三月まで待たねばならなかった。経済面でも、二〇一二年に一億一一〇〇万ドルに達した中国の対北

丹東市。経済制裁にもかかわらず、中朝貿易は継続する　©Elina Jonsson

鴨緑江断橋の中央部　©Alexandra Novosseloff

朝鮮投資は二〇一四年には半分に落ちた。習近平政権は金正恩政権を信頼しておらず、金政権の冒険主義を懸念しているが、周辺地域の安定が自国の経済成長と同様に重要だと考えている。そのことは二〇一六年四月にアジア相互協力信頼醸成措置会議でも強調している。「朝鮮半島の隣人として、われわれは戦争や混乱が起きるのを絶対に許さないだろう。それはだれのためにもならない」。そのためには調整が必要だということだ。いずれにしても、中国は北朝鮮を見捨てるつもりはない。北朝鮮のほうは、中国のことを覇権主義の大国、北朝鮮の内政に干渉してくる可能性のある国、北朝鮮の貿易独占を続けようとする国とみなす。こうした面は北朝鮮あるいは朝鮮半島全体の民族主義や北朝鮮の主体《チュチェ》思想（国益や国の特殊性を優先する理論）あるいは自給自足主義にとっては受け入れがたい。しかし、北朝鮮は政権の条件に合致する貿易関係を築ける他のパートナー国を見つけるのは難しい。最近ではとりわけ羅津《ラソン》港使用権付与によって、ロシアが投資を増やしてはいるが……。

丹東市の２つの橋の間　©Alexandra Novosseloff

つまり中国は、批判はするが変わらぬ政治的支援、安定的な経済支援ならびに国連安保理の決定した制裁（度重なる核実験やミサイル発射に対する）の尊重の間のバランスをとろうとしている。そうして、時にはラインを踏み越えて隣の大国から自由になろうとする北朝鮮を抑えようとしているのだ。中国は北朝鮮が核兵器開発計画を放棄し、経済改革を実施して「国際社会」に同化（あるいは再同化）し始めることを心の底では望んでいる。中国は核実験や大陸間弾道ミサイル発射といった北朝鮮の挑発に二〇一七年一一月まで耐えてきた。そして、北朝鮮の核開発続行を容認できないというメッセージを何度も発してきた。中国にとって核は大国のものであり、非常に制限された保有国仲間を拡大したくない[31]。そのため、アメリカが提案した北朝鮮へのこれまでにない厳しい制裁措置（国連安保理決議２２７０）[32]に二〇一六年三月にも賛成した。中国は一時期、この措置を遵守しようとした。新たな制裁措置が発効した日には丹東の橋を渡るトラックは半分以下に減った。中国商務部部長（貿易相）は石炭、

新鴨緑江大橋が開通しないために放置された丹東新区　©Alexandra Novosseloff

鉄鉱石、金、レアアース類やその他の原材料の北朝鮮からの輸入禁止を二〇一七年二月に発表した。石油精製の技術を持たない北朝鮮へのケロシンの輸出も禁止された。中国政府はこうして、北朝鮮の経済の要であり、輸出によって軍事予算を賄える鉱物部門に影響を及ぼそうとした。

しかし、二〇一八年一月一日、「金正恩将軍」が韓国大統領に手を差し伸べたことで状況は変わった。核計画が運用可能になり、ある種の独立性を得ると、経済発展という次のステップに乗り出すことが可能になった。祖父の「主体思想」と、父親の「先軍政治」のスローガンに、核開発と経済発展を同時に行う「並進路線」を加えた。また、金正恩にとっては、核兵器は「国際社会」が自国をまともに扱うことを強要し、金一族の伝統を守るための切り札である。米トロイ大学の在ソウル研究者ダニエル・ピンクストン氏は「金正恩はそれが尊重と威信をもたらすと考えている」[33]と言う。金正恩が差し出した手はただちに韓国の文在寅大統領に受け入れられ、北朝鮮の国際関係を緩和の段階に導き（二〇一八年六月二日にはシンガポールでアメリカ大統領との会談が実現）、同年九月の白頭山で南北首脳がともに登頂したのをピークとして韓国へ接近する政策につながった。

北朝鮮は変わるか？

この地域の安全保障状況は危機状態から朝鮮半島の新時代に変化していくのだろうか？　二〇一八年の緊張緩和は金政権にとって根本的な情勢変化をもたらし、非核化に向かわせるのだろうか？　北朝鮮は政権維持のやり方を変えて経済システムの実質的な改革を行うのだろうか？

私たちは平壌とその周辺地域に短期間滞在したが、人々がこの国に抱いているイメージとかなり違う現実

——均一で生彩のないイメージからはほど遠い——に驚かされた。北朝鮮政権のショーウインドーともいうべき平壌は変貌の真っ最中だ。雨後の筍《たけのこ》のように次々とできる高層ビルのモダンな設計は中国や欧米に勝るとも劣らない。通りには車の渋滞が起き、歩行者の中には西欧の国々と同様に携帯電話のメッセージを読むのに忙しい人たちもいる。

確かに莫大な中国の投資（国境沿いのすべての橋や経済特区の開発）は、初めは北朝鮮体制の構造改革にはつながらなかった。しかし、北朝鮮政権は少しずつ譲歩し、「無策と国民のイデオロギー操作を取り繕う安全弁のように[34]」〝民間の市場〟を容認しなければならなくなった。こうした市場は公的な配給制という機能しないシステムへの国民の依存を減らし、ないに等しい（国からの）給与をもらう人々に貴重な収入をもたらす。こうした自由市場は国民総生産の二五～四〇パーセントに相当する。しかも、そうした地下経済は日に日に発展している。政府は各農家の農産品の六〇パーセントまで自由市

丹東市。北朝鮮への旅行を提案する旅行代理店のポスター　©Alexandra Novosseloff

場で販売することを許可した。このようにして、機能しない公式の経済が地下経済に少しずつ取って代われ、「自由市場が国民の主な調達源（あるいは生活の糧）になっている」[35]。それに加えて、主に中国と（あるいは中国だけと）商売をする企業家層が発展しつつある。平壌の通りや市内の新興地区を見ればわかる。

たとえ全国民が恩恵を被る経済開放が政権によって脅威とみなされても、それが政権破滅につながるとしても、この「ハイブリッド経済」（公式経済と市場経済の混合）は持続的で後戻りできないやり方で定着した。専門家の分析によると、金正恩は中国の経済成長を称賛しているだろうが、もし彼が中国のモデルを北朝鮮に適用すれば政権に危機をもたらすと考えるなら、数年来、習国家主席が非常に強権的なやり方をしていることについてはどう考えるのだろうか？　ソウルのサムスン経済研究所の林秀虎《イムスホ》氏はこう分析する。「金正恩は自国の経済発展のためには開放以外の選択肢がないことは知っている。しかし、そうすれば北朝鮮の体制に重大な不安定をもたらす。まずは政治的安定、その後に経済。それが金政権の変わらない政治方針だ」[36]。しかも、経済システムを改革すれば、ある意味で金一族の伝統に疑問を投げかけることになる。

したがって、移行は少しずつしか行われない。前述のフィリップ・ポンス氏は二一世紀初めの北朝鮮の経済的・政治的状況を次のように解説する。「状況は大きな経済的・社会的変化の段階に入ったが、だからといって政権の性質が変わるわけではない。〔中略〕党員や軍人をはじめとして国民の多くは、蔓延する汚職の暗黙の了解によって、抑圧的なシステムの歯車を侵食する金儲けに関わっている。〔中略〕この国では二つの勢力が対立している。一つはハイブリッド経済のダイナミズム、もう一つは企業家が政治的な要求を持ち出す独立した勢力にならないよう、この現象を抑えようとする勢力だ。〔中略〕改革は慎重で、市場のダイナミズムはイデオロギー的な許容範囲にある限りは奨励、許容され、体制を脅かさない範囲で体制の機能を緩和する」[37]。北朝鮮式の移行は少しずつではあるが進行しているのだ。二〇一八年四月の南北首脳会談の際、韓国の大統領は、西海岸の経済地区の開発や超高速列車路線の敷設などの投資計画によって北朝鮮の門戸を開くための「新経済構想」を説明したUSBメモリーを金正恩に渡した[38]。彼はその提案に賛成するだろうか？

朝鮮半島の非核化についても段階的な前進がふさわしいだろう。韓国側は南北関係の改善（これについては開城工業地区の再開がシンボルとなるだろう）に向けた厳密な相互性を必ずしも期待していない。金政権が経済・政治的前進の見返りに核兵器を手放すことはまずないだろう。そうすれば、過去何十年にもわたって北朝鮮政権が築いてきたものに反する。核が体制存続のための唯一の手段だからだ。政権幹部にとって他に可能な政策はない。朝鮮半島の研究者アントワンヌ・ボンダーズ氏は、「核兵器は世襲体制と指導者の世襲的地位を固め、朝鮮民族国家の保護者を自認する金正恩の権威を確立し、一九九〇年代以来、国民が払ってきたと感じる犠牲を正当化する[39]」と分析する。しかも、制裁の適用は限られており、その影響は北朝鮮の非公式な経済の発展や国境沿いの大量の密輸には限定的にしか影響しない（このような状況では密輸は増加する傾向にある）。しかも、経済制裁は国民を「大国にボイコットされた」指導者のもとに結集するために政権から利用され、「核とミサイルの開発計画の振興を正当化している[40]」

丹東市。鴨緑江沿いの静かな日曜日　©Alexandra Novosseloff

「断橋」の向こう岸の新義州市を熱心に観察する人たち　©Alexandra Novosseloff

北朝鮮の回復力の秘密

二〇一四年の調査によると、朝鮮半島地域の専門家の六四パーセントが北朝鮮体制の崩壊は政権幹部の権力闘争によるものになるだろうと答え、経済の崩壊によるとした人は二七パーセントとなっており、第三国の介入（五・二パーセント）や国民の反抗（三パーセント）は可能性の低いシナリオとされている。[41] 今のところ、金正恩は大物を支配下に置いているし（韓国の研究者によると、軍の幹部狩りなどで約一〇〇人を粛清した）、北朝鮮版ペレストロイカを実行するようにも思えない。もし中国が北朝鮮の政権を変えたいとしたら、それは可能なのだろうか？　おそらく不可能だ。中国は見かけ以上に影響力を持っているだろうが、他国が想像するほどではないだろう。

世界で最も閉ざされた国の隣人たちは北朝鮮政権が崩壊するのを望んではいないようだ。おそらく、崩壊すればその影響をコントロールできる国はないだろうし、そうなれば穏やかに事が進む可能性は低い。つまり、ほとんどの北朝鮮人が発展途上の状況にあるとはいえ、未知の事態や混乱よりも現状維持のほうがいいということだ。都市部は進んでいても、地方はまだ二〇世紀の段階にまで達していない。中国のほうは、アメリカ寄りの統一朝鮮を隣人に持ちたくないだろう。たとえ、統一朝鮮――朝鮮民族の愛国主義や民族主義は北朝鮮ばかりではない――がアメリカの戦略的支援や二万五〇〇〇人の米軍駐留を見直してアメリカとやや距離を置いたとしてもだ。非武装地帯が廃止されれば、大規模な米軍駐留をもはや正当化することはできない。当然、アメリカはこの地域での影響力低下に懸念を抱いている（たとえ現大統領は受け入れたとしても）。中国と韓国は一時的にでも北朝鮮人が大量に避難してくることを恐れている。

韓国にとっては、統一は将来の展望であるし、願いであるが、南北の生活水準に一五倍ほどの開きがあるため、それにかかる費用（専門家によると三兆ドル）を恐れている。しかも、「南北朝鮮人は対等な統一ではなく、一方が他方を吸収するやり方を望んでいる。北朝鮮はベトナム式の統一（共産主義の国が他方を吸収する）を望んでいるが、韓国はドイツ式の統一（自由主義国が共産主義の隣国を吸収する）を望む[42]」。したがって、板門店の非武装地帯に近い「自由の橋」やソウルと平壌をつなぐ橋はまだ再開はされないだろう。たとえ、平壌での両首脳の友好的な様子や白頭山での南北首脳が抱擁する映像などを見せ、今や北朝鮮政権が国民に対する公式なスピーチで統一の希望に言及していても……。

朝鮮半島の統一という展望が懸念されるとしても、それは避けられるだろうか？　北朝鮮に入ってくるあらゆる種類のもの、体制のプロパガンダをゆっくりではあるが確実に弱めるものが浸透してくるのを、地域の大国は本当に防ぐことができるだろうか？　グローバリゼーションは世界で最も閉ざされた国にも影響を与える。確かに北朝鮮の国民は七〇年近く強力な洗脳を受けてきたが、次第によその生活のほうがいいことがわかってきている。彼らはこの国の紙幣に書かれているように、本当にだれも「何もうらやむことはない[43]」のだろうか？　国内における政権への信頼は常に高いのだろうか？　エリートとその他の人々、平壌とその他の地域の格差はまだ今後も長く隠しておけるだろうか？　確かにインターネットは厳しく管理されている（北朝鮮のインターネットは中国と同様にイントラネットである）が、ラジオの電波は届く。パソコンは増え、ＤＶＤやＵＳＢメモリーも流通している。国民五〇人に対して一人の密告者がおり、通りの角には必ず兵士が一人立っている国にあっては監視は厳しいが、完全には監視できないし、次第にすべてを監視できなくなっている。国民に抱かせ続ける恐怖や、悪魔の大国であるアメリカをはじめとする敵国への決然とした姿勢によって（だが、金正恩はアメリカ大統領と会談した）体制はまだ耐えてはいるが……。危機的状況が起こるたびに政権のコントロールは弱まっていく。体制側にとって幸運なのは、フィリップ・ポンス氏が言うように、「北朝鮮の国民は何らかの動きをする（反抗する）には批判的精神を欠いている」ことで、彼らは体制の要求に服従しつつうまくすり抜けるほうを好む。

いずれにせよ、もし体制崩壊や強制的な統一があるとしたら、それは突然に起こり、暴力を伴うだろう。そうなると、中国はどういう役割を演じるのだろうか？　一時的に北朝鮮を支配するのか、中国の傀儡《かいらい》政権を置くのだろうか？　中国で起きたように、改革者の到来をもって穏やかに移行する可能性はないのだろうか？　北朝鮮の政権は改革可能だろうか？　それは無理だろう。二〇〇四～〇五年に韓国の盧武鉉大統領が提案したように、完全な統一の前に同盟という段階があるのだろうか？　半島統一の前に、北朝鮮経済を発展させるための中国と韓国の協力はあり得るのだろうか？　おそらく、そ

南北統一を称える平壌のモニュメント　©Alexandra Novosseloff

れがアメリカや今日では韓国の影響を制限するために中国が好むシナリオだろう。多くの欧米諸国にとっては、金政権によって生まれた悪夢を終わらせる唯一の望ましい策は、核兵器のないリベラルな民主主義体制による朝鮮半島の統一だろう。[44]しかし、この道は障壁を伴うかなり長いものになるだろう。韓国のような経済的にしっかりした国でも、深刻な政治・経済危機を抱えたマフィアのような国を数年で改造することはできないからだ。それは韓国で生活を立て直そうとする脱北者がどれほど苦しみ、とまどうか[45]を知るだけでも少しは想像がつく。金政権の終焉を予見する分析はもう何十年も前からあるが、この政権はつねに存続の方法を見つけてきた。あと何年持つのか[46]？　北朝鮮の全体主義体制はいつの日かは崩壊するだろう。しかし、北朝鮮の変革はまだ現段階では今すぐというわけではない。

8

アメリカとメキシコの間のリオ・グランデに架かる橋

フェンスに対峙する橋

橋は境界である。
その恩恵と不幸を担う境界である。
そこでは、人は大きな羽を持っていながら、
その羽を切られた鳥のようになることもある。
橋の片側の人々は、反対側の人々に対していろいろな偏見を持っているが、
反対側の人々からも野蛮で危険だと思われているのである。
しかし、橋を行き来したり、川の反対側に行ったりしてみる、
それを繰り返していって、どちらの側にいるか、どちらの国にいるか
わからなくなってくると、
自分自身に対して優しくなり、世界が好きになるのだ。

クラウディオ・マグリス（イタリアの作家、ドイツ文学者・教授、ジャーナリスト）

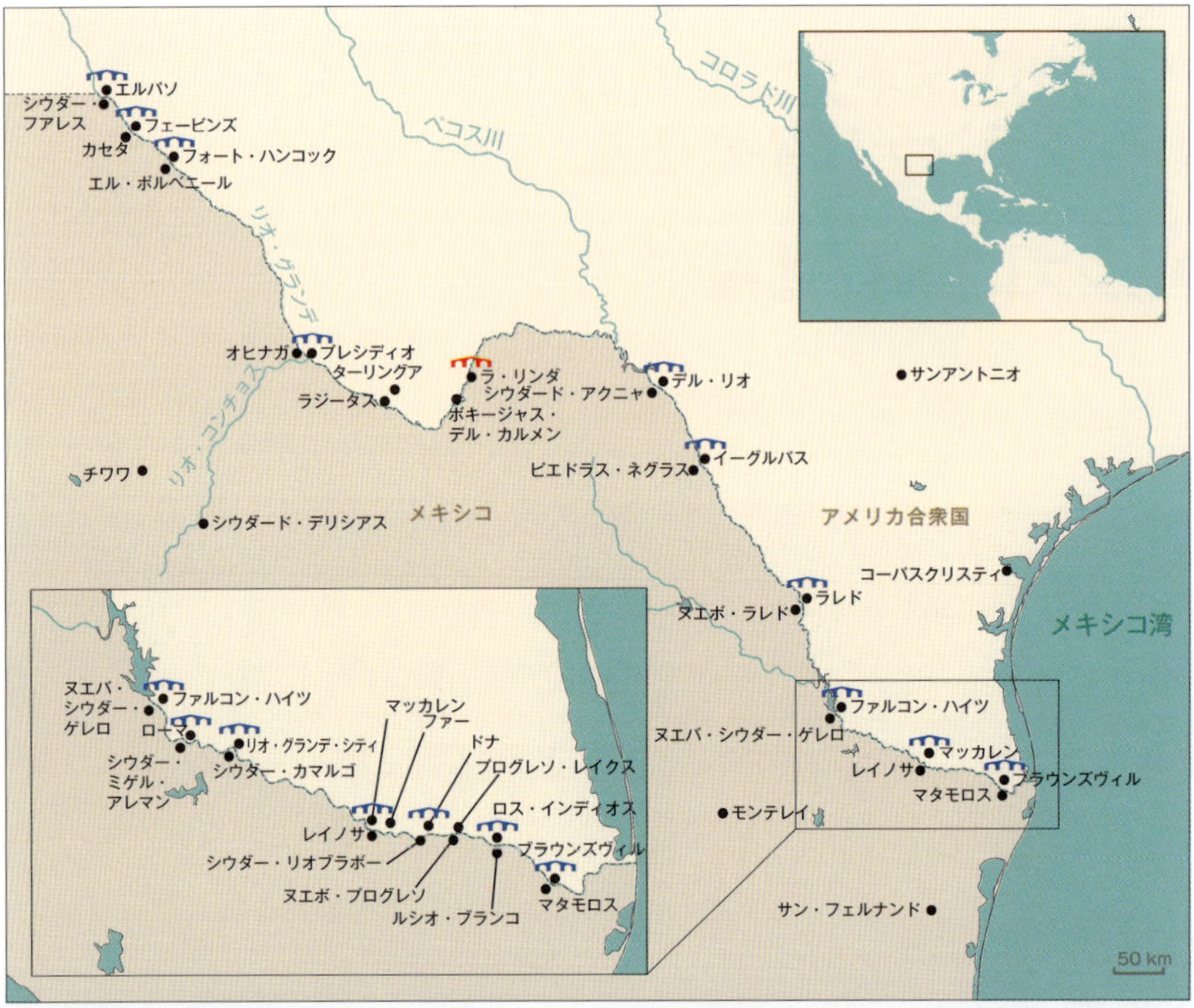

ビッグ・ベンド国立公園に近いプレシディオーオヒナガ間の橋にある国境標石
©Alexandra Novosseloff

アメリカ側の州と町／都市	メキシコ側の州と町／都市	橋の名前	アメリカ側の管理者	建設年	長さ
エル・パソ（テキサス州）	シウダー・フアレス（チワワ州）	パソ・デル・ノルテ国際橋またはサンタフェ・ストリート橋	エル・パソ市	1892年 1967年再建	300 m
		グッド・ネイバー（よい隣人）国際橋またはスタントン・ストリート橋または「友情橋」		1967年	268 m
		アメリカ橋（ブリッジ・オブ・ジ・アメリカズ）またはフリー・ブリッジ（プエンテ・リブレ）	国際境界と水に関する委員会（IBWC）（連邦政府）	1967年 1996-1998年再建	154 m
		イーズレーターサラゴサ国境橋	エル・パソ市	1938年 1955年と1990年に再建	245 m
フェービンズ（テキサス州）	カセタ（チワワ州）	トルニージョ・グアダルーペ国際橋（フェービンズ―カセタ国際橋に代わる橋）	エル・パソ郡	1938年 1955年に修復 2015年再建	388 m
フォート・ハンコック（テキサス州）	エル・ポルベニール（チワワ州）	フォート・ハンコック―エル・ポルベニール国際橋	IBWC	1937年	155 m
プレシディオ（テキサス州）	オヒナガ（チワワ州）	プレシディオ―オヒナガ国際橋	テキサス州	1985年	242 m
ヒース・キャニオン・ランチ（ビッグ・ベンド国立公園／テキサス州）	ラ・リンダ（アクニャ市／コアウイラ州）	ラ・リンダ国際橋またはハリー・スティルウェル・メモリアル橋	ラ・リンダ企業連合	1963年 1997年閉鎖	117 m
デル・リオ（テキサス州）	シウダー・アクーニャ（コアウイラ州）	アミスタード湖ダム国際橋	IBWC	1969年	10 km
		デル・リオ―シウダー・アクーニャ国際橋	デル・リオ市	1930年 1987年再建	620 m
イーグル・パス（テキサス州）	ピエドラス・ネグラス（コアウイラ州）	イーグル・パス・ブリッジ1	イーグル・パス市	1927年 1954年再建、1985年改修	566 m
		カミノ・リアル国際橋		1999年	422 m
ラレド（テキサス州）	コロンビア（ヌエボ・レオン州）	コロンビア・ソリダリティー国際橋	ラレド市	1991年	371 m
ラレド（テキサス州）	ヌエボ・ラレド（タマウリパス州）	ゲートウェイ・トゥ・ジ・アメリカス国際橋（ラレド国際橋または第1橋）	ラレド市	1954年 1956年再建	320 m
		世界貿易国際橋		1998-2000年	298 m
		フアレス・リンカーン国際橋（第2橋）		1976年	308 m
ファルコン・ハイツ（テキサス州）	ヌエバ・シウダー・ゲレロ（タマウリパス州）	ファルコン湖ダム国際橋（ラ・プレサ国際橋）	IBWC	1963年	8 km
ローマ（テキサス州）	シウダー・ミゲル・アレマン（タマウリパス州）	ローマ―シウダー・ミゲル・アレマン国際橋	スター郡	1988年	247 m
		ローマ国際吊橋		1928年、現在改修中	
リオ・グランデシティ（テキサス州）	シウダー・カマルゴ（タマウリパス州）	リオ・グランデシティ―カマルゴ国際橋（スター―カマルゴ橋）	スター―カマルゴ橋会社（民間）	1966年	180 m
マッカレン／イダルゴ（テキサス州）	レイノサ（タマウリパス州）	アンザルデゥアス国際橋	イダルゴ市、マッカレン市、ミッション市	2007-2009年	5 km
		マッカレン―イダルゴ国際橋	マッカレン市	1965年　1987年拡張	160～260 m
ファー（テキサス州）	レイノサ（タマウリパス州）	ファー―レイノサ国際橋	ファー市	1994-1995年	5 km
ドナ（テキサス州）	シウダー・リオ・ブラボー（タマウリパス州）	ドナ国際橋	ドナ市	2010年	305 m
プログレソ・レイクス（テキサス州）	ヌエボ・プログレソ（タマウリパス州）	ウェスラコ―プログレソ国際橋	B & P Bridge Co（民間）	1951年 2003年改修	192 m
ロス・インディオス（テキサス州）	ルシオ・ブランコ（タマウリパス州）	フリートレード（自由貿易）国際橋	キャメロン郡 サン・ベニート市 ハーリンゲン市	1992年	153 m
ブラウンズヴィル（テキサス州）	マタモロス（タマウリパス州）	ブラウンズヴィル & マタモロス国際橋（B&M 国際橋または「古い橋」）	B&M Bridge Co.（民間／ユニオン・パシフィック鉄道社の子会社）	1909年 1953年再建 1990年拡張	70 m
		ゲートウェイ国際橋（「新しい橋」）	キャメロン郡、ブラウンズヴィル市	1969-1970年	210 m
		ヴェテランズ国際橋		1999年	1.3 km

三二〇〇キロメートルにおよぶアメリカ—メキシコ間の国境は、カリフォルニア州の太平洋からテキサス州東部のメキシコ湾まで大陸を横断する。その国境を通過する人は年間のべ三億五〇〇〇万人に上り、世界で最も通行の多い国境だ。リオ・グランデ(「大きな川」という意味。メキシコでは「怒る川」を意味するリオ・ブラボーと呼ばれる)が国境に重なるのはエル・パソからだ。この川は二〇〇〇キロ離れたコロラド州のロッキー山脈に水源があり、エル・パソまで南下して東に方向転換し、一八四八年来のアメリカ—メキシコの間の曲がりくねった国境に沿って流れている。テキサス州とメキシコの間の国境だけでも二〇一九キロメートルある。ビッグ・ベンド国立公園あたりで川は大きくカーブするが、それがこの素晴らしい公園の名前の由来である(ビッグ・ベンドとは「大きく曲がる」という意味)。それから南東に向かい、メキシコ湾に注ぐ。このオリーブ色がかったグリーンの川は町や砂漠を通り、カリフォルニア州、アリゾナ州、ニューメキシコ州から続く国境地帯を形成している。この国境地帯はメックスアメリカ(あるいは「アメキシカ」)と呼ばれている。アメリカやメキシコのほかの地域と区別して「第三の国」と呼ぶ人もいるのは、リオ・グランデの両側に住む人々の間に特別な関係があるからだ。

したがって、テキサス州では国境検問所のほぼすべては国境をまたぐ橋にある。[1]全部で二八の道路橋と六つの鉄道橋がある。それらはすべて、国境通過点であると同時に検問所であり、川の両岸の間の柵でもある。それらはこの国境地帯の活発な経済活動と交易の重要性を象徴するものだが、同時に苦しみと暴力のシンボルでもある。国境の大部分には鋼鉄のフェンスもあるからだ。橋はまた、川の両側の双子都市の間にある異種共存性と違いを象徴する。両側の町は直接に接してはいないがともに生き、正反対でも互いに依存している。

エル・パソとシウダー・ファレスの間
——アメリカとメキシコの間の国境橋のシステム

人口七〇万人の国境の町エル・パソは「太陽の町（サン・シティ）」とか「太陽の国（ランド・オブ・ザ・サン）」という呼び名がある。アメリカでは最も治安のいい町の一つだ。あるアメリカの雑誌によると、アメリカで最も住民が満足している都市のランキングで二〇〇九年にラレドに次いで二位になった。エル・パソの国境の向かいのシウダー・ファレス（人口はエル・パソの二倍。一般に「ファレス」と呼ばれる）のほうは長い間「殺人の町（マーダー・シティ）」と呼ばれていた。二〇〇八～一一年の間、麻薬取引の縄張りを巡る犯罪組織間の抗争にメキシコ連邦政府が介入したことから暴力事件が多発した。二〇一〇年には殺人による死者三〇〇〇人を出し（同年、エル・パソでは五人）[2]、「北半球で最も危険な町」と言われた。その麻薬戦

アミスタード湖ダム国際橋の国境標石　©Ariane Dutzi

争は〇七〜一一年の間に一万人近い犠牲者を出した。そのため人口の四割が町を出ていったといわれる。比較的裕福な人や二重国籍の人たちは国境の反対側へ、そうでない人はもっと南の地方へだ。二〇一三年以降は殺人事件が九〇パーセント減少した。犯罪組織はより東へ、メキシコ湾に近いほうへ移動したからだ。こうしてフアレスは再び活気を取り戻し、落ち着いた町になった。しかし、四つの橋で結ばれた二つの町のコントラストは明らかだ。下院のテキサス州第一六選挙区（エル・パソとその周辺）選出のベト・オロアク氏が「二国にまたがる世界最大の都市圏」と言うように、二つの町を一つの都市とみなす人は多い。

　エル・パソではリオ・グランデはあまり水量がなく、ここに架かる四つの橋はセメントの川をまたいでいると言ったほうがいい。川は傾斜の急な堤防のついた狭い運河になっている。昔のように川の流れが変わって国境があいまいになるのを避けるために、アメリカ側が建設したものだ。雨の少ないこの地方では、リオ・グランデの水はペカンナッツ（アメリカ―メキシコ国

エル・パソのサンタフェ橋（パソ・デル・ノルテ国際橋）。アメリカに向かう側はいつも混雑している
©Alexandra Novosseloff

境地帯の特産品)、綿、様々な野菜の農園への灌漑に使われている。エル・パソに現存する橋は、川の両側の交易と観光の発展のために主に一九六〇年代末に建設されたものだ。それ以前の橋は木製の平坦な橋だった。四つの橋のうち二つの橋は市の中心地にある。パソ・デル・ノルテ橋(この橋はファアレスからサンタフェ、ミズーリ州へと北に向かうために二五〇年前に造られた木製の橋の名にちなんでサンタフェ橋とも呼ばれる)とスタントン橋(「よい隣人橋」とも呼ばれる)だ。ほかの二つの橋はもう少し下流にあり、ヒューストンに続く国道一〇号線沿いにある。サラゴサ橋(イーズレータ橋とも呼ばれる)とアメリカ橋(ブリッジ・オブ・ジ・アメリカズ)で、後者はアメリカ―メキシコ間の境界と水に関する協定の適用を監視する「国際境界と水に関する委員会(IBWC)」が管理している。アメリカ橋はエル・パソ都市圏で唯一の料金徴収のない橋であるため、「フリー・ブリッジ(プエンテ・リブレ)」という愛称もある。二〇一七年の数字では、これら四つの橋を七〇〇万人の歩行者、八〇万台の貨物トラック、一三〇〇万台の自動車が利用した。エル・パソはカリフォルニア州のサンディエゴに次いで二番目に重要なアメリカ―メキシコ国境の通過点で、メキシコとの間に年間九二〇億ドルの貿易、小売業で一五億ドルの収益を上げ、それによって一〇万人の雇用を創出している。

アメリカ―メキシコ国境沿いの橋は、アメリカ側ではほとんどが地方自治体が、メキシコ側では連邦政府が管理している。アメリカ合衆国税関・国境警備局(CBP)の職員が入国ポイントを監視し、アメリカ国境警備隊(USボーダー・パトロール)は国境と橋の周辺を監視する。役割分担は明確だ。そのほかに、エル・パソ市役所には国際橋課があり、橋の通行料と橋周囲の道路の駐車料金を管理する。毎年一八〇〇万ドルの橋の通行料がエル・パソ市にもたらされ、その大部分は市の予算に組み込まれる。この国際橋課は旅行者への情報提供、移動手段へのアクセス、快適さ、ストリートファニチャーの設備や美観の改善も担当す

エル・パソのアメリカ側の橋の周辺はアーティストのおかげで快適な雰囲気　©Alexandra Novosseloff

る。橋を渡る前や戻ってきたときに休憩できる日陰スペースの整備の一部がアーティストに依頼され、アート作品がいくつかの橋の入口を飾っている。

これらの橋はすべて同じように機能する。もちろん、メキシコに入るほうが、アメリカに入るより待ち時間が短い。橋を渡る際は歩行者用、自動車用、バス用の三つのレーンに分かれる。貨物自動車（トラック）は市の中心街から離れた、専用の別の橋を使う。その三種類のレーンによってプロセスと待ち時間と料金は変わってくる。

歩行者の通行料金は五〇セント。小さな門をくぐって屋根のある通路（暑さ防止のため）を通って「反対側」へ行く。エル・パソの橋を渡る人は一日平均一万二〇〇〇～一万八〇〇〇人だ。週末や祭日にはほぼ倍になる。つまり、歩行者や自動車はひっきりなしに橋を渡っているのだ。メキシコ人はエル・パソのショッピングセンターでメキシコより安い商品を買う。テキサス州じゅうの国境沿いの町で見られる、アリのように大きな荷物を背負って商売する人たちだ。テキサス大学エル・パソ校のジョサイア・ヘイマン教授は「何がどちらの側で安いかをみんな知っている」と言う。橋の周囲には、あらゆる種類のが

エル・パソとシウダー・フアレスを結ぶパソ・デル・ノルテ国際橋のメキシコ側入口
©Alexandra Novosseloff

らくたやスナックを歩行者や車内で待っている人たちに売ろうとする無許可の物売りや、大きな荷物を抱えた商人やメキシコに住む親戚を訪問する家族などとすれ違う。

橋の真ん中あたりには、国境線が引かれており、その両側に橋の建設年と開通式に出席した大統領の名前が記された記念プレートが貼られている。円錐形の境界石もあり（アメリカ―メキシコ国境には合計二七六個ある）、国境の定まった年月日が記載されている。路面には橋桁の幅いっぱいに黄色いスチール鋲《びょう》が埋め込まれ、国境線を示している。そこから国が変わることをはっきりと示すために、歩道の端にも黄色いラインが引かれている。メキシコ側に着くと、警官や憲兵、兵士すらいるのに、チェックはほとんどない。だれも身分証明書の提示を求めない。彼らは、逆方向なら証明書や許可証がないとメキシコ側に留め置かれるこ

橋の上には必ず国境標石があり、どちら側にいるかを常に明らかにする　©Alexandra Novosseloff

アメリカとメキシコの間のリオ・グランデに架かる橋

とを知っている。

アメリカ側に戻ると、厳密なチェックがあり、簡単に国境を越えることはできない。メキシコからアメリカに行くときは、時間の決まったアポイントメントは取らないほうがいい。メキシコ人には以下の三種類のうち一つが求められる。ビザ付きのパスポート、アメリカ居住カード、そして、国境から四〇キロメートル以上離れた場所には行けないボーダー・クロッシング・カード（カード取得に四〇ドル。五年ごとの更新に二〇ドルかかる）だ。シウダー・ファレス大学のエクトル・パディージャ教授はこう説明する。「橋を渡るとき、人々はストレス、恐れなど様々な感情を抱き、それによって異なる戦略（冗談、嘘、微笑み）をとる」。国境越えを許可されるのに必要な書類がそろっているか安心できない、というストレスはよく聞く話だ。毎日、国境を越えていてもそれはある。規則が変わったかもしれないし、税関員の機嫌が悪いかもしれない。国境を越える人たちの多くは自分たちの権利について十分な知識を持っていない。だから、唯一の解決策は、言いなりになるか、なるべく速く通過するために目立たないように振る舞うことだ。もちろん、アメリカの税関側は人権を尊重してだれでも平等に扱うと言う。しかし、国境を越えるほうは常にそういう印象を持つわけではない。「橋を渡るたびに、疑われているような気がする」と、エル・パソの大学に通うあるメキシコ人学生は言う。待ち時間の長さ、税関員に聞かれる質問、別室に連れていかれる人が見えることなどがストレスを募らせる。わずか二〇年前には、川の流れが変わるのと同じくらい容易に、人々は国境を越えていたのだ。「最近まで、人々は国境を越えているという意識はなかった。彼らは同じ町の別の地区に行き来していただけだった」と、税関・国境警備局（ＣＢＰ）のある職員は語る。だから、日常的に国境を越える人たちは検問などの新たな現実に慣れることができないのだ。

オートバイや車で橋を渡る場合は三ドルかかる。車でメキシコに入るのは逆方向よりずっと速くできる。

エル・パソのサンタフェ橋の歩行者用通路。アメリカに入るほうが難しい　©Alexandra Novosseloff

往来が多い日ならアメリカに入るのに二〜三時間かかることもある。アメリカ当局は待ち時間を一時間以下にしたいと言っているが、混雑に応じてゲートが増えても、それが実現されることは稀だ。国境通過をできるだけ円滑にするために——ただし連邦政府が国境警備分野でここ何年かかけて規定した計八〇〇ほどの法律や規則を遵守しつつ——税関当局や国境警備当局は近年、テクノロジーを用いたシステムを開発した。車やバスには、麻薬やその他の危険な商品を検出できるスキャナーやエックス線検査装置を用いる。それを補完するために訓練された犬も使う。車のナンバー、免許証、国境通過許可証を一瞬にして認知するカメラや生体認証スキャナーが設置された専用ゲートを通れる登録システムも採用された。ＳＥＮＴＲＩ（旅行者迅速検査のためのセキュア・エレクトロニック・ネットワーク）と呼ばれるそのプログラムに登録するには、アメリカ当局が申請者の移民資格や前科、過去五年間の家庭生活・職歴を確認して指紋を取れるよう、申し込み用紙に記入して一二〇ドル払わなければならない。登録されると磁気カードが支給され、数秒間で検問所を通過できる。シウダー・フアレス市民の平均日給は五ドルだから、そういうプログラムには金持ちしか登録できない。

エル・パソのスタントン橋。メキシコに出入りする車のゲート　©Alexandra Novosseloff

麻薬やその他の危険物を検出できるスキャナーやエックス線検査装置で車をチェック
©Alexandra Novosseloff

エル・パソの二重フェンスの上の橋

シウダー・フアレスの五〇代の男性、フリアンさんは「橋は壁にもなりうるんです。とくに、反対側に家族がいる場合は」と言う。すぐ近くなのに遠い。橋のせいではなく、橋が結合の役目をするのを壁が妨げるからだ。エル・パソに国境フェンスができたのは、禁酒法時代の一九二〇年代にさかのぼる。二〇世紀初めにアメリカ初の国境警備隊が設置されたのもエル・パソだ。彼らの仕事は、ニューヨークのエリス島到着後に当局から入国許可をもらえなかった中国人やヨーロッパ人の不法移民がここからアメリカに入るのを防ぐことだった。「ナショナル・ボーダー・パトロールミュージアム」という国境警備隊の活動に関する博物館すらある。密輸人が馬で逃げるのを防止するフェンスも国境に沿って造られ、監視塔もすでに一九三〇年代半ばには建てられていた（ベルリンの壁の監視塔にあまりにも似ているというので破壊された）[3]。一九七〇年代終わりにはフェンスを強化するために有

エル・パソのパソ・デル・ノルテ国際橋は川と国境フェンスの上にある　©Alexandra Novosseloff

刺鉄線が取り付けられた。

しかし、アメリカ、カナダ、メキシコの間に締結された北米自由貿易協定（ＮＡＦＴＡ）をきっかけに「国境の壁」が新たな様相を呈してきたのは一九九〇年代半ばになってからだ。当時、エル・パソは不法移民の最も重要な越境地点の一つだった。国境を非合法な手段で越えようとして拘束された不法移民は、たとえば一九九三年には二八万六〇〇〇人だった（現在はせいぜい一万～一万二〇〇〇人程度）。そのため、国境のセキュリティと監視を強化する「ホールド・ザ・ライン（国境保持）作戦」がスタートした。それ以来、はしごを使ったり、金網を切ったり、下水道やトンネルを通って越境する移民や越境手引き人の知恵に裏をかかれるたびに、当局は国境を強化し続けている。

エル・パソとその周辺の国境は、砂漠の入口にいたるまで次第にコンクリートや壁や金網で強化されるようになり、アメリカ―メキシコ国境でも最も高度な国境になったと言えるだろう。市街地では国境は二重あるいは三重の壁になっている。高速道路と国境保護設

橋と国境フェンスの間のノーマンズランド　©Alexandra Novosseloff

備の間のフェンスはより強固なフェンスに取って代わられた。この茶色のフェンスはだれも切ることができないそうだ。次に遠くからではほとんど見えない人工運河がある。さらに、国境を成す涸れた昔の運河に面したパトロール道や古いフェンス（何度も修理した痕跡が見える）もある。この昔の運河の両側にはパトロール道がついている。さらに赤外線カメラや野球場にあるような投光器も設置されている。パトロールは自動車や自転車で行われる。市街地から遠ざかると、国境保護設備はパトロール道、灌漑用運河、茶色のフェンスだけになる。フェンスは砂漠の入口まで設置されているが、エル・パソの西方面では高さ一メートルの太い杭になり、東側では古い線路をX字形に立てた低い囲いになる。それから先はビッグ・ベンド国立公園の切り立った峡谷だ。こうした様々な形をとるフェンスや囲い――車両侵入防止フェンスと、それより背の高い歩行者侵入防止フェンスが交互にある――はまさに国境全体を閉ざそうとしている。テキサス州のフェンスは他の州より最近のものだ。

エル・パソの新しい国境フェンスとパトロール道　©Alexandra Novosseloff

321
アメリカとメキシコの間のリオ・グランデに架かる橋

しかし、こうした高度な設備もほとんど人々にインパクトを与えない。テキサス州政府やエル・パソ市の幹部も含めた多くの人は、壁はあまり効果的ではないし、お金の無駄遣いだ、移民の真の原因を考慮していないと考える。地元のジャーナリスト、アンソニーさんはこう語る。「この町は壁に囲まれた町であったことはない。フェンスが建設された唯一の理由は、テロの脅威を恐れるオハイオ州の家庭を安心させたいためだ」。元市長も「このフェンスは偽薬《プラセボ》のようなものだ。平均的なアメリカ人に安心感を与えるだけで、決して越境を抑止するものではない。近年、米国土安全保障省はエル・パソとフアレスの間のフェンス建設や改善に何億ドルも費やした。だが、ここ二五年来、効果が上がっていないことはずっと同じだ[4]」。二〇〇九年、エル・パソ市議会はフェンス建設に反対する決議案を満場一致で可決した。その決議案には「世界のある場所で、人々や国々を分断するために建てられた壁は弾圧政策のシンボルであり、自由と繁栄に真っ向から反対するため失敗する運命にある」と記されていた。また、歴史的な場所にフェンスの建設計画があると知った市民も反対した。それはスペイン人のコンキスタドール、ドン・フアン・デ・オニャーテ・サラサルがメキシコから北上して一五九八年にリオ・グランデを渡り北に向かった道だ。この道は以後三〇〇年にわたって主要な交易路だった。

エル・パソの橋を渡ったトラックは国境フェンスに沿った道を通って北へ向かう高速道路に乗る
©Alexandra Novosseloff

エル・パソ。国境フェンスの向こう側にドン・フアン・デ・オニャーテ・サラサルに因む歴史的な場所（1598年）がある　©Alexandra Novosseloff

西部開拓時代のアメリカに新たな文化をもたらし、メキシコから北上する最も古い道とみなされている。その道が今ではエル・パソの壁で遮られているのだ。[5]

国境警備隊もフェンスの効果への疑問については認めている。フェンスは不法移民の行程を遅らせて、国境警備隊が彼らを捕らえる時間を少しかせげるだけだと。それが国境警備隊にとっては、一マイル（一・六キロメートル）当たり六〇〇万ドルかかるフェンス建設の付加価値なのだ。テクノロジーを駆使したこうした設備は、この地域での不法移民を減少させたと彼らは言う。しかし、前述のベト・オロアク氏は、それでも二〇一三年の移民の入国と出国の差し引きがゼロであるのに「セキュリティ設備を建設しすぎた」と批判する。ピュー研究所の調査によると、二〇〇九〜一四年に一〇〇万人のメキシコ人（アメリカで生まれた子どもも含めて）がメキシコに帰還した。二〇一六年、国境警備隊は全国境で四〇万九〇〇〇人近くの不法移民を拘束した（二〇一五年は三三万人）が、その数字は一九七〇年代初めの数字に相当する。[6]アメリカは現在、国境警備に毎年一八〇億ドルを費やしている。移民数の増減は壁やフェンスが原因ではなく、アメリカ経済の状況やメキシコの生活水準の向上、中米のすべての国の法治レベルによるからだ。ジョサイア・ヘイマン氏が「移民は合理的な

エル・パソとシウダー・フアレスの間の国境警備設備はアメリカで最も高度なもの
©Alexandra Novosseloff

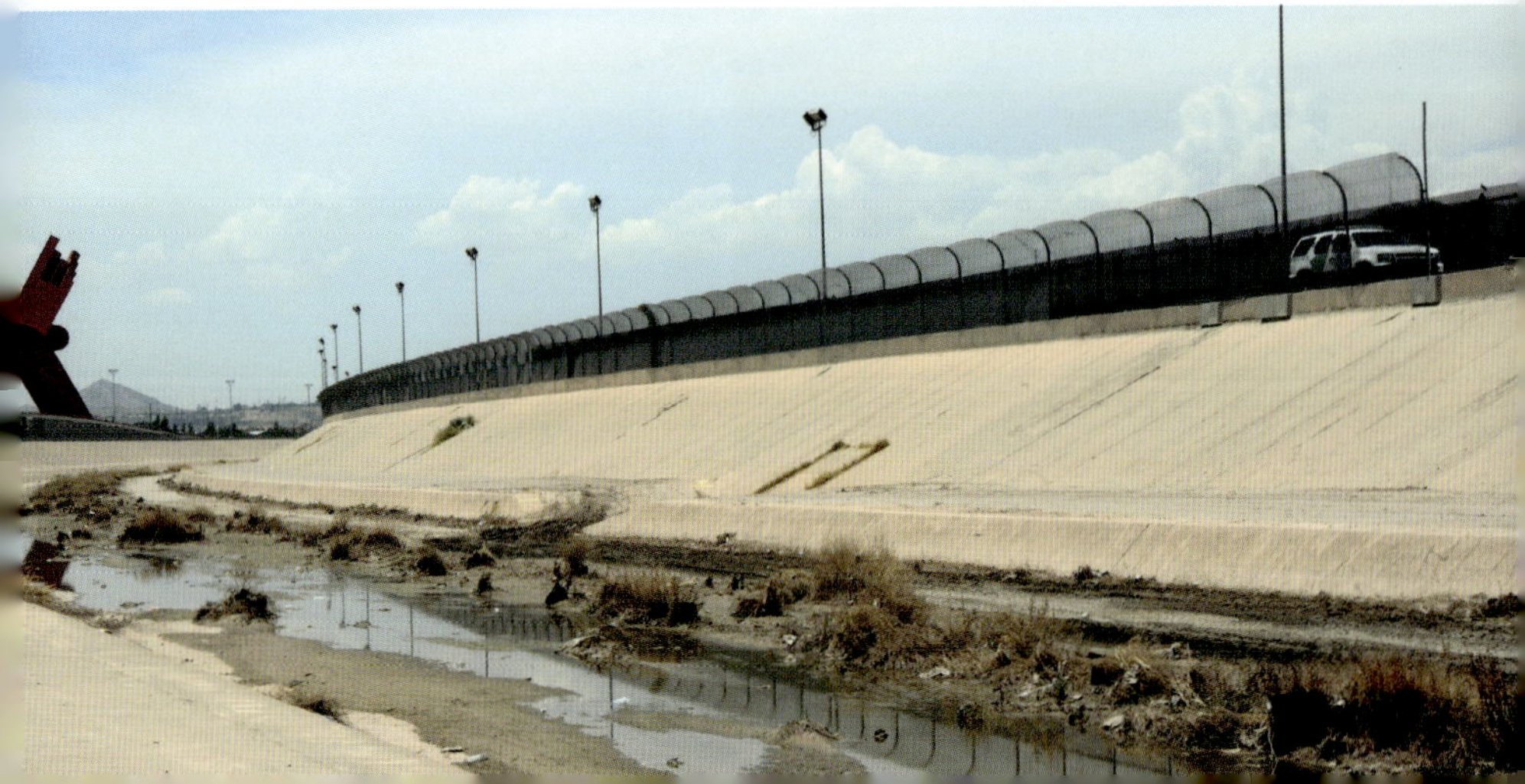

経済の当事者なのだ」と言うように。

しかしながら、アメリカの移民政策はますます抑圧的で厳罰化している。ジョージ・W・ブッシュ大統領政権下のストリームライン作戦採用以来、あらゆる不法入国者は逮捕されて判事の審判を受けるようになった。[7] 国外追放されると前科がつくので、合法的にでも二度とアメリカに入国できない。再び不法入国して逮捕されると、犯罪者扱いになる。つまり、アメリカの司法制度は不法移民を軽犯罪者として扱う。アメリカ―メキシコ国境を通ってテロリストは一人も入国していないし、移民のほぼ全員はよりよい暮らしを求めているだけだと連邦政府は認めているが、多数の犯罪者がこの国境を越えると考えている。

ビッグ・ベンド国立公園に向かう

私たちは魅力的な都市エル・パソを出発して、リオ・グランデに沿ってテキサス南部へ向かった。エル・パソから出るとすぐに、道路の片側は砂漠になり、その反対側は川が潤す畑が広がる。川と高速道路（アメリカ側は一〇号線、メキシ

ビッグ・ベンド国立公園に入る前の最後の町、プレシディオ（米）とオヒナガ（メキシコ）の間の橋
©Alexandra Novosseloff

コ側は二号線）の間のアメリカ―メキシコの両側にはファアレス谷が長さ七五キロメートルに渡って広がり、農業主体の小さな村々がある。このファアレス谷全域は二〇〇八～一一年の麻薬戦争で大きな影響を被った。エル・パソから五〇キロ南にはできたばかりのトルニージョ・グアダルーペ橋がある。二〇一六年二月にメキシコ大統領が開通式を行った六車線の橋だ。将来的にはアメリカ―メキシコ国境で最も利用者の多い橋になる予定だ。この橋は、今では小さく見えるフェービンズ橋（まもなく解体される）に代わるものとして建設された。

シウダー・ファアレスを目指してリオ・グランデを渡るアメリカのトラックは一日三〇〇〇台近い。したがって、エル・パソ市から少し離れた新しい橋は、エル・パソ都市圏の貨物輸送の混雑を解消するのが目的だ。ヒューストンからフロリダへ、ダラスやさらに北に続く高速道路に近いこの橋のほうに貨物輸送が少しずつ移動するよう当局は期待している。この橋はある意味で通商当局の政策を象徴する。エル・パソ郡の

エル・パソの 50 キロメートル南にあるトルニージョ・グアダルーペ橋はできたばかりのピカピカの橋
©Alexandra Novosseloff

ヴィンス・ペレス郡政委員はこう言う。「われわれは国境を越えた商業に非常に依存している。われわれの経済にとって輸送量は非常に重要だから、迅速な輸送のために全力を尽くす。それは国境の両側の経済にとって利益になる」。二〇一六年五月の現時点ではこの橋の通行量はまだ少ない。この橋も完全に閉ざされた国境フェンスの上に架かっている。ところで、もう通行できないフェービンズ橋まで行くには、税関員だけが鍵を持っている扉をくぐらなければならない。

さらに三〇キロメートル南に行くと、フォート・ハンコックとエル・ポルベニールとの間にリオ・グランデに架かる橋がある。トルニージョ・グアダルーペ橋よりずっと重要度は低いが、この橋の次には三二五キロ先にしか橋がない。エル・ポルベニールを過ぎると、国境には何もない。フェンスを造るには地形が複雑すぎるからだ。公式な通過点以外を通って入国すれば五〇〇〇ドルの罰金であると書かれた、ややこっけいな警告板があるだけだ。

次の橋はアメリカのプレシディオ（人口五〇〇〇

トルニージョ・グアダルーペ橋ができたため、フェービンズ橋はまもなく解体される　©Alexandra Novosseloff

人）とメキシコのオヒナガ（同二万二〇〇〇人）を結ぶ橋だ。ここには壁もフェンスもないと、そこの税関員は強調した。そのほうがうまくいくと言いたいようだ。橋の上もリラックスした雰囲気だ。人々は何の問題もなく行き来している。この地方で国境警備隊が不法入国者を逮捕する数は、全国境の一パーセントでしかない。プレシディオが八〇キロメートルほど離れたマーファやアルパインといった人気のある町につながっているのに対して、オヒナガはより孤立している。一番近い大きな町は二四〇キロも離れたチワワしかない。プレシディオとオヒナガはリオ・グランデそして、砂漠地帯の貧困と孤立を分け合う双子の町である。両方とも仕事は少なく、商業も栄えず、危険な地形であることから、不景気な時期には互いに頼り合い、助け合うようになったようだ。地元の人々は密売人がアメリカ側に商品を売りつけるためにこの地域を通ると言ってはいるが、貧しい地域であるため、麻薬密売組織も近寄らない。人々の生活は大変そうだが平穏だ。夏は気温が五〇度近くになる。プレシディオの市長は「ここには犯罪はない（最も最近の犯罪は一九九九年）」「ここは美しい景色しかない」[8]と締めくくった。

　プレシディオを出て一七〇号線を進むと、すぐに雄大なビッグ・ベンド国立公園に入る。アメリカで最も訪れる人の少ない国立公園の一つだ。国立公園管理局によると、「アメリカで野生の自然が残っているまれな場所」だ。ここでは峡谷や切り立った断崖という壮大な自然が三九三キロメートルにわ

（右）プレシディオの橋から見るリオ・グランデ川。ここには国境フェンスはない　©Alexandra Novosseloff
（左）しかし、川を越えると高い罰金刑を科される　©Alexandra Novosseloff

たって越境を不可能にしている。国境は山の谷間や周りの広大な平原の間に消えてなくなっているのだ。まるで「国境という概念が地理的というよりも政治的な建造物である時代にあって、稀な快挙であるかのようだ」[9]。それらの間をオリーブ色のリオ・グランデが流れている。

コミュニティー間のヴァーチャルな橋があるラジータス

国境に沿って走る一七〇号線を進んでいくと、一五ホールの「ブラック・ジャック・クロッシング」というゴルフコースを持つラジータスという町がある。ゴルフコースの名はメキシコの革命家パンチョ・ビジャをリオ・グランデを越えて追ったとされる、アメリカの将軍ブラック・ジャック・パーシング（ジョン・ジョゼフ・パーシング）に由来する。一九世紀に郵便馬車の宿場町だったこの町は、町全体がいくつかの

ラジータスの国境沿いのゴルフコース　©Alexandra Novosseloff

付属建造物を伴う一つの四つ星ホテルのようなもので、都会から遠く離れた切り立った岩がちの荒野にあって周囲から浮き上がっている。だが、ダラスやヒューストンに二時間で行けるプライベートジェット機の飛行場があるので、そんなに孤立した場所でもないようだ。一七〇号線の次の町は二〇キロメートル先のゴーストタウンのようなターリングア村で、何軒かの家が散らばり、レストラン付きホテル「エル・ドラド（黄金郷）」とガソリンスタンドがあるだけだ。ラジータスの川の反対側にはチワワ州ラヒータス（パソ・ラヒータス）村がある。二〇年前には、この小さな村にはおよそ二〇の家族が住み、ラジータスの住民が川に面した店にタコスを食べにやってきていた。[10] リオ・グランデはボート遊覧のできる観光地だった。幅数メートルの川以外に両岸の住民を分けるもののなかった平和な時代を、この地方の人々はみんな覚えている。それが二〇〇一年の米同時多発テ

ラジータス。ボートで国境を渡る人もいるが、捕まれば大変なことになる　©Alexandra Novosseloff

ロ以降、少しずつ変わってしまった。

二〇〇二年五月、ここの国境は突然、閉鎖された。以前のように川を渡った人は逮捕された。そして家族は分断され、商店も廃業した。メキシコ人の子どもたちはターリングアの学校に行けなくなった。ラジータスとラヒータスは隣町なのに行き来ができなくなり、メキシコ人は仕事を続けるためにアメリカ側に住まなければならなくなった。メキシコ側では生活環境が悪化した。車を五分も走らせればアメリカ側に買い物に行けたのに、メキシコ側でラヒータス村に一番近い町は九〇キロも離れている。国境警備隊のパトロールのすきを縫って小舟で川を渡る人もいるが、捕まるリスクは大きい。

ある日、ターリングアに住むジェフ・ヘイスロップさんと友人のコリー・ライアンさん、そしてラヒータス村から南に二〇キロのところにあるサン・カルロス（公式名はマヌエル・ベナビデス）町のラモン・ガルシア町長の三人は何とかしなければと考えた。「私たちは二つの国にまたがる同じ隣人同士です。一方が繁栄していて、他方は孤立しているというのは不公平です」と、コリー

年１回、５月の日曜日に国境の両側の住民が「国境再開」のための声を上げる　©Alexandra Novosseloff

さんは言う。年中、国境を開放することはできなくても、一日だけならできるのではと考えた。ジェフさんは、メキシコ側とのつながりを取り戻すために、自分の好きな音楽を軸にした共同プロジェクトを立ち上げたいと思った。こうして二〇一三年五月、国境閉鎖に反対するデモではなく、二つのコミュニティーの間の絆、「両側の声」という失われてしまったものを思い出すためのお祭りをオーガナイズした。そこから、この国際イベント「フィエスタ・プロテスタ（抗議する祭り）」の名前「Voices form Both Sides」が生まれた。このイベントの開催者たちは、一年に一度だけ例外的に国境を開放するという国境警備隊の同意をとりつけた。長靴をはいてカウボーイハットを被ったラジータス町長とラヒータス村長は国境線である川の真ん中で、一一年間にわたる両岸の完全な閉鎖を皮肉るかのように長い間抱き合った。そして、住民たちはそれにならって川の中に入り、本物の橋が建設されることを願いつつ人間の橋を作った。

それ以来、この祭りは毎年五月に行われる年中行事になり、この珍しいイベントを体験するために遠くからやって来る人、毎年一度だけ親しい人に会いにやって来る人もいる。祭りは公式には正午に始まるが、毎年参加する人たちのいい席はすでにふさがっている。川の両側に一つずつ簡易ステージが設置され、地元のミュージシャンが順番にメキシコの

（右）ラジータスの「両側の声」のお祭りはリラックスした楽しい雰囲気　©Alexandra Novosseloff
（左）結婚 40 年後に結婚の誓いを新たにするセレモニーを川の中で行うカップルも
©Alexandra Novosseloff

歌やカントリー・ミュージックを披露する。食べ物の屋台もあり、イベントのロゴの入ったTシャツがイベント支援のために販売される。家族連れは川の反対岸に向かって雨除けテントやパラソルの下に腰を下ろす。そして、人々は川を渡り始める。そこで歓迎や仲間意識の印として飲み物や食べ物を交換したり、ただあいさつをしたりする。両岸には国境警備隊や警察が目立たないように立って、好意的なまなざしを向けている。人々は川の中を歩きまわり、子どもたちは楽しそうに遊んでいる。だれがどちらの側から来たのかわからなくなって、国境が消えたかのように見える。

暑い日だ。川の中に椅子を持ち込んでいる人すらいる。友人に囲まれたカップルが、結婚四〇年後に結婚の誓いを新たにするセレモニーを川の中で行っている。人の心を浮き立たせるような音楽につられて、

ラ・リンダ橋は1997年から閉鎖されている。その向こうに見えるのは壮大なビッグ・ベンド国立公園
©Alexandra Novosseloff

川の中でステップを踏む人もいる。リラックスした雰囲気だ。あらゆる年齢、あらゆる服装をした人々がいる。夕方になると、ほとんどの人たちが川の真ん中に来て、手をつないで人間の輪を作り、ファランドール（南仏プロヴァンス地方の手をつないで踊るダンス）と化す。これが今日のイベントの目玉だ。政治的なメッセージではない、と人々は言う。音楽を通じて絆を取り戻すこと、日没まで楽しいひと時を過ごすことがメインなのだ。

このイベントをいつまで続けられるか、主催者たちにはわからない。毎年、川の水位は上がっている。明日はどうなるだろう？　多くの人々はここから七五キロ下流のボキージャス・デル・カルメンのように国境通過点が開かれることを望んでいるだろう。ボキージャスでは二〇一一年一月から船で人々が両岸を行き来することができるようになった。そこから二キロのアメリカ側には「人口二〇〇人、犬四〇〇匹、サソリ百万匹」と言われるボクィラス村（リオ・グランデ・ヴィレッジ）がある。そこに二〇一三年に小さな税関ができた。川岸から三〇〇メートルのところだ。ビッグ・ベンド国立公園の職員が迎えてくれて、カメラ、パスポート用のスキャナーと電話の付いた装置のそばに案内してくれる。その電話でアメリカのどこかにいる税関員と話せば、いくつかの質問の後、国境を越える許可を出してくれる。

ラジータスからビッグ・ベンド国立公園の中心部を通って九〇キロメートル行くと、道路の突き当たりに国境を越えるラ・リンダ橋が見える。橋の名前はメキシコ側の打ち捨てられたかのような村の名から来ている。しかし、一九九七年に麻薬密売人がメキシコ人税関員を殺した事件以来、閉鎖されている。橋の真ん中はフェンスでふさがれ、橋の入口にはコンクリートの障害物が置かれている。アメリカ側には何もなく、完全な静けさで、息をのむような風景だ。以前、一人の住民がここをアメリカとメキシコの「平和の公園」にしようとしたが、その夢を実現する前に亡くなった。次第に朽ち果てていく橋を自然が飲み込もうとしている。私たちは、そこからマラソンに向かい、マラソンから九〇号線に乗って二五〇キロ離れたデル・リオを目指した。デル・リオから南テキサスが始まる。

デル・リオとイーグル・パスを通って南テキサスへ

ビッグ・ベンド国立公園を抜けると、リオ・グランデ、ペコス、デヴィルズの三つの川がテキサス州で最も大きな湖の一つ、アミスタード湖（「友情の湖」という意味）で合流する。湖周は一〇〇〇キロメートルにおよぶ。そこに架かる長さ一〇キロの橋（ダムを兼ねる。一九六九年建設）には二羽の大きな鷲の像がアメリカとメキシコの間の国境と友好を表している。それと平行して大きな鉄道橋も架かっている。峡谷を越え、蛇行が続いた後、リオ・グランデはデル・リオ（人口五万五〇〇〇人）に達する頃にはより静かで平坦な川になる。ここでも、アメリカ側のデル・リオとメキシコ側のシウダー・アクーニャ（人口二二万五〇〇〇人）

イーグル・パスとピエドラス・ネグラスの市街地を結ぶ橋　©Alexandra Novosseloff

は双子都市とみなされている。テキサス州のほかの国境の町と同様に、デル・リオの住民も自分たちの町が最も感じがよくて清潔だと思っている。こととシウダー・アクーニャの間には長さ六二〇メートルの国境橋がある。その下には、近年、黒い金属柵のフェンスが建設された。

その次の町は七〇キロメートル離れたイーグル・パス（人口二万八〇〇〇人）だ。この町は一〇年前までは静かな田舎町だったが、テキサス国境のほかの中規模の町と同様、メキシコ側の隣町の急成長のおかげでめざましい発展を遂げた。イーグル・パスのメキシコ側の隣町ピエドラス・ネグラス（「黒い石」という意味で、この地域の鉱山の黒い石が由来。人口一六万四〇〇〇人）はメキシコ風トルティーヤ・チップスに溶かしチーズをかけた「ナチョス」発祥の地とも言われている。この町にある北国境博物館には、この地域の文化の特殊性を示す展示が見られる。イーグル・パスはリオ・グランデ沿いで最初のアメリカの植民地だった。その名は、リオ・グランデ周辺の丘の形が鷲が羽を広げた形に似ていることからつけられた。両岸の町を結ぶ橋は二つあり（二つの橋は一キロメートル離れている）、一つは町の中心地を結ぶ「イーグル・パス・ブリッジ」という古い橋で、もう一つは一九九〇年代終わりに建設された「カミノ・リアル・インターナショナル・ブリッジ」である。前者の橋脚はテキサス州旗とアメリカ国旗の色にペイントされ、橋の下の広大な河川敷には青空市場と駐車場とフットボール場があり、もう少し遠くにはゴルフ場も見える。メキシコ側の河川敷も整備されている。

二〇〇八年から〇九年にかけて、連邦当局は一一〇〇万ドルかけて黒い金属柵を建設した。こうして市の中心地とスポーツグラウンドが分離され、後者は川とフェンスの間に入ってしまった。まったく合理的ではないと、住民は不満を募らせた。イーグル・パスに住むギジェルモさんはこう言う。「このフェンスは侮辱的だ。みんなとまどっている。イーグル・パスとピエドラス・ネグラスは一つのコミュニティーを成してい

イーグル・パス。橋脚はテキサス州旗とアメリカ国旗の色にペイントされている　©Alexandra Novosseloff

るんだ。互いに結婚もするから、川向こうに家族もいる。イーグル・パスの子どもはピエドラス・ネグラスの学校にも行っているんだ。ぼくらは毎日川を渡る。以前は一日に何回も渡っていたんだ[11]」。しかし、連邦当局の狙いは、国境警備隊が捕まえる時間のある場所、麻薬密輸人も通る場所に不法入国者に行ってもらいたいということだろう[12]。

メキシコから大量の商品が入る国境の町ラレド

イーグル・パスから一〇〇キロメートル南にあるラレドはアメリカ初の陸の商港である。ラレドは一七五五年に設立され、スペイン人が主な住民だった[13]のが、メキシコ政府に反抗した短命のリオ・グランデ共和国（一八四〇年）の首都になり、その後、人口二五万人というアメリカ—メキシコ国境で三番目に大きいアメリカの都市になった。ラレドと対岸のメキシコの町ヌエボ・ラレド（人口三七万五〇〇〇人のうち、アメリカ国籍の人が二〇〜三〇パーセント）とは

デル・リオには近年、黒い金属柵のフェンスがリオ・グランデ沿いに建設された　©Alexandra Novosseloff

一八四八年のグアダルーペ・イダルゴ条約締結までは一つの町だった。条約で二つに分割され、メキシコ側がヌエボ（新しい）・ラレドとなった。「ロス・ドス・ラレドス」（二つのラレド）と言われる所以だ。この二つの町の間の最初の橋は一八八九年に建設された。

二つの町はいくつかの交通網の幹線（道路と鉄道）が合流する場所にあり、戦略的地点である。メキシコのモンテレイおよびアメリカのサン・アントニオから等距離にあり、アメリカ北部に続く幹線道路の一つである州間高速道路三五号線（カナダとアメリカ、メキシコを結ぶことからＮＡＦＴＡスーパーハイウェイと呼ばれる幹線道路の一部を成す）が通る。「ラレドからテキサスは始まる」と地元の人は言う。このルートは南部の家畜を北部の平原（カナダまで）に連れていくために一九世紀から使われた伝統的な道だった。さらに、ラレドは中米から来る道路もある。こうした戦略地政学的な位置から、ラレドを中心とする地域は交易と移民が集中する場所になっているのだ。その証拠にここには四つの橋があり、重要な役割を果たしている。四つのうち二つは市内（ゲートウェイ・トゥ・ジ・アメリカス国際橋およびフアレス・リンカーン国際橋）にあり、残り

「ロス・ドス・ラレドス」（二つのラレド）のゲートウェイ・トゥ・ジ・アメリカス国際橋（第１橋）
©Alexandra Novosseloff

の二つは市外にある（ラレド―コロンビア・ソリダリティー国際橋および世界貿易国際橋）。

世界貿易国際橋はラレドを通関する交易の規模を象徴している。ここで二〇〇〇年四月、当時、共和党大統領候補だったジョージ・W・ブッシュが当時のメキシコ大統領エルネスト・セディージョの同席のもと、過去には「壁がアメリカとメキシコを分断した」が、今後は「交易と友好と自由の橋の建設に取りかからなければならない」と宣言した。メキシコに輸入されるアメリカ製品の四七パーセント、アメリカに輸入されるメキシコ製品の三六パーセントがラレドとヌエボ・ラレドの間の橋を通る。ここでは「野菜・果物からテレビ、洗濯機、乾燥機、冷蔵庫、車から医薬品まであらゆるものがメキシコからアメリカに渡る」[14]

二〇一七年一月の一ヶ月間でラレド税関区はアメリカ―メキシコ間の双方向で四五〇億ドルの商品を扱った。これはアメリカ―メキシコ間のこの月の総貿易額の半分に当たる。アメリカの総貿易額から見ると、ラレド税関区の扱い高はニューヨーク税関区、ロサンゼルス税関区に次いで三位である。二〇一六年の数字では、ラレド税関区の総貿易額は二八三〇億ドルだった。テキサス州南部を通過する貿易の六五パーセント以上はラレド経由だ。両国間の一日の貿易額はおよそ一四億ドルと推定される。[15] この一〇年間でメキシコの対アメリカ輸出額は一〇六パーセント、アメリカの対メキシコ輸出額は一二一パーセント増加した。アメリカ―メキシコ貿易分野にかかわる雇用はアメリカで六〇〇万で、全被雇用者の二四人に一人の割合だ。メキシコはアメリカの二番目の輸出先であり、三番目の輸入先である。テキサス州だけに限ると、四五万の雇用が対メキシコ貿易に依存している。こうした数字を見ると、両国が依存し合っていることがよくわかる。テキサス州とメキシコの間の国境の橋はその相互依存の媒介役を果たす。両国間の貿易の八割はトラック輸送によるものだ。マキラドーラ制度（メキシコ国内の工場が輸出向け製品を製造する際に、原材料・部品、機械などを無関税で輸入できる保税加工制度）を利用する何千という国境沿いにある組立工場（「マキラドラス」）からトラック輸送されるためだ。

フアレス・リンカーン国際橋（第２橋）　©Alexandra Novosseloff

貨物トラックができるだけ迅速に国境を通過できるよう非常な努力がなされていることがわかる。ラレドの四つの橋を毎日、一万台のトラックが通行する。その通行料がラレド市に五一〇〇万ドルの歳入をもたらす。トラックの八五パーセントは世界貿易国際橋を利用するため、市は九〇〇万ドルを投入して、国境通過をスムーズにするための最新テクノロジーを駆使した自動化を進めた。メキシコにもアメリカにも、トラックはそのまま入れない。記入すべき書類やチェックが多数ある。そうした手続きを迅速化するために、いくつかの手順が新設された。人の国境越えのＳＥＮＴＲＩプログラムに相当するＦＡＳＴ（フリー・アンド・セキュア・トレード）プログラムだ。製造者から輸送者（運転手も含む）、輸入者までのすべての供給網がＣ－ＴＲＡＴ（テロ防止のための税関産業界提携プログラム）に沿ったロジスティック網の安全基準にかなっているとあらかじめ認定されれば、より迅速な専用ゲートを使える。トラックの重量と容量はスキャナーによって一六秒で計量できる。ただし、橋を渡る前後にトラックは積荷を倉庫（そこで当局が検査する）に降ろさなければならない。あるいは、コンテナの中身をチェックできるエックス線にかけてもよい。検査システムの明確な計画とその遵守を必要とする一連のプロセスである。

（左）ラレドの４つの橋は平均して月に25万人の歩行者と45万台の車が渡る　©Alexandra Novosseloff
（右）米メキシコ間の総貿易の半分がラレドを通関する　©Alexandra Novosseloff

ワシントン・デイ・フェスティバル
――国境地帯のユニークなお祭り

ラレドとヌエボ・ラレドは、エル・パソやシウダー・フアレスと同様に暴力と治安悪化を経験した。ラレドは一時期、戒厳令が発令されて州兵が派遣されたこともある。二〇〇五〜一〇年の間、ヌエボ・ラレドでは夜間に外出する人はいなかった。人々は自分の家に軟禁されていたようなものだ。当然、社交生活もなかった。暴力や汚職を告発するのは危険なため、ジャーナリストも沈黙を守った。あるジャーナリストは自社新聞（「エル・マニャーナ」）の社屋に二〇〇五年二月に撃ち込まれた弾丸の跡を見せてくれた（その後バリケードも設置された）。こうした状況は両岸の二つの町のつながりに影響を与えた。アメリカ人はよほどの理由がないと対岸に行かなくなり、メキシコ側で働いていてもアメリカ側に住むことができるメキシコ人はそうした。二〇一一年からは、シウダー・フアレスと同様に次第に普通の生活が送れるようになった。

ラレドはジョージ・ワシントンの誕生日を祝う国で唯一の町。毎年２月に各種イベントが１週間続く
©Alexandra Novosseloff

一年のうち、ある月、ラレド市民と（ラレドより少ないが）ヌエボ・ラレド市民は不安や生活の困難さを忘れる。それはアメリカの祝日「プレジデント・デイ」がある二月だ。ラレドはアメリカ合衆国憲法の制定者であるジョージ・ワシントンの誕生日を祝う国で唯一の町だ。一八九八年に白人アメリカ人結社（「The Improved Order of the Red Men」）が町でこの日を祝うべきだと決めたのが発端だ。この結社は、ジョージ・ワシントンは、メキシコにとってのミゲル・イダルゴや南米にとってのシモン・ボリバルといった植民地解放者の先達とみなされるため、人々をまとめる要素になりうると考えた。一九二三年、ラレド・ワシントン誕生祝賀協会が設立され、そこが企画・運営する一連の行事に毎年五〇万人近い見物人が集まる。[16] メキシコとの友好を祝う祭りではあるが、人類学者のイレイン・ペーニャ氏が指摘するように「ラレド市民に、彼らの足の下にある土地はアメリカのものだと再認識させるため[17]」でもある。

一週間の間、イベントが目白押しだ。まず初めに、ラレドとその周辺の住民が祝う「ポカホンタス姫舞踏会」で幕開けする。数日後には大規模な航空ショー（Stars and Stripes Air Show）。そのほか、マーサ・ワシントン・ソサエティーが主催する植民地舞踏会という別の舞踏会があり、見物客を二〇〇年前の時代に引き戻す。舞踏会の前には「騎

ポカホンタスとマーサ・ワシントン・ソサエティー舞踏会のデビュタントがお祭りの主役
©Alexandra Novosseloff

士カクテルパーティー」があるが、ラレド市の幹部と地元名士すべてが参加するセレブの集まりで、参加者は最上の夜会服を身に着ける。彼らは夜の八時になると、市民センター別館の劇場に移動する。そこでは、国家斉唱、祈禱、公式スピーチがあり、その後、デビュタント（社交界にデビューする上流階級の若い女性）が男性に付き添われ、慣習通りの作法で紹介される。彼女たちの最高四〇キロの重さのドレス（一万五〇〇〇～三万ドル）が重そうだ。フランスのマリー・アントワネットと同時代のマーサ・ワシントンが、リオ・グランデがまだ国境ではなかった植民地時代に身に着けていたタイプのドレスである。デビュタントたちが舞台中央の階段を降りた後にするうやうやしいお辞儀はこのイベントの見所だ。地元歴史家によると、この舞踏会は民族的でなく社会的なラレドの分裂を表している。[18]このデビュタントの一員であることは、一族の伝統だ。それは一九三九年に設立されたマーサ・ワシントン・ソサエティーのメンバーになることを意味し、名誉と責任と伝統を背負うことだ。旅

「抱擁セレモニー」は国境の両側の友好を祝うお祭りの目玉　©Alexandra Novosseloff

行者にとってはシュールな体験である。

舞踏会の翌日は、舞踏会参加者がラレド最古のホテル「ラ・ポサダ」から供される六時の朝食に集まる。それが終わると、一行はこの週の一連の行事のメインイベントのために五時間にわたって閉鎖されるファレス・リンカーン国際橋（別名「二番橋」）に向かう。七時半に、国境線から数メートルのアメリカ側で両国と二つの町の友好を祝う「橋の国際セレモニー」が始まる。主催者、両市の幹部、スポンサーらの英語とスペイン語のスピーチの後、アメリカ国歌斉唱とお祈りが終わると、伝統衣装に身を包み、自国の国旗を持ったメキシコ人の男の子とアメリカ人の女の子がそれぞれの側からやってきて抱き合う。これが「抱擁セレモニー」だ。「これは単なる抱擁以上の意味がある。二つの国とわれわれのコミュニティーの長い友好を象徴する真の抱擁だ」と、主催者団体の一人は言う。二人の子どもが国旗を交換すると、二つの町の代表者やその他の機関の人々が抱擁に加わる。二つの町の市長、両側の国境警備隊長、税関長、司教、警察署長らが次々と抱き合う。二〇〇一年以前なら、この日はだれもが身分証明書なしで国境を行き来したのだが、今ではみんな自国の側に帰る。唯一の例外は、この数時間後に始まるアンハイザー・ブッシュ（ビールメーカー）＝ワシントン誕生日パレードに参加するヌエボ・ラレド市長だけだ。ポカホンタス姫、マーサ・ワシントン・ソサエティーやその他の団体や当局者が笑顔で行進する。このパレードがこの一週間の行事のなかで最もポピュラーなイベントで、何千人という人々がサン・バーナード・アヴェニューの沿道に見物に集まる。

マッカレンからブラウンズヴィルまでのリオ・グランデ谷は中米移民の通過場所

ラレドを過ぎると、すぐにリオ・グランデ谷（地元の人々はＲＧＶと呼ぶ）が始まり、メキシコ湾まで続く。テキサス州で最も貧しい地域であり、今では最も暴力が蔓延する地域でもある。治安は下流に行くにしたがって悪くなる。シウダー・フアレスやヌエボ・ラレドは改善されてきたが、レイノサ（人口六七万五〇〇〇人）やマタモロス（同五〇万人）では暴力がまかり通っている。この二つのメキシコの町は「南テキサスのシチリア島」と呼ばれ、誘拐や強姦を犯す組織犯罪がはびこり、身代金要求がビジネスと化している。タマウリパス州はメキシコでも最も行方不明者率の高い州の一つだ。たとえ数時間でも、川の向こう側に行くのはリスクが大きすぎるだろう。

リオ・グランデの滞水池であるファルコン湖、ローマとリオ・グランデシティ（それぞれ一つずつ国際橋を持つ）を過ぎると、マッカレンに着く。ここからブラウンズヴィルまで八〇キロメートルにわたる都市化した地域が続き、総人口は一三〇万人を数える。マッカレンは急速に発展した都市としてはアメリカで三番目で、最も物価が安い都市の一つだ。この地域には合計九つの橋があるが、そのうち最も新しい二つは、国境を越える商品輸送能力を引き上げるために二〇〇七〜〇九年に建設されたアンザルデュアス国際橋と二〇一〇年

テキサス州で最も貧しい地域にあるマッカレンの橋　©Alexandra Novosseloff

建設のドナ国際橋だ。一九七三年に特恵関税地区が設置されたマッカレンは、アメリカで最も小売販売高の高い都市である。自由貿易協定（NAFTA）のおかげだ。地元の人たちは「イッツ・ナフタスティック！」（NAFTAとファンタスティックをかけている）とよく言う。しかし、マッカレンは肥満人口の多さでも有名だ。

ブラウンズヴィルにはリオ・グランデ谷地域で最も古い橋、B&M国際橋があり、「古い橋」と呼ばれている。一九〇九年に建設された当時は旋回橋（スイング・ブリッジ）としてユニークな橋だったが、竣工する頃にはすでに河川輸送がなくなっていたので、その機能は無用になった。全国境で鉄道橋を兼ねた唯一の橋でもある。ブラウンズヴィルでも毎年二月に、メキシコ側のマタモロスとの連帯を互いの伝統を尊重しつつ示そうとするフェスティバルが行われている。「チャーロス・デイズ」だ。このフェスティバルは大恐慌の一九三七年に「国全体とこの町が陥った暗い時代への対抗策として、何人かの商人が提案して」始まったものだ。イベントでは商人たちがメキシコとの近さを祝い、メキシコの伝統的衣装を身につけたり、国境地帯のヒーローであるメキシコのカウボーイ（チャーロ）に敬意を表する。何年間かはこのフェスティバル期間中は橋を開放して両側の友人や家族たちがともに参加していた。ラレドと同様に、二つの町の友好関係が町の中心のゲートウェイ国際橋の上で祝わ

ブラウンズヴィル。不法移民の流れは数年前からテキサス南部に移動した　©Alexandra Novosseloff

れる。この行事は「ハンズ・アクロス・ザ・ブリッジ（橋を越える手）」と呼ばれ、ラレドほど組織だった行事ではないが、両市の市長が握手をしてフェスティバルがスタートし、伝統衣装を身につけた子どもたちが国旗とプレゼントを交換する。

リオ・グランデ谷地域は二〇一四年に中米からの女性や子どもの大量移民流入という人道的危機を経験した。二〇一三年一〇月から一四年九月の間に親を伴わない六万八五四一人の未成年が国境警備隊に身柄を拘束された。この数字は二〇一〇〜一一年の同時期に比べて七七パーセント増だ。中米からこの地域に移民が流れてくるのは、商品が流れてくるのと同じ理由だ。リオ・グランデ谷地域はテキサスの中でも最も中米諸国に近い。しかも、カリフォルニア州の砂漠やアリゾナ州、ニューメキシコ州でフェンスの建設が進むにつれて、不法入国者の波はテキサスに移動した。以前は移民たちは川を渡るのを躊躇し、砂漠を越えるほうを好んだが、今はそうではない。フェンスが六〇キロメートル「しかない」上に、人口密度の高いリ

アメリカンドリームを追って越境する移民は中米諸国人が多くなっている　©Alexandra Novosseloff

オ・グランデ谷地域は国境越えが容易だと思うのだろう（実際にはそうではないのだが）。リオ・グランデ谷を中心とした不法入国者の拘束は二〇一三年に八〇パーセント増加した（同時期、アリゾナ州では減少）。二〇一二〜一四年に国境を越えようとして死亡した移民数は、テキサスがアリゾナを追い抜いた。

　メキシコ人の不法入国者は次第に減少し、代わりに中米諸国（グアテマラ、ホンジュラス、ニカラグア、エルサルバドル）などのいわゆるＯＴＭ（メキシコ人以外の人々 Other than Mexicans）が増えている。こうした不法移民はアメリカ大陸で最も貧しく、最も絶望した人々なのだろう。二〇一五年の一年間で二五万二六〇〇人の中南米移民がアメリカ―メキシコ国境で拘束されたが、そのうち三分の二はリオ・グランデ谷においてである。毎年、中南米から一五万〜四〇万人の人が貧困、そして中米諸国を支配するギャング（集団で移動する獰猛なグンタイアリを意味するスペイン語複数形のマラブンタスから「マラス」と呼ばれる。[19] その数は八万五〇〇〇人にも上る）の非道な暴力から逃げてくるとされる。中米北部三角地帯と呼ばれるグアテマラ、エルサルバドル、ホンジュラスの三国は事実上、内戦に近い状態にあるため、難民としての亡命申請を可能にするべきだ。国連難民高等弁務官事務所（ＵＮＨＣＲ）によると、ベリーズ、コスタリカ、メキシコ、ニカラグア、パナマに難民申請をしたエルサルバドル人、ホンジュラス人、グアテマラ人は二〇〇八〜一四年の間に一七九パーセント増加した。同時期にアメリカ合衆国における難民申請は三七〇パーセントも増加し、二〇一六年にはその数は一四万六〇〇〇人に達した。グアテマラ、エルサルバドル、ホンジュラスの三国で計九パーセントの国民がすでに国外に移住しているという統計もある。二〇一五年時点で、この三国生まれの三四〇万人がアメリカで暮らしており、二〇〇〇年の倍に増えた。うち五五パーセントは不法移民だ。[20]

　二〇一三年に、ホンジュラスの首都テグシガルパは人口一〇万人に対して殺された人一八六人という、世界最悪の数字を記録した。二〇一五年にはエルサルバドルの首都サンサルバドルが人口一〇万人に対して殺

レイノサ。アメリカ－メキシコ国境で亡くなった移民のための碑　©Adam Isacson

された人一〇三人で世界一になった（アメリカは人口一〇万人に対して五人）。グアテマラでは子どもが飢餓で死に、ホンジュラスでは国民の六六パーセントが貧困線以下の生活水準だ。エルサルバドルではギャング間抗争の休戦協定が終わったため二〇一四年に殺人事件が五七パーセント増加した。エルサルバドル人は四億ドル、ホンジュラス人は二億ドル、グアテマラ人は六〇〇〇万ドルを毎年、恐喝のために払っている。ギャングに加わりたくない若者は、強姦や強制加入を避けるために国を逃れるしかないのだ。それに麻薬密売も加わる。アメリカに入るコカインの九割は中米を経由する。だれもそんなところに残っていたくはないだろう。

こうした移民たちはまず、グアテマラ―メキシコの国境越えをする。ここで最初の橋を渡る。そこからメキシコ北部に向かう「獣列車」と呼ばれる（移民たちをあっという間に無一文にするため）列車に乗る[21]こともできるが、危険なため、バスでアメリカ―メキシコ国境まで行く人が多い。彼らにとってメキシコは経由するだけの国だが、危険はつねにある。移民たちは道中にうようよいる麻薬密売人や強盗や汚職警官を避けなければならない。アムネスティ・インターナショナルの二〇一〇年四月の報告書は次のように警鐘を鳴らしている。「移民のメキシコ通過は犯罪組織のおいしい収入源になっており、移民の誘拐と身代金要求は日常茶飯事である。（中略）移民保護が優先課題ではないという考え方のためなのか、あるいは犯罪者に対する政府当局の積極的または消極的な共犯によるものか、いずれにせよ当局の無策が、こうした犯罪を根付かせている」。アメリカ当局も、メキシコが背を向ける中米からの不法移民の取締りをメキシコ当局に要求している。

リオ・グランデは国境越えを試みる移民たちからは「死のライン」と呼ばれている。彼らは監視されていない箇所、センサーなどがなく、国境警備隊員があまり来ない場所を見つけなければならない。そして越境手引き人（「コヨーテ」と呼ばれる）によっていくつかのグループに分けられ、筏で川を渡る。独自に渡る人たちは、麻薬を運ぶ代わりに助けてやろうという麻薬密売人を避けるようにしなければならない。泳いで渡る人（服が濡れない方法を工夫する）や、大きな浮き輪を使って渡る人もいる。たいがいは夜に渡るので、暗闇の中でいつでも自分の位置がつかめるようにして、流されたり、急流に巻き込まれないように気を付けなければならない。[22] さらに、川を渡る前と後には、砂漠を歩くとの危険もある。その砂漠が一番危険で、死に至ることもある（行き倒れの死体の多くは川から八〇キロメートル以上も離れたところで見つかる）。地獄の道行きだ。

国境越えに失敗した人たちは「移民の家（カサ・デル・ミグランテ）」に行くこともできる。国境沿いの町には必ず一つはある。メキシコ人なら三日間、中米諸国人なら二週間ほど滞在できる。「たいがい、移民は急いでいる」。彼らは最低限の日数しかいない。なるべく早くにまた国境を越えることが目標だからだ。ホンジュラス人のホルヘさんは貧困と暴力から逃れようと家族を残して七回の国境越えを試みた。今のところはまだだが、いつか成功すると信じている。体力回復のために人々が移民の家を作ってくれたことを神に感謝していると言う。メキシコ人のノルマさんはアメリカのユタ州に三六年間住んだ後、「いくつかバカなこ

（左）シウダー・フアレスの「移民の家」。越境に失敗した人たちが休息する　©Alexandra Novosseloff
（右）ブラウンズヴィル周辺。川岸からアメリカ領土側にフェンスが造られ続ける　©Alexandra Novosseloff

とをして」数ヶ月ほど刑務所に入れられてから強制送還された。彼女はよく知らない祖国にいるわけだ。それぞれ、いろんな困難な生活があり、移民のドラマがある。

移民の出身や性質も変わっていく。今日では、不法入国しようとする人たちは中米から来る男性が多くなっており、メキシコ人は少なくなっている。子連れの女性や、親と同伴でない未成年も増えている。こうした未成年たちはドリーマー（夢見る人）と呼ばれる。不法移民一〇人のうち、三人は女性で、四人は未成年だ。アメリカの法律によると、アメリカ領土で拘束された女性と未成年をアメリカは受け入れなければならない。ところが、二〇一八年五月にアメリカ当局は子どもと親を引き離すという非人道的な行為に出たため、アメリカ全土で批判の声が上がった。結局、そうしたやり方は見直され、家族みんなを拘束することになった。拘束された女性や未成年は最近では電子ブレスレットを装着され、当局が居場所を追跡でき、理由があればいつでも強制送還できるようになっている。こうした措置はすべて、移民の意志をくじくためなのだが、失うもののない移民たちの決意を本当にくじくことができるのだろうか？

不法移民たちの多くはアメリカに家族がおり、その家族が仲介者「コヨーテ」にお金を払う[23]。越境手引き人への手数料は子どもなら二五〇〇～四〇〇〇ドル、大人なら五〇〇〇～七〇〇〇ドルが相場だ。お金もなく、アメリカ側に親戚や知り合いもなく国境を越える人もいるが、そういう人は弱い立場にあり、簡単に犯罪組織の魔の手に落ちてしまう可能性が高い。

リオ・グランデ谷地域では、二〇〇八～〇九年から予算に応じて少しずつフェンスが建設された。この地域では川沿いの土地が個人の所有地であるために、よそよりもフェンス建設に時間がかかった。多くの地主が連邦政府を相手取って起こした訴訟の裁判は二～三年かかる。しかも、川が増水したときに水の流れを妨げないように（このことは両国政府とも合意）、フェンスは既存の堤防か、あるいは川岸からアメリカ側の

アメリカとメキシコの間のリオ・グランデに架かる橋

領土（時には二キロメートルも入ったところ）に造られなければならない。こうして建設費は膨大になり、場所によっては一マイル（約一・六キロメートル）当たり一五〇〇万ドルにも達する。フェンス建設地は畑であるところも多く、畑がフェンスに分断される。こうして玉ねぎやキャベツやサラダ菜の畑二万ヘクタール近くがフェンスと川の間にはさまれた。

このような農地を横切るフェンスは、川とフェンスに囲まれたノーマンズランドを作り出す。農家が畑にアクセスするための扉がフェンスに作られたところもあるが、多くは放置されるか、買い手はまれだが売られるか、国境の反対側に住むメキシコ人に「占領」されている。ブラウンズヴィルでは、フェンスが大学キャンパスの周囲を通っている。ブラウンズヴィルの市街地にフェンスが建設される前、市長は川沿いに遊歩道を造ろうと計画していた。壁ができたことで、この計画は実現できなくなり、住民の反対運動でもどうすることもできなかった。そもそも、住民の意思は問われなかったのだ。

地元の人々はフェンスの有効性に懐疑的だ。国境を警備する人たちですら、「彼らはフェンスを越えたり、下をくぐったり、フェンスを破ったりする。フェンスで国境を閉ざすことはできない。越境防止の助けにはなるだろうが、解決策ではない[24]」。麻薬密売人はすでに柵の間を抜けられるように包みの形を変えているだろうし、国境に沿って梯子の数は増えているだろう。川沿いのフェンスに沿った家々や牧場の住民たちは、不法移民や麻薬密売人——この二者を区別するのは難しい——が畑や庭を横切るのをいまだに見るし、彼らが残したゴミは今もあるし、彼らを追いかける国境警備隊の車の音をいまだに聞く。

パラドックスに満ちた国境地帯

世界第四位の経済を担う、人口一億人のアメリカ―メキシコ国境地帯にとって、二つの重要な出来事があった。一つは北米自由貿易協定（NAFTA）の締結であり、もう一つは二〇〇一年九月一一日の米同時多発テロである。この二つの出来事の前後では状況が一変した。NAFTA締結と発効前は、人々は身分証明書や許可証なしに国境を行き来した。その中には季節労働者が多くいた。しかし、一九九四年以降、人の往来の自由を抑圧するために、最初は国境沿いの大都市周辺からフェンス建設が始まった。そして、米同時多発テロの後、国境フェンスは強化された。とりわけ、二〇〇六年の「安全フェンス法（セキュア・フェンス・アクト）」で建設すべきフェンスの距離が定められた。米同時テロの実行犯はカナダの国境を「容易に」越えてきたのにもかかわらず、そのツケを払わされたのはメキシコの国境だった。アメリカ連邦政府が急に脆弱だと判断して強化したがったのは南の国境だったのだ。その国境に設置された安全対策のために、国境の両側に住む人々の日常の往来が妨害され、橋は単なる通過点というよりも検問所と化

ティフアナの「国境（ボーダー）アート」　©Alexandra Novosseloff

した。国境の警備が次第に強化されただけでなく、移民が次第に犯罪者とみなされるようになったのだ。人々の移動は制限され、商品の移動のほうは維持された。この矛盾した状況は国境沿いに住む人々の伝統や習慣と正面からぶつかった。

これまで見てきたように、国境沿いに住むアメリカ人は、メキシコ系でもそうでなくても、壁を好まない。彼らはメキシコ側の隣町に暴力がはびこっている場合には治安対策には賛成だが、壁が解決策だとは思わない。ピート・ギャレゴ元下院議員（民主党）はこう主張する。「私たちのように国境沿いに生活する人は、他の人々と同様に夜は安心して眠りにつきたいのはもちろんですが、効果のある解決策を求めたい。政治的な解決策ではなく、実質的な解決策がほしいのです[25]」。地元の多くの人は、壁は連邦政府に押し付けられた措置であり、国境地帯に足を踏み入れたことのないアメリカ人の恐れへの回答だと考える。したがって、国境地帯の住民のことは全く考慮されていない。地元民は、デル・リオ市長と同様に、地元経済の四割を支える人たちになぜアクセスを禁止しなければならないのかわからないのだ。メキシコ人が来てくれなければ、国境沿いのアメリカの町は小さな田舎町になってしまうだろう。

マッカレンのアンザルデゥアス国際橋。国境橋のなかで最も長く、最も新しいものの一つ
©Alexandra Novosseloff

国境沿いのテキサスの市町村はどこも壁を望んではいなかった。こうした市町村の長は「テキサス国境連合」を結成して壁建設を促す意見に反対し、「国境地帯の住民の生活の質を向上させる」よう主張している。テキサス州の州都オースティンに拠点を持つある銀行のトップであるヘクター・セルナ氏は次のように言う。「アメリカ政府は移民とテロリストを混同している。移民たちは犯罪者ではない。彼らは働きにやってくるのだ。農場や建設現場など、アメリカ人がやりたがらないきつい仕事をしてくれる。アメリカに労働ビザなどの有期労働プログラムがあれば、移民を刑務所に入れる必要はない[26]」。アメリカの抑圧的な移民政策は特殊な雇用や季節労働の必要性を考慮していない。ビザ取得手続きの改正で不法移民は減少していくだろうし、移民法改正によって真の国境安全化がもたらされるだろう。国境地帯の人々は、移民はスケープゴートにされていると考える人が多い。ラレド市長はこう不満をこぼす。「フェンスは人々を分断し、邪魔する。それは自分たちの家族にすることではないでしょう。それに、商業はもっと大事ですよ。われわれは川を分け合っているん

マッカレン。メキシコ側の治安は悪くても、橋は両国の関係を保つ　©Alexandra Novosseloff

です」。デル・リオを郡都に持つヴァル・ヴェルデ郡の判事も、「血縁や人の関係は川によって途切れるものではない」[27]と言い、同じ意見だ。

国境地帯の現実と中央政府のエリートたちが抱くイメージのずれもある。メックスアメリカの住民が、自分たちのルーツは多様な文化を持ち、国境のどちらかではなく、国境にまたがって生活していると考えているのは明らかだ。一方の連邦政府は、フェンスの維持や強化、国境橋での監視のハイテク化によって国境警備を強化し続けるという考え方だ。ピート・ギャレゴ元下院議員はこう指摘する。「国境地帯の住民の不満の一つは、国境警備政策についての議論を先導する人たちが、国境の近くに住んだり、滞在したりしたことすらないということだ。国境に関する政治的な計算をする政治家たちは、国境をまたぐコミュニティーの生活のことを全く知らないと地元の人は感じている」[28]。国境を強化することで、共和党右派におもねっている（お金はかかるが、政治的な保険になる）のだと人々は言う。しかも、国境強化に関するビジネスは利益になる商売だ。しかし、そのための莫大な支出――国境警備にアメリカは毎

マッカレンの橋の入口　©Alexandra Novosseloff

年五〇〇億ドルかけているとされる――にもかかわらず、アメリカ人の三分の二はアメリカ―メキシコ国境はまだ警備が十分でないと考えている。これももう一つのパラドックスである。

エル・パソの元市長、ジョン・クック氏も同じ意見だ。「連邦政府の連中のほとんどは国境の近くの生活のことがわからない。国境はわれわれを分断するのではなく、結び付けているのだという、私たちの哲学が理解できないんだ」。国境沿いのすべての町はメキシコ側の隣町と共同のお祭りを催し、フェンスがありながらも友好関係を称えることを惜しまない。休日も両国共通のものが多い。メキシコ人はアメリカ人と同じくらい感謝祭を祝う。国境地帯の住民の連帯感を育てる様々な祝い事、自治体が行う友好的な行事、エル・パソとシウダー・フアレスの間で四年ぶりの二〇〇五年に再開された六キロのマラソン大会（ゴールはパソ・デル・ノルテ橋の真ん中）といったスポーツイベントなどもある。このマラソンでは選手がアメリカ側に入るのにパスポートを見せなければならないが……。

しかしながら、二つの国に関しては、連帯感ばかりがあるとは言えない。とりわけ、「二つの国を行き来するのが次第に難しくなり、〝こっち対あっち〟という意識がとくに一方の側で強くなっている」[29]からだ。シウダー・フアレスに住むフリアンさんは、メキシコ人にとって壁は「頰をぶたれたようなもの。われわれは（アメリカ人とは）違う国民だ」と言われ

（左）エル・パソ。連邦政府のエリートたちは国境を超えたコミュニティーのダイナミズムを知らない
（右）ラレド。国境警備の強化は越境費用をつり上げ、地下経済を促す　©Alexandra Novosseloff

ているようなものだと語る。したがって、国境は単なる線ではなく、内と外、安全と危険、既知と未知、秩序と混沌を分ける境界線なのだ。この行き過ぎた国境警備によって、どちらが「良い側」なのかをアメリカ人がメキシコ人に日々思い知らせている。メキシコ人の多くは、国境検問を差別だと感じている。彼らは、国境沿いの双子都市の友好を強調するスピーチは建前にすぎない、メキシコ人は隣人のアメリカ人（ヒスパニック系であっても）から拒否されている現実を隠ぺいするものだとみなす。メキシコ人は国境を渡るときに「犯罪者のようにチェックされる」と先のダニエルさんは言う。橋は手段であるとともに象徴でもある。交易面からいうと、「私たちは素晴らしい橋を持っている」と、マリアさんは指摘する。しかし、日常生活面では「橋は私たちをA地点からB地点へ移動させる。そういうのは私たちは好きじゃない。混雑する道だから」。橋は正規の身分証明書を持った人のためのもの。そうでない人は渡れないか、あるいはそれを欺く方法をとらざるを得ない。ここでは、橋はフェンスと同じように、アメリカ社会の変化に

エル・パソ。橋の上にはメックスアメリカの住民の様々な姿がある　©Alexandra Novosseloff

エル・パソのスタントン橋。歩行者用通路には強い日差しをさえぎる屋根がついている
©Alexandra Novosseloff

伴う恐れのシンボルなのだ。わずか一世紀前からアメリカになった地域だというのもパラドックスである。

国境警備の強化は移民にとって国境越えをますます困難で危険なものにしている。しかも、そのために「密輸のコストが上昇し、密輸人が一人では商売できなくなった」。「家族的な密輸」が廃れて、より大規模で暴力的な組織に場所を譲りつつある。こうした犯罪組織はより大きな利益を上げるために、最も利用しやすい通過点を「私有化する」傾向にある。したがって、「個人で仕事をしていた越境手引き人のグループは廃業するか、より大きな犯罪組織に加わるかの選択を迫られた」[30]。コロンビアのカリ（サンティアゴ・デ・カリ）やメデジンの麻薬密売組織が崩壊した後、そうした組織がメキシコやアメリカ―メキシコ国境にやって来た。麻薬取引の地下経済は年間六〇億から四〇〇億ドル規模といわれている[31]。メキシコ側では勢力圏やアメリカへの通過点の支配権を巡る組織間抗争で、およそ四万人の死者と二三万人の避難者を出した。

この麻薬戦争は国境で止まった。犯罪組織が暴力をアメリカに持ち込むメリットはないからだという見方もある[32]。それに、苦労してアメリカ―メキシコ国境を越えた移民たちはアメリカに着くと面倒なことに関わり合いたくない。彼らはできる限り平和にアメリカンドリームを謳歌したいのだ。一方、麻薬がメキシコからアメリカに入るのに対し、武器はアメリカからメキシコに入る。およそ二五万個の銃器が密輸され、そのうちメキシコとアメリカの当局が押収するのはわずか一五パーセントである[33]。アメリカ当局は麻薬密輸対策をとり、その闇マーケットを縮小させ、メキシコの組織への武器密売を終わらせる確固とした対策をとる代わりにフェンス建設に力を注ぐのだと国境地帯の住民たちは言う。「私たちアメリカ人が麻薬密売人に資金を提供して武装させている。そうしておいてアメリカ人はメキシコ人を非難するのです」と、イーグル・パスの元市長は言う[34]。それはメキシコ側でも同じだ。メキシコは何でもアメリカのせいにするのではなく、自国内の問題を解決しようとするべきだろう。

交易と移民、不正取引と暴力、監視と交流がない交ぜになった国境地帯は、目標とは反対の結果をもたらす政策のパラドックスを露呈している。こうした政策は問題の本質を解決しようとしない。国境警備対策につぎ込まれた膨大な金額（少なくとも年に一八〇億ドル）に比べて、例えば中米への開発支援がいかに少ないことか。実際、セキュリティ一点張りでは国境の別の側面を見ることができず、思い切った政治判断を必要とする真の問題を隠ぺいする。アリゾナ州ツーソンに本部を置く人権コリブリセンターの代表者ロビン・ライニキー氏はこう語る。「国境を移民問題が発生する場所としてみなし続けることはできない。グローバル化した経済の時代にそう考えるのは危険だ」。前述のベト・オロアク氏が「移民をチャンスでなく脅威とみなすことは、真に人々のためになる長期的視野に立った政策を策定することを妨害する」と言う通りだ。メックスアメリカの住民は、自分たちの日常生活が、連邦政府や大統領候補といった政治家による不安を煽るステレオタイプのメッセージとかけ離れたものであることを知っている。しかし、彼らの声は世論に届きにくい。そして、リオ・グランデに架かる橋はこれから先も長く、中央政府と周辺地域のズレ、内への閉じこもりと世界に向けて開くことの間の乖離の証人であり続けるのだろう。

9

シエラレオネ、リベリア、コートジボワールの国境を行く

マノ川同盟諸国の橋

橋を渡ること、
川を渡ること、
国境を越えることは、
自分の居場所である、なじみのある空間から出て、
知らない、異なる空間に入ることである。
そこでは、他者に直面し、
固有な場所で
アイデンティティーのない自分を発見するかもしれない。

ジャン=ピエール・ヴェルナン（古代ギリシャ専門のフランス人歴史学者）

川	町（国）	建設年	長さ
マノ川	ジェンダマ（シエラレオネ）－ボー・ウォーターサイド（リベリア）	1976 年	240 m
ニオン川（カヴァリ川の支流）	ロゴアトゥオ（リベリア）－グビンタ（コートジボワール）	2012-2013 年	50 m
グエ川（カヴァリ川の支流）	ギニアとコートジボワールの間	不明	25 m
ダンヒ川（カヴァリ川の支流）	ペカン・バラージュ（コートジボワール）－ブハイ（リベリア）	2005 年	35 m

アフリカは一九六〇年代の独立以来、数多くの紛争や危機を経験してきたことは言うまでもない。この非常に豊かな大陸のあらゆる地域は、それぞれの苦しみと暴力、時には流血を伴う独裁政権を経験してきた。マノ川流域はそうした地域の一つである。

リベリアとシエラレオネの間の国境を一五〇キロメートルにわたって流れるマノ川（ベワ川とも呼ばれる）は、ギニア、シエラレオネ、リベリア、コートジボワールという西アフリカの一地域に名前を与えている。この四つの国を一つの集合体であると考える地元の人は多い。四国の連帯感は、この地域が「上ギニア（アッパー・ギニア）」と呼ばれていた植民地前の時代にさかのぼる。この地域では国境や境界線は植民地支配者の想像の産物とみなされている。英語を話す二つの国（リベリアとシエラレオネ）は内戦を経験し、フランス語を話す二つの国(ギニア、コートジボワール)は相次ぐ危機に見舞われた。しかし、現在この四ヶ国は落ち着いた状態にある。マノ川はリベリアとシエラレオネの最北部にあるニンバ山を水源とするが、その最北部地域はリベリア内戦とエボラ熱の流行（二〇一四～一五年）が始まった場所でもある。シエラレオネのカイラフン地区、リベリアのコラフン地区、ギニアのゲケドゥ県の三つとも国境地帯にあるのは偶然の産物だろうか？　理由があるのだろうか？　その地域は都市から遠く離れた所にあり、国境はあってなきがごとしで、それぞれの政府から見捨てられ、道も悪い孤立した場所で、行政も福祉サービスもないといっていい。反政府活動や伝染病の伝播《でんぱ》に都合のいい条件がそろっているのだ。

一方、カヴァリ川[1]（カヴァラ川、ユーブー川、ディウグ川とも呼ばれる）とその支流のほうは、リベリアとコートジボワールの国境の一部を成しているが、国境線については意見の相違がある場所もある。川がコートジボワール側にすっぽりと入る場所もあれば、川の真ん中が国境になっている所もある。コートジボワールの学校ではカヴァリ川がリベリアとの国境と教えていても、正確にはそうではない。カヴァリ川に沿った国境はトゥーレプルという町の少し南までで、その先はいくつかの支流が国境線を形成している。しかし、その国境は見えない境界線と言われている。

内戦や様々な危機に見舞われた、こうした地域では国民はすべてを再建あるいは新たに建設しなければならない。一九八九～二〇〇三年のリベリア内戦では二〇万人近くが死亡し、七五万人が隣国に避難した。一九九一～二〇〇二年のシエラレオネの内戦では死者一〇万人以上、五〇万人の避難民が出た。二〇〇二～一一年のコートジボワールの相次ぐ危機では死者三〇〇〇人、避難民は一〇〇万人にも達した。こうした紛争は多くのコミュニティーを分解させ、家族をばらばらにし、人々の手足を切断した。したがって、最初にすべきことは痛めつけられた人々が互いに信頼を取り戻すことだ。そのため、国をあげての和解を進める活動が真実和解委員会の支援で行われている。しかし、安定した持続する平和への道のりはまだ長い。この地域には小さな川がいくつもあり、雨量も多いことから、橋は正体のはっきりしない建築物だ。確かに橋のおかげで交通や交易は改善するが、内戦時代には絞首刑にも使われた。人々はそうしたことを忘れないものだ。

シエラレオネのフリータウンに到着する

私たちの旅はシエラレオネ（「ライオンの山」の意味。現地のクレオール英語であるクリオ語では「サローン」）の首都フリータウンから始まる。シエラレオネは人口六〇〇万人で、うち一〇〇万人は首都に住む。

フリータウンは一七九二年に設立され、西アフリカ初の大学が一八二七年にできた町だ。アメリカとアンティル諸島の奴隷が先祖の地に戻ってきたことに由来する名を持つフリータウンは、当時は「西アフリカのアテネ」と呼ばれていた。今日、ゴミに埋もれて水道のないスラム街を見ると、その名前を思い浮かべる人はいないだろう。この国は一〇年続いた内戦で破壊され、わずかここ一〇年前から少しずつ回復しようとしている。

国際空港からフリータウンの中心街までの移動は普通の場所のようにはいかない。二〇〇六年以前はヘリコプター輸送だった。その後は、三~四時間かかる道路や運航時間の当てにならないフェリーを利用する代わりに、高速船で海を渡って行けるようになった。したがって、空港から四〇ドル払ってミニバスに乗って船着き場に行き、そこから「シーバード（海鳥）」というモーターボートに乗ることができる。オレンジ色の救命胴衣を着けた二〇人程度の乗客は、携帯電話のライトだけを頼りに、モーター

シエラレオネの首都フリータウン　©Alexandra Novosseloff

の騒々しい音を聞きながら一五～二〇分の旅をする。ここに橋があったらよかったのに！

シエラレオネでは一九九一年三月、同国の若い失業者たちとリベリアの反政府派から成る統一革命戦線（ＲＵＦ）がジョセフ・モモ将軍の政府を転覆しようとして内戦が勃発した。この内戦にはイデオロギー的あるいは民族的な背景は全くなかった。ＲＵＦ側の戦闘員はこの国の豊富な自然資源（とくにダイヤモンド。ダイヤモンドは他の戦争の原因にもなった）を手に入れようとしたギャングだった。戦闘はロメ和平合意により、一九九九年七月に終結した。内戦中の人権侵害と虐待の実態を調査し、処罰されない人の問題を取り上げ、国民の和解を促進するための真実和解委員会が二〇〇〇年に創設された。残忍な行為を行った人が罪を悔い改めて刑務所に入った（ＲＵＦの指導者フォディ・サンコーは獄死した）。コミュニティーのまとまりの基礎となる家族が話し合い（「家族の会

モンロヴィア。アバディーン地区とその他の「自由都市」を結ぶ橋　©Alexandra Novosseloff

話」）を始めた。しかし、ガバナンス改革研究所所長のアンドリュー・ラヴァリ氏は「戦争の傷跡はまだ人々の心の中に残っている」と強調する。国は崩壊しなかったが、いまだに汚職ははびこり、司法制度は機能していない。商業活動も自由ではない。国民は心から平和を願っていても怨恨は大きい。国境の反対側のリベリアでも似たような状況だ。

シエラレオネからリベリアへ──マノ川に架かる橋

フリータウンのアバディーン地区とその他の地区をつなぐ橋のたもとにモーターボートは到着する。フリータウンから国の南部にあるマノ川に向かってもいいのだが、陸路だと一二時間以上かかる上に、橋は夜の六時から朝八時半まで閉まっている。隣国のリベリアと同様にシエラレオネの道路は状態が悪い。そこで、飛行機でリベリアの首都モンロヴィアまで行ってリベリア側からマノ川の橋に向かうことにした。モンロヴィアから両国国境で唯一のその橋まではおよそ一〇〇キロメートルだ。その道はリベリアでは非常に稀な舗装道路である。道路事情の悪さは、政情安定化の途上にあるリベリアにとっては大きなハンディキャップの一つだ。よい道路がないと経済は発展しないし、商業活動は抑制され、国の行政の執行者も派遣できないし、村々も孤立する。つまり、平和への道、安定と和解も困難になる。

シエラレオネ国境のマノ川に架かる橋　©Alexandra Novosseloff

リベリアは、一八二〇年代初め、解放された黒人奴隷が故郷のアフリカ大陸に戻ることを提案する北米の慈善団体（「アメリカ植民協会」）のアイデアから生まれたアフリカで唯一の国だ。しかし、歴史の皮肉で、帰還した解放奴隷たちは、その自由の地「リベリア」の先住民から植民者とみなされた。リベリアは一八四七年に共和国として独立した。これらのアメリカ系リベリア人たちは、アメリカの第五代大統領ジェイムズ・モンローを称える意味で首都をモンロヴィアと名付け、隣国諸国のようなヨーロッパ式の技術やインフラなしに国を発展させようとした。ネイティブと、肌の色がやや薄いアメリカ系リベリア人との区別は今日でも根強く残り、社会階層面でも区別がある。アメリカ系リベリア人が権力をネイティブと分け合わずに独占していることも両者の対立の原因である。さらに、外国（とくにアメリカ）に旅行する人はそうでない人に対してエリート意識を持つ。その上、政治家を全く信頼しない国民と政治家との間の対立はさらに大きい。チャールズ・テイラー（二〇一二年にシエラレオネ特別法廷で反人道罪のために五〇年の懲役刑を科されたアメリカ系リベリア人）を支持した反政府勢力の多くはいまだにとてつもない給与（上院議員の月給が二万〜五万ドル）をもらっている。中央集権と権力集中主義、女性大統領の強権主義、そして警察の暴力的やり方などは国民の不信感を

市の立つ日は国境を行き来する人が絶えない　©Alexandra Novosseloff

募らせる。それが高じて、エボラ熱が大流行し始めたときも、国民は政府の言うことを信じず、政府が推奨する措置に従わなかった。非政府組織などによる地元コミュニティーの努力がなければ、感染を減少させることはできなかっただろう。元サッカー選手ジョージ・ウェアが二〇一七年一二月に大統領選挙に当選したことで、国に新たな希望が生まれつつある。

金曜日はシエラレオネ側で市の立つ日で、土曜日はリベリア側だ。この二日間は国境の両側で往来が激しくなる。一九七〇年代後半に建設されたこの橋はこの地域全体のまさに動脈である。以前は川を渡る手段はカヌーだった。リベリアの反政府勢力がシエラレオネに内戦を持ち込んだのも、この橋を使ってだった。現在では、人や商品の移動を容易にし、両岸の二つの町の発展とそれ以上の恩恵をもたらしている。橋はリベリアのボー・ウォーターサイドとシエラレオネのジェンダマの間にある。人々は橋や国境の間を行ったり来たり

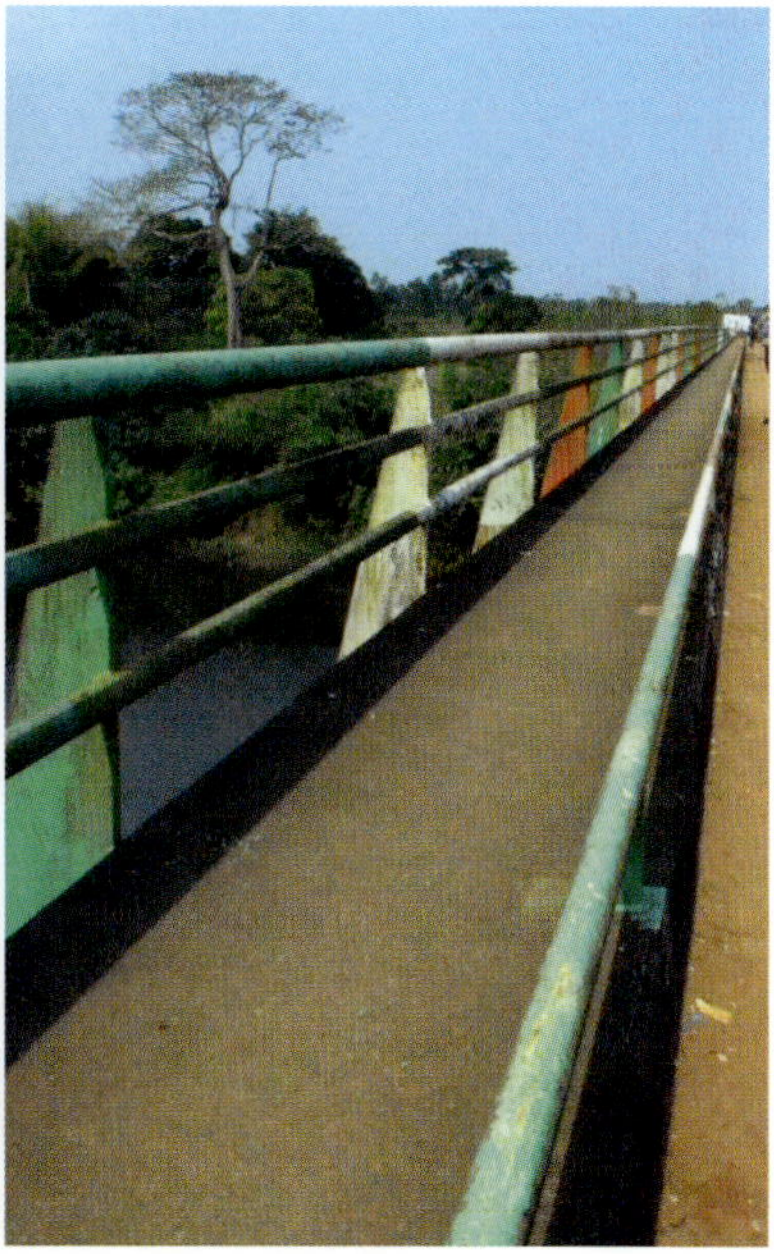

（左上）リベリアの国境警備隊員　（左下）国境の向こう側に商品を運ぶ商売をする若者
（右）1976 年に建設されたこの橋は、地域全体の命綱　©Alexandra Novosseloff

する。家族の用事や商売のため、友人に会いに行ったり、ちょっとした用事をしたり、畑を耕しに行ったり、運搬手段もないのに人を運んだりする。人々は徒歩やオートバイで往来する。それがこの地域の主要な移動手段だ。市場には物が豊富だ。リベリアの首都からも商売をしにやって来る。公式な貿易が西アフリカ諸国経済共同体（ECOWAS）の取り決めで免税であっても、非公式な交易や物々交換のほうが公式な貿易量（貿易全体の一〇パーセント）よりはるかに多いのは明らかだ。国境地帯に住む人々にとっては、首都まで行く（とくにシエラレオネ）よりも、橋の向こう側で商品を売るほうがたやすいのだ。

橋の上は友好的な雰囲気だ。橋の入口で、商品を抱えて徒歩で渡る人は、通行量を調整するために張ってあるロープをうまく突破しなければならない。そこには移民省の職員がいる。通るために要求されるお金をだれが懐に入れるのかはわからないが、お金のやり取りがある。「お金はパスポート」なので、通行のあらゆる段階でお金を出さなければならない。リベリアと

シエラレオネの警官は気軽にリベリア側に行く　©Alexandra Novosseloff

シエラレオネでは一般的な恒常化した汚職の一面である。異郷の人にはわからない。オートバイを持つ人は、その運搬サービスを利用する人にお金を要求する。これもこっそりと行われる。みんな常連のようだ。国境警備員はオートバイが通れるようにロープを下げる。公式な通過点を通ると余計にお金を払わないといけないと思うため、人々はより安くあがる別の道を通るのを好むのだろう。

橋を行ったり来たりする両国の警官にも出会う。「どうしてリベリアのほうに行くのですか」と、靴のほこりを丁寧に払っているシエラレオネの警官に尋ねると、「私の片足はこっち側、もう一つの足はあっち側にあるからだ」という答えが返ってきた。この言葉は国境周辺に住む人々の状況を如実に物語っている。ここでも、国境のほうが人々の上を動くのだ。国境だとも思わないし、そう感じられない境界線を渡るのに、なぜ身分証明書や許可証がいるのか、彼らにはわからないのだ。国境周辺の村人にとって、そうした書類を取得するのは面倒なことだ。ボー・ウォーターサイド

国境であることを示す橋のゲート　©Alexandra Novosseloff

の住民が首都に行くのはそう遠くはない（乗合タクシーでモンロヴィアに行くには五ドル。それでも彼らにとっては大きな金額だ）が、ジェンダマの住民にとってフリータウンまで行くのは論外だ。ボー・ウォーターサイドの村長によると、以前はパスポートなしでシエラレオネ国内に国境から七マイル入れたそうだ。だが、今は以前より難しくなった。国境を越えるのが周辺住民だけではなくなったため（モンロヴィアからも人が来るようになった）、チェックが厳しくなったからだ。したがって、国境を越える人全員に証明書が求められる傾向にある。パスポートや公式書類を知らない多くの人々にとっては青天のへきれきだ。

ここでのもう一つの問題は橋が日没時一八時には閉まることだ。この夜間閉鎖措置は一九八〇年代にさかのぼる。それ以降は、夜に橋の反対側の隣人を訪問したり、夕食をともにしたり、パーティーをしたりすることができなくなった。よって日没前に帰宅するか、橋の反対側で夜を過ごすか（寝床を提供してくれる優しい友人がいればいいが）しなければならない。それもたまにならいいが、何度にもなるとその人の負担になるのでできない。それでも数年前までは、有刺鉄線を巻き付けたジェリカン（鋼板製の燃料容器）二つで国境を区切ってあっただけなので、夜に通り抜けられないことはなかった。しかし、今ではリベリア国旗の色をした重い鉄の扉でふさがれている。日中は自由な往来だが、夜は橋を避け、あらゆる種類の小舟やボートが使われる。マノ川はマリファナ（一九世紀から「コンゴ・タバコ」として流通していた）や小型銃器の密輸の場である。とはいえ、内戦終了以降はマノ川流域の国境は平穏になっている。

コートジボワールからリベリアやギニアへ――ダナネ地方の橋

カヴァリ川に架かる神秘的な赤い橋はトゥーレプルからグイゴロ方面の道路に入ってトゥーレプルの町を

出たところにある。川の名前からこのあたりはカヴァリ州と呼ばれる。カヴァリ川は長さ五一五キロメートルにおよぶ重要な川だ。この川とその支流がコートジボワールとリベリアの間の国境を成し、一部はコートジボワールとギニアの国境になっている。コートジボワール西部はこの国のほかの地方とはきわめて異なる特徴がある。気候、何千年もの間に磨かれた花崗岩質の切り立った峰のある地形、湿った靄に沈んだニンバ山を背景にした赤土と豊かな草木……カカオの一大生産地とそれを海岸地帯に輸送することから、コートジボワール経済の要地でもある（同国はカカオの輸出で世界一）。ここは反政府勢力が強かった地域だった。国境を接するシエラレオネやギニアの地方と同じで、中央から遠く離れ、国の富の恩恵に浴さず、中央政府から忘れられた存在だ。この地方ではとくに、土地の所有権の問題がコミュニティー間の争いの原因によくなる。ここでは人口が定まらず、人の動きが激しい（コートジボワールでは外国人が人口の二六パーセントに当たる四〇〇万人）。したがって、国籍の問題（「イボワリテ（コートジボワール人性）」）が

カヴァリ川に架かる、赤土におおわれた神秘的な橋はトゥーレプルの町を出たところにある
©Alexandra Novosseloff

外国人排斥や憎悪を煽る道具として使われる。つまり、「〝大西部〟は、民族、土地所有権、政治、安全保障、アイデンティティーといった現代のコートジボワールの問題のほとんどが集中している」[2]

コートジボワールでは、「大西部」出身のロベール・ゲイ総参謀長が雇用条件に不満を持つ軍の支援を受けて起こした最初のクーデター（一九九九年一二月二四日）により危機状態に陥った。国民に人気がない、給与が安い、装備が貧しいことなどが軍の不満だった。その二年前、リベリアではコートジボワールの基地を拠点にしていた反政府派がリベリアへ侵入した末にチャールズ・テイラーが首都を制圧した。二〇〇〇年、コートジボワールでは大統領選挙が実施され、激しい武力衝突を経て、最終的にはイボワール人民戦線（FPI）党首のローラン・バグボが大統領に就任した。しかし、「新勢力」と名乗るいくつかの反政府勢力が台頭し、次第に国の北部を支配した。こうして国は二分され、南部は「コートジボワール国軍（FANCI）」に、北部は「新勢力軍（FAFN）」に支配された。和平交渉が始まったが、交渉は八年間続き、その間に様々な暴行や略奪が二分された国の両方で多発した。そこで、まず西アフリカ諸国経済共同体（ECOWAS）、次いで国連コートジボワール活動（UNOCI）およびフランス軍のリコルヌ作戦といった「中立勢力」が派遣された。二〇一〇

ペカン・バラージュ橋はコートジボワール（左）とリベリアのブハイ（右）をつなぐ
©Alexandra Novosseloff

ダナネからトゥーレプルに行く途中にある古びた教会　©Alexandra Novosseloff

年に予定された大統領選まではほぼ無法状態だった。結局、勝利を信じて疑わないバグボが選挙を実施したが、アラサン・ワタラが合法的に当選したため、西部を中心に再び紛争(二〇一一年)が起きた。デコエ(ドゥエクエ)やダナネに向かう道の周辺で二〇一一年三月に、ワタラ支持勢力によるとされる、コートジボワールの紛争で最も大規模な住民虐殺(数百人が死亡)が起きた。

コートジボワールの活気ある最大都市アビジャン(人口五〇〇万人)から十八山州(現モンターニュ地方)のダナネ(人口六万人)までの六〇〇キロの道を行くには車で八時間かかる。道はすべて舗装されていて良好だ。この国の経済発展はインフラに負うところが大だろう。そのダナネから四〇キロでギニアとの国境、二五キロでリベリアとの国境だが、そうした国境に向かうといかにもアフリカらしい地域に入る。バナナ、ヤシ、コーヒー、カカオの木に縁どられた赤土の道路、土壁(「バンコ」)に屋根をヤシの葉でふいた伝統的な家々が集まる村。こうした労苦に満ちた生活風景が目の前を通り過ぎる。住民は農業や農園、商売に励んで平和そうに見える。だが、いつも平和ではなく、とりわけ土地所有権に関する小さな諍いが頻繁にある。

ここは国境地帯であるため、不意の訪問はできない。州都の当局、つまり州庁(ここが軍に連絡)、警察、税関に訪問をあらかじめ連絡しなければならない。こうした当局の職員が等間隔をあけて国境に向かう道にいる。通常は兵士、憲兵、警察による三ヶ所の検問所がある。そして、国境から数メートルのところには税関員がいる。そこに着くと、伝統的な礼儀から、何をおいても村の長老が彼の補佐役や村の顔役を引き連れて迎えてくれる。外国人の歓迎の印として水をもらう。世界でも最も降雨量の多い地域にある国にもかかわらず、水は不足している。こうした村の井戸には植民地時代のものもある。したがって、水は非常に貴重なものだ。供された水を受け取ることは、もてなす側に対する客の好意である。こうして礼儀を果たすと、訪問の目的を説明したり、不平を聞いたり、村を案内してもらうための会話が始まる。

もちろん、いつもこう簡単にいくとは限らない。私たちはニオン川に架かる金属製の橋がリベリアとの国境通過点になっているグビンタ村に行った。もともとは木製の橋があったのだが、内戦で破壊され、二〇一二～一三年に国連リベリアミッションによって再建された。ここでは橋に近づくのは他の場所より難しそうだ。黒いTシャツを着てバイクに乗った男性が自己紹介をしてきた。彼は村の警官なのだ。国境に近づくのに必要な許可があるかどうかの確認には数分間かかった。携帯電話の電波が届く場所に戻って、上の人にお伺いを立てないといけなかったからだ。次に、軍服を着た兵士がやってきた。彼の上官で、この場所の責任者である伍長の到着を待たなければならない。一五分ほど待つと、状態のいい四輪駆動車がやってきた。長めのショートパンツと派手なTシャツを着て、金縁のレイバンをかけた若い男が一人降りてきた。軍服を着た兵士が軍隊式の敬礼をした。まるでひどいB級映画のなかに自分たちがいるように感じる。そこにある半分兵舎で半分税関の建物の中では、女たちが食事の用意をしていた。

ややや警戒心やとまどいが感じられるが、和気あいあいとした会話になった。テーブルの上に何気なく置かれたピストルには注意を向けないほうがいいようだ。それは相手を威嚇するためというより

ダナネからリベリア国境に向かう道にあった進入禁止柵
©Alexandra Novosseloff

コートジボワール西部の熱帯低木林地帯の村
©Alexandra Novosseloff

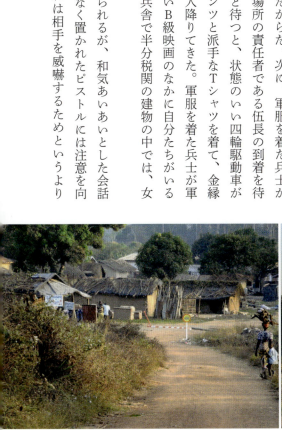

も、プロ意識が欠けているためらしい。しばらくすると、批判の言葉が漏れた。「私たちは水をあげたが、あんたたちは何を持ってきてくれたんだ？」私たちは少し動揺した。何が言いたいのだろう？　しばらくして、橋や国境が見たいならお金を払えと暗に匂わせているのだとわかった。これも軍の実態の一例だ。法治国家の軍としてはまだ敬意に値しない。軍の予算があまりに少ないこともあるだろうが。軍の改革（忠誠心、命令系統の複雑さの解消、内戦の司令官や反政府軍の幹部の一掃）はワタラ新大統領にとっては難しい課題だという見方は多い。

ギニアとの国境の雰囲気はまったく違う。各当局の人たちが駐在しているが、もっとリラックスして安心感がある。彼らは昼食の最中だった。コートジボワール側の検問所から一〇〇メートルのところにある橋までは下り坂だ。コートジボワール建国の父である「ウフェ時代にさかのぼる」境界石が国境を示している。コートジボワールのフェリックス・ウフェ＝ボワニ大統領とギニアのセク・トゥレ大統領が両国間の国境について同意したのは一九六九年で、それが現在の国境線である。土を敷いた長さ二五メートルの木の橋がグエ川に架かる。私たちは橋を渡って、土手を上り、簡単でもあいさつをするためにギニア側の検問所に向かった。そこも食事中だった。国境は閉鎖さ

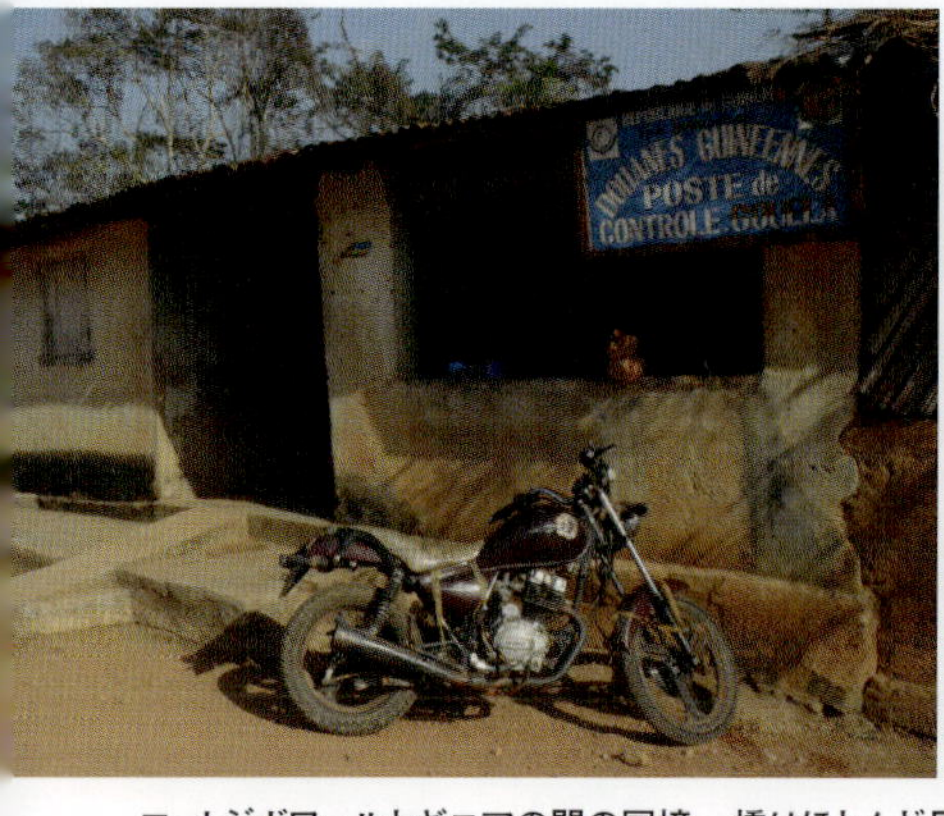

コートジボワールとギニアの間の国境。橋はほとんど見えない　©Alexandra Novosseloff

れているが、ギニア側に一歩足を踏み入れることはできる。エボラ熱の流行が始まって以来、コートジボワールはリベリア国境とギニア国境を閉鎖したままで、周辺の住民たちは苦しんでいる。国境に沿った村々のほとんどで「いろいろな困難が生じた」。市がほぼ立たなくなり、村の経済に影響を及ぼした。大きな町はかなり遠いので、村々は孤立している。「国境が再開されることを夢見ている」と、村人の一人が私たちに打ち明けた。他方で「何よりも健康を守らなければならない」ことも彼らはわかっている。エボラが国境を越えてはならない。おかげで、コートジボワールではエボラ熱の患者が一人も出なかった。だが今、国境沿いの住民たちは国境の再開を心待ちにしている（二〇一六年九月八日に再開された）。

トゥーレプル県のペカン・バラージュ橋

ダナネから南に一〇〇キロメートル行くと、カヴァリ州に属するトゥーレプルという人口二万人の町がある。そこからさらに一五キロ行くとリベリアとの国境沿いにペカン・バラージュ村がある。そこにはリベリア側のブハイという町につながる三五メートルの鉄橋がダンヒ川に架かっている。破損した木の橋の代わりにアメリカ人が建設したものだ。橋は木や雑草に覆われている。国境は、マノ川の橋と同じように朝六時から夜の一〇時まであいている。当局によると、国境を警備する人員不足のために、このような時間帯になったのだそうだ。夜間の通行を妨げる扉やフェンスもないので、その理由はうなずけない。コートジボワール側の国境は閉鎖されているということだが、リベリア側に足を踏み入れるのは容易い。橋を渡ると、来たことを告げて移民登録簿に記入する。雰囲気はリラックスしていて友好的だ。

私たちがいた日は何かざわついている感じがした。その日は特別な日だったのだ。三〇三人のコートジボワール人難民が国境を越えて祖国に帰還する日だった。国連難民高等弁務官事務所（UNHCR）が中心となり、輸送の安全を担当する国連コートジボワール活動（UNOCI）と国際移住機関（IOM）とともに実施する難民帰還活動である。エボラ熱の流行でコートジボワール人の帰還は二〇一四年七月以降は中止されていたが、二〇一五年一二月から再開された。二〇〇二年の内戦と大統領選挙後の紛争（二〇一〇～一一年）のために、三〇万人以上のコートジボワール人が周辺国に避難した。そのほとんどはリベリアに逃げた。[3] その後、関係国間の合意により、二四万人が帰国し、二〇一二年時点でまだ六万人が国外に残っていた。アラサン・ワタラ大統領はすでに何度か帰還を呼びかけていたが、二〇一三年一〇月にリベリアを訪問した際、こう呼びかけた。「この場を借りて、ここリベリアに避難している同胞に帰国するように呼びかけさせていただく。国は二〇二〇年の大躍進に向かうべく君たちを待っている」。リベリアでコートジボワール人はUNHCRが運営する六つの大規模な難民キャンプに収容されていた。なかには同じ部族に属する村に一時的に避難する人もいたが、貧しい地域で難民をかかえることは負担になる。二〇一七年夏時点で、リベリアにはまだコートジボワール人難民が一万三〇〇〇人残っている。ペカン・バラージュは難民が帰還する主な通過点二つのうちの一

コートジボワールとリベリアをつなぐペカン・バラージュ橋　©Alexandra Novosseloff

つだ。もう一つはリベリアのハーパーとコートジボワールのタブーの間で、こちらは小舟で川を渡る。そこへの架橋が二〇一四年からアフリカ開発銀行のプロジェクトとして予算計上されているが、まだ実現されていない。

ＵＮＨＣＲのトラックが一台ずつブハイの検問所に到着する。乳児から老人まで避難民が一人残らず降りてくる。彼らはトラックの隅々まで入り込んだ赤土のほこりにまみれている。乗り心地のよくないトラックから小さな梯子で降り、ＩＯＭのボランティアたちに近づく。ボランティアは避難民の体温を測り、手を洗わせる。そして、再びトラックに乗り、橋を渡って国境を越えるのだ。橋を渡

リベリア国境はリラックスした雰囲気だった　©Alexandra Novosseloff

るとトラックから降りて一列に並び、ＵＮＯＣＩの兵士が一時待機センターに案内するのを待つ。彼らはセンターで一泊し、健康診断を受けてからそれぞれの村に帰る。みんな祖国に戻れてうれしそうだ。しかし、彼らは何年も前に逃げた場所、村や集落や町で何を見つけるだろうか？　自分の畑や農場や家を取り戻して普通の生活に戻れるのだろうか？「帰還者」は歓迎されるのだろうか？

カヴァリ川とその支流に架かる三つの橋は川を渡る唯一の手段ではない。この地方に広がる熱帯低木密林のなかにあって、川はほとんど見えないといってもいい。様々な小舟で川を渡る渡し人や渡る人の数は多い。トエブリ村のある住人は、リベリアのケレウ村に行くのがいかに容易いかを私たちに見せてくれた。市が立つ日には小舟を所有する渡し人は忙しい。どれほど「国境は穴だらけで、地図上の虚構にしかすぎない[4]」かがよくわかる。侵入が簡単なだけに、この国境は安全保障上のアキレス腱だ。二〇一一年以降、コートジボワールでリベリア側からの政治的・犯罪的な攻撃が多数発生したことは数字の上でも明らかだ。密林の中には多数の武器が隠されているという。「外国人」

ペカン・バラージュ橋。リベリアから帰還するコートジボワール人たち　©Alexandra Novosseloff

への攻撃や、「場所を確保する」ために村が襲われる事件がある。土地と国籍は密接に結びついている。土地の問題は「時限爆弾」だと言う地元の人々は多い。大別すると三つの住民グループが土地の所有権と使用権を争っている。土地の所有者である地元民、国内北部・中部から移住してきたよそ者、そして主にブルキナファソ人など外国人である。後の二者は土地を借りている。「大西部」の慣習によると、地元の村で生まれた人以外は「よそ者、外国人」とみなされ、居住期間は考慮されない。こうした土地所有権にまつわる慣習は対立のもとだ。なぜなら土地台帳や明確な土地所有権というものは存在せず、農業が主な産業であるこの地域での主な（あるいはすべての）収入源は土地だからだ。結局、強い者が勝つということになり、しかも、国外に避難した所有者や使用者が帰ってくると問題は複雑になる。こうした状況が土地に関する不安定さを招き、小さな諍いがたびたび起こる原因になっている。

こうした争いを鎮め、長い時間がかかっても地道に話し合いを続け、武力に頼らないでもいい努力が熱心になされている。こうした試みは非政府組織（現地で目覚ましい

コートジボワールとリベリアの国境。橋のないところは丸木舟でしのぐ　©Alexandra Novosseloff

働きをするコンシリエーション・リソーシーズなど）や政府間組織の地元派遣員らによって行われる。マノ川同盟（ＭＲＵ）は政府間組織の一つで、一九七三年一〇月三日にリベリアとシエラレオネが結成し、一九八〇年にギニアが、二〇〇八年にコートジボワールが加わった。その活動目的は、「平和と治安維持、持続可能な経済・社会発展の強化と振興と支援、住民の生活水準と質向上のためのサブリージョン（準地域）の統合のための枠組み作り」である。この組織はあまり知られていないし、予算もわずかだが、創立以来多くの紛争を経験し、地域全体の融合（とくに経済協力）を推進しているほか、数年前からは事前警報システムを導入している。このシステムとは安全保障と信頼回復の共同班を設置することにあるのだが、その目的は国境の両側の住民の歩み寄りに貢献することだ。コミュニティー間や国境をはさんだ紛争の防止と監視システムである。

この共同班は村の長老、若者代表、女性、軍、憲兵、警察、税関員、自治体の水と森の担当者など、あらゆる社会階層の人から構成される。「地域を担うあらゆる人々が代表を送っている」と、トゥーレプルのコーディネー

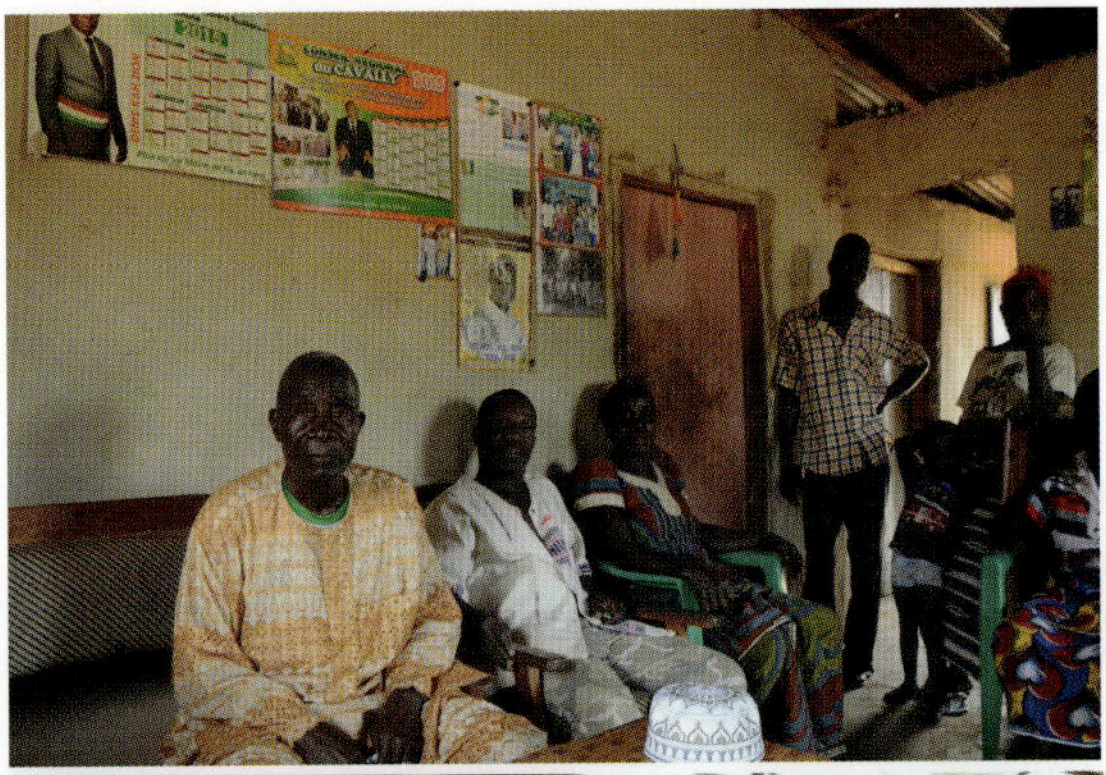

（上）トゥーレプルの近くの村で。国境付近の村の長と村人たち　©Alexandra Novosseloff　（下）トゥーレプル。マノ川連合の安全保障共同班の会合　©Alexandra Novosseloff

ター、ナゼールさんは強調する。国境の両側からそれぞれ一四人のメンバーが参加する。各人は自分のコミュニティーを担当するが、国境の向こう側の同じ役割の人の連絡先を全員が持っている。彼らは少なくとも月に一回は会合を持ち、様々なコミュニティーが直面する日常的な「小さな問題」について話し合い、「問題が泥沼化するのを防ぐ」。問題が地元のレベルを超えたものなら、より上位の行政機関レベルの委員会に解決が委ねられる。ここで言う上位機関とは、政府閣僚、さらに進むと毎年会談する政府首脳が集まる共同委員会のことである。もちろん、そこまでいかないようにすることが目標だ。共同班のコーディネーターは国の機関と地元住民の仲介役でもある。このコーディネーターたちはエボラ熱の流行を抑え、啓蒙や情報提供活動を支援するのに非常に有効だった。また、いろいろな計画を立てたり、若者支援の方法を模索したりするための住民が必要とするこ

マノ川連合の代表者はバイクで地域を駆け巡る　©Alexandra Novosseloff

とをリストアップすることも行う。事態を鎮静化させたり、住民を説得したり、国境の反対側と話し合うのが必要な場合には、彼らは必ずいる。二〇一五年には、トゥーレプルのコーディネーター事務所はワタラ大統領の手ずからアフリカ融合推進優秀賞を受賞した。赤いバイクに乗って地元を走り回る現場スタッフの誇りである。

鎮静に向かいつつあるマノ川同盟の国々

この西アフリカの準地域であるマノ川同盟諸国では、戦争が何の利益ももたらさなかったことを国民たちは理解している。前述のアンドリュー・ラヴァリ氏も「この地域では平和への希求が非常に強い」と確信する。そのため、この四つの国は危機状態から脱しつつあり、安定への道を歩んでいる。すでに長い道のりを歩んできたが、それでもその進歩はまだ不安定である。各政府がこの進歩を持続可能な危機脱出に転換する賢明さを持たねばならない。問題は、改革すべき事柄はまだ多く、これまでの習慣を放棄するのが難しいということだ。シエラレオネ、リベリア、コートジボワールのそれぞれが自国の特殊性を維持するなら、三ヶ国とも汚職の多さ、政府の責任感の欠如、和解プロセスの未完了、一部の国民の政治参加からの排除、司法・安全保障制度の無能、さらに地方における行政の不在に苦しむことになるだろう。こうした要素、とりわけ汚職は地域安定化への大きな障害なのである。人間開発指数において最後のほうのランクを占める脆弱な民主主義国ということだ。この三ヶ国は大きな前進はしたものの、紛争の芽はまだ残っているという見方が多い。リベリア人研究者のアーロン・ウェアー氏は「今は国が安定しているが、それは見せかけだけの可能性もある」と言う。

シエラレオネのジャーナリストで研究者のランサナ・グベリ氏も「安定性は国民から出て来るもの。国民が政府を信頼しないなら、安定はやってこない」と、同じような意見だ。この論理はリベリア、そして少しましだけれどもシエラレオネの両国における欠陥の元である。ある非政府組織がこの地域の住民を対象に二〇一三年に実施した「だれが安全を保障するのか」という世論調査の結果によると、七〇パーセントが国連平和維持軍、二五パーセントが神、五パーセントが国の安全保障機関と答えた。国連平和維持軍がコートジボワールとリベリアを去った今、国の機関への信頼がこれほど低いのに、国を再建することができるだろうか。二〇一四年から一五年にかけてのエボラ熱流行の際に、両国間の国境が穴だらけなのにもかかわらず、協力して対策を立てられなかったこの二国の欠陥が白日の下にさらされた。その国家的危機に汚職のひどさと政府の不透明さが暴露された。もう一つの潜在的な不安定要素は、二〇〇三年に設置された国連リベリアミッションが、国が安定化に向かっているとして二〇一八年三月に撤退したことだ。一〇年以上

リベリア国境近くの村で。安定化は国全土の和解から　©Alexandra Novosseloff

にわたって、国の機関はそのミッションに、スケープゴートとして、雇用創出者として、あらゆる種類のサービスの雇用者として依存しきっていた。二〇一七年一二月、リベリアでは元サッカー選手のジョージ・ウェアが大統領に選出された。彼は、五四パーセントの国民が貧しく、強制と汚職を基礎とした政治体制の国を引き継いだのだ。[6] 二〇一八年三月にはシエラレオネも新たな大統領を選出した。元軍人のジュリアス・ビオ新大統領は厳しさと「規律」を重んじる「新たな時代」の到来を約束した。[7]

　しばしば「フランス語圏の西アフリカの牽引車」と評されるコートジボワールのほうは、マノ川同盟の他のパートナーに比べてかなり先を進んでいる。インフラは他国に比べてかなり整備されているし、経済活動も活発だ（経済振興は二〇一一～一五年の第一次ワタラ政権の中心政策だった）。この観点から言うと、「ラグーンを超える架け橋」（二〇一四年一二月の竣工式の際のコートジボワール大統領の言）である長さ一五〇〇メートルのアンリ・コナン・ベディエ橋（以

ペカン・バラージュの真新しい検問所　©Alexandra Novosseloff

前の橋は四七年前に建設された）は、新たなコートジボワール、経済の再建、政治的安定のシンボルとみなされている。しかし、経済が発展した地域がいくつかあるというのではなく、コートジボワール全体が真に発展するための道のりはまだ長い[8]。この点ではアビジャンはショーウィンドウにすぎない。二期目のワタラ大統領の課題は、良好な統治による具体的な政策と貧困減少による全国的な和解だと言われる。国民の半数が貧困線以下の生活を強いられるこの国で、経済発展の恩恵をよりよく分配することは火急の課題だ。この点で、国の西部はカギとなる。国際的非政府組織の「国際危機グループ」はこう分析する。「コートジボワール政府は中央から遠く離れ、選挙地盤としても有利でない西部地域を脅威ととらえるのでなく、経済発展と公共サービスに投資すべき可能性を秘めた地域とみなすべきだ。ゲモン州とカヴァリ州は和解のテストケースになるべきだ。独立以来国から見放されて混乱したこの二つの州こそ、和解のための闘いだけでなく、国の建設のための闘いの勝負の分け目になる[9]」。デクエに住むジョセフ神父に言わせると、コートジボワール人は「和解せざるを得ない。われわれには国は一つしかないのだから」。

ただし、和解は犠牲者への損害賠償なくしてはあり得ない。コートジボワールでは、「和解・被害者補償委員会（CONARIV）」の結論が出て、それに沿った措置が取られるまで時間がかかった。元区域司令官や新勢力軍の元兵士たちは捜査が始まってもまったく心配していなかった。こうした問題はまだまだ時間がかかるだろうが、この問題に抜本的に取り組もうという意思を欠くべきではないだろう。最近の良い兆候としては、二〇一五年の大統領選の際には政治議論がより落ち着いたものになり、各政党も民主主義的な政権交代のルールを尊重したことである。それも国の安定性のカギだ。国際危機グループの西アフリカプロジェクトの責任者リナルド・デパーニュ氏は、「暴力に訴える権力抗争の可能性がコートジボワールから消えるとき[10]」、この国は普通の状態に戻るだろうと言う。ある住民は「国を破壊することは国の発展を破壊することだということをコートジボワール人はわかったのです」と言った。

アフリカの平和を確立するというチャレンジ

紛争や危機を脱した国が安定するには時間がかかり、そのプロセスは複雑だ。そうした紛争や危機は、資金不足、公共財産の各管轄機関や担当者の欠如、信頼できる国家や安全保障機関の不在、マイノリティーの不満への考慮の欠如のために、長い間放置されていた構造上の問題が原因だからだ。アフリカでは戦争の根はもはや（ポスト）植民地主義や冷戦の代理戦争にあるのではなく、「政治指導者たちの深い恨み」[11]にある。なぜなら、構造上の問題の解決に乗り出すことは、さまざまな既得権や地元や地域、国、国際的な経済の利益を問題視することになるため、人々が長期的には元をとれるだろうと期待して放置するからだ。こういう計算間違いは統治者だけでなく、国際的な支援側もしばしば犯す。放置しておくと、ある日、積もり積もった不満や不公平感が危機や反抗や革命につながるのだ。危機

ペカン・バラージュ。この地域では国境はいつも穴だらけだった　©Alexandra Novosseloff

を鎮めたり抑えたりするためにお金がばらまかれるが、すでに時は遅しとなる。こうして先進国の政府は、危機を予防するためでなく抑えるために膨大なお金を払うのだ。

「国際社会」の庇護のもとに和平合意が締結されても、その後のプロセスは長い。紛争当事者全員がすぐに合意書に署名するとは限らないし、外圧によって署名することもあるからだ。二〇〇三年一月に締結されたリナ＝マルクーシ合意（コートジボワール紛争に関する和平合意）の内容が、二〇〇七年に関係者が合意して新たにワガドゥグー合意に署名するまで発効しなかったのは、その一例だ。紛争終結を望まない当事者や、まだ和平の時期ではないと判断する当事者に紛争解決を迫ることはできない。その場合は、当事国の合意なしに国連が平和維持活動を展開することもある（たとえばダルフールや南スーダン

ペカン・バラージュ。リベリアから帰還したコートジボワール難民は帰国できてうれしそう
©Alexandra Novosseloff

のケース）が、成功することは稀だ。和平プロセスが長いのは、国際社会の介入が紛争の流れを変え、新たな問題を引き起こすからでもある。また、そうした和平プロセスでは現地の懸念が考慮されないため、何が何でもプロセスを推進しようとする側にそれが跳ね返ってくることがしばしばあるからでもある。つまり、今日の和平確立のための国際的プログラムは、暴力をある程度鎮めて状況を安定させるためのものであって、状況を変えるためのものではないのだ。「平和よりは安全が優先される[12]」。原因よりは効果が重視されるのである。

平和を築くより戦争をするほうが、修復するよりも破壊するほうが容易い。戦争よりも平和を回復する時間のほうが常に長いし、難しい。和平確立は非常に長期的なプロセスだ。そのことは、平和維持活動を創設するために国連安全保障理事会の決議案が採決される際に票を投じる国々はあまり考えない。平和の確立は「国際社会」からの継続する注視を必要とする。この国際社会の目は、統治者のとった措置の進展を追跡する形をとるばかりでなく、統治者が責任逃れをしないように大国が圧力をかけ続けることも必要とする。つまり、

ペカン・バラージュ。若者はアフリカの発展の切り札　©Alexandra Novosseloff

マノ川に架かる唯一の橋は毎日 18 時に閉まる　©Alexandra Novosseloff

平和は関係者の態度や習慣の変化を伴うだけに高くつくのだ。「国際社会」はこの「アフターサービス」を実行するのをしばしば忘れる。その理由は、ほかの優先課題が持ち上がったからという怠惰のため、ある種の権益を損なうため、いかにも指導してやっているという姿勢を避けるため、平和維持活動を受け入れた現地の統治者の機嫌を損ねないため、などだ。こうした態度は、一つの国に長く駐留しないようにするとか、危機を脱した国が国際社会の支援に依存しすぎないようにするといった目的に結局は反するのではないだろうか？

破綻した国であり続けるしかないのだろうか？　そうではない。「国際社会」は紛争や危機から当事国が脱するためにやり方を変えなければならない。当事国の統治者が国民のために有効に利用すると期待して、無条件で何億ドルというお金を払うのではなく、発展途上の状態から脱出させるように仕向けなければならない。こうした支援される国々の多くは支援金を吸収する能力がない。適切にお金を使うことのできる、教育を受けた中流階級がいないからだ。民主主義に必要なカウンターパワーになるような市民社会も十分には発達していない。メディアも「第四の勢力」になり得るほど熟してはいない。こういうことを言うのは、パターナリズム（父権主義）でも、決定論でも新植民地主義でもない。紛争から脱出した国々の現実を正面から見据える必要性を訴えたいからだ。そうした国は支援される必要はあるが、援助されるのではなく、自らの悪から遠ざけてやる必要があるのだ。アフリカ人の研究者のなかには、同意見の人もいる。統治コンサルタントのチャーリー・ヒューグ氏は「もし国際社会が適切なやり方で介入しなかったら、次の紛争は遠くないだろう」と言う。

「国際社会」と主な援助国ならびに国連安保理の常任理事国は、汚職撲滅のため、そして過去の紛争の真の原因が追究されるよう、当事国の政府や地方政府に断固とした態度を取るべきだろう。現地にいる各機関

（国連、ブレトンウッズ体制（米ドルを基軸とした第二次大戦後の世界の通貨体制）の諸機関、ＥＵ機関）は危機から脱出したばかりの国の新政府や暫定政権に白紙委任のお金を与えないよう、そうした政府が統治法を改善するよう圧力を維持するべきだ。開発支援金は実質的な進歩の条件付きでされるべきだろうし、そうでないときは支援を引き揚げるべきだろう。当事国の政府は進展の有無に対して責任を取らなければならない。たとえば、リベリア（ハイチもそうだが）のような国のエリートが、外部から膨大な支援がもたらされているのに、自分の国の外により多く投資するということが許されていいものだろうか？　危機からの脱出は、アフリカの若い世代が頭角を現すよう、公共財産が少数の個人の間で分配される資産に勝るような新たな実践を生むことを意味するべきだ。アフリカの人々は、彼らのもはや望まない略奪者たちよりも価値があるはずだ。

エル・パソ。橋は国境フェンスの上に架かる　©Alexandra Novosseloff

橋のお話

これは、ある日諍いが起こるまで非常に仲良く平穏に暮らしていた二人の兄弟のお話である。二人は自分たちの畑をたがやして暮らしていた。いっしょに作物を栽培し、収穫していた。二人はすべてを共有していた。だが、ちょっとした誤解から始まり、少しずつ二人の間の溝が深まっていった。そうして、ある日、派手な口論があり、それから何週間か二人は口を利かなかった。

ある日、兄の家の扉をたたく者がいた。仕事を探している何でも屋だった。たとえば、ちょっとした修理とか……。

兄は男にこう返事をした。「ああ、仕事ならあるよ。ほら、あの小川の向こうに弟の家がある。何週間か前にやつはおれをひどく侮辱したから、おれたちは仲たがいした。おれだって仕返しできることを見せたいんだ。ほら、おれの家の横に石が積んであるだろう？　あれで高さ二メートルの壁を造ってほしいんだ。もうあいつの顔は見るのもいやだ」

男はこう答えた。「状況はわかりました」

兄は男の仕事に必要な道具をそろえるのを手伝うと、旅に出かけてまる一週間留守にした。

兄が帰ってくると、何でも屋の男はすでに仕事を終えていた。ただ、驚いたことに、高さ二メートルの壁の代わりに橋ができていた。ちょうどその時、弟が家から出てきて、兄に走り寄った。

「兄貴はすごいな！　喧嘩していたのに橋を造るなんて！　兄貴はぼくの誇りだ！」

兄弟が仲直りを祝っているときに、何でも屋の男は自分の荷物をまとめて発とうとした。

「待ってくれ！　まだやってもらえる仕事はあるんだ」と、兄弟は引きとめた。

しかし、男はこう答えた。

「残りたいのはやまやまだが、おれにはまだまだ造るべき橋があるんだ……」

エル・パソの橋の上で。©Ariane Dutzi

謝辞

以下の各氏に感謝します。
ティエリー・アブドゥルアミッド、アドミレラ・アンシオン、フランソワ・アヴナ、ヴェロニック・ボンタン、ナナ・シャピズ、ジョナタン・コーエン、ジム・デラ゠ギャーコマ、マリナ・ドゥラミ、エマニュエル・ドレフュス、アリアンヌ・デュツィ、ロイック・フルアール、ヴァレリー・ジュレゾー、レジス・ジャンテ、ニコラオス・キフォニディス、ジャネット・モハメッド、パノス、ニク・ポペスク、エロディー・リッシュ、ダミアン・シモノー、シャーバヌウ・タジバクシュ、ティモシー・ウイリアムズ、パトリック・アンダーソン・ザディ、アンリ・ズィペール・ド・ファビアーニ。

いくつかの章の旅と文章でルノー・ドルリアック氏にご助力いただきました。彼はバルカン半島の橋の章の主要な著者であるとともに、二つの章（ジョージア―アブハジア、ギリシャ―トルコ）の英語からフランス語への訳者です。また、四つの旅（パレスティナ、中国、タジキスタン、モルドバ）に同行してくださったエリーナ・ジョンソン氏ならびに、ジョージアとギリシャへの旅に同行し、その二つの章の執筆を手伝ってくださったカタリーナ・マンソン氏にも助けられました。そもそも、本書のプロジェクトを最初に提唱したのはカタリーナでした。前著『世界を分断する「壁」』の共同執筆者であるフランク・ネス氏は原稿全体を見直してくださいました（私の両親もです）。以上の方々に謝意を捧げます。

われわれの数々の旅のなかでお話をうかがったすべての人々にも感謝します。とりわけ、テキサス州―メキシコ間の国境を訪ねた際に、リオ・グランデの橋やその周辺へのアクセスがスムーズになるようにしてくださったアメリカの税関の人々や国境警備隊のみなさんにお礼を申し上げます。最後に、控えめではありますが有益な金銭的援助をいただいたセルジュ・シュール教授ならびにパリ第二大学（パンテオン＝アサス校）付属国際関係分析研究所「チュシディッドセンター」に感謝いたしますとともに、分離壁についての写真展へのお礼として、いくつかの飛行機チケットを提供いただいたアリアンス・フランセーズ基金にも謝意を表します。

160 pages.
- ____, « 'It is not what I do, but what we do for others': Smugglers on Human Smuggling », Blog Border criminologies, 14 mars 2014.
- Damien Simonneau, « États-Unis : 'sécuriser' la réforme migratoire », Plein droit, 2013/2, n° 97, pp. 37-40.
- Alana Semuels, « Crossing the Mexican-American Border, Every Day », The Atlantic, 25 janvier 2016.
- Rachel St. John, Line in the Sand: A History of the Western U.S.-Mexico Border, 2011, Princeton University Press, 284 pages.
- Texas Department of Transportation, « Texas-Mexico International Bridges and Border Crossings », 2015 : https://www.txdot.gov/inside-txdot/forms-publications/publications/international-relations.html

《映像》
- Las Marthas, documentaire réalisé par Cristina Ibarra, 2014.

●マノ川同盟諸国の橋

- Francis Akindès, « 'On ne mange pas les ponts et le goudron' : les sentiers sinueux d'une sortie de crise en Côte d'Ivoire », Politique africaine, n° 148, décembre 2017, pp. 5-26.
- ____, « The Roots of the Military-Political Crises in Côte d'Ivoire », Research Report n° 128, Nordic African Institute, Uppsala, septembre 2004, 50 pages.
- Christian Bouquet, Côte d'Ivoire: Le désespoir de Kourouma, 2011, Paris: Armand Colin, 336 pages.
- Arthur Boutellis, The Security Sector in Côte d'Ivoire: A Source of Conflict and a Key to Peace, mai 2011, New York: International Peace Institute, 24 pages.
- Rinaldo Depagne, « Côte d'Ivoire : une stabilisation en trompe-l'œil », Jeune Afrique, 22 octobre 2015.
- Michel Foucher, Frontières d'Afrique – Pour en finir avec un mythe, Paris, 2014, CNRS éditions, 61 pages.
- International Crisis Group, « Côte d'Ivoire : le Grand Ouest, clé de la réconciliation », Rapport Afrique n° 212, 28 janvier 2014, 29 pages.
- ____, « Liberia: Time for Much-Delayed Reconciliation and Reform », Africa Briefing n° 88, juin 2012, 20 pages.
- International Peace Academy, Perspectives sur la société civile de l'Union du Fleuve Mano, avril 2002, 30 pages.
- John Hirsch, Sierra Leone: Diamonds and the Struggle for Democracy, 2001, New York, Lynne Rienner Publishers, 171 pages.
- Olawale Ismail, The Dynamics of Post-Conflict Reconstruction and Peace Building in West Africa : between change and stability, discussion paper n° 41, The Nordic Africa Institute, 2008, 50 pages.
- Mike McGovern, Making War in Côte d'Ivoire, 2011, Chicago: Hurst & Co Publishers, 238 pages.
- Benjamin Spatz, « Liberia's Next Fight? », The New York Times, 21 janvier 2018.
- Aaron Weah, « Hopes and Uncertainties: Liberia's Journey to End Impunity », The International Journal of Transitional Justice, 2012, pp.1-13.

《映像》
- Frontières africaines, de Barrières à Passerelles, réalisé par le Programme Frontière de l'Union africaine, 2012.

- Philippe Pons, Corée du Nord, un État-guérilla en mutation, 2016, Paris, Gallimard, 720 pages.
- Moon Young-sook, Across the Tumen: A North Korean Kotjebi Boy's Quest, roman, 2013, Seoul Selection publishers, 204 pages.
- « Is China losing faith in North Korea ? », The Guardian, 9 mai 2014.

《映像》
- The Defector : Escape from North Korea, documentaire réalisé par Ann Shinn, 2014.
- La rivière Tumen (the Dooman River), film réalisé par Zhang Lu, 2010.

●アメリカ―メキシコの橋

- Peter Andreas, Border Games: Policing the U.S.-Mexico Divide, 2009, Cornell University Press, 200 pages.
- Argan Aragón, Migrations clandestines d'Amérique centrale vers les Etats-Unis, 2015, Presses Sorbonne Nouvelle, 265 pages.
- Laura Barron Lopez, « Here's A Border Program That Actually Works », The Huffington Post, 14 septembre 2015.
- Courtney Bond, « Along the Rio Grande, a Hot Spring and a Warm Welcome », The New York Times, 7 février 2018.
- Frank Clifford, « Border fence's Devastating Toll », The American Prospect, 18 septembre 2012.
- Alfredo Corchado, « Faces from the Border », The New Yorker, 11-18-25 novembre 2015.
- ______, Midnight in Mexico: A Reporter's Journey Through a Country's Descent into Darkness, 2014, Penguin Books, 304 pages.
- Michael Dear, Why Walls Won't Work – Repairing the US-Mexico Divide, 2015, New York, Oxford University Press, 322 pages.
- ______, « Mr President, Tear Down This Wall », New York Times, 10 mars 2013.
- Melissa del Bosque, « Beyond the Border », The Guardian / The Texas Observer, 6 août 2014.
- George T Diaz, Border Contraband: A History of Smuggling Across the Rio Grande, 2015, University of Texas Press, 256 pages.
- Anthony W. Fontes, Beyond the Maras: Violence and Survival in Urban Central America, décembre 2014, University of California, Berkeley.
- Brandi Grissom, « Isolation, Poverty Keep Tiny Towns Safe — For Now », The Texas Tribune, 16 juillet 2010.
- ____, « Tragedy in Juárez Spurs Economy in El Paso », The Texas Tribune, 14 juillet 2010.
- International Crisis Group, « Easy Prey: Criminal Violence and Central American Migration », Latin America Report n° 54, 28 juillet 2016, 29 pages.
- ____, « Back from the Brink : Saving Ciudad Juarez », Latin America Report n° 54, 25 février 2015, 27 pages.
- Adam Isacson / Maureen Meyer, On the Front Lines : Border Security, Migration, and Humanitarian Concerns in South Texas, février 2015, Washington Office on Latin America, 26 pages.
- Elahe Izadi, « The Complex Life of Border Towns », CityLab, 9 septembre 2013.
- Rocio Cara Labrador et Danielle Renwick, « Central America's Violent Northern Triangle », Backgrounder, Council on Foreign Relations, 26 juin 2018.
- Robert Lee Maril, The Fence : National Security, Public safety, and Illegal Immigration along the US-Mexico Border, 2011, Texas Tech University Press, 384 pages.
- Emmanuelle Le Texier, « Mexique/Etats-Unis : de la frontière intelligente au mur intérieur », Politique étrangère, n° 4, 2010, pp. 757-766.
- Silva Mathema, « They Are Refugees: An Increasing Number of People Are Fleeing Violence in the Northern Triangle », Center for American Progress, 24 février 2016.
- Chris McGreal, "The battle of the US-Mexico frontier", The Guardian, 20 février 2011.
- Karen Olsson, « Keep Out! Could it be that the biggest problem along the US-Mexico border isn't undocumented migrants but Washington politicians who want to build a fence? », The Texas Monthly, novembre 2007.
- Hector Padilla, En el puente de la migra, 2011, Mexico, Université autonome de Ciudad Juarez, 262 pages.
- Elaine Peña, « More than a Dead American Hero : Washington, the Improved Order of Red Men, and the Limits of Civil Religion », American Literature History, 26(1), 2013, pp.61-82.
- ____, « De-politicizing border space », e-misférica, 3.2, 2006, New York University, Hemispheric Institute of Performance and Politics.
- Andrew Rice, « Life on the Line », The New York Times, 28 juillet 2011.
- Gabriella Sanchez, Human smuggling and border crossings, 2014, New York, Routledge, "Routledge Studies in Criminal Justice, Borders and Citizenship",

trafic d'opium », Le Figaro, 5 novembre 2009.
- Julien Thorez, Asie Centrale des Indépendances à la Mondialisation, 50 Fiches de Géopolitique, 2015, Paris, éditions Ellipses, 192 pages.
- ____ , « Les nouvelles frontières de l'Asie centrale : Etats, nations et régions en recomposition », Cybergeo European Journal of Geography, mai 2011, 32 pages.
- Benoît Viktine, « Au cœur de la 'nouvelle route de la soie' », Le Monde, 17 août 2015.
- Thomas Zimmerman, The New Silk Roads: China, the U.S., and the Future of Central Asia, Report, Center on International Cooperation, octobre 2015, 23 pages.

◉中朝の橋

- Clara Arnaud / Benjamin Gauducheau, « Un pont vers la Corée du Nord », 22 octobre 2012, http://christopherchriv.blog.lemonde.fr
- Asia Centre, « Comment la Chine voit la Corée du Nord », China Analysis – Les nouvelles de la Chine, n° 39, octobre 2012.
- Antoine Bondaz, « Corée du nord : au-delà de la crise nucléaire », Politique internationale, n° 159, printemps 2018. - ____ , « Chine-Corée du Nord : des otages mutuels », Diplomatie, n° 71, novembre-décembre 2014, pp. 50-53.- Martine Bulard, « Rééducation capitaliste en Corée du Sud », Le Monde diplomatique, août 2013.
- Eunyoung Christina Choi, « Everyday Practices of Bordering and the Threatened Bodies of Undocumented North Korean Border-Crossers », in Doris Wastl-Walter (dir.), The Ashgate Research Companion to Border Studies, 2011, Ashgate Publishing Limited, pp. 507-527.
- Sébastien Colin, « Chine-Corée : une frontière en suspens ? », Extrême-Orient, Extrême-Occident, 2006, n° 28, pp. 169-198.
- ____ , « La préfecture autonome des Coréens de Yanbian : une ouverture frontalière aux multiples enjeux géopolitiques », Perspectives chinoises, mai-juin 2003, n° 77, pp. 1-24.
- Pascal Dayez-Burgeon, La dynastie rouge, 2014, Paris, éditions Perrin, 446 pages.
- Barbara Demick, Nothing to Envy : Real Lives in North Korea, 2010, Londres, Granta Books, 282 pages.
- John Driscoll / Andrei Lankov / Je Son Lee / Lawrence Steele, Life on the North Korea Borderlands : A Collection of Essays and Articles, NK News, 2015, 82 pages.
- Daniel Gomà Pinilla, « Les litiges frontaliers entre la Chine et la Corée du Nord », Perspectives chinoises, janvier-février 2004, n° 81, pp. 2-9.
- Mark Fitzpatrick, « North Korea : Is Regime Change the Answer ? », Survival, 55(3), juin-juillet 2013, pp. 7-20.
- Carla Freeman / Drew Thompson, « The Real Bridge to Nowhere : China's Foiled North Korea Strategy », Working paper, United States Institute of Peace, 22 April 2009, 35 pages.
- Paul French, North Korea: State of Paranoia, 2014, Zed Books, 480 pages.
- Valérie Gelézeau, « Schizo-coréanologies. De la frontière spatiale aux discours de la division. Aspects et tendances de la culture coréenne contemporaine », in Actes du Colloque Aspects de la culture coréenne contemporaine, juin 2014, Nantes.
- Valérie Gelézeau / Jine-Mieung Li, « Corée du Nord, géographie », in Encyclopaedia Universalis, Paris, 2014, pp. 831-833.
- Valérie Gelézeau / Koen De Ceuster / Alain Delissen (dir.), De-bordering Korea: Tangible and intangible legacies of the Sunshine Policy, 2013, Londres & New York, Routledge, 235 pages.
- International Crisis Group, « North Korea: Beyond the Six-Party Talks », Asia Report n° 269, 16 juin 2015, 24 pages.
- Jang Jin-Sung, Dear Leader: My Escape from North Korea Dear Leader: North Korea's senior propagandist exposes shocking truths behind the regime, 2014, Rider, 352 pages.
- Andrei Lankov, The Real North Korea : Life and Politics in the Failed Stalinist Utopia, 2013, New York, Oxford University Press, 304 pages.
- ____, « Over the border : What Dandong means to N.Korea », NKnews, 31 août 2015.
- ____, « How Yanbian became a meeting place for noth Koreans », NKnews, 16 octobre 2014.
- Patrick Maurus, Les trois Corées, 2018, Paris, éditions Hémisphères, collection : Asie en perspective, 160 pages.
- Clive Parker, « Delayed opening of $338m bridge hurting Dandong economy, and China-DPRK ties », NKnews, 11 juillet, 2016.
- Brice Pedroletti, « Yanbian, la petite Corée chinoise prospère », Le Monde, 7 janvier 2016.

- Kieran Pender / Alice Aedy, « Syrians build new lives in post-conflict Abkhazia », Al Jazeera, 22 octobre 2017.
- Rapport du Secrétaire général des Nations Unies, « Situation des personnes déplacées internes et réfugiés d'Abkhazie, Géorgie et de la région de Tskhinvali/ Ossétie du Sud, Géorgie », 13 mai 2013.
- Tom Trier, Hedvig Lohm, David Szakonyi, Under Siege: Inter-Ethnic Relations in Abkhazia, 2010, Londres, Hurst & Company, 159 pages.
- Oliver Urs Lenz, « Abkhazia Tightens De Facto Border With Georgia », Eurasianet, 13 mars 2017.
- Nadezhda Venediktova, « Commentary : Abkhazia – Unrecognised, But Still Alive », European Council on Foreign Relations, 15 janvier 2016.
- « Georgians in Abkhazia: The Plight of the Mingrelians », The Economist, 24 mai 2011.
- « Abkhazie, incursion dans un quasi-pays : sur le pont de la rivière Ingouri », Blog Venise Mer Noire, 25 Mai 2010: http://venisemernoire.org/sur-le-pont-de-la-rivire-ingouri

《映像》
- Terre éphémère, film réalisé par George Ovashvili, 2014.
- Absence of Will, documentaire réalisé par Mamuka Kuparadze et financée par l'ONG Conciliation Resources, 2008.

●タジキスタンの橋

- Claudia Astarita, Isabella Damiani, « Géopolitique de la nouvelle route de la soie », Géoéconomie 2016/2, n ° 79, pp. 57-94.
- Alexander Cooley, Great Game, Local Rules and the New Great Power Context in Central Asia, 2012, Oxford University Press, 272 pages.
- Isabella Damiani, Géopolitique de l'Asie centrale – Entre Europe et Chine : le cœur de l'Eurasie, 2013, Paris, Presses universitaires de France, 168 pages.
- Erika Fatland, Sovietistan : Un voyage en Asie centrale, 2016, Gaïa éditions, 493 pages.
- David Gaüzère, « Le Tadjikistan, berceau des Ismaéliens », Novastan.org, 20 novembre 2013.
- Régis Genté, « Luttes d'influence dans une Asie centrale désunie », Le Monde diplomatique, décembre 2014, pp. 16-17.
- Svetlana Gorshenina, Asie Centrale: L'invention des frontières et l'héritage russo-soviétique, 2012, Paris, éditions du CNRS, 381 pages.
- Samuel Hall, Assessment of Economic Opportunities Along the Afghan–Tajik Border, Rapport d'évaluation pour l'Organisation internationale des migrations, janvier 2016, 72 pages.
- International Crisis Group, « Rivals for Authority in Tajikistan's Gorno-Badakhshan », Europe and Central Asia Briefing n° 87, 14 mars 2018, 11 pages.
- ____ , « The Eurasian Economic Union: Power, Politics and Trade, Europe and Central Asia », rapport n° 240, 20 juillet 2016, 28 pages.
- ____ , « Tajikistan Early Warning: Internal Pressures, External Threats », Europe and Central Asia Briefing n° 78, 11 janvier 2016.
- Lutz Kleveman, Asie centrale, le nouveau Grand Jeu, 2013, Paris, éditions L'Harmattan, 238 pages.
- Kirill Nourzhanov / Christian Bleuer, Tajikistan – A Political and Social History, 2013, Canberra, The Australian National University Press, 420 pages.
- Sébastien Peyrouse / Marlène Laruelle, Eclats d'empires : Asie centrale, Caucase, Afghanistan, 2013, Paris, éditions Fayard, 440 pages.
- Sébastien Peyrouse, « Tadjikistan's New Trade – Cross-Border Commerce and the China-Afghanistan Link », PONARS Eurasia Policy, mémo n° 169, septembre 2011.
- Catherine Poujol, L'Asie Centrale au Carrefour des Mondes, 2013, Paris, éditions Ellipses, 240 pages.
- Olivier Roy, L'Asie centrale contemporaine, 2010, Paris, PUF, collection QSJ, 128 pages.
- Thomas Ruttig, « The Other Side of the Amu Darya : Tajik and Afghans, Neighbord Apart », Afghanistan Analysts Network, 1er septembre 2013.
- Caroline Sauze, « Quelles stratégies russes et chinoises en Asie centrale ? », Tribune – Analyses IRIS, 3 mai 2016.
- Reid Standish, « How Tajikistan's President Extended his Term – For Life », Foreign Policy, 25 mai 2016.
- Shahrbanou Tadjbakhsh, « Central Asia and Afghanistan: Insulation on the Silk Road, Between Eurasia and the Heart of Asia », PRIO Paper, 2012, Peace Research Institute Oslo, 76 pages.
- Shahrbanou Tadjbakhsh / Kosimsho Iskandarov / Abdul Ahad Mohammadi, Strangers Across the Amu River: Community Perceptions Along the Tajik–Afghan Borders, SIPRI–OSF (Open Society Foundations) Policy Brief, octobre 2015, 69 pages.
- Sylvain Tesson / Priscilla Telmon, La chevauchée des steppes, 2013, Paris, Presses Pocket, 314 pages.
- Arielle Thedrel, « A la frontière tadjike, au cœur du

- Emmanuel Dreyfus, « La Moldavie au bord de l'écartèlement identitaire », Le Monde diplomatique, 28 juillet 2009.
- Fondation Robert Schuman, « La Russie et l'Occident : dix contentieux et une escalade inévitable ? », Question d'Europe n° 379, 25 janvier 2016.
- Charles Haquet, « La Transnistrie, dernière tanière de l'URSS », L'Express, 26 février 2016.
- William H. Hill, « The Moldova-Transdniestria Dilemma: Local Politics and Conflict Resolution », Carnegie Moscow Center, 24 janvier 2018.
- Paul Ivan, « Transnistria – Where to ? », Policy Brief, European Policy Centre, 13 mars 2014.
- Walter Kemp, « Bridge over the Dniestr: Confidence-Building Measures in Moldova », Issue Brief, mars 2011, International Peace Institute, 5 pages.
- Karina Lungu, « Commentary : Transnistria – Who to Blame? », European Council on Foreign Relations, 15 janvier 2016.
- Rory MacLean / Nick Danziger, Back in the USSR: Heroic Adventures in Transnistria, 2014, Londres, éditions Unbound, 160 pages.
- Florent Parmentier, « La Transnistrie, un Etat de facto à la frontière de l'Union européenne », Diploweb, 1er janvier 2007.
- ____ , « Construction étatique et capitalisme de contrebande en Transnistrie », Transitions, XLV(1), mars 2006, pp. 135-152.
- Nicu Popescu / Leonid Litra, « Transnistria : A Botton-Up Solution », Policy Brief, n° 63, septembre 2012, European Council on Foreign Relations, 10 pages.
- Nicolas Righetti, Transnistrie, un pays qui n'existe pas, 2014, éditions Favre, 136 pages.
- Saferworld / Conciliation Resources, People's Peacemaking Perspectives : Transnistria, mai 2011.
- Stanislav Secrieru, « The Transnistrian Deadlock: Resolution Impalpable, War Improbable », Carnegie Moscow Center, 22 novembre 2017.
- Alexander Smoltczyk, « Hopes Rise in Transnistria of a Russian Annexation », Spiegel Online, 24 avril 2014.
- Stéphane Surprenant, « Moldavie : guerre de palais au Soviet suprême de Transnistrie », New Eastern Europe, 29 juin 2016.
- Stefan Troebst, « 'We are Transnistrians !' Post-Soviet Identity Management in the Dniestr Valley », Ab-Imperio, 2003, n° 1, pp. 437-466.

●ジョージアの橋

- Anaïs Coignac, « L'Abkhazie, la Riviera du Caucase », Le Monde, 3 août 2016.
- Léon Colm, Improbable Abkhazie: récit d'un Etat-fiction, 2009, Paris, éditions Autrement, 85 pages.
- Alexander Cooley / Lincoln Mitchell, « Abkhazia on Three Wheels », World Policy blog, 23 juillet 2010.
- Thomas de Waal, « Abkhazia: Still Isolated, Still Proud », Carnegie Europe, 30 octobre 2017.
- ____ , « Crimea, Russia and Options for Engagement in Abkhazia and South Ossetia », Heinrich Böll Stiftung – South Caucasus, 26 novembre 2015.
- Marine Dumeurger, « Entre la Géorgie et la mer Noire : L'Abkhazie, paradis de la contrebande », Paris Match, 26 novembre 2014.
- Lucia Ellena, « Georgian Returnees in Abkhazia Fear War and Renewed Flight », ABC News, 23 août 2008.
- Sabine Fisher, « How to engage with Abkhazia ? », ISS Analysis, EU Institute for Security Studies, novembre 2010, 9 pages.
- ____ , « Abkhazia and the Georgian-Abkhaz Conflict : Autumn 2009 », ISS Analysis, EU Institute for Security Studies, décembre 2000, 7 pages.
- Régis Genté, Voyage au pays des Abkhazes, 2012, Paris, éditions Cartouche, 181 pages.
- Magdalena Frichova Grono, Displacement in Georgia : IDP attitudes to conflict, return and justice – An analysis of Survey Findings, avril 2011, Conciliation Resources.
- Michel Guénec, « La Russie et les 'sécessionnismes' géorgiens », Hérodote, n° 138, 3e trimestre 2010, pp. 27-57.
- George Hewitt, « Abkhazia : two years of independence », Open Democracy, 13 août 2010.
- International Crisis Group, « Abkhazia : The Long Road to Reconciliation », Europe report n° 224, 10 avril 2013 ; « Abkhazia : Deepening Dependance », Europe Report n° 202, 26 février 2010 ; « Abkhazia : Ways Forward », Europe Report n° 179, 18 janvier 2007.
- Institute for Democracy / Saferworld, « Security for all : A challenge for Eastern Abkhazia (Community perceptions of safety and security », Report, mai 2013, 25 pages.
- John O'Loughlin, Vladimir Kolossov, Gerard Toal, « Inside Abkhazia: A Survey of Attitudes in a De Facto State », Post-Soviet Affairs, 27(1), janvier-mars 2011, 36 pages.

《映像》
- L'Aventure, documentaire réalisé par Grégory Lassalle, 2013.

◉ヨルダン川西岸地区の橋

- Amnesty International, La gâchette facile : l'usage d'une force excessive par Israël dans les territoires palestiniens occupés, rapport, 27 février 2014, 23 pages.
- Benjamin Barthe, Ramallah Dream, 2011, Paris, La Découverte, 271 pages.
- _____ , « La traversée du pont Allenby », Le Monde, 14 août 2010.
- Michel Bôle-Richard, Israël, le nouvel apartheid, 2013, Paris, éditions Les liens qui libèrent, 250 pages.
- Véronique Bontemps, « Une frontière palestinienne ? La zone d'attente de Jéricho lors du passage du pont Allenby », Espace politique, 2015.
- _____ , « Entre Cisjordanie et Jordanie, l'épreuve du passage frontalier au pont Allenby », Revue européenne des migrations internationales, 2014, 30(2), pp. 69-90.
- _____ , « Le temps de traverser le pont : Pratiques et perceptions des temporalités dans les Territoires palestiniens occupés », Revue de sciences sociales et humaines, 2012, n° 15.
- Delphine Froment, « Les Palestiniens en Jordanie », Les clés du Moyen-Orient, avril 2013.
- Musa Hasdeya, « Who's Afraid of a Binational State? », Haaretz, 3 décembre 2015.
- Human Rights Watch, Occupation, Inc.: How Settlement Businesses Contribute to Israel's Violations of Palestinian Rights, janvier 2016, 170 pages.
- International Crisis Group, « The Emperor has no clothes : Palestinians and the end of the Peace Process », Middle East Report n° 122, 7 mai 2012.
- Amjad Iraqi, « Can we call it one state and be done with it ? », +972mag, 8 novembre 2015.
- Cyrille Louis, « Allenby : Quand les Anglais jetèrent un pont sur le Jourdain », Le Figaro, 17 juillet 2016.
- Ronit Matalon, « Nous vivons sous un régime d'apartheid », entretien, Le Monde, 10 janvier 2016.
- Gili Melnitcki, « Hostility and Humiliation: The 'Welcome' Awaiting Tourists at Israel's Border Crossings », Haaretz, 14 juin 2017.
- Julien Salingue, « Le 'développement économique' palestinien : miracle ou mirage ? », Confluences Méditerranée, été 2013, n° 86, p. 73.
- Sandy Tolan, La maison au citronnier, roman, 2013, Paris, éditions J'ai lu, 572 pages.
- United Nations Conference on Trade and Development, « Report on UNCTAD assistance to the Palestinian people: Developments in the economy of the Occupied Palestinian Territory », 1er septembre 2016, UNCTAD/APP/2016/1, 17 pages.
- Eyal Weisman, Hollow Land – Architecture of Israeli Occupation, 2012, Londres, éditions Verso, 336 pages.
- Laurent Zecchini, « Le Jourdain représente la limite de ses 'frontières défendables' », Le Monde, 10 janvier 2014.

《映像》
- Gute Reise ! Bon Voyage !, documentaire réalisé par Raed Al Helou pour la Rosa Luxembourg Stiftung, juin 2014.

◉モルドバの橋

- Natalya Belitser, « Transnistrian Conflict: State of Affairs and Prospects of Settlement », BlackSea News, 27 janvier 2013.
- Klemens Büscher, « The Transnistria Conflict in Light of the Crisis over Ukraine », in Sabine Fischer (dir.), Not Frozen! The Unresolved Conflicts over Transnistria, Abkhazia, South Ossetia and Nagorno-Karabakh in Light of the Crisis over Ukraine, SWP Research Paper 2016/RP 09, septembre 2016, pp.25-42.
- Kamil Calus, « Power Politics on the Outskirts of the EU : Why Transnistria Matters », LSE Blog, 19 juin 2014.
- Matei Cazacu / Nicolas Trifon, Un Etat en quête de nation : la République de Moldavie, 2010, Paris, éditions Non Lieu, 448 pages.
- Mehdi Chebana, « Dubăsari, une ville moldave figée à l'heure soviétique », Blog du Courrier des Balkans, 29 décembre 2015.
- Julien Danero Iglesias, Nationalisme et pouvoir en République de Moldavie, 2014, Université de Bruxelles, 235 pages.
- Xavier Deleu, Transnistrie: la poudrière de l'Europe, 2005, Paris, éditions Hugo doc, 223 pages.
- Frédéric Delorca, Transnistrie : voyage officiel au pays des derniers soviets, 2009, Paris, éditions du Cygne, 108 pages.

Interprétation géographique d'une double migration forcée », Bulletin de l'Association des géographes français, N° 83/4, 2006.

●ギリシャとトルコの橋

- Amnesty International, The human cost of Fortress Europe – Human rights' violations against migrants and refugees at Europe's borders, rapport, juillet 2014, 44 pages.
- François-Noël Buffet, Rapport d'information n° 422 du Sénat sur « la mission de suivi et de contrôle du dispositif exceptionnel d'accueil des réfugiés », février 2016.
- Matthew Carr, Fortress Europe: Dispatches from a Gated Continent, 2012, New Press, 279 pages.
- Philippe Cergel, "La dernière porte de l'Europe", Libération, 3 décembre 2010.
- Mehmet Cetingulec, « How long can Turkey afford growing refugee bill? », Al Monitor, 13 mai 2016.
- Cristina Del Biaggio / Alberto Campi, « Regards sur les migrants de longue distance en Grèce », Espace politique, n° 20, 2013, 29 pages.
- Olivier Delorme, La Grèce et les Balkans, Tome 2, 2013, Paris, Gallimard, Folio, 1 486 pages.
- Huub Dijstelbloem / Albert Meijer (dir.), Migration and the New Technological Borders of Europe, 2011, Londres, Palgrave Macmillan, 208 pages.
- FIDH / Migreurop / REMDH, Entre Grèce et Turquie: la frontière du déni, rapport, mai 2014, 99 pages.
- Andriani Fili, « The Continuum of Detention in Greece », Border Criminologies Blog, Oxford Faculty of Law, 25 mai 2016.
- Human Right Watch, Stuck in a Revolving Door; Iraqis and Other Asylum Seekers and Migrants at the Greece-Turkey Entrance to the European Union, novembre 2008, 123 pages.
- Costas Kantouris, « Hope lost in Greece, some Syrians pay smugglers to get home », Associated Press, 11 juin 2016.
- Niki Kitsantonis, « Land mines and a perilous crossing into Greece », New York Times, 6 January 2009.
- Grégory Lassalle, L'Aventure, 2014, Paris, éditions Non Lieu, 144 pages.
- Eric L'Hergoualc'h, Panique aux frontières – Enquête sur cette Europe qui se ferme, 2011, Paris, Max Milo, 291 pages.
- Tanya Mangalakova, « Grèce : les Pomaks de Thrace occidentale, une minorité en recherche d'identité », Le Courrier des Balkans, 6 juillet 2010.
- Ioannis Michaletos / Christopher Deliso, « The Strategic Significance of Greek Thrace: Current Dynamics and Emerging Factors », 26 mai 2007, Balkananalysis.com
- Réseau MIGREUROP, Atlas des migrants en Europe: Géographie critique des politiques migratoires, 2012, Paris, Armand Colin, 144 pages.
- Guillaume Pitron, « Sécurité aux frontières : enquête sur le nouveau complexe militaro-industriel européen », Observatoire des multinationales, 23 février 2017.
- Fabrizio Polacco, « The Via Egnatia : bridges and walls between East and West », Observatorio Balcani e Caucaso, 16 décembre 2011.
- Pro-Asyl, Walls of Shame – Accounts from the Inside : The detention centres of Evros, rapport, 2011, 92 pages.
- Claire Rodier, Xénophobie business – A quoi servent les contrôles migratoires ?, 2012, La Découverte, Paris, 194 pages.
- Helena Smith, « Migrants face 'living hell' in Greek détention », The Guardian, 1er avril 2014.
- Despina Syrri, « Migration Policies and Practices in Greece : Room(s) for Activism ? », Acme Journal – An International e-Journal for Critical Geographies, 11(2), 2012, pp. 202-214.
- Hélène Thiollet, « Plus on ferme les frontières, plus les migrants restent », Le Un, n° 56, 13 mai 2015.
- Anna Triandafyllidou, Migration in Greece – Recent Development in 2014, Report prépared for the OECD Network of International Migration Experts, ELIAMEP, octobre 2014, 34 pages.
- Daniel Trilling, « In Greece, a river holds tragedy for migrants », Al Jazeera, 30 juin 2014.
- Dionysis Vythoulkas, « Migrations en Grèce : le tragique destin des clandestins de l'Evros », To Vima, 05 août 2010.
- Catherine Wihtol de Wenden, Faut-il ouvrir les frontières ?, 2014, Paris, Presses de Sciences-Po, 98 pages.
- ____, Les Nouvelles Migrations : Lieux, hommes, politiques, 2013, Paris, Ellipses, 256 pages.
- ____, La question migratoire au XXIe siècle : migrants, réfugiés et relations internationales, 2013, Presses FNSP, 272 pages.
- Catherine Wihtol de Wenden / Madeleine Benoît-Guyod, Atlas des migrations : Un équilibre mondial à inventer, 2012, Paris, éditions Autrement, 96 pages.

参考文献・資料

●概論

- Daniel Biau, Le pont et la ville : une histoire d'amour planétaire, 2012, Paris, Presses des Ponts, 289 pages.
- Robert S. Cortright, Bridging the World, 2003, Wilsonville (Oregon), éditions Bridge Ink, 208 pages.
- Bernhard Graf, Bridges That Changed the World, 1999, éditions Prestel, 128 pages.
- Frank Neisse / Alexandra Novosseloff, Des murs entre les hommes, photographies et textes, 2015 (2e édition), Paris, éditions La Documentation française, 272 pages.
- Michel Serres, L'art des ponts, 2013, Paris, éditions Le Pommier, 192 pages.

●バルカンの橋

- Jacques Aben, « Une géographie politique de Mitrovitsa », Défense nationale, 2003/2.
- Ivo Andric, Le Pont sur la Drina, roman, 1999, 380 pages.
- Xavier Bougarel, Bosnie, Anatomie d'un conflit, 1996, Paris, La Découverte, 173 pages.
- Yann Braem, «Mitrovica/Mitrovicë, géopolitique urbaine et présence internationale», Balkanologie, n ° 8/1, 2004.
- Jean-Paul Champseix, « Un pont dans la tourmente : Ivo Andric et Ismail Kadare », Revue de littérature comparée, n° 305, 2003.
- François Chaslin, Une haine monumentale de la ville. Essai sur la destruction des villes en ex-Yougoslavie, 1997, Paris, Descartes et Cie, 106 pages.
- Martin Coward, « Community as heterogeneous ensemble: Mostar and multiculturalism », Alternatives, n° 27, 2002.
- François d'Alançon, « Mostar, une ville de chaque côté du pont », La Croix, 22 octobre 2010.
- Peter Davey, « View from Mostar », The Architectural Review, volume 216, 2004.
- Gerard M. Gallucci, « Kosovo – going nowhere fast », Transconflict, 18 avril 2016.
- Paul Garde, Les Balkans : Héritages et évolutions, 2010, Paris, Flammarion, collection Champs actuels, 217 pages.
- Sébastien Gobert, « Kosovo : Quel avenir pour les rives de l'Ibar ? », Regard sur l'Est, mars 2011.
- Aidan Hehir, « How the West Built a Failed State in Kosovo », The National Interest, 1er septembre 2016.
- International Crisis Group, « Bosnia's Future », Europe Report, n° 232, 2014 ; « Setting Kosovo Free: Remaining Challenges », Europe Report, n° 218, 2012 ; « Bosnia: A Test of Political Maturity in Mostar », Europe Briefing, n° 54, 2009 ; « Bridging Kosovo Mitrovica's divide », Europe Report, n° 165, 2005 ; « Building bridges in Mostar », Europe Report, n° 150, 2003 ; « Reunifying Mostar : opportunities for progress », Balkans Report, n° 90, 2000.
- Ismaïl Kadaré, Le Pont aux trois arches, roman, 1981, 154 pages.
- Belgzim Kamberi, « Kosovo : le pont de Mitrovica va-t-il bientôt s'ouvrir ? », Le Courrier des Balkans, 16 août 2016.
- Nicolas Lemay-Hébert, « Multiethnicité ou ghettoïsation ? Statebuilding international et partition du Kosovo à l'aune du projet controversé de mur à Mitrovica », Études internationales, 43(1), 2012, pp. 27-47.
- Gilles Pécqueux et Yvon Le Corre, Stari Most / Le Vieux pont de Mostar, 2002, Paris, Gallimard.
- Miroslav Prstojević, Unforgotten Mostar, 2007, 199 pages.
- Sylvie Ramel, Reconstruire pour promouvoir la paix. Le cas du « Vieux pont » de Mostar, Institut européen de l'Université de Genève, Publications Euryopa, Genève, 2005.
- Michel Roux, « Le Kosovo en voie d'homogénéisation : quelle est la part du 'nettoyage ethnique' ? », Revue géographique de l'Est, tome XLV, n° 1, 2005.
- Bénédicte Tratnjek, « Des ponts entre les hommes : Les paradoxes de géo-symboles dans les villes en guerre », Les Cafés géographiques, 2009, 13 pages.
- _____, « Le nettoyage ethnique à Mitrovica.

25 Elahe Izadi, « The Complex Life of Border Towns », CityLab, 9 septembre 2013
26 Hélène Vissière, « L'Amérique se barricade derrière le Rio Grande », Le Point, 2 août 2007
27 Elahe Izadi, « The Complex Life of Border Towns », loc. cit.
28 Ibid.
29 Alana Semuels, « Crossing the Mexican-American Border, Every Day », The Atlantic, 25 janvier 2016
30 Alfredo Corchado, « Faces from the Border : The Devil Is on the Loose », loc. cit., 18 novembre 2015. Voir également Rachel St. John, Line in the Sand : A History of the Western US-Mexico Border, Princeton University Press, 2011, 296 p
31 Andrew Rice, « El Paso et Ciudad Juárez : deux mondes si proches et si lointains », Courrier international, 10 novembre 2011
32 Andrew Rice, « Life on the Line », The New York Times, 28 juillet 2011
33 Alfredo Corchado, « Faces from the Border : The Devil Is on the Loose », loc. cit., 18 novembre 2015
34 Chris McGreal, « The Battle of the US-Mexico Frontier », loc. cit.

◉第9章

1 この川の名は河口に生息するサバに似た魚の名前に由来する。コートジボワールにはその他にササンドラ川、バンダマ川、コモエ川がある。
2 INTERNATIONAL CRISIS GROUP, « Côte d'Ivoire : le Grand-Ouest, clé de la réconciliation », Rapport Afrique, n° 212, 28 janvier 2014, p. 1
3 その他の避難先としては、ガーナ（9550 人）、ギニア（6500 人）、トーゴ（2200 人）およびマリ（1100 人）
4 INTERNATIONAL CRISIS GROUP, « Côte d'Ivoire : le Grand-Ouest, clé de la réconciliation », op. cit., p. 2.
5 2016 年の人間開発指数でコートジボワールは 172 位、リベリアは 177 位、シエラレオネは 181 位。
6 Benjamin Spatz, « Liberia's Next Fight? », The New York Times, 21 janvier 2018
7 Véronique Le Jeune, « Le nouveau président de Sierra Leone veut mettre l'administration au pas », Geopolis-FranceTVInfo, 10 avril 2018
8 Francis Akindès, « 'On ne mange pas les ponts et le goudron' : les sentiers sinueux d'une sortie de crise en Côte d'Ivoire », Politique africaine, n° 148, décembre 2017, pp. 5-26
9 International Crisis Group, « Côte d'Ivoire : le Grand-Ouest, clé de la réconciliation », op. cit.
10 Rinaldo Depagne, « Côte d'Ivoire : une stabilisation en trompe-l'œil », Jeune Afrique, 22 octobre 2015
11 Michel Foucher, Frontières d'Afrique. Pour en finir avec un mythe, Paris, CNRS Éditions, 2014
12 Olawale Ismail, « The Dynamics of Post-Conflict Reconstruction and Peace Building in West Africa : Between Change and Stability », Discussion Paper, n° 41, The Nordic Africa Institute, 2008, p. 4

Korea, Londres, Granta Books, 2010, 282 p を参照されたい
44 Mark Fitzpatrick, « North Korea : Is Regime Change the Answer ? », Survival, 55(3), juin-juillet 2013, p. 7-20
45 Martine Bulard, « Rééducation capitaliste en Corée du Sud », Le Monde diplomatique, août 2013
46 Corée du Nord, op. cit., empl. 158 でフィリップ・ポンス氏は、この「要塞国家」の回復力は「体制のスターリン的性質より、本能的ともいえる強烈な愛国主義に宿っている」と述べている。

◉第 8 章

1 例外は 2 つ。ボキージャス・デル・カルメン（ビッグ・ベンド国立公園内）では小舟で国境を渡る。また、ロス・エバノス（マッカレンの近く）ではフェリーで渡る。
2 International Crisis Group, « Back from the Brink : Saving Ciudad Juárez », Latin America Report, n° 54, 25 février 2015, 27 p.
3 Chris McGreal, « The Battle of the US-Mexico Frontier », The Guardian, 20 février 2011
4 Chris McGreal, ibid.
5 Alberto Tomas Halpern, « Border Fence to Be Built at Juan de Oñate Crossing, Site of Hart's Mill and the First Fort Bliss », NewsPaperTree, 22 novembre 2013
6 Washington Washington Office on Latin America, « BORDER FACTS: Separating Rhetoric from Reality » (http://borderfactcheck.com)
7 Damien Simonneau, « États-Unis : "sécuriser" la réforme migratoire », Plein droit, n° 97, 2013/2, p. 37-40
8 Brandi Grissom, « Isolation, Poverty Keep Tiny Towns Safe – For Now », The Texas Tribune, 16 juillet 2010
9 Manny Fernandez, « U.S.-Mexico Teamwork Where the Rio Grande Is but a Ribbon », The New York Times, 22 avril 2016
10 Rachel Monroe, « Festival Showcases a Lifestyle Lost by Closing a Border », The New York Times, 24 mai 2014. Courtney Bond, « Along the Rio Grande, a Hot Spring and a Warm Welcome », The New York Times, 7 février 2018
11 Chris McGreal, « The Battle of the US-Mexico Frontier », loc. cit.
12 Jeremy Schwartz, « In Eagle Pass, Divided View of Border Fence », Statesman, 7 mars 2010
13 ラレドという名前の由来はよくわかっていない。「岩がちな土地」を意味するラテン語 glaretum から派生したという説、「よい牧草地」を意味するバスク語から来たとする説、「カモメ」を意味するラテン語 larida から派生するという説がある。
14 Alfredo Corchado, « Faces from the Border : The Devil Is on the Loose », The New Yorker, 18 novembre 2015
15 « les relations des États-Unis avec le Mexique », Bureau des affaires de l'hémisphère occidental, Département d'État, Washington, 9 mai 2016
16 この祭りの歴史については、Elaine Peña, « Depoliticizing Border Space », e-misférica, 3.2, New York University, Hemispheric Institute of Performance and Politics, 2006 を参照されたい
17 Elaine Peña, « More Than a Dead American Hero : Washington, the Improved Order of Red Men, and the Limits of Civil Religion », American Literature History, 26(1), 2013, p. 76
18 Lynn Brezosky, « Laredo Washington Birthday Mixes Culture », The Washington Post, 17 février 2007
19 このギャングの由来については、Anthony W. Fontes, Beyond the Maras : Violence and Survival in Urban Central America, Berkeley, University of California, 2014 ; et Ana Arana, « How the Street Gangs Took Central America », Foreign Affairs, mai-juin 2005 を参照されたい
20 Rocio Cara Labrador et Danielle Renwick, « Central America's Violent Northern Triangle », Backgrounder, Council on Foreign Relations, 26 juin 2018
21 Amnesty International, « Des victimes invisibles : Protégez les migrants au Mexique », avril 2010. Voir également le reportage de Tomas Ayuso, « The Right to Grow Old : The Honduran Migrant Crisis », Noria, 29 octobre 2014 (http://www.noria-research.com)
22 Virgil Grandfield, « Walking the Line of Death », The Magazine of the International Red Cross and Red Crescent Movement, 2004
23 越境手引き人のネットワークは犯罪組織だけでなく、親族のネットワークによっても構築されている。Gabriella Sanchez, « "It Is Not What I Do, but What We Do for Others" : Smugglers on Human Smuggling », Border criminologies, Blog, 14 mars 2014. Voir aussi du même auteur, Human Smuggling and Border Crossings, New York, Routledge, 2014 を参照のこと
24 John Burnett, « In South Texas, Few on the Fence over Divisive Border Wall Issue », NPR-National Public Radio, 18 août 2014

14 Sébastien Falletti, « Kim Jong Un verrouille la frontière avec la Chine », Le Figaro, 5 janvier 2012
15 北朝鮮の強制労働収容所には 15 万〜 20 万人が収容されている。Encyclopaedia Universalis の Valérie Gelézeau 記述の項目を参照。
16 Eunyoung Christina Choi, « Everyday Practices of Bordering and the Threatened Bodies of Undocumented North Korean Border-Crossers », op. cit., p. 510
17 Philippe Mesmer et Philippe Pons, « Sur les rives du Yalu, Chine et Corée du Nord parlent business », Le Monde, 30 novembre 2016
18 Jean-Jacques Mével, « Le grand exode des Nord-Coréens », Le Figaro, 19 décembre 2006
19 Philippe Pons, Corée du Nord, op. cit., empl. 7414
20 神話によると、朝鮮文化の始まりを示す檀君朝鮮は遼寧省や平壌のある地方に拡大した。檀君朝鮮創設の日である 10 月 3 日は韓国の祭日である。
21 Benjamin Haas, « China Is Betting on North Korea in a Gamble to Save Its Rustbelt », AFP, 22 juillet 2015
22 Philippe Pons, Corée du Nord, op. cit., empl. 11208
23 http://edgeofempires.blogs.clan-takeda.com/2011/10/03/2-octobre-jour-173-dandong-chine-liaoning (閲覧したのは 2016 年 9 月 15 日)
24 Ibid. あ
25 Benjamin Haas, « One in five North Korean children malnourished, says UN chief during rare visit », The Guardian, 12 juillet 2018
26 Jean H. Lee, « Dining and Dashing… from the Hermit Kingdom. Why Did the 12 North Korean Waitresses Defect ? », Foreign Policy, 13 avril 2016. Voir aussi Adam Taylor, « The Weird World of North Korea's Restaurants Abroad », The Washington Post, 8 avril 2016
27 韓国の金大中大統領が南北朝鮮友好を促進させるためにとった「太陽政策」の一環として 2002 年に北朝鮮の開城に設置された経済特区。しかし、北朝鮮の度重なるミサイル発射への報復措置として韓国はここを 2016 年に閉鎖した。
28 Philippe Pons, Corée du Nord, op. cit., empl. 11160
29 年間80万人の中国人観光客が北朝鮮を訪れる。金正恩の目標は 100 万人。
30 Carla Freeman et Drew Thompson, « The Real Bridge to Nowhere : China's Foiled North Korea Strategy », Working paper, United States Institute of Peace, 22 avril 2009, p. 6
31 北朝鮮の核開発計画はまず 1951 年に中国の協力を得て始まり、54 年のソ連共産党第 20 回大会を原因とする中ソ対立の只中にあった 1956 年からはソ連の協力で発展した。韓国の元統一相（統一部長官。2002 〜 04 年）の丁世鉉氏によると、「金日成は 92 年 1 月に自分の秘書をニューヨークの国連本部に派遣して密かにアメリカ側の密使と会談させた。携えたメッセージは“われわれの国の存在を今後問題にしないという条件なら、われわれは韓国からの米軍撤退要求を放棄する用意がある”というものだった。ブッシュ父はその提案に沈黙で応えた。金日成は、アメリカは北朝鮮を抹殺しようと考えていると確信し、核開発計画を開始した」。(Martine Bulard, « La réunification de la Corée aura-t-elle lieu ? », Le Monde diplomatique, janvier 2016)
32 北朝鮮の大量殺戮兵器計画の続行に対する最初の制裁措置は国連安保理で 2006 年に採択された。
33 Charlie Campbell, « Looking at the North Korean Problem from a Chinese Border City », Time Magazine, 5 août 2016
34 Marianne Péron-Doise, « Corée du Nord : le nucléaire comme pacte social », The Conversation, 22 février 2016
35 Philippe Pons, Corée du Nord, op. cit., empl. 9177
36 Jeremy Page, « Border Bridge Reflects Dilemma », Wall Street Journal, 28 novembre 2010
37 Philippe Pons, Corée du Nord, op. cit., empl. 13381-
38 Ma Jingjing, « High hopes for N.Korea opening-up », The Global Times, 8 mai 2018
39 Antoine Bondaz, « Corée du nord : au-delà de la crise nucléaire », Politique internationale, n° 159, printemps 2018
40 Ibid.
41 Asia Centre, Étude sur le « futur de la Corée », mai 2014
42 Asia Centre, « Comment la Chine voit la Corée du Nord », China Analysis – Les nouvelles de la Chine, n° 39, octobre 2012, p. 11. フィリップ・ポンス氏は「朝鮮半島の統一は、政治的・社会的な平和共存による和解を促す段階的な同化プロセスが前提とされる」と評価する。Marianne Péron-Doise, « Corée du Nord : L'impasse stratégique », Politique internationale, n° 157, automne 2017 も参照されたい。
43 北朝鮮の国民の日常生活については、Barbara Demick, Nothing to Envy : Real Lives in North

sur l'Aga Khan, Le Figaro, 16 février 2018)
17 バダフシャン地方におけるイスマーイール派の歴史については、David Gaüzère, « Le Tadjikistan, berceau des Ismaéliens », Novastan.org, 20 novembre 2013 を参照されたい。
18 Sarvinoz Akram, « A Bridge over Troubled Waters. Aga Khan's Philanthropy in Tajikistan », ismaili.net., 27 septembre 2010
19 Samuel Hall, Assessment of Economic Opportunities along the Afghan-Tajik Border, Rapport d'évaluation pour l'Organisation internationale des migrations, janvier 2016
20 Shahrbanou Tadjbakhsh, Kosimsho Iskandarov et Abdul Ahad Mohammadi, Strangers across the Amu River, op. cit., p. 10
21 Erika Fatland, Sovietistan, op. cit., empl. 4298
22 Arielle Thedrel, « À la frontière tadjike, au cœur du trafic d'opium », Le Figaro, 5 novembre 2009
23 Isabelle Facon, « La Russie en Asie centrale : une influence de plus en plus partagée », dans Sébastien Peyrouse et Marlène Laruelle (dir.), Éclats d'empires, op. cit., empl. 6555
24 Erika Fatland, Sovietistan, op. cit., empl. 6690
25 Isabella Damiani, Géopolitique de l'Asie centrale, op. cit., p. 12
26 Régis Genté, « Luttes d'influence dans une Asie centrale désunie », loc. cit., p. 16-17
27 Caroline Sauze, « Quelles stratégies russes et chinoises en Asie centrale ? », Tribune – Analyses IRIS, 3 mai 2016
28 Thomas Zimmerman, The New Silk Roads : China, the U.S., and the Future of Central Asia, Report, Center on International Cooperation, octobre 2015, p. 5
29 Sébastien Peyrouse et Marlène Laruelle (dir.), Éclats d'empires, op. cit., empl. 4924 et 4852
30 Erika Fatland, Sovietistan, op. cit., empl. 215
31 Isabelle Facon, « La Russie en Asie centrale : une influence de plus en plus partagée », op. cit., empl. 6549
32 Régis Genté, « Luttes d'influence dans une Asie centrale désunie », loc. cit., p. 16-17
33 Benoît Viktine, « Au cœur de la "nouvelle route de la soie" », Le Monde, 17 août 2015
34 Catherine Poujol, L'Asie centrale au carrefour des mondes, Paris, Ellipses, 2013, p. 192

◉第 7 章

1 正確な数字は公表されていないが、北朝鮮人 150 万人、韓国人 100 万人、中国人 40 万人、アメリカ人など国連軍側 5 万 5000 人が死亡したと推定される。
2 Philippe Pons, Corée du Nord. Un État-guérilla en mutation, Paris, Gallimard, 2016, version e-book, empl. 120
3 Ibid.
4 鴨の羽色とされる青緑色は朝鮮では権力の色である。ただし、この川は中国名で、川の色を示している。本章で使われる固有名詞は基本的に現地語を書き写しているため、北朝鮮・中国の言葉である。
5 Daniel Gomà Pinilla, « Les litiges frontaliers entre la Chine et la Corée du Nord », Perspectives chinoises, n° 81, janvier-février 2004, p. 2-9
6 Sébastien Colin, « Chine-Corée : une frontière en suspens ? », Extrême-Orient, Extrême-Occident, n° 28, 2006, p. 169-198
7 Sébastien Colin, « La préfecture autonome des Coréens de Yanbian : une ouverture frontalière aux multiples enjeux géopolitiques », Perspectives chinoises, n° 77, mai-juin 2003, p. 5
8 Eunyoung Christina Choi, « Everyday Practices of Bordering and the Threatened Bodies of Undocumented North Korean Border-Crossers », dans Doris Wastl-Walter (dir.), The Ashgate Research Companion to Border Studies, Ashgate Publishing Limited, 2011, p. 516
9 Andreï Lankov, « How Yanbian Became a Meeting Place for Both Koreas », NKnews, 16 octobre 2014
10 Philippe Pons, Corée du Nord, op. cit., empl. 7384
11 Andreï Lankov: (The Real North Korea : Life and Politics in the Failed Stalinist Utopia, 2013, New York, Oxford University Press, p. 79-80) によると 50 万人、Valérie Gelézeau 氏は人口統計学者 Michel Cartier 氏の研究成果によって中国の大躍進政策の飢餓死者数との比較やさまざまな研究を検討した結果、80 万人（北朝鮮の人口の 4%）という数字を提示している。Encyclopaedia Universalis の北朝鮮の項目も参照されたい。
12 « Un village chinois sans défense devant de meurtrières intrusions nord-coréennes », AFP, 28 septembre 2015
13 Jordan Pouille, « À la frontière nord-coréenne, la Chine décide de faire peur », Mediapart, 29 janvier 2013

際、多くのイスラム教徒アブハズ人がオスマン帝国に移住した。今日、アブハジアの住民の 60％はキリスト教徒で、16％がイスラム教徒。
9 Kieran Pender et Alice Aedy, « Syrians build new lives in post-conflict Abkhazia », Al Jazeera, 22 octobre 2017
10 Marine Dumeurger, « Entre la Géorgie et la mer Noire : l'Abkhazie, paradis de la contrebande », Paris Match, 26 novembre 2014
11 アブハジア共和国の国旗は 1992 年 7 月 23 日に正式に承認された。開いた手のひらは、13 世紀からあったアブハジア王国のシンボルであり、「友よ、ようこそ！　敵は止まれ！」を意味する。緑と白の横縞模様はイスラムとキリスト教の間の寛容を象徴する。
12 Sophie Deyon, Michael E. Lambert et Sophie Clamadieu, « L'Abkhazie tente d'attirer l'attention de la Communauté internationale », Tribune – Analyses IRIS, 9 juin 2016
13 The Economist, 24 mai 2011.
14 国連グルジア監視団（UNOMIG）はジョージアとアブハジア「政権」の間の停戦協定が遵守されているかどうかを監視するために 1993 年 8 月に設置された。
15 Oliver Urs Lenz, « Abkhazia Tightens De Facto Border With Georgia », Eurasianet, 13 mars 2017
16 Marine Dumeurger, « Entre la Géorgie et la mer Noire : l'Abkhazie, paradis de la contrebande », loc. cit.
17 国連事務総長の報告書 « Situation des personnes déplacées internes et réfugiés d'Abkhazie, Géorgie et de la région de Tskhinvali/Ossétie du Sud, Géorgie », 13 mai 2013, § 46 より
18 Magdalena Frichova Grono, Displacement in Georgia : IDP Attitudes to Conflict, Return and Justice. An Analysis of Survey Findings, Conciliation Resources, avril 2011, p. 6
19 Thomas de Waal, « Abkhazia: Still Isolated, Still Proud », Carnegie Europe, 30 octobre 2017
20 Alexander Cooley et Lincoln Mitchell, « Abkhazia on Three Wheels », World Policy blog, 23 juillet 2010
21 International Crisis Group, « Abkhazia : The Long Road to Reconciliation », Europe Report, n° 224, 10 avril 2013
22 « Nous devons déclarer que nous sommes abkhazes, alors nous le faisons », Russia beyond the Headlines, 14 avril 2011
23 International Crisis Group, « Abkhazia : Deepening Dependence », Europe Report, n° 202, 26 février 2010

◉第 6 章

1 Erika Fatland, Sovietistan. Un voyage en Asie centrale, Larbey, Gaïa Éditions, 2016, version e-book, empl. 5212
2 Isabella Damiani, Géopolitique de l'Asie centrale. Entre Europe et Chine : le cœur de l'Eurasie, Paris, PUF, 2013, p. 55
3 Julien Thorez, « Les nouvelles frontières de l'Asie centrale : États, nations et régions en recomposition », Cybergeo – European Journal of Geography, mai 2011, p. 6
4 Sébastien Peyrouse et Marlène Laruelle (dir.), Éclats d'empires : Asie centrale, Caucase, Afghanistan, Paris, Fayard, 2013, empl. 97
5 Erika Fatland, Sovietistan, op. cit., empl. 4630
6 Isabelle Damiani, Géopolitique de l'Asie centrale, op. cit., p. 105
7 Reid Standish, « How Tajikistan's President Extended His Term – for Life », Foreign Policy, 25 mai 2016
8 Shahrbanou Tadjbakhsh, « Central Asia and Afghanistan : Insulation on the Silk Road, between Eurasia and the Heart of Asia », PRIO Paper, 2012, p. 61
9 タジキスタンの OSCE 事務所は 2008 年に、兵器規制、テロ防止、民主主義化、経済活動、環境保護、平等、人権、メディアの自由保障、警察、法治国家の分野で活動を行った。
10 International Crisis Group, « Tajikistan Early Warning : Internal Pressures, External Threats », Europe and Central Asia Briefing, n° 78, 11 janvier 2016
11 Ibid,.p,2.
12 Shahrbanou Tadjbakhsh, Kosimsho Iskandarov et Abdul Ahad Mohammadi, Strangers across the Amu River : Community Perceptions along the Tajik-Afghan Borders, SIPRI-OSF Policy Brief, octobre 2015
13 Sébastien Peyrouse et Marlène Laruelle (dir.), Éclats d'empires, op. cit., empl. 4837
14 Régis Genté, « Luttes d'influence dans une Asie centrale désunie », Le Monde diplomatique, décembre 2014 からの引用
15 Erika Fatland, Sovietistan, op. cit., empl. 4357
16 アーガー・ハーン財団は 8 万人を雇用し、年間 70 億ドルの資金を供給する（Charles Jaigu

capitalisme de contrebande en Transnistrie », Transitions, XLV(1), mars 2006, p. 137-138
12 Ibid
13 Florent Parmentier, « La Transnistrie, un État de facto à la frontière de l'Union européenne », Diploweb, 1er janvier 2007
14 Rory MacLean et Nick Danziger, Back in the USSR : Heroic Adventures in Transnistria, Londres, Unbound, 2014, version e-book, empl. 230
15 Mark Hay, « Waiting for a Soviet Reunion », The Daily Good, 23 juillet 2015
16 Mehdi Chebana, « Dubasari, une ville moldave figée à l'heure soviétique », Blog du Courrier des Balkans, 29 décembre 2015
17 1990 年にパリで締結されたヨーロッパ通常戦力条約（CFE 条約）は、NATO の伝統的加盟国と旧ワルシャワ条約の加盟国が通常兵器の所有で公平な制限を定め、その査察制度について取り決めたもの。国境付近に兵器が集中するのを避けることを目的とする。1999 年のイスタンブールでの条約加盟国首脳会議で、ロシアはモルダビアからの兵力の撤退を約束したが、NATO の拡大と新加盟国における米軍基地の建設により、ロシアの撤退計画は見直されることになった。ロシアは 2007 年に条約の適用を停止した後、15 年に CFE 条約から脱退した。
18 Nicu Popescu et Leonid Litra, « Transnistria : A Botton-Up Solution », Policy Brief, n° 63, European Council on Foreign Relations, septembre 2012, p. 2
19 Mirel Bran, « Les ambitions européennes de la Moldavie », Le Monde, 25 novembre 2013
20 様々な戦争終結計画については Natalya Belitser, « Transnistrian Conflict : State of Affairs and Prospects of Settlement », BlackSea News, 27 janvier 2013 を参照されたい。
21 William H. Hill, « The Moldova-Transdniestria Dilemma: Local Politics and Conflict Resolution », Carnegie Moscow Center, 24 janvier 2018
22 Stanislav Secrieru, « The Transnistrian Deadlock: Resolution Impalpable, War Improbable », Carnegie Moscow Center, 22 novembre 2017
23 Kamil Calus, « Power Politics on the Outskirts of the EU : Why Transnistria Matters », LSE Blog, 19 juin 2014
24 Stanislav Secrieru, « The Transnistrian Deadlock: Resolution Impalpable, War Improbable », loc. cit.
25 Saferworld et Conciliation Resources, « People's Peacemaking Perspectives : Transnistria », mai 2011
26 Nicu Popescu et Leonid Litra, « Transnistria : A Botton-Up Solution », loc. cit., p. 3.
27 Danilo Elia, « Moldavie : la Transnistrie et la Russie, un pas en avant, un pas en arrière… », Le Courrier des Balkans, 12 juin 2014
28 Sébastien Gobert et Damien Dubuk, Politique internationale, n° 143, printemps 2014.
29 Danilo Elia, « Moldavie : la Transnistrie et la Russie, un pas en avant, un pas en arrière… », loc. cit.
30 Fondation Robert Schuman, « La Russie et l'Occident : dix contentieux et une escalade inévitable ? », Question d'Europe, n° 379, 25 janvier 2016.
31 Stanislav Secrieru, « The Transnistrian Deadlock: Resolution Impalpable, War Improbable », loc. cit
32 Paul Ivan, « Transnistria – Where to ? », Policy Brief, European Policy Centre, 13 mars 2014.
33 Klemens Büscher, « The Transnistria Conflict in Light of the Crisis over Ukraine », loc. cit., p. 36

◉第 5 章

1 EU ジョージア停戦監視団（軍事助言ミッション）はジョージアと周辺地域の安定化を目指すために、2008 年 9 月 15 日に EU が設置した非武装オブザーバーのミッション。
2 ナウル、ニカラグア、ツバル、ベネズエラが承認。アブハジアの領事館はモスクワとカラカスにしかない。
3 国際軍事専門家は、アブハジアにおけるロシアの軍事インフラは 1 万人まで収容可能と試算している（国際的非政府組織「国際危機グループ」の 2013 年 4 月の報告書より）
4 2009 年 9 月の「軍事協力協定」により、ロシアはアブハジア内に軍事基地を建設し、それを改修すること、ならびにジョージア－アブハジア間の「国境」を強化すること（アブハジアが自らの軍隊を設置できるようになるまで）ができるようになった。2010 年 2 月には、第 2 の協定が結ばれ、ロシアは陸・空・海軍の 3 つの新たな基地を建設することになった。
5 アブハジア当局は複数回有効な通行証は発行しない（国際的非政府組織の職員は例外）ので、毎回申請しなければならない。
6 グルジア語で i で終わる名前はすべて、アブハズ語やロシア語では i がなくなる。
7 グルジア人とミングレル人 4 万 6367 人のうち、3201 人（1.33％）が自らをミングレル人とする。
8 19 世紀半ばにロシア帝国がこの地を支配した

26 Benjamin Barthe, Ramallah Dream. Voyage au cœur du mirage palestinien, Paris, La Découverte, 2011, p. 20

27 国際関係専門家のアンヌ・ルモール氏はこう説明する。「国際支援は救急部門の基本的機能を維持し、治安、社会、政治の安全弁の役割を果たしてきた。しかし、寄付者たちはこれほど長期にわたる多額の援助を維持しつつ、次第に支持を失った管理不全のパレスティナ政府も維持し、イスラエル占領軍にも資金を提供してきた。つまり、イスラエルの植民政策とパレスティナ領土の分割化および、パレスティナ人の財産没収政策を間接的に奨励してきたのである」(Benjamin Barthe, Ramallah Dream, op. cit., p. 103 より)

28 Ibid, p21

29 Julien Salingue, « Le 'développement économique' palestinien : miracle ou mirage ? », Confluences Méditerranée, été 2013, n° 86, p. 73

30 United Nations Conference on Trade and Development, « Report on UNCTAD Assistance to the Palestinian People : Developments in the Economy of the Occupied Palestinian Territory », 1er septembre 2016。UNCTAD は、パレスティナ経済停滞の主な原因は、「イスラエルによるヨルダン川西岸地区の土地の併合および入植による土地と自然資源の持続する喪失」および、イスラエルによって強制された輸入制限と市場の分割によるとする。2017 年 9 月 11-22 の報告書も参照されたい。

31 この件については、Human Rights Watch, Occupation, Inc. : How Settlement Businesses Contribute to Israel's Violations of Palestinian Rights, janvier 2016. を参照されたい。

32 Laurent Zecchini, « Pour Israël, la vallée du Jourdain représente la limite de ses "frontières défendables" », loc. cit.

33 Véronique Bontemps, « Le temps de traverser le pont : pratiques et perceptions des temporalités dans les Territoires palestiniens occupés », loc. cit.

34 国連西アジア経済社会委員会の 2017 年の報告書より。同報告書はアメリカ、イスラエル両政府の圧力によって闇に葬られた (Piotr Smolar et Benjamin Barthe, « Un rapport de l'ONU accuse Israël d'apartheid envers les Palestiniens », Le Monde, 16 mars 2017 より)

35 2016 年 1 月 10 日付ルモンド紙に掲載されたインタヴューより

36 Michel Bôle-Richard, Israël, le nouvel apartheid, Paris, Les liens qui libèrent, 2013.

37 2016 年 4 月 17 日付ルモンド紙に掲載されたインタヴューより

38 Amjad Amjad Iraqi, « Can We Call It One State and Be Done with It ? », +972mag, 8 novembre 2015. さらに Nathalie Janne d'Othée, « Palestine/Israël : solution à deux Etats vs. solution à un Etat », 10 mars 2017: https://www.cncd.be/Palestine-Israel-solution-a-deux も参照されたい。

39 Benjamin Barthe, Ramallah Dream, op. cit., p. 259-260

◉第 4 章

1 Xavier Deleu, Transnistrie : la poudrière de l'Europe, Paris, Hugo doc, 2005, p. 95

2 ベッサラビア (バサラビア) という名は、ワラキア地方を 14 〜 17 世紀に統治していたルーマニアのバサラブ朝に由来する。

3 Emmanuel Dreyfus, « La Moldavie au bord de l'écartèlement identitaire », Le Monde diplomatique, 28 juillet 2009

4 その首都は当初はバルタ (現在はウクライナ領) だったが、1929 年にティラスポリになった。このモルダビア・ソビエト社会主義自治共和国が「沿ドニエストル共和国」の前身であり、歴史的な正当性を持つ根拠とされている。以下を参照されたい。Klemens Büscher, « The Transnistria Conflict in Light of the Crisis over Ukraine », dans Sabine Fischer (dir.), Not Frozen ! The Unresolved Conflicts over Transnistria, Abkhazia, South Ossetia and Nagorno-Karabakh in Light of the Crisis over Ukraine, SWP Research Paper 2016/RP 09, septembre 2016, p. 27

5 Inna Doulkina, « Une journée en Transnistrie », Le Courrier de Russie, 22 avril 2014

6 « Moldavie. 1876 – Ce pont Eiffel caché au regard des touristes », Courrier international, 9 janvier 2013.

7 モルドバのフランス語ウェブサイト http://www.moldavie.fr/Le-Pont-des-Fleurs.html より。

8 この 4 ヶ国は 2006 年 6 月に「民主主義と民族の権利のための共同体」あるいは、「承認されていない国家のコモンウェルス」または「CIS-2」の名でも知られる共同体を結成した。

9 Carole Charlottin, « Quel statut pour la Transnistrie ? », Regard sur l'Est, 1er avril 1999

10 Inna Doulkina, « Une journée en Transnistrie », loc. cit.

11 Florent Parmentier, « Construction étatique et

式発足の際、フサイン・イブン・アリー（オスマン帝国に対するアラブ人抵抗勢力の一人）およびシオニズム運動家への正式な約束を履行するため、イギリスはこの地域を二つに分割した。その一つはヨルダン川より西のパレスティナを既存住民の権利を尊重しつつユダヤ人の「ナショナルホーム」とし、もう一つはトランスヨルダン王国の東部であるヨルダン・ハシミテ王国となった。

2 ヨルダン川西岸地区を示すフランス語「Cisjordanie」は語源的にはヨルダン川の「こちら側」を指す（ラテン語 cis は「こちら側」という意味）。それに対してヨルダン川の「向こう側」はトランスヨルダンと呼ばれた。英語ではパレスティナ人による呼称「Dafa al Gharbia」から訳された「ウエスト・バンク（西岸）」という言葉を使う。イスラエル人は「ユダヤ・サマリア」と呼ぶ。

3 Benjamin Barthe, « La traversée du pont Allenby », Le Monde, 14 août 2010

4 Ibid.

5 Véronique Bontemps, « Le temps de traverser le pont : pratiques et perceptions des temporalités dans les Territoires palestiniens occupés », Temporalités – Revue de sciences sociales et humaines, n° 15, 2012.

6 Cyrille Louis, « Allenby : quand les Anglais jetèrent un pont sur le Jourdain », Le Figaro, 17 juillet 2016

7 アル・カラマーはヨルダンにあるパレスティナ難民キャンプの名前。このキャンプはファハタ（パレスティナ民族解放運動）の攻撃に対する報復として 1968 年 3 月 21 日にイスラエル軍によって攻撃された。ヨルダン軍とパレスティナの軍事組織が協力してイスラエル軍に対抗したこの戦いは、イスラエルに対するヨルダンとパレスティナの協力のシンボルである。「カラマー」はアラビア語で「尊厳」という意味もある。

8 前述 Cyrille Louis の記事からの引用

9 ナクサに対して、ナクバ（大厄災）は 1948 年 5 月 14 日のイスラエル建国宣言とその後の第 1 次中東戦争によって（90 万人の住民のうち）70 ～ 75 万人のパレスティナ人が「避難」したことを指す（実際には、その多くは強制的に退去させられた）

10 Véronique Bontemps, « Les circulations des Palestiniens entre la Cisjordanie et la Jordanie », conférence donnée à l'Institut français pour le Proche-Orient, octobre 2012

11 イスラエルはヨルダン渓谷と残りのヨルダン川西岸地区の間に壁を造ることを考えていた時期もある。

12 Delphine Froment, « Les Palestiniens en Jordanie », Les clés du Moyen-Orient, 22 avril 2013

13 Véronique Bontemps, « Une frontière palestinienne ? La zone d'attente de Jéricho lors du passage du pont Allenby », Espace politique, 2015

14 Mélinée Le Priol, « Entre Jordanie et Cisjordanie, un pont très politique », La Croix, 5 août 2015

15 映画「Bon Voyage !」（Rosa Luxemburg Stiftung, 2014）中の証言から

16 Véronique Bontemps, « Le temps de traverser le pont : pratiques et perceptions des temporalités dans les Territoires palestiniens occupés », loc. cit.

17 ヨルダン国籍を有しないパレスティナ人たちは「一時的な」ヨルダンパスポートを使うこともできる。ただし、これはヨルダン国籍を有する証明ではなく、単なる旅券である。

18 Laurent Zecchini, « Pour Israël, la vallée du Jourdain représente la limite de ses "frontières défendables" », Le Monde, 10 janvier 2014

19 Amnesty International, La gâchette facile : l'usage d'une force excessive par Israël dans les territoires palestiniens occupés, rapport, 27 février 2014

20 Véronique Bontemps, « Le temps de traverser le pont : pratiques et perceptions des temporalités dans les Territoires palestiniens occupés », loc. cit. Eyal Weizman, Hollow Land. Israel's Architecture of Occupation, Londres, Verso, 2012

21 Gili Melnitcki, « Hostility and Humiliation: The 'Welcome' Awaiting Tourists at Israel's Border Crossings », Haaretz, 14 juin 2017

22 Véronique Bontemps, « Une frontière palestinienne ? La zone d'attente de Jéricho lors du passage du pont Allenby », loc. cit.

23 A 地域（パレスティナ自治政府が治安・民政権限とも有する）はヨルダン川西岸地区全体の 17%、B 地域（パレスティナ自治政府が民政権限のみ有する）は 22%、C 地域（治安・民政ともすべての権限をイスラエルが有する）は 61% である。非政府組織 B'tselem ならびに The Israeli Committee Against House Demolitions の報告書を参照されたい。

24 Véronique Bontemps, « Le temps de traverser le pont : pratiques et perceptions des temporalités dans les Territoires palestiniens occupés », loc. cit.

25 Véronique Bontemps, « Une frontière palestinienne ? La zone d'attente de Jéricho lors du passage du pont Allenby », loc. cit

6 欧州委員会は欧州対外国境管理協力機関（FRONTEX）の年間予算を 2005 年の 630 万ユーロから 2016 年には 2 億 3870 万ユーロに引き上げた。

7 その起源と言語について長い間議論があったが、ポマク人はオスマン帝国支配時代にイスラム教に改宗した地元ブルガリア人の子孫と今日ではみなされている。Tanya Mangalakova, « Grèce : les Pomaks de Thrace occidentale, une minorité en recherche d'identité », Le Courrier des Balkans, 6 juillet 2010 を参照のこと。

8 オスマン帝国時代の鉄道会社「オリエント鉄道」は帝国のヨーロッパ部分、そして後にはヨーロッパのトルコ領内で 1870 〜 1937 年の間、列車を運行した。この路線はオスマン帝国において先駆けとなった 5 つの路線のうちの一つであり、主要区間はバルカン半島にあった。世界的に有名なオリエント急行も 1889 〜 1937 年にはオリエント鉄道社の線路を走った。

9 FRONTEX の統計によると、2009 年から 2010 年にかけて、スペインのカナリア諸島は 99%、マルタ島は 98%、イタリアは 65%、スペインと東欧諸国は 20%、移民・難民の到来が減少した。2010 年初頭以降、ギリシャの海洋ルートは 76% 減ったが、陸上ルートは 415% も増加した。（Philippe Gorgol, « La dernière porte de l'Europe », Libération, 3 décembre 2010）

10 Sakis Apostolakis, « Chômage, précarité : le drame de la Grèce du Nord », Eleftherotypia, 24 septembre 2014

11 Anna Triandafyllidou, Migration in Greece – Recent Development in 2014, Report prepared for the OECD Network of International Migration Experts, ELIAMEP, octobre 2014, p. 31

12 Jeanne Carstensen, « Syrian Refugees Are Now Paying Smugglers to Take Them Back », GlobalPost Investigations, 2 novembre 2016

13 2013 年 10 月時点でギリシャには移民収容所が 11 ヶ所、また移民を留置しておける警察や国境警備隊の施設が 16 ヶ所あった。http://www.globaldetentionproject.org を参照。

14 Amnesty International, The Human Cost of Fortress Europe, juillet 2014, p. 9

15 強制送還は一人につき 4000 ユーロかかり、その半分は輸送費（« L'UE dépense des fortunes pour renvoyer les migrants illégaux », Le Monde, 18 juin 2015）。世界の国境警備産業は 2016 年で 170 億ユーロの市場規模を持つまでに発展し、2022 年には 500 億ユーロ規模に達するとみられる（Guillaume Pitron, « Sécurité aux frontières : enquête sur le nouveau complexe militaro-industriel européen », Observatoire des multinationales, 23 février 2017）

16 « Un pont vers nulle part : les réfugiés syriens en Grèce », The New Athenian, 17 juillet 2013.

17 Human Rights Watch, Stuck in a Revolving Door. Iraqis and Other Asylum Seekers and Migrants at the Greece-Turkey Entrance to the European Union, novembre 2008

18 Helena Smith, « Migrants Face "Living Hell" in Greek Detention », The Guardian, 1er avril 2014

19 Andriani Fili, « The Continuum of Detention in Greece », Border Criminologies Blog, Oxford Faculty of Law, 25 mai 2016

20 国連人権理事会の移民人権特別報告者の報告書より（A/HRC/23/46 (24 avril 2013): Conseil des droits de l'homme, rapport du Rapporteur spécial sur les droits de l'homme des migrants, François Crépeau, Étude régionale: la gestion des frontières extérieures de l'Union européenne et ses incidences sur les droits de l'homme des migrants, paragraphe 50）

21 Éric L'Helgoualc'h, Panique aux frontières. Enquête sur cette Europe qui se ferme, Paris, Max Milo, 2011, p. 149

22 Amnesty International, The Human Cost of Fortress Europe, op. cit., p. 15.

23 欧州委員会の報告書より（Commission européenne, « Turkey : Refugee Crisis », ECHO Factsheet, European Civil Protection and Humanitarian Aid Operations, janvier 2017 et avril 2018）

24 国連事務局経済社会局の統計「International Migration Report 2015, septembre 2016」より。ほかに国際移住機関の「Global Migration Trend 2015」も参照。

25 Eurostat, Statistiques sur la migration et la population migrante, données extraites en mars 2017

26 Hélène Thiollet, « Plus on ferme les frontières, plus les migrants restent », Le 1, n° 56, 13 mai 2015

27 Cristina Del Biaggio et Alberto Campi, « Regards sur les migrants de longue distance en Grèce », Espace politique, n° 20, 2013, § 68

28 アルバニア人作家 Gazmend Kapllani へのインタヴュー（Courrier des Balkans, 4 juillet 2016）より

◉第 3 章

1 1923 年のイギリス委任統治領パレスティナの正

シュニャク人が応援するチームとなる前は、町の労働者をサポーターとするクラブだった。

18 1961年にノーベル文学賞を受賞したイヴォ・アンドリッチの代表作『ドリナの橋』で有名。この橋は2007年6月28日満場一致でユネスコの世界遺産に登録された。

19 この戦いはオスマン帝国とイスラム勢力に対するセルビア人のレジスタンスの起源と一般的にはとらえられている。しかし、実際は、地元諸侯の一部が到来した勢力（オスマン）側に味方した諸侯に対して、民族や宗教とは関係なく、領土を巡って争った戦いである。

20 1994年に設置された米、ロシアと欧州数ヶ国（仏、独、英、96年から伊）の6ヶ国から成るユーゴスラビア紛争に関する非公式な折衝役グループ

21 コソボを承認していないのは、国連安保理の常任理事国であるロシアと中国、そして欧州連合加盟国の5ヶ国（キプロス、ギリシャ、ルーマニア、スロバキア、スペイン）など。

22 欧州連合・法の支配ミッションの通称

23 Sébastien Gobert, « Kosovo : quel avenir pour les rives de l'Ibar ? », Regard sur l'Est, mars 2011

24 コソボ治安維持部隊（KFOR）の軍事地図では、市の中央の橋を「オーステルリッツ橋」、東の橋を「カンブロンヌ橋」、西の歩道橋を「タンカルヴィル」と呼ぶ。イバル川に架かるこれらの橋の名前は、この地区を1999〜2014年に担当していたフランス軍が使っていた名前に由来する。

25 Violeta Hyseni Kelmendi, « Association des communes serbes : vers une "Republika Srpska" du Kosovo ? », Osservatorio Balcani e Caucaso, 3 septembre 2015

26 アッシュカリー人とはアルバニア語を話すロマ人である。アッシュカリー人はロマ人より優遇され、ミトロヴィツァ南部の小さな地区に多く住んでいる。ゴーラ人はアルバニアとモンテネグロの国境付近の山岳地帯に主に住むイスラム化したスラヴ人である。

27 Veronica Zaragovia / Valerie Plesch, "There is one place where Serbs and Albanians coexist in Kosovo — in the country's version of Costco", Public Radio International, 5 mars 2018

28 この歩道橋はセルビア人地区側にはみ出さないよう、正確に川の中央から始まっている。

29 Bénédicte Tratnjek, « Les ponts de Mitrovica : l'Ibar, une rivière-frontière ? », http://www.paperblog.fr/3646833/les-ponts-de-mitrovica-l-ibar-une-riviere-frontiere

30 Yann Braem, « Mitrovica/Mitrovicë : géopolitique urbaine et présence internationale », Balkanologie, vol. 8/1, 2004

31 Belgzim Kamberi, « Kosovo : le pont de Mitrovica va-t-il bientôt s'ouvrir ? », Le Courrier des Balkans, 16 août 2016

32 第1次大戦中の1916年にモンテネグロで暗殺されたイサ・ボレティニの遺体は1998年になってやっと公式に確認された。

33 コソボでは、国外に離散した人々の送金が国内総生産の15%、外国からの寄付が10%を占める。失業率が全体で31%、若者では60%に上り、コソボ市民は大量にEU諸国に移民する。Aidan Hehir, « How the West Built a Failed State in Kosovo », The National Interest, 1er septembre 2016. を参照のこと。

34 紛争後、ボスニア・ヘルツェゴビナがアドリア海へアクセスできるよう、クロアチアのダルマチア地方の海岸はボスニア・ヘルツェゴビナの「ネウム地区」によって分断された。しかし、2017年初めに欧州委員会はペレシャツ半島とダルマチア地方の海岸をつなぎ、クロアチアの領土の継続性を復活させる橋の建設費の大部分をEU基金から供出することに同意した。

◉第2章

1 古代の文献には、地球は「アジア、リビア、ヨーロッパ、トラキア」に分かれると記載されていた（Sir William Smith, Dictionnaire de géographie grecque et romaine, Londres, 1857）

2 トルコのギリシャ正教徒とギリシャのイスラム教徒を交換するもので、1910〜35年の間に130万人のギリシャ人がトルコから、50万人のトルコ人がギリシャから強制移住させられた。

3 Ioannis Michaletos et Christopher Deliso, « The Strategic Significance of Greek Thrace : Current Dynamics and Emerging Factors », Balkananalysis.com, 26 mai 2007

4 Nikki Kitsantonis, « Land Mines and a Perilous Crossing into Greece », New York Times, 6 juin 2009. Voir aussi en ligne l'article paru dans l'EU Observer, 27 décembre 2012

5 オレスティアダ警察署長の言葉。« L'Europe forteresse : un mur grec se referme », EU Observer, 21 décembre 2012 から引用

原　注

◉序文・イントロダクション

1 Le l'hors-série, été 2016 – Dernières nouvelles du monde.
2 « La République à l'heure créole », Philosophie magazine, No. 30, juin 2009
3 アフガニスタンとタジキスタンの国境のバンジでパンジ川にかかる 4 つ目の友好橋の竣工式の際のスピーチから（2011 年）
4 フォトドキュメント『世界を分断する「壁」』（アレクサンドラ・ノヴォスロフ、フランク・ネス著／原書房 2017 年）
5 Fabrizio Polacco, « The Via Egnatia : Bridges and Walls between East and West », Observatorio Balcani e Caucaso, 16 décembre 2011.

◉第 1 章

1 1991 年 1 月 1 日以降の旧ユーゴスラビア領内で国際人道法に対する重大な違反を犯した人を裁くために、国連安全保障理事会決議 827 によって 1993 年 5 月 25 日に設置された国際司法機関。
2 Marie Bellando, « Le Vieux Pont de Mostar : Un pont pour mémoire », Mémoire de Master 2013-2014, p. 7.
3 ボスニア・ヘルツェゴビナ領内に住む全クロアチア人を一つの国家機構のもとに集結するために 1993 年 8 月に作られた共和国
4 橋が破壊された後も、人々は壊れた橋から飛び込んでいた。
5 ボスニア紛争で損傷したこの橋は 2000 年の洪水で流れ、ユネスコの提唱でルクセンブルクの資金で 02 年に再建された。
6 ヘルツェゴビナ中南部（チャプリナ、ストラッツ）あるいは東部（ビレチャ、ガツコ、ネヴェシニェを結ぶ三角地帯）から大量のボシュニャク人がやってきた。
7 旧ユーゴスラビア地域の紛争全体では、死者 10 万人以上、避難者は 200 万人とされる。
8 1997 年 12 月、ドイツ・ボンで開催された和平履行評議会の会合で、多くの障害を乗り越えるために導入された特別権限。司法や立法手続きを経ずに決定事項を強制したり、それに反対する政治家らを解任したりすることができる。
9 デイトン合意により、ボスニアのセルビア人はボスニア・ヘルツェゴビナ共和国内に自分たちの共和国（スルプスカ共和国、事実上の主都はバニャ・ルカ）を有しているが、ボスニアのクロアチア人はボシュニャク人（こちらが圧倒的に多数）とともにボスニア・ヘルツェゴビナ連邦（主都はサラエボ）を共有している。
10 Vivien Savoye, « Bosnie-Herzégovine : une école "pilote" qui réunit toutes les communautés de Mostar », Courrier de la Bosnie-Herzégovine, 25 août 2008
11 François d'Alançon, « Mostar, une ville de chaque côté du pont », La Croix, 22 octobre 2010.
12 ボスニア・ヘルツェゴビナの失業率は 45％。
13 ここで「ボスニア人」とは、はボスニア・ヘルツェゴビナの国民を指すと同時に、ムスリムのボスニア人「ボシュニャク人」を指す。
14 ウスタシャ運動は、クーデターによるユーゴスラビア王国樹立に対抗して、クロアチア人過激派が 1929 年に起こしたもの。この運動はナチスドイツの支援で 1941 年春にクロアチア独立国を樹立し、45 年の崩壊までユダヤ人、ロマ人や対立する政治勢力（主にセルビア人）を虐げ、大量虐殺した。
15 このモニュメントは第 2 次世界大戦中のヘルツェゴビナの共産主義者の抵抗運動を記念するもの。
16 Mersiha Nezic, « Mostar, ville symbole d'une Bosnie-Herzégovine coupée en deux », Libération, 29 novembre 2017.
17 旧ユーゴスラビアの解体によって基本的にボ

[著者]
アレクサンドラ・ノヴォスロフ（Alexandra Novosseloff）
パリ第2大学で政治学博士号取得。同大学付属の国際関係分析研究所「チュシディッドセンター」などの研究員として、主に国際連合、平和維持活動を専門とする。紛争後の地域の写真を撮るカメラマンでもある（www.alexandranovosseloff.com）。邦訳書に『世界を分断する「壁」』がある。

[訳者]
児玉しおり（こだま・しおり）
神戸市外国語大学英米学科、神戸大学文学部哲学科卒業。1989年渡仏し、パリ第3大学現代仏文学修士課程修了。在仏邦字紙の編集者を経て、現在はフリーの翻訳家・ライターとして活動。パリ郊外在住。訳書に『世界を分断する「壁」』、ブザール『家族をテロリストにしないために』。

DES PONTS ENTRE LES HOMMES
by Alexandra NOVOSSELOFF
Préface de Michel FOUCHER

フォト・ドキュメント

世界《せかい》の統合《とうごう》と分断《ぶんだん》の「橋《はし》」

●

2018年12月28日　第1刷

著者…………アレクサンドラ・ノヴォスロフ

訳者…………児玉《こだま》しおり

装幀・本文ＡＤ…………岡孝治

発行者…………成瀬雅人
発行所…………株式会社原書房

〒160-0022 東京都新宿区新宿 1-25-13
電話・代表 03（3354）0685
http://www.harashobo.co.jp
振替・00150-6-151594

印刷…………シナノ印刷株式会社
製本…………東京美術紙工協業組合

ISBN978-4-562-05617-0, Printed in Japan